靖江老味道

赵国庆 主编

江苏凤凰文艺出版社

图书在版编目（CIP）数据

靖江老味道 / 赵国庆主编. —— 南京：江苏凤凰文艺出版社，2023.2
ISBN 978-7-5594-7408-7

Ⅰ.①靖… Ⅱ.①赵… Ⅲ.①散文集—中国—当代 Ⅳ.①I267

中国版本图书馆CIP数据核字(2022)第242365号

靖江老味道

赵国庆 主编

出 版 人	张在健
责任编辑	李珊珊
责任印制	刘 巍
出版发行	江苏凤凰文艺出版社
	南京市中央路165号，邮编：210009
网　　址	http://www.jswenyi.com
印　　刷	苏州市越洋印刷有限公司
开　　本	718毫米×1000毫米　1/16
印　　张	24
字　　数	250千字
版　　次	2023年2月第1版
印　　次	2023年2月第1次印刷
书　　号	ISBN 978-7-5594-7408-7
定　　价	88.00元

江苏凤凰文艺版图书凡印刷、装订错误、可向出版社调换，联系电话 025-83280257

系住靖江美食文化之根

赵国庆

一个地方的美食文化与其地理环境、历史文化、经济社会发展息息相关，一定程度上可以代表地方文化的核心价值。现在，人们吃东西并不仅仅是满足生存需要，美食文化也已经超过了美食本身，有了更为深刻的社会意义。无论是美食品质、审美体验，还是情感活动、社会功能，美食文化中所包含的文化意蕴是丰富又深刻的。

一方水土养一方人，食材的不同，地域气候的不同，造就了花样繁多的珍馐美味，各地美食呈现出多元化和差异化的特点，给各地增添了更为鲜活的烟火味和更富个性的形象。每个地方几乎都有被追捧的特色美食街，就像北京有南锣鼓巷、南京有夫子庙、成都有锦里、西安有回民街、武汉有户部巷，每个地方也都有很多风味食品，比如北京烤鸭、杭州东坡肉、武汉热干面、柳州螺蛳粉，凭借其过人之处，从众多美食中脱颖而出，成为一个地方的地标美食。

得天独厚的靖江，水含吴越风韵，土连江淮根系，是在长江怀抱中成长起来的孩子。靖江的地标美食有很多，比如皮薄如纸、汤足如泉的蟹黄汤包，记录着靖江与长江的缘分；软软糯糯的桂花茵糕、鲜嫩入味的老汁鸡、酥脆可口的大炉饼，市井老味道则记载了季市千年古镇的厚重文化根基。这些独具地方特色的美食文化不仅把美食与生活、把历史与学问联结起来,还见证了一方水土的源远流长,留住了各地的文化记忆和味觉地图。靖江渔文化、农耕文化、沙上文化的兼收并蓄,靖江人生存智慧层面的生活价值观,都融入在美食文化里。有了这本书,我们能看到靖江人日常生活演变的影像,唤醒对于老味道的记忆,通过重温丰富的烹饪想象、独特的味觉审美,感受时节的馈赠、岁月的更迭,找到乡村与城市相连的脉络,就会产生对一脉相承的美食文化的热爱,在美食与文化的融合里更加热爱生活。

　　美食就是我们的乡愁,而乡愁正是处在现代生活中的人们对于曾经的故土生活的一种顾盼。我们每个人都有味蕾中对乡愁的记忆,在美食文化中体现的乡愁也是其他元素无可比拟的。美食是体现亲情乡情最好的纽带,一碗糁子粥、锅塌汤,一种熟悉的味道,也足以令人怦然心动、潸然泪下,这就是美食文化的力量。它对人的感染和影响是润物细无声的。从这个意义上说,我们对靖江老味道的深厚情感,尤其是对已经失传或者即将失传的老味道的珍视,寄托了远方游子的思乡情切，证明了走向现代化的人们对过往生活的怀念，对传统文化的需要和期盼。靖江美食文化是属于靖江人的宝贵财富，研究它、挖掘它、保护它，系住祖先留下的文化之根，赋予我们的美食文化以更厚重的底色，是我们当代人义不容辞的使命。近年来，靖江先后被中国烹饪协会授予"中国河豚美食之乡""中国汤包之乡"等多个荣誉，为靖江美食文化历史写下了生动的佐证。我们编纂《靖江老味道》，就是为了传承靖江传统名菜名点、风味美食的老手艺，留住岁月深处的老味道，在守护中诠释巧思匠心，展示文化自信，让更多的人铭记靖江美食文化的血脉与生趣。

习近平总书记指出，"一个城市的历史遗迹、文化古迹、人文底蕴，是城市生命的一部分"。随着工业化、信息化、城市化的加速推进，如何传承城市"老底子"色彩，延续乡愁记忆，是我们应当面对的课题。决定开启"靖江老底子"系列丛书编纂工程，我们不是故作姿态，而是通过切实有效的工作，更好地保存历史印迹，服务时代发展，把老祖宗留给我们的宝贵财富传承下去。未来，也希望通过阅读这套丛书，能让更多的人认识靖江、结缘靖江，直观地触摸我们这座滨江城市的历史轨迹,感受靖江蕴含的人文情怀,增强对故乡热土的认同感、归属感,肩负靖江发展的责任与使命。

(作者为靖江市政协主席)

目录

春味

2 / 米粉圆子
4 / 蜂糖糕
6 / 汤团
7 / 靖江馄饨
10 / 炒米与炒米糖
13 / 待客之茶
14 / 野菜五味
19 / 春日三鲜
22 / 香椿水煮肉
26 / 腌笃鲜
28 / 春卷、春拌
30 / 东门包子西门饼
33 / 芥菜饭
34 / 粗粝饭
35 / 猪油拌饭、油渣白菜
37 / 河豚香
38 / 河豚烧青菜
40 / 刀鱼鲜
43 / 鮰鱼肥
46 / 鲥鱼
48 / 鳌鱼
50 / 秧草鳜鱼
52 / 虎头鲨
53 / 螺蛳
56 / 蚬子
58 / 银鱼和针钩鱼
60 / 蟛蜞螯
61 / 炒笋鸡

62 /	炸子鸡	80 /	蒸饭
63 /	三杯鸡	82 /	鸡蛋糕
65 /	油面筋存肉	83 /	青蒿米团
66 /	药芹香干		
68 /	水芹百叶		
68 /	上汤秧草	## 夏味	
70 /	炒菜薹		
71 /	莴笋木耳	88 /	立夏馄饨
71 /	拌双脆	89 /	地三鲜
72 /	豆芽菜炒海带	90 /	季市馄饨
73 /	糖醋面筋	92 /	季市头菜
74 /	蒜薹蚕豆	93 /	靖江大烧饼
76 /	酒香豌豆苗	96 /	懒烧饼
77 /	庙会小吃	97 /	涨烧饼
78 /	油煎饼和麻团	98 /	季市老汁鸡

101	/	十三把半	137 /	薄荷茶
102	/	马桥猪手	138 /	大麦茶
104	/	肝大肠	140 /	焦米茶
105	/	豆腐鳗鱼	142 /	竹叶茶
106	/	马鲛鱼圆	142 /	锅塌
108	/	北瓜花、番芋藤	144 /	面疙瘩咸汤
109	/	洋豆豇茄子	146 /	咸黄鱼烧豆腐
112	/	蒜泥生菜	147 /	土面筋烧肉
112	/	黄花菜炒肉丝	148 /	籽鲚
113	/	茄子夹肉	150 /	籽虾
115	/	癞宝草炒鸡蛋	152 /	昂公鱼
116	/	熬酱豆	153 /	鲈宝鱼
118	/	面酱	154 /	鳌鱼
118	/	凉团	156 /	红烧鲻鱼
119	/	冷蒸	157 /	红烧河蚌
124	/	凉粉	158 /	河蚌豆腐汤
124	/	拌腰片	160 /	泥鳅钻豆腐
126	/	三色杯	161 /	刺鳅
128	/	棒冰	162 /	鲇鱼
128	/	端午粽子	163 /	夏水汤
131	/	蚕豆和毛豆	166 /	清蒸六月黄
134	/	四色汤团	168 /	六月黄蟹笃鲫鱼
135	/	季市早晚茶	169 /	面拖蟹

170 /	韭菜炒鳝丝		198 /	洋番芋烧肉
171 /	粯子粥		198 /	扁豆
174 /	豇豆粯子粥		199 /	开洋冬瓜汤
174 /	拌焦糊		201 /	煎茄饼
177 /	搭粥小菜		202 /	鳊鱼
178 /	西来酱生姜片		203 /	老黄瓜存肉
180 /	丝瓜毛豆		204 /	荷叶粉蒸肉
182 /	苋菜		206 /	芋头烧肉
183 /	河菱		207 /	芋头烧鳗鱼
184 /	紫果叶		208 /	芋头烧鸡
185 /	茼蒿老豆腐		210 /	荞麦团
186 /	苦瓜炒蛋		211 /	包烧饼、方饼
186 /	水果玉米		214 /	季市烧饼
			217 /	季市大炉饼
			221 /	草鞋底
			223 /	新泰丰月饼

秋味

			225 /	茵糕
190 /	立秋吃西瓜		226 /	靖江老薄酒
190 /	芋头咸粥		228 /	抛梁果子
191 /	椒盐沙塌皮		230 /	映春园大碗面
193 /	糟汁带鱼		231 /	四新早饭
195 /	猪尾巴鱼		233 /	豆腐花
197 /	饼臊爊扁豆		233 /	豆浆

235	/	甲鱼	276 /	清蒸大闸蟹、蟹黄粉皮
236	/	北瓜	279 /	蟹肉炒饭
238	/	鲫鱼汤	281 /	蟹黄狮子头
239	/	蒸鲈鱼		
240	/	鲢鱼头粉皮		
242	/	重阳糕		

冬味

243 /	皮冻	
244 /	桥钉	
245 /	清蒸鲌丝	286 / 靖江猪肉脯
247 /	烩蹄筋	289 / 金波酒
248 /	滑炒里脊	291 / 番芋
249 /	蒜泥菠菜	293 / 季市斩肉
251 /	东兴老豆腐、太和拌豆腐	295 / 老母鸡汤
255 /	慈姑大蒜炒咸肉	298 / 肚肺汤
256 /	红烧杂鱼	300 / 青鱼
260 /	红烧和清蒸鳗鱼	301 / 红烧划水
262 /	鳜鱼	302 / 慈姑肉片
264 /	糯米排骨	304 / 韭黄肉丝
265 /	猪肝粉皮	305 / 肉汁萝卜
267 /	大烧豆腐	306 / 香橼果蜜饯
268 /	荸荠肉圆、河蚌肉圆	307 / 雪里蕻
270 /	蟹黄汤包	308 / 臭豆腐烧大肠
275 /	蟹黄饼	309 / 草鱼
		311 / 腌胡萝卜干

311	/	雪菜肉丝	350 /	年糕
312	/	胡萝卜饭	352 /	面糕
314	/	手擀面	354 /	老街臭干
315	/	季市脆饼	356 /	炒货
316	/	馓子、油绞绞	357 /	西来八大碗
319	/	老虎糖	364 /	摆年酒
322	/	咸肉蒸冬笋	365 /	年夜饭
323	/	河蚌青菜		
325	/	黄芽菜		
326	/	炒黑塌菜		
327	/	邢长兴羊肉		
333	/	羊羔饼		
335	/	羊肉粉丝汤		
336	/	水晶蹄髈		
337	/	羊血猪血鸭血铁板烧		
339	/	肉菜饭		
340	/	小豆饭		
342	/	烂糊面		
344	/	腊八粥		
345	/	酒酵馒头		
348	/	萝卜丝馒头		
349	/	蟹黄馒头		
350	/	红枣发糕		

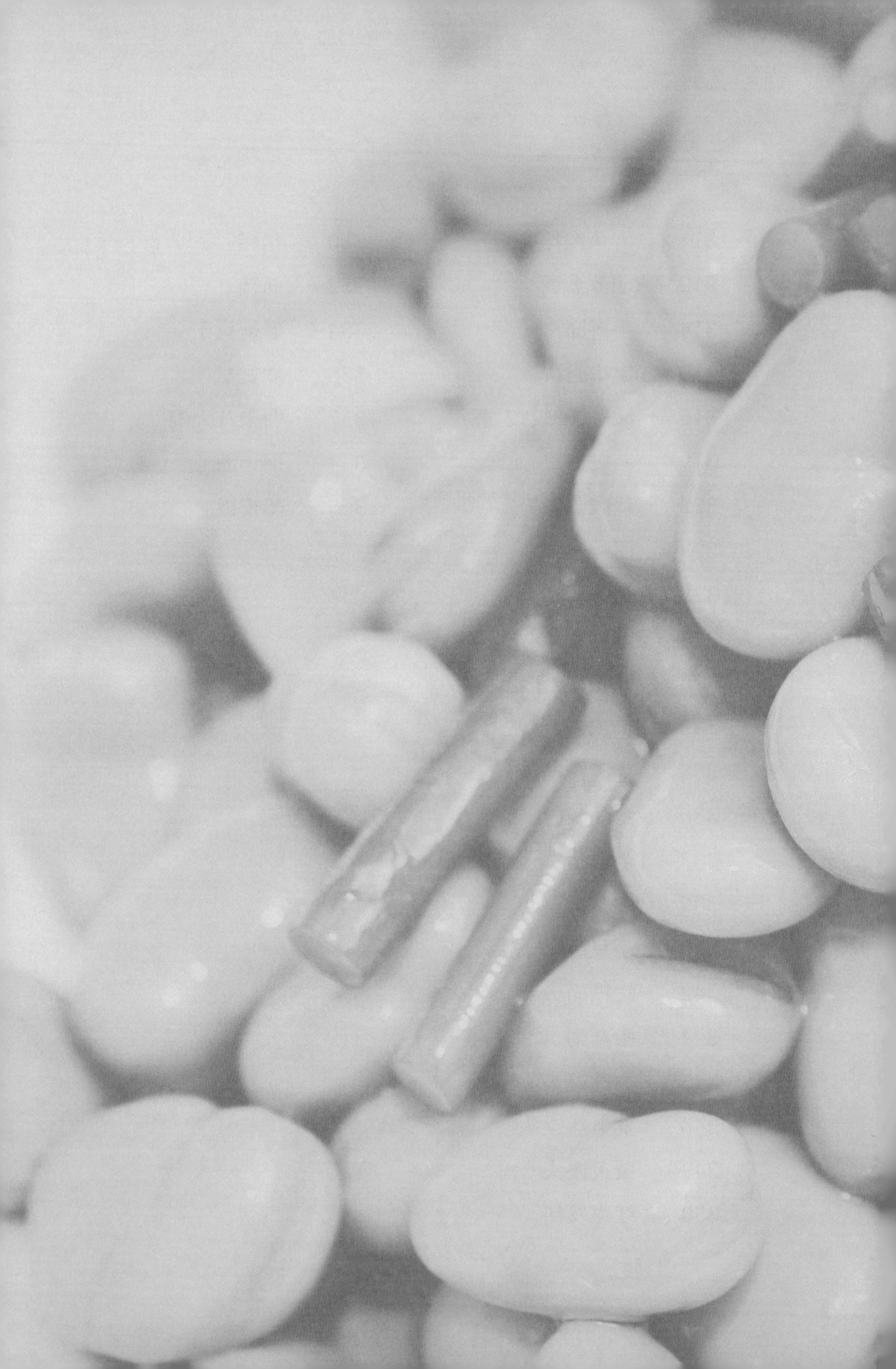

春味

米粉圆子

大年初一凌晨,梆敲三更,家家户户即争先恐后打"开门炮"(放爆竹),这是一年中的第一件事,象征送旧迎新和接福,俗称"接年"。靖江人在纳吉祈福时,讲究一个"早"字,打"开门炮"也是越早越好,象征今年诸事顺利如意,财源滚滚,五谷丰登。

新年的第一天,早餐要吃"团圆"(即米粉圆子,由糯米制成,实心),象征一家团圆。第一碗团圆盛给家中长辈,若儿子已自立门户,每个儿子都会给父母端一碗团圆。煮团圆一般不烧稻草而烧小麦秸,因小麦秸秆中通且直,寓意一年直直落落,顺顺当当。

关于米粉圆子的记忆,很多靖江人都只是停留在年少时。那时候在乡间,过年是农民一年中最隆重的节日,农历十一月就开始腌鱼腌肉,一进腊月,蒸馒头做年糕,准备籼米粉和糯米粉,炒年货,做大头圆子和小头圆子,杀猪宰鸡……忙得不亦乐乎。

做米粉圆子很讲究。把早稻米淘洗干净,放入大盆里浸泡,一般要浸几个小时,米浸泡一段时间后,用手捻捻,如果能捻碎,说明米浸好了,就把米捞起来滤干,送到磨坊里碾。

噼里啪啦,在机器的轰鸣声中,白花花的米粉冒着热气流出来。回家后,这米粉还要倒入大锅里炒。掌握火候尤为重要,火不能太大,不然粉会焦的。炒的时候要不停地搅拌,把锅底的粉翻上来,上面的粉拌下去,如此,随着锅铲子如蝶翻飞,潮漉漉的米粉干燥起来,这时一锅米粉就可以起锅了,再翻炒下一锅……米粉炒好后放入簸箕里摊开,等热气散尽就用干净的袋子装起来,随时可以做米粉圆子。有人家把晚稻米碾粉,放到太阳底下晒干,用来做米粉粑,晚稻米粉不适合做圆子,做出的圆子粘牙。

最有意思的要算是搓米粉圆子。加多少水很有说法,决定了米粉的软硬程度。过去,农村里说女人勤劳与否,只要看看她搓圆子的手法便知。捏一小块,在桌子上那么一搓,一个圆溜溜的圆子就跳进了簸箕里。不一会儿工夫,就排满了簸底,每一个都白白净净,大小匀称。

进锅也就是五六分钟的时间,米粉圆子开始在沸腾的水中翻滚,飞舞。和着清汤,飘着米香,倘若加上一点红糖,黏黏的感觉,满嘴里都是甜蜜,可以甜一整年。

正月里,还有一个日子要吃米粉圆子,那就是正月十三。俗话说:掌灯圆子落灯面。正月十三是掌灯的日子,黄昏时分,家家户户要在厨灶下点燃一盏花灯,俗称"点灶灯"。除此,这天晚上,还要吃米粉圆子,图的就是一个"团团圆圆""圆圆满满"的好寓意。到了正月十八,取下花灯又将开始一年的辛勤劳作。落灯时吃面条有喜庆绵绵不断,健康长寿之意。面条是靖江最常见的食品之一,因其又长又瘦,有长寿之意。过去一般是手擀面,将面粉、水调制成面团,用手揉均匀,然后平放于案板上,用擀面杖向四周用力擀开成薄片状,将擀好的面片用刀切成面条。吃过落灯面,新的一年顺顺利利。

蜂糖糕

靖江旧时流行一种叫"蜂糖糕"的糕点，因其样子似蜂巢，味道甜蜜，至今仍被人们喜爱。

蜂糖糕，是以面粉、蜂蜜（今多以白糖）制成的一种松软发糕，最迟在唐末即已出现，有枣果蜂糖糕、玫瑰蜂糖糕两种做法，是泰州地区特色茶食点心之一，也是流行于扬州和上海的传统特色糕点小吃。

靖江自三国成陆，南宋岳飞带来江淮移民，明代才正式建县，显然，蜂糖糕是靖江历史上陆续的移民所带入，并流传至今的美食。

蜂糖糕用发面，在笼屉内蒸熟，切开后里面充满状如蜂窝的孔洞，蜂糖糕的名称由此而来。蜂糖糕好吃，制作方法也简单：把高筋面粉、酵母、白糖用温水搅拌均匀，静置几分钟，然后揉成大块面团，这时面团粘手，倒入玉米油揉成非常软的面团，做蜂糖糕面一定要非常软才好。这一切完成后，把面团放在暖和的地方发酵，发至原来的两倍大。把发好的面团撒点干面粉轻轻揉一揉，做成一个大圆饼，面上涂点油朝下放入蒸笼上。将蒸笼放入盛了小半锅开水蒸锅的笼屉上盖上盖，醒发20分钟。然后将红绿丝、红枣或者果脯粒等均匀撒在发面上，盖上蒸锅盖，置炉上开大火，等到水开蒸气上升，再用大火蒸30分钟，离火后等2分钟再揭盖，切成方块食用。

蜂糖糕松松软软、甜糯可口，是旧时孩童最为渴望的美食，常常是在年节前后制作，牙口不好的老人、爱吃甜食的孩童们都能食

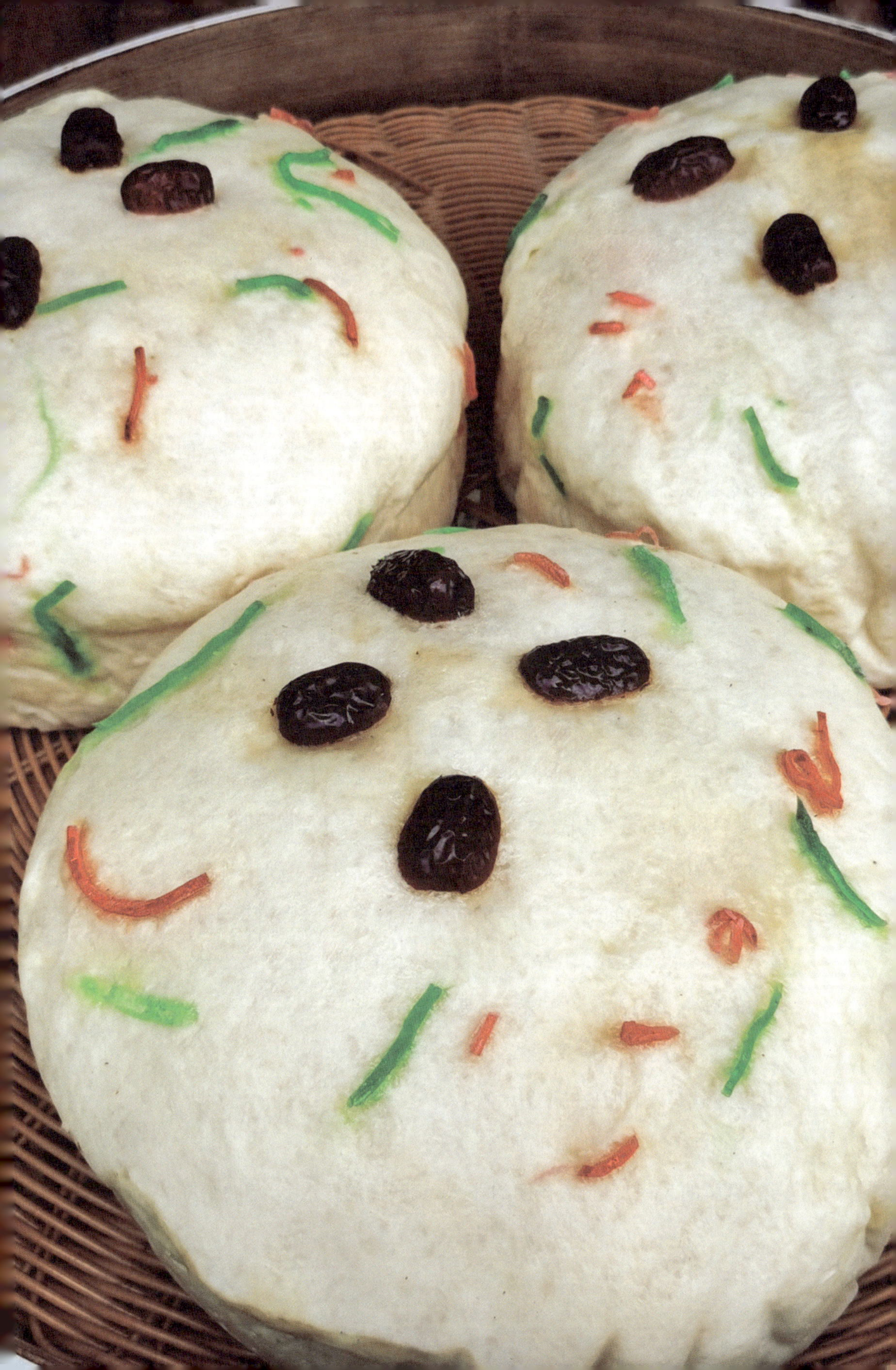

用。在喜庆的节日里，吃上一口蜂糖糕，孩童的世界便填满了幸福。

汤团

在靖江，汤圆特指无馅心的米粉圆子，汤团则是平素里餐点的一种主食，馅心多样，有拳头大小，一年四季皆食用，并非元宵节时的特定主食。

不论走进哪家小饭店，从门口一进来总能看到老板娘在包汤团。摘下一块，放到掌心，像包饺子一样，填入馅料，再合上另一掌来回揉啊揉，直到雪白光滑的团子出现在面前。

馅料有什么？可以是肉馅的，瘦肉剁碎，添一点肥肉出油，再剁一些葱花、姜丝进去，便是鲜肉汤团，民间也有称之为"葱花团"的，家有稚童将要入学，寄寓学习聪明之意。也可以是素馅的，其中还分咸、甜两种：咸的可以是荠菜馅儿的，可以是嫩笋尖儿剁进了马兰头的馅儿；甜的则多是芝麻馅的，这里头有讲究，芝麻馅儿里，最好是加一点干桂花，出香气，若是拌馅儿的时候，挖上那么一勺两勺的猪油，添了油气和香味那就更佳了。

荠菜、马兰头有时令季节，不能多得，所以鲜肉汤团、芝麻汤团，基本就是人们所说的咸甜两派了。

准备妥当，就得煮汤团了。

翻腾的大锅，等待着汤团的扑入。煮汤团需要水多，翻腾滚开的热水，可以让汤团的糯米粉表皮迅速被潦烫熟了；又因为沸水翻腾，汤团还不容易粘锅。

翻腾的热水，煮烫了外皮后，密集且不容易马上散去的热炽，可以迅速烫熟馅儿：那便使瘦肉熟出香味，肥肉熟出油脂，芝麻熟成糊状，被炙烫后的猪油，则散发着香味。

起了锅，也不用加什么汤料，只要捞起汤团，带着一点汤水，就可以上桌了。当然，要是考究的，可在汤水里做点花样，加点葱花、紫菜什么的。

吃汤团的时候，用勺子舀起汤团来，带着汤水，先用唇齿去试温度，滚烫并且不容易散热的糯米粉，很容易灼伤口腔，所以要小心。

如果凉热合适，你用唇抿下去，用齿咬下去，会感叹怎会有如此糯软的美味。

靖江馄饨

馄饨名号繁多，口味各异，做法却差距不大，就是薄薄的面皮里包着各色的馅心。

1980年代，靖江城里有两家馄饨店最出名，一家在十字街的东北角。门面不大，进深蛮长，每天都会开到凌晨。长夜漫漫，天寒风高，走到十字街口，前面总会飘来一阵骨头汤的香气。两口馄饨入肠胃，再呷一口热汤，边吃边冒汗，再多的疲惫也会一并逼出来。

另一家，就是东门老县中大门西侧的乔奶奶馄饨。门面是自家的两间平房，从择菜、洗菜、剁菜、拌馅、包馄饨、上锅煮，都是乔奶奶一手完成，她从容自若，气质盖过了一条街。"清爽""味鲜"是老吃客对乔奶奶馄饨的最高评价，特点在于皮子滑爽、酿馅香鲜、汤清味美。乔奶奶馄饨的鲜，是因为她在馅心里加了一点点白糖，至于加多少、什么时候加则是不传的秘诀。

馄饨由皮和馅两部分组成。菜和肉，是馅的核心。除了纯肉馅的，一般的家常馄饨，菜和肉的比例大概在六比四左右。至于其他的配料，则因地域、口感和习惯而不同。靖江馄饨里的菜，全年以青菜为主。随着季节的变换，也会用菠菜、芹菜、韭菜、野菜等替代。

肉是猪肉主打，肥瘦搭配适中。有的人喜欢牛肉馅，也有人加一点鸡脯肉，但始终成不了主流。七瘦三肥的夹心肉，切成丁，再根据各自的口感，选择剁得粗一点还是细一点。有人喜欢满口的肉感，那就粗一点。大多数人家会把肉剁得细一点，比如乔奶奶馄饨和马桥馄饨，他们说，肉细一点，煮的时间就会短一点，这样菜也不会老。你看，这就是细节的魅力。

马桥馄饨的灵魂，是每只馄饨里面都会包入一只虾。这只虾，不是罗氏虾，也不是太湖白虾，必须是靖江内河出产的小青虾。活虾洗净，装入保鲜袋，冷冻一两个小时，用刀身隔着袋子轻拍，虾的须和脚就会掉落。然后，整只虾包入馄饨中。馄饨煮熟后，透过晶莹剔透的薄皮，绿色的菜，棕色的肉，红色的虾，一目了然，光看一眼，就会垂涎欲滴。

季市人做馄饨，会在馅里拌入油渣。新鲜的猪板油，切成麻将大小，放入锅中，文火慢熬，熬出油来，剩下的油渣，色泽金黄，软硬适中，包入馄饨，香气四溢。

馄饨是靖江人不可或缺的食物，东西南北中，地域风俗不同，口味各有侧重，但每家都有自己的特色。满街的馄饨店，不管什么招牌，其实是从家里到店里，换了个作场而已。

靖江馄饨的精髓，在于馅料的新鲜。当天的蔬菜和猪肉，现剁现拌现包现煮。放在冰箱里的隔夜馅心，靖江人一口就能吃出异味。乔奶奶做馄饨的时候，冰箱还是奢侈品。她做韭菜馄饨，都是将洗净的韭菜沥干水分，用纱布盖好，客人点了，再现切现拌，那一份从容，那满口的鲜香，如今已成了绝响。

靖江人对馄饨的爱是深入骨髓的。家里来了客人，主家会特地忙一顿馄饨，而且把亲朋好友都招来共享。这是对客人最高的礼节——迎客馄饨送客面。逢年过节，祭拜祖先，供桌上少不了的是馄饨。儿子的对象一家第一次登门，那一定是要吃馄饨的，意思就是吃馄饨，裹裹嘴，多说好话吉利话。

靖江的馄饨里，有家族手艺的坚守，有夫妻的恩爱与默契，有父子的温情，有待客的诚心，有对爱情的包容和祝福，还有对祖先与神灵的告慰。点滴深情，才下舌尖，又上心头。

炒米与炒米糖

"爆炒米喽！爆炒米喽！"

每逢年关，常常会见到爆炒米的师傅带着炒米机走村串乡，孩子们总是最先发现，然后飞奔回家带上一碗米，围着炒米师傅，等待着"砰"的一声巨响后的美味。过去几乎家家户户都会在腊月里爆炒米，有的炒米师傅甚至从元旦前后，会一直炒到除夕夜。

过去，爆炒米先将糯米蒸熟，晒干，然后放入沙子在锅里炒。待炒好后，用铁丝筛子将沙过滤掉，剩下的便是炒米。同样的方法也用来炒蚕豆、玉米花、番芋干、青豆等。后来，基本都交给炒米师傅用炒米机进行炒制。爆炒米的手艺人并不是以此为生，只有在农闲季节，特别在春节前才出门。爆炒米的工具是：一副担子，担子一头

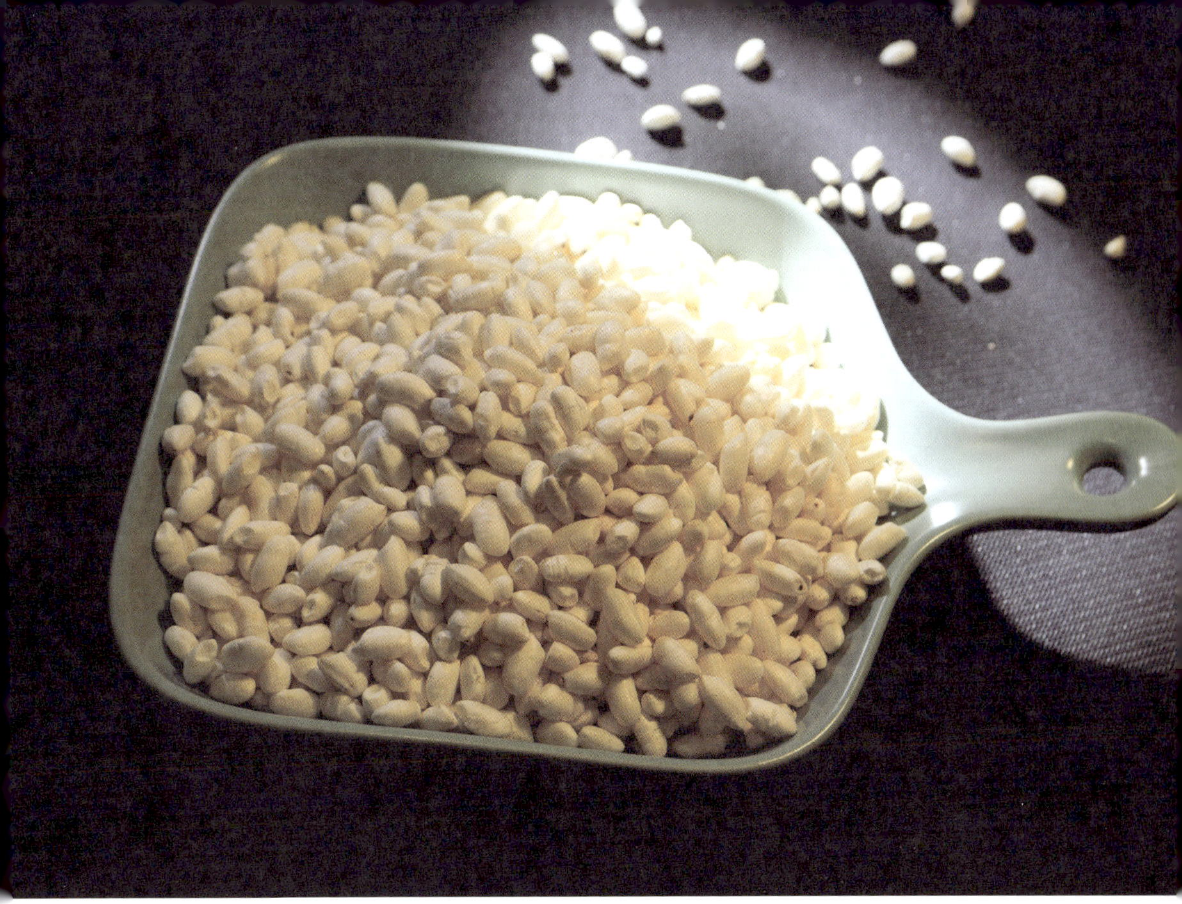

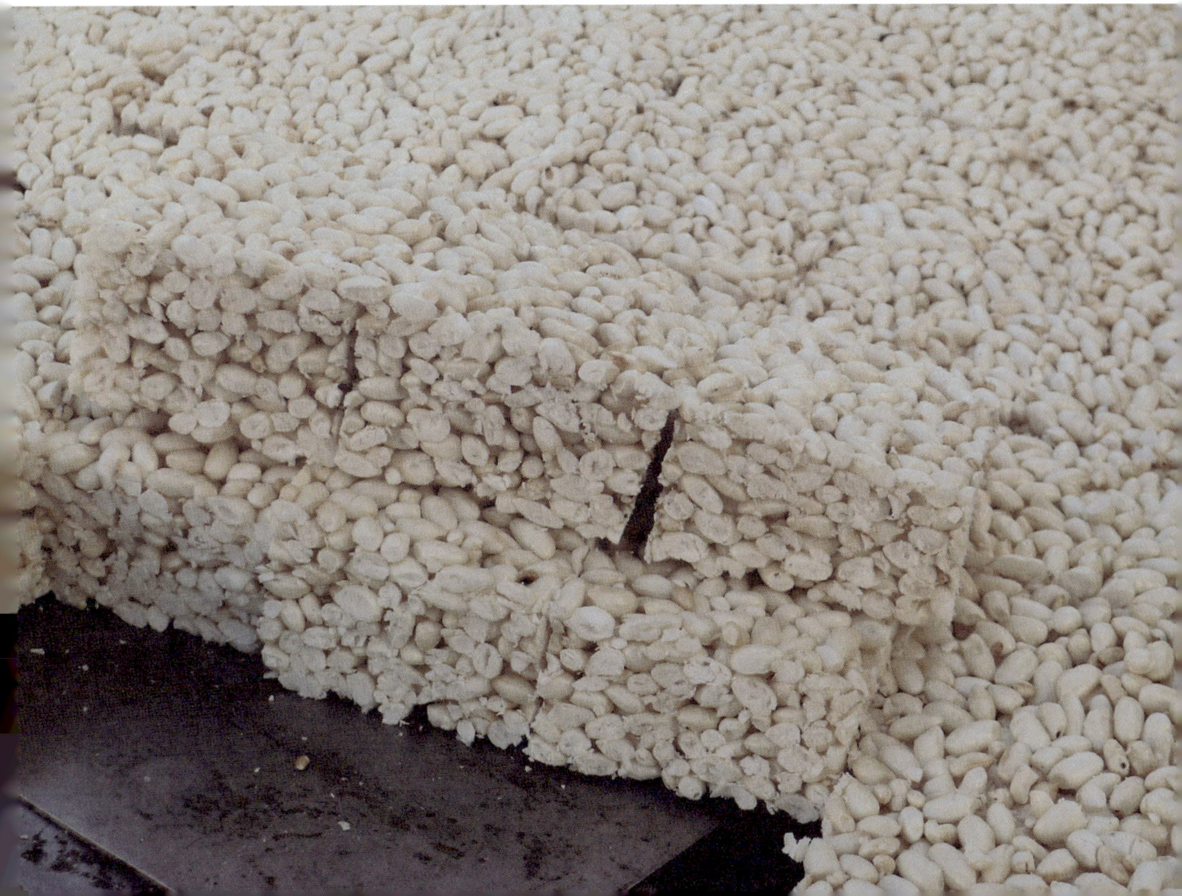

是炒米机、炒米机铁架和小火炉，另一头是木箱，箱里放炭，箱上放风箱，另有一只干净麻袋和小木凳，以及一把扳炒米锅的扳手。爆炒米的人到某户晒场或院子把担子歇下来，把一应工具摆放到位，围上一条黑围裙，将炒米锅盖用扳手打开，倒进适量大米，然后把锅盖扳紧。接着生小火炉。待火炉旺着后，再将炒米锅锅盖前的铁环搁到铁架上，便一手拉风箱，一手摇动炒米锅，两眼看好气压表。到气压表上的指针指到规定数字时，将炒米机移开火炉，把麻袋扎在炒米锅口，在用扳手扳锅盖前，大喊一声"响"，只听"嘭"的一声后，炒米锅口已开，炒米花全部倒进了麻袋。

　　物资匮乏的年代，炒米曾经给春节增添了浓厚的年味，也把米香留在了一代代人的回忆里。正月里走亲访友，也可以用来泡炒米茶，或者等亲朋来时，烧鸡蛋炒米茶。条件好点的人家，为了慰藉孩子们的味蕾，还可以做成炒米糖，既有米香，又有甜蜜。摊位上支一个小铁锅，放入白糖加些许油，加热熬成金黄的糖稀。把炒米和糖稀都倒入一个大桶里，用木棍使劲搅拌。拌匀后趁热倒入一个木框模具里，拿木板快速压平整，稍凉一些后用刀切成规整的小块，炒米糖就做好了。拿上一块干干脆脆的，咬上一口，米香混合着糖的甜，真是小吃一绝。

　　"就锅抛下黄金粟，转手翻成白玉花。"苏南称"爆孛娄"、苏北称"爆秫米花"，而靖江则叫作"爆炒米"或"炒炒米"。一粒粒粉白圆滚的炒米，宛若天上的星辰，落入了人间烟火。有的人家在做炒米糖时，还会加入很多配料，如黑芝麻、核桃仁、花生、干橘皮等。靖江人不仅要好吃，还要让炒米灿若星辰。

待客之茶

过去，靖江物产匮乏，但在聪明勤劳的靖江人手里，总能将最为平凡普通的食材，变成营养丰富的美味。

最常见的是鸡蛋茶。以前，靖江人常用鸡蛋茶招待客人。碗里一般放三到四个水煮鸡蛋，并放有红糖。按规矩，客人一般会留一到两个鸡蛋，这时候，主家的孩子就在旁边眼巴巴地看着，客人走

后就能吃上剩下的鸡蛋。

　　还有一种馓子茶。油煮的面食，旧时西沙称为油面，东沙则称为馓子。吃法简单，将馓子泡入开水，添入红糖，便可称为馓子茶。过去，靖江城乡待客常用。讲究的人家，还会在馓子茶里加入水煮鸡蛋，招待客人也好，或者给产妇食用，都是很不错的。

　　再来说说枣子茶。把挑好的红枣洗净放到土灶上煮，最好是隔夜煮好。物资匮乏的年代，人们最喜欢的味道莫过于甜味，为了增加枣子茶的甜味，在煮枣子时还会放入红糖，枣子在沸腾的糖水里跳跃着，整个灶间都散发着香甜。同时上桌的还有馒头片、包子、烧饼等吃食，就着枣子茶吃。

　　春节拜年，不管到谁家，都会用果子茶来招待客人。花生、蚕豆、瓜子、金枣、桃酥、糖果，六样吃食摆在八仙桌上，靖江人把所有瓜果等食物都叫果子。搭配一碗枣子茶或者白开水，这便是吃果子茶。客人象征性地吃几口，喝点茶，说说祝福的吉祥话。

　　简单的生活，都因这些待客之茶，多了一份幸福和甜蜜，平凡的岁月，也因此添了些诗意。

野菜五味

　　春天的时节，最美的味道莫过于地里恣意生长的野菜。靖江人所说的野菜五味，是荠菜、马齿苋、马兰、蒲公英、枸杞头。

荠菜在诸多野菜中毫无悬念是首选。荠菜之所以脱颖而出,理应与靖江由长江冲积而成有关,那么多广阔的荒滩野地、堤圩渠坡,为它的疯长扩张提供了得天独厚的绝佳条件。越荒、越偏、越零散的地方,荠菜才越野蛮、越肥壮、越茂盛。

民谚"三月不吃青,肚里冒金星"。每年春风暖又暖,春雨油又油,荠菜一茬一茬疯长,活跃在靖江大地上一拨又一拨采荠菜大军蔚为壮观。

真正的荠菜吃的是应时尝新,过了端午基本就无人问津。凉拌荠菜、荠菜春卷、荠菜饭、荠菜馄饨，此为靖江荠菜系列的四大金刚。可以说，这几样半个中国都有的统货，经靖江人的心手磨砺，将靖江菜的精细精致体现得淋漓尽致。野荠菜皆含苦涩之味，叶脉又密布皱纹，需要不同程度地焯水。而最为关键的是，每道菜全不靠野菜单打独斗，而是别出心裁地与其他食材混搭，烹制出荡漾在眼尖、舌尖与心尖上的野性风味。

凉拌荠菜搭配的有花生末、碎香干、枸杞子、豆腐、金针菜、柳芽等十余种。酒席上，碟子里的冷拌荠菜垒起圆、方、尖各种造型，图像稀奇百怪，寓意美好吉祥。

荠菜春卷无疑是春天最时鲜的美味。荠菜份额不低于总体馅料的一半，才能霸住特别的"野味"。所以这种春卷是表皮焦脆，内囊粉糯，搅和着奇特菜香，野菜的土腥味、清香味是其他绿叶菜所无法取代的。吃过荠菜春卷，才能体会"将春天卷起来"的诗意！

旧时靖江农村一般早晚喝粥，春天中午有时会吃荠菜饭，以弥补主粮不足。而如今在靖江这是道富贵饭，主角野菜比例占百分之六七十，以上等肉丝和猪油标配，再在胡萝卜、白萝卜、扁豆、山芋、豌豆、芋头、南瓜、蚕豆、葵花芋等等杂蔬中创造性地选择配角。

春天的野菜馄饨更是拥趸无数。野菜搅和的馅儿千方百计翻花头，什么虾仁啊、家禽肉啊、三鲜啊，一只只馄饨活像翡翠，让人舍不得下口。

野地里，马齿苋很多。田间地头、草地树林甚至在人行道的砖缝，马齿苋野蛮地生长。靖江人珍惜一切老天赋予的出产，用自己的聪明才智把马齿苋的功用发挥到极致。

马齿苋的吃法还是很多样的。靖江人喜欢采摘马齿苋的嫩芽做凉菜,先放开水里焯水,发软后油爆或者用盐、糖、酱油凉拌。适当加点麻油和糖可以改变马齿苋的酸涩口味。

还可以制成马齿苋粥,通常以粳米和马齿苋为原料,开始需要先将粳米煮熟之后才能加入马齿苋,然后再熬煮几分钟就可以了。

清炒马齿苋也是比较常见的吃法。顾名思义就是直接炒熟就可以了,当然还可以根据自己的喜好加入一些豆瓣酱、生抽酱油等翻炒也是十分不错的。

马齿苋晒成干,可以彻底改变其食材性状和口味。晒马齿苋干,有三种办法:一种是清洗后用开水烫一下,铺在草席上,在太阳下晒干;一种是放蒸箱里蒸煮一下然后晾晒;农村里也有一种土法,就是用草木灰水浸泡一下放太阳下暴晒。通常十斤鲜马齿苋只能晒出一斤干马齿苋。干马齿苋可以和五花肉一起烧红烧肉。马齿苋特有的草干香味和肥肉的氨基酸发生奇妙的反应,肉香甘醇不腻,草味鲜香肥厚,相得益彰。

马齿苋的高光时刻是做成包子。马齿苋肉馅的包子是过去靖江人过年才吃的顶级食物。每年腊月,靖江人把珍藏了半年的干马齿苋用水发开,做好调馅的准备。一斤干马齿苋要配上二斤的五花肉丁、半斤大虾。用调料煸香的五花肉加上板油和发好的马齿苋调好馅,端上包子作台,一定会引来无数羡慕的目光。"这东西吸油啊。"有经验的调料师傅往往还要多拌上一点色拉油。第一笼马齿苋包子出蒸屉，热情的主人招呼在场帮忙包包子的大叔大婶，甚至是看热闹的路人尝上一个，诱人的味道引得大家点头称赞。

野地里不光有马齿苋，还长着许多马兰。丝丝绵绵的春雨里，马兰不经意间就生长得茂盛蓬勃。乡间田野常会见到有人用小锹或小剪刀，取其嫩茎头，靖江话里叫作"挑马兰"。

把挑好的马兰洗净后用清水焯烫，捞取拧干水分，也不能太干，要保留一点水分，剁成碎屑，拌上食盐、麻油等作料，既可做菜，又有明目清神的药疗作用。靖江传统吃法是花生仁拌马兰头或者香干拌马兰头。

花生仁拌马兰的制作方法非常简便，将炒熟的花生仁置案板上，用刀柄研成细末。再将剁碎的马兰、花生仁细末置碗内，加麻油、盐、味精搅拌均匀。香干马兰头做法与之类似，不过是将碎花生仁换成了碎香干。

马兰清香翠绿、爽口舒心，可清热去火、护肝明目，靖江人一般只在早春至清明前食用，过了清明马兰开始变老，口感差了很多，就没有人再吃了。不过近年来，不少饭店推出了新菜，清炒马兰、马兰时蔬汤，这与大棚批量错时种植马兰很有关系。

说到地里的野菜，必然要说说蒲公英，它最近受到很多人的追捧。如今大鱼大肉、精米细面吃得多了，吸烟饮酒过度了，固然需要荠菜、马兰头、马齿苋，但它们也不过就是口味的转换。蒲公英可以凉拌，还可以用来包馄饨。用它包的馄饨，大概是最好吃的营养胶囊了。

最好的食材往往只需要最简单的烹饪。比如乡野间生长的枸杞，春天掐一把枸杞的嫩芽，以凉拌最美，原汁原味。

凉拌枸杞头要用香油，这一点很重要。靖江人说的"香油"是芝麻油，也叫"麻油"；枸杞头属于野菜野味，本身风味独特，加了麻油，那风味当然就令人难忘了。

春日三鲜

立春之后，万物复苏，带来了美味的时令蔬菜。头刀韭菜、香椿、春笋"三鲜"，简直能鲜掉下巴。

春日尝鲜，首推春韭。韭菜是多年生草本植物，一年四季都可食用，而初春的早韭味道是最好的。古有"春初早韭，秋末晚菘"的说法，这里的"韭"就是韭菜。寥寥八字，简洁雅致，可以说是对春韭品质的最佳诠释。

春天的韭菜叶似翡翠，根如白玉，脆嫩鲜美，清香馥郁，这是因为它经历了一个严冬的"养精蓄锐"，根和茎贮存了大量养分。加之春天常有夜雨，次晨收割春韭，其中含有充足的水分，柔嫩多汁，味道鲜美。

靖江人喜欢食用一种红芽韭菜，据说这种露天野地生长的春韭，更鲜更嫩。春韭营养丰富，是入馔百味的最佳食材。比如春韭炒鸡蛋，新鲜韭菜洗净切碎，鸡蛋三五只，同切碎之韭菜搅匀，用

素油、食盐同炒至熟佐食。

而春韭炒春螺则是鲜上加鲜。清明后的春螺肉特别肥嫩。此时，配上春韭炒一盘，鲜香得口水直流。春韭洗净沥干水切寸断备用，热锅凉油用葱姜蒜先把油爆香后，倒入螺蛳肉快速翻炒后盛出备用。再起油热锅，倒入春韭翻炒，其间快速在春韭中加入盐，在出锅前四五秒把炒过的螺蛳肉倒入其中，使之与春韭混合，一盘春天的小清新就出锅了。

当然，春韭做法还有很多种，可以清炒，可以做馄饨馅、春韭盒子，以及春韭炒小虾、炒虾仁、炒百叶、炒豆芽、炒肉丝，等等。

春韭上市不久，春笋开始破土而出。靖江向来有"竹乡"美誉,过去在农村,几乎家家户户屋后都会有一片竹林。立春时要打春,孩童们最为盼望的便是拿把小锹到自家屋后竹林里去挖竹笋,家里大人在自家菜地里割一把韭菜,做上一盘韭菜春笋,鲜美可口。

挖竹笋也很有趣,从微微隆起的土地就能探寻到它们的踪迹,那些脖子伸得老长的竹笋,就不会有人挖了,已经长老了。《饯春筵上蔬果》诗云:"竹林迸笋梅丸绿,莺鸟含桃豆荚香。都是饯春筵上物,年时曾记客中尝。"竹笋的鲜美,不仅和春韭是绝配,还可以与肉同煮,鲜猪肉、鸡肉、腌制的咸肉都能用竹笋来增添香味,竹笋也因之成为春季饭桌上的常客。

还有一道美食,因有了竹笋让人难忘,那就是竹笋炒面。肉和笋切成丝,热锅中倒油,将肉和鲜笋快速翻炒,加适量水,再将面条平铺上去,盖上锅盖焖15分钟。趁着这点空闲时间,用生抽、盐、糖调个料汁,时间到了,将切好的韭菜倒入,用筷子搅拌,然后淋上料汁,继续用筷子搅拌,等韭菜瘪下去之后,就可出锅食用了。

香椿比起春韭、春笋来得要晚一点,时令性强,仅有暮春清明前后的十来天可以采摘,芽叶肥嫩无丝,芬芳馨香。在中国,食用香椿已有几千年历史,民间有"门前一株椿,春菜常不断"之谚,也有"雨前椿芽嫩无丝"之说。

香椿芽营养成分均衡,蛋白质为群蔬之首,适用于烫、拌、炒、炝、炸等不同烹调方法。靖江传统的吃法是用香椿焖蛋:待香椿芽叶长至三四寸时,摘取其嫩头,洗净后切成碎屑,和着鸡蛋,用油、盐等调料在锅中以文火煎，多加汤煮熟，然后食用，味道鲜美无比。

香椿水煮肉

童年记忆里，香椿树确是苏中平原上一道壮美风景。它身姿挺拔、修长，老远看上去钻天似的，而它的枝叶清丽、秀雅，超凡脱俗。在人们眼里，它是富贵、吉祥之树，总喜欢长在门前屋后，单说说吃香椿就不知能炮制多少鸿篇巨制呢。

史册记载，中国人吃香椿的历史可追溯到汉朝，遍布中国，代代相传。庄子只是赞美香椿"以八千岁为春，以八千岁为秋"，到了苏东坡眼里变为"椿木实而叶香可啖"。而到了文豪兼美食家梁实秋的《就是知道吃》里面，则重点写了香椿拌豆腐这道菜。

"椿"字由木和春两个字组成，象征树的春天或春天的树，多么美好向上啊！它宛如龙井茶树，一般在清明之前就提前冒出叶芽，顶端蕴含着紫红，然后像掀起红盖头的新娘，在春风春雨里羞答答地红绿转换。香椿芽的成长期短得让人难以置信，稍纵即逝，一般就三五天，采摘时长不超过十天，两茬就十五天左右。依照靖江一带的传统，如有采收三茬四茬的，就不上路子，不上档次了，因为那时的香椿，已不如以前的好吃了。

所谓"不时不食"，这帮靖江食客们对食材要求极高。近年来农业产业化大潮中，靖江北边乡镇引进的大棚香椿种植项目大多黯然收场,就因为靖江人追逐时鲜,只认十天半月的野生香椿,饭店、排档如此,居家三餐也不马虎。

香椿青涩微苦,香气特殊、浓烈。在食物短缺的年代,香椿适时充当了青黄不接时的果腹之物。就像鸡蛋茶不是茶,"椿芽鱼"也不是鱼,说白了就是油炸椿芽。那时庄户人家平常买不起鱼,就用春芽糊面炸成鱼的形状,以此聊慰吃鱼的欲望,一家老小倒也其乐融融,正应了"人间有味是清欢"。

朴实无华的香椿焖蛋、香椿拌豆腐两大经典,在靖江可以说历史悠久。除此,在靖江东兴一带,有一道"香椿水煮肉"藏在深闺人未识,大有"唯一、第一"之行派。香椿头含有毒素,几乎以它为食材的所有菜肴,都必须先焯水滤之。唯独这道菜不必这样,而是与生切的五花肉一起极速滚油,沥水后再煮,香椿的浓浓苦涩与肉香就会在相互对抗中相互交融,最终在咕嘟咕嘟的沸汤中达成一种新的平衡。

东兴老豆腐质地不老,以这种卤水点的豆腐氽入香椿肉片,整个汤体味道就更嫩、滑、鲜、韧,尤其那种原汁原味的涩涩之鲜,不可言状,唯有多多举筷。

靖江人真是口福不浅。

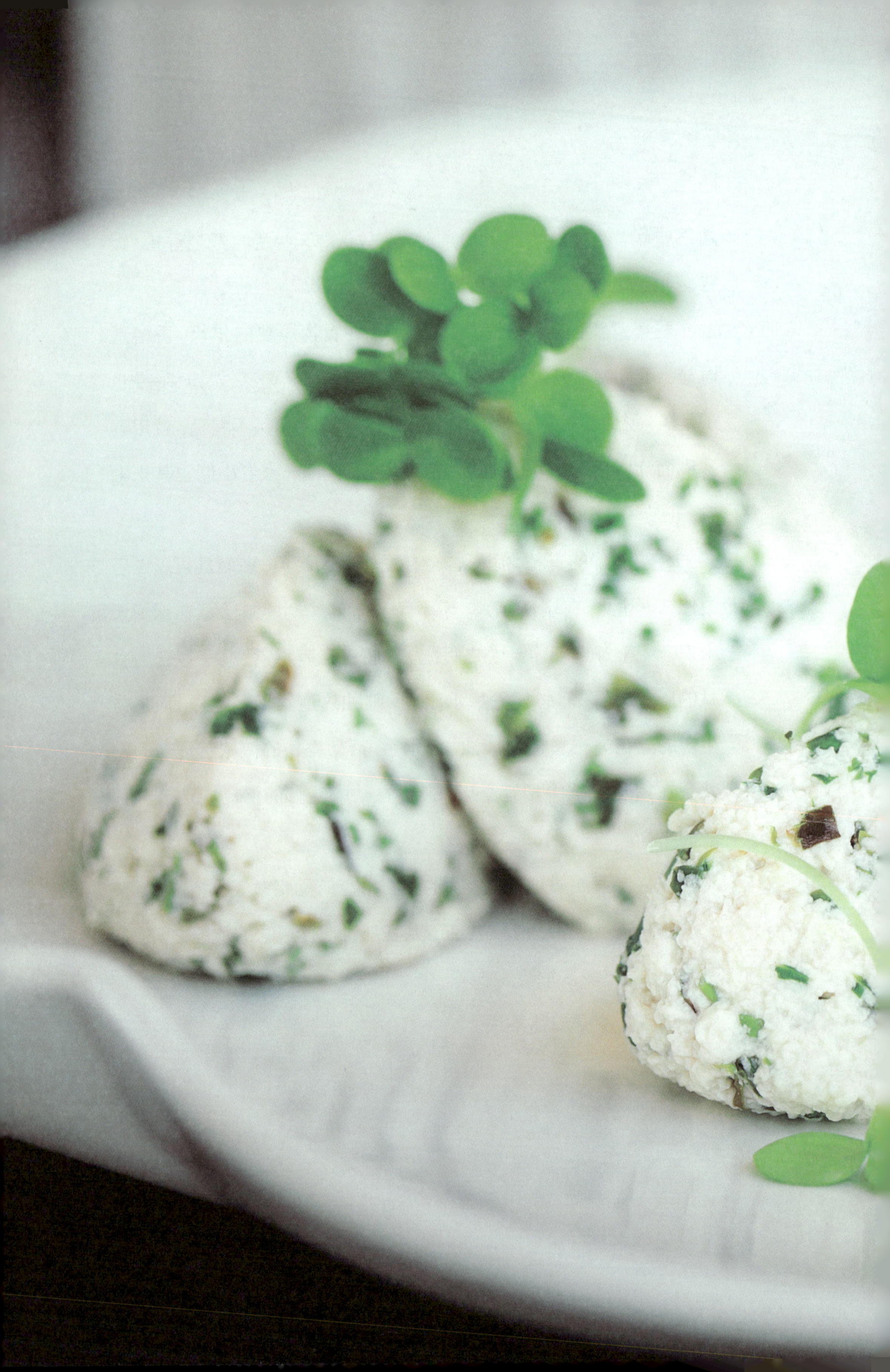

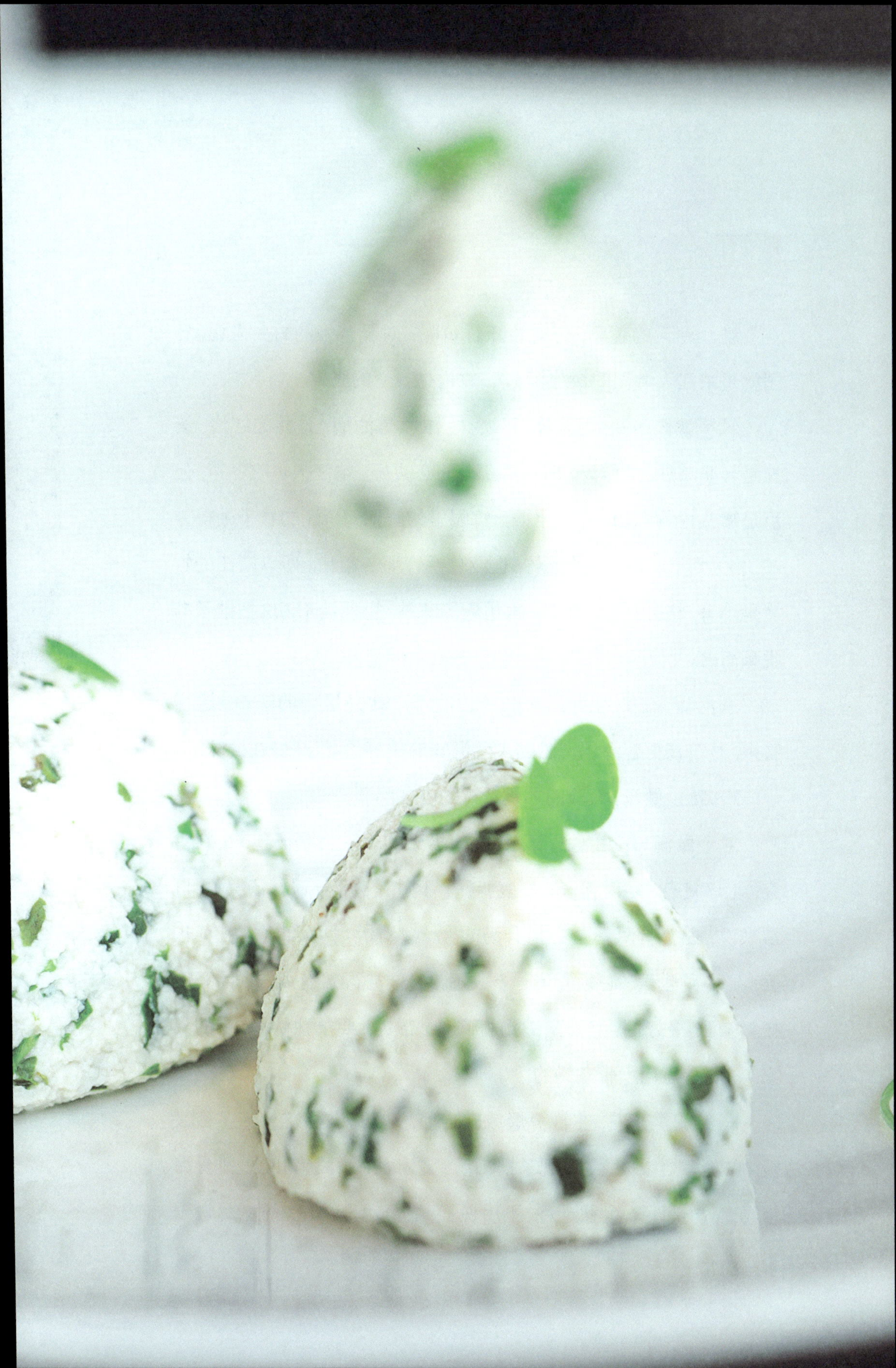

腌笃鲜

靖江春天的餐桌，怎能离开竹笋呢？对于曾经的竹乡来说，竹园就是靖江人共同的乡愁。当然，竹也是我们的肠胃。

竹笋就像西湖，可浓妆，可淡抹，浓妆是油焖，是共肉红烧，淡抹是与韭清炒，是作汤。都是靖江人的心头好。靖江人也吃冬笋，但那是罐头里的东西，怎么比得上竹园里的鲜活？靖江的竹子生得秀气，多为篾竹，大一点的燕竹，也没有毛竹那么粗壮。所以靖江的竹笋是小笋，格外纤细、脆嫩。再挑剔的味蕾，也抵挡不了这把锥子的脱颖而出。

李渔认为，笋为蔬食第一。焯笋之汤，就是最好的味精。这样看来，竹笋汤更容易让人感到人生滋味的美好了。红烧好在调味，清炒口感突出，做汤，考验的才是食材的内在品质。

对于做汤，靖江人是很在意的。极致的表现就是汤包：选料讲究，工序复杂，用时漫长。反复折腾，不过是为了一锅好汤罢了。日常来说，三餐有两餐是必须有汤的。一顿干饭，两菜也罢，三菜也罢，更多菜也罢，必须得有一汤。不然，总觉得若有所失，吞咽不畅。吃面，最好的，当然是鸡汤打底。吃馄饨，要单独做汤，有的人家，还要特意用大骨煮汤的。

一年四季来看，在竹笋煨咸肉之前，靖江人喜欢羊汤，又香又暖。在竹笋煨咸肉之后，蚬子锅拓汤、夏水汤、鳝段猪肚汤、排骨海带汤，不一而足。金秋十月，不用说了，主角就是汤包，满城尽说蟹

黄香了。

　　今天，汤包四季可吃。其他一些汤，也失去了季节性，成为语焉不详、面目模糊的菜谱。唯有竹笋煨咸肉，依然定格在春季，成为不时不食的固定节目。这道菜中还有清脆的莴笋，憨厚的百叶结。百叶随时可以打结，莴笋可以种植，而竹笋，只能野生。随着本土竹园的越来越少，竹笋煨咸肉这道菜的传统风味，也就显得越来越珍贵了。

春卷、春拌

靖江有立春吃春卷的习俗，谓之"咬春"，有喜迎春天、期盼丰收之意。

靖江人制作春卷，一般要经过制皮、调馅、包馅、炸制4道工序。

制皮又叫"打春卷皮子"。这是一件极见功夫的手艺活。春节过后，即有妇人于街边置小炉，上放饼铛（烙饼用的平底锅，像个大铁盘），微火热锅，油布擦一下，使温度均匀，右手抓块棉花似的面团（用上白精面粉加少许水和盐，揉擸至上劲，光滑滋润，不粘手，无小疙瘩），挂手掌间来回上下颠动，瞅准时机在锅上快速一揿一张，一捺一转，倏地将掌上面团提起，操作干净利落，迅捷灵敏。一片薄如蝉翼圆如镜的春卷皮顷刻白熟，趁面皮边沿翘起揭下即成。

靖江人的春卷馅心则根据各镇各埭各人口味不同，挑选春季时令菜蔬入馅。比如韭菜、菠菜、荠菜，配上肉丝或红肠丝（纯素的则用鸡蛋皮代替），还有纯包豆沙的甜馅。那些破土而出的青嫩时蔬，宣告着春回大地的喜讯，老百姓美美吃上一口，内心充满迎新的快乐。而且每种青蔬都有它美好的寓意，比如食芹会令人更加勤劳，食韭会让生命更加长久。而季市春卷的馅心则与靖江老岸和沙上地区的有所不同，季市人喜欢用头茬韭菜或荠菜，加上木耳、慈姑、金针（晒干的黄花菜）、鸡蛋，配上肉丝，有的还有螺蛳头，然后进行煸炒，最后勾芡。勾芡可以说是季市春卷的灵魂，需要不干不烂，画龙点睛，恰到好处。讲究一点的人家，还会用肉汁进行勾芡。

到了包馅环节，将制好的馅心摊放在皮子上，将两边折起，卷裹成长条，两头以稀面糊或芡汁相粘封口。入油锅煎炸，至中间鼓起，外壳起脆，色略微呈金黄色即捞出锅。若再等上一等，则起锅后必呈焦黄色，就嫌老了。起锅后仍有油温，春卷会继续变色，就有点过了。

春卷微微晾凉，即可食用。而因为季市春卷使用了芡汁，则更多了一分层次，初食有油炸外皮的酥脆，再食有内里芡汁的软糯，最后才有各种食材特别是时令菜蔬的清新香味，口中犹咬春息，心中满是欢喜，不愧春季时令佳点。

除了春卷，季市人开春还独有一道美食，名曰"春拌"。这个菜，很有点像北方的"合菜"。南方吃春卷，北方吃合菜。所谓合菜就是用时令蔬菜，如韭黄、豆芽、香干等切成的丝，或拌或炒。拌的话就将豆芽菜用水焯熟，干粉丝煮好，用淀粉、醋、酱油勾成汁，用汁拌菜丝便成（从这个做法上来看，靖江人的凉拌马兰头、香椿头，佐以斩碎的花生米，也可以算是一种春拌了）。若要炒着吃，就把肉丝、蛋皮丝、绿豆芽、豆腐干丝、粉丝、菠菜或是韭菜一同放入锅中炒熟。讲究的可加海参丝、肚丝、香菇丝、火腿丝，这样就更好吃，也更营养。

合菜中的"合"，字面意思是将春天里的多种时蔬集合在了一起炒制而成，但"合"也与"和""阖"同音，立春吃了炒合菜来"咬春",寓意开春全家兴旺。炒合菜在全国各地有不一样的做法,食材的选用也各不相同。季市人的春拌,就地取材,一般选用本地猪的梅条肉（猪里脊肉）、小河虾（也有加螺蛳头的），佐以春天时令的韭菜芽、菠菜、粉皮、浆皮子（豆腐皮子）、蛋皮子（此外,也有加木耳、蘑菇）混合爆炒拌合而成,营养美味,清香爽口,寓意开春大吉大利。猪里脊肉切成丝,纯素的则不加。小河虾只用本地河港所出,味道鲜美,不用客货。螺蛳要在水桶里爬上半天,吐净泥沙,用老虎钳夹去尾部只取螺蛳头。韭菜选择春天第一茬头上前三段。粉皮、木耳、豆腐皮等预先用水浸泡发好,摊好蛋皮子。然后开始炒春拌,将粉皮、螺蛳头分别焯水,爆炒肉丝,加黄酒或胡椒粉去腥,加入粉皮、豆腐皮继续翻炒,炒好后迅速出锅,沥一下油。锅中放入适量盐,再放韭菜爆炒,出锅,盛入盘中。小虾鲜红,韭菜碧绿,蛋皮金黄,肉丝质嫩鲜滑,螺蛳头鲜香无比,色香味俱全,令人赏心悦目,垂涎欲滴。

一年之计在于春。《事物纪原》记载："周公始制立春土牛,盖出土牛以示农耕早晚。"春天来了,靖江人吃了春卷和春拌,开始抖擞精神,投入到一年的辛勤"耕耘"中去了。

东门包子西门饼

靖江城很小,东西一条街。

东街多府衙庙宇、市井人家，西街多商铺旅馆、贩夫走卒，所以东街多饭馆西街多点心铺，单从靖江美食早点来说，东街的点心考究精致，西街的点心味全料足。东街最有名的是白娘娘包子铺，西街最有名的是江铁生擦酥方饼和骥新楼包烧饼。

白娘娘包子铺开在东门大会堂前的一座二层楼上。老板娘姓刘不姓白，大概是老板娘高挑肤白的缘故，人们喊她白娘娘。曾经有一个小女孩，每次在白娘娘家包子铺门口徘徊，眼馋着一个个热包子却又欲语还休，白娘娘总是爽快地递过两个大肉包，让当时的小姑娘——现在的老大娘，至今仍念念不忘。还乡游子更是独好白娘娘包子铺包子的鲜香，或挈妇将雏或呼朋携友买而食之，白娘娘包子铺的包子常常供不应求。

西街是靖城烧饼铺最多的地方，集中在西门小菜场一带。西街商铺繁荣，南来北往贾客云集，最早来开烧饼铺的有黄桥的大炉烧饼、泰州草炉烧饼、镇江的草鞋底烧饼等等。在靖江人看来，黄桥烧饼太油腻，草炉烧饼偏干，草鞋底过素，口味挑剔的靖江人总善于吸收众家之长做本土化改良，最后形成以擦酥方饼和包烧饼、锅盔为代表的靖江烧饼。

擦酥方饼讲究油而不腻、入口柔脆，秘诀全在"擦、拌、贴"三字上，擦就是掺酥，层层叠叠把面皮和酥糅到一起；拌是和面，讲究的是水面交融，发面筋道；贴就是把面饼掌握好火候适时贴到炉壁，早了会漏炉晚了则容易外焦内生。

江铁生烧饼店是西街最有名的烧饼铺，他家除了擦酥方饼，还

做锅盔和油条。锅盔是靖江特色的素饼,传说是当年岳飞带兵打仗的士兵干粮,久放不坏,常常切成斜角,如同古时候的盔甲碎片,便于携带和撕咬。西门有个叫沙驼子的老人,为人公平善良,西街打会互助都请他主持。沙驼子平时总是挎一张匾箩,沿街叫卖江铁生家的烧饼油条,这大概算是靖江最早的外卖小哥吧。附近县政府上班的职员,最喜欢从沙驼子那里赊欠方饼和油条,方饼三分,油条和锅盔二分,绝不加价,一月一结互不拖欠。

说到骥新楼包烧饼,其实骥新楼并不开点心铺,因为骥新楼附近好几家烧饼铺都做包烧饼,而骥新楼又是西门的地标,所以人们常说骥新楼烧饼。靖江包烧饼有烧饼的皮壳，更有丰富的内涵，有韭菜、萝卜丝、雪菜加肉末等多种馅心，考究的还有用蟹黄、籽虾、春笋做馅心的，包烧饼皮酥馅鲜、香脆松软，油而不腻。包烧饼做得好有两个诀窍：一是拌馅心要用板油，二是炉口要盖上水钵，风洞口用湿布塞紧，文火烘烤四分钟，端去水钵铲出即可。才出炉的包烧饼极受欢迎，靖江人除了喜欢自己吃还喜欢送亲友。

芥菜饭

过去，很多人都喜欢吃芥菜饭。

田里的芥菜跟乡下的孩子一样，疯长着。青绿色的身子，茎干粗，叶面阔，望过去，绿油油的一大片。乡人选择这类芥菜，大概是产量高，能疗饥。三四梗茎叶，合起来大约有一斤。

那时乡下都用柴火灶，一口大铁锅，煮饭做菜烧开水，兼具多种功能。铁锅烹煮的饭菜，富含铁元素，铁元素有造血功能，还在血液中起运输氧和营养物质的作用等。

米饭五六成熟时，将切成段节的芥菜茎梗放入，浇一点油，防止菜焦黄，盖上木锅盖，沸两遍后，再加入菜叶，再沸一遍，调好味，焖一小会儿，芥菜饭就新鲜出锅了。

盛上满满一大碗，芥菜的翠绿渗透在油光发亮的米饭里，绿白相间，色调怡人。尝上一口，饭松菜嫩，口感润滑，油香中又有嚼头的感觉堪称舌尖上的享受。

芥菜，味虽然微苦，但清凉解毒，营养丰富。民间有"吃了芥菜饭、不生疥疮"之说。古籍亦有"取芥菜煮饭食之，云能明目，盖取清精之义"的记载。浙江地区有二月二龙抬头时吃芥菜饭的习俗，靖江此食俗或为渔民传入。通常还有腌制芥菜、青菜等的习惯。特别是芥菜中的雪里蕻，常常成棵齐根挑割，晒至半瘪时用水洗净爽干，撒拌食盐后压入缸中或坛中腌制，随吃随取，作冬春季鲜菜淡季的主菜；或待7~10天后取出腌好的整棵菜切碎再蒸熟晒干，重新存入坛中作寒腌菜，在夏、秋较热的季节中，用来与肉类同煮，既有特别的风味，又有短期防馊的功能。

每当秋冬季，正是靖江农家芥菜上市的时节，特别是过霜的芥菜少了一分苦涩，多了一分鲜甜，带来的是更好的味觉体验。

粗粯饭

在过去粮食匮乏的年代，很多人家孩子多，吃不起米饭，一般吃的都是玉米糁饭、麦粥。有时，也能吃上以元麦和米煮成的饭，这就是"粗粯饭"。当然，能吃上这个饭已经很不错了。

元麦又称裸大麦，曾经是旧时农村的主粮。二十世纪六七十年代，物资匮乏，粮食紧张，那时农家按工分分粮食，分到手的玉米、元麦、大麦是直接放到磨盘上磨的。磨好的粉再用不同粗细的筛子筛，筛子上面的粗的做饭用，筛子下面细籼子做粥用的。籼子并不好吃，特别是粗籼饭，一般人恐怕很难下咽，有民歌唱道：东山日出向上来，籼子薄粥盛了两春台；想吃你就喝上两三碗，要吃白米秋上你再来。古老的民歌，绘声绘色地反映了往昔农家饮食的艰苦。

粗籼饭虽然难吃，可是在那段艰苦的岁月里，它能填饱肚子。

随着粮食增产，生活条件的不断改善，粗籼饭早已消失得无影无踪。唯有籼子粥，依旧为靖江人所钟爱。

猪油拌饭、油渣白菜

对于二十世纪六七十年代出生的人，能够终身留下销魂味觉记忆的，定有猪油拌饭和油渣白菜。因为那段艰苦岁月，人人肚子都缺油水，家家都是凭有限的购物券才能买到猪肉猪油。一斤肉只能吃一两顿，而一斤猪油连带炒菜、拌面拌饭，可以吃上数十天。

在长江以南，凡被称作猪油的，一定由板油、花油熬成，苏中一带俗称脂油。难怪食神蔡澜先生说，"每个饕客心中，都有一块猪油膏"。这猪油膏就是猪板油，上海、宁波本帮菜中也频现它的身影。板油是紧贴猪肋骨两侧的两块脂肪，网油是包裹住肝胰的网状脂肪模块。论熬油，板油绝对排行"老大"，出油率高、油质金黄，冷冻后容易结成白色固体，夏秋也不例外，像在碗盆里下了一场大雪，真是天赐。

熬油是个技术活，更像艺术活。哪家熬油了，左邻右舍都能闻到飘过整个村埭、街坊的香气。将厚墩墩的大块油块切成麻将牌大小的小块，在锅底吱吱作响中掌握节奏，铲子上下抡动、左右挤压，仿佛交响音乐会的指挥棒在挥舞。浮出油面的油渣成了孩子们的最爱，油花在嘴里"爆炸"，绽放开来松脆奇香。月子礼、上山下乡、参军、上学寄宿、馈赠亲朋……脂油成为奢侈而又实惠的人情标配物。

横空出世的猪油、油渣与其他食材排列组合，可以制作百味佳肴，但最具靖江记忆的，非猪油拌饭、油渣白菜两大经典美食莫属。

靖江猪油拌饭有些不同，拌的一般不是白饭，而是拌以青菜、胡萝卜、黄芽菜、豌豆等素物。更加匪夷所思的是，也有在以上基础上再拌荤物的，比如瘦肉丝、河豚、小虾仁，荤上加荤，好不闹忙。一碗热腾腾的饭端上，挑一大块脂油，筷子果断一插碗底，保证融化的油浸润米粒，香气向上升腾、弥漫。搅拌先慢后快，反复绕着碗沿转圈子，越转越快，使本来就晶莹透亮的米粒被浸润得更加光滑锃亮。靖江烹饪历来"好色"，最后还有加酱油、加小葱末、加香菜末的，一瞬间饭香、油香、葱酱香争先往嘴里鼻孔里钻。这人世间滋味，怎一个"香"字了得！

有关靖江油渣炒白菜的核心秘诀值得一表。一直以来，靖江少数有经验的大厨，从不单纯用脂油渣炒白菜，而是以五花肉熬出的渣混合爆炒。白菜洗净，用手撕成大片，放油锅里翻炒，炒至白菜变软倒进油渣，加水加盐，加盖焖。如此美妙糅合，相得益彰。

河豚香

对于河豚,靖江人有一肚子的话要说。

比如,河豚是难忘的童年。夏天,大水退去,懵懂的河豚留了下来。被孩子们捡了拿到空旷的地方,把鼓胀起来的它们,当皮球踢。

比如,它是关于饥饿的记忆。穷苦的人家,从垃圾堆里捡来了河豚鱼子,回去烧煮。结果大多悲剧,吃的人失去了生命。也有喜剧的,有人本来一心赴死,但煮的时间长了,反而饱餐一顿,安然无事。

比如,关于河豚毒素的百般猜疑。所谓"油麻籽胀眼睛花",所以有人说鱼子无毒,人是胀死的。有人说,拼死吃河豚,有点悲壮的意思。有人说,拼死吃河豚,是以为找到了万全的法门。但是谁知道呢,不出事的就是没事,出事的还是出事了。靖江作家范锡林写过中篇小说《河豚宴》,改编成广播剧,获得了江苏省"五个一工程"奖。剧中讲述了河豚毒死日本兵的故事,河豚也为抗日做了一份贡献。

当然,最津津乐道的,是河豚的美味了。靖江最传统的做法,要数铺油烧了:浓油赤酱,不像鱼倒像肉;也有生炒的:香味自然淡些了,口味重的未必喜欢;也有白煨的。创新的做法是木桶河豚鱼片:木桶里铺满滚烫的火山石,摆上鱼片,冲入另锅熬制的鱼汤,文事武做,颇有点刺激;精华的做法是"河豚三宝":皮、肝、肋。皮有些粗糙,据说是养胃的,于是反卷起来,简单嚼上一嚼,就送它去养胃了。肝用油熬过,有一种奇香。肋软糯温润,本是雄者精华,却又取名"西施乳"。靖江国家级高级技师丁宇峰创造出一道获奖菜看"松茸清汤河豚鱼",成了时兴名菜。

据说还有一种"八宝"的做法：将河豚鱼肉、海参等上好食材细切成丁，包进河豚鱼皮之中，针线缝好，蒸熟。这是河豚作为带头大哥，组团作业了。这种做法过于精细。如今人们所食河豚大多为人工养殖，毒性被控制，靖江企业家瞄准吃货市场，已经开始对河豚美食进行工业化生产，批量满足了人们的饕餮之欲。

"竹外桃花三两枝，春江水暖鸭先知。蒌蒿满地芦芽短，正是河豚欲上时。"这首《惠崇春江晚景》脍炙人口，妇孺皆知。靖江人说，这是苏轼在靖江写的。靖江人不是历史学家，拿不出扎实的考据。但靖江人和苏轼一样，天生就是美食家。美食家的心意总是相通的，靖江人这么说，自然有靖江人的道理。你要较真的话，可以拉上河豚，它们，也有一肚子的话，要跟嘴馋的人们说呢。

河豚烧青菜

烹制河豚是靖江人的拿手好戏，"河豚烧青菜"对靖江人而言可以说是再平常不过的家常菜了，这道菜也是宋代的大美食家苏东坡最爱的一道靖江菜。

青菜自古在靖江人的日常饮食生活中就很重要，人们烹制河豚时，把青菜加入其中，这个历史从何时开始，已无从考证。而河豚一上市，靖江人就把"河豚烧青菜"列入了家庭的烹饪菜单。正因如此,"河豚烧青菜"不仅已成为靖江地方美味,而且也成为靖江地方食俗,很多外地人都会为品尝这道极其平常的家常菜而来到靖江。正因这道靖江菜很有名,所以,靖江历届地方烹饪比赛中都少不了这道菜。1999年,江苏科学技术出版社出版的《靖江菜谱》也曾把这道靖江经典美味收录其中。

"河豚烧青菜",靖江人的烹饪方法颇具地方特色。将鲜活的河豚按专业方法加工成坯,鱼可整烧,也可斩成块烧。把青菜放入沸水锅中焯水,再用冷水过凉备用。接下来就到了关键时刻,炒锅上火,放入猪油,烧至七成熟,将河豚肉入锅煸一下,放料酒、葱姜

汁、酱油、盐、水适量，大火烧沸，盖上锅盖烧熟，再投入青菜。起锅时先将青菜装盘，上覆河豚即成。

说到河豚烧青菜，不得不提到厨师界的老前辈肖荣庆，他最为称奇的是，百斤河豚一锅烧。烧一百斤河豚，要切成块，不能整条鱼烧，放到锅里要分开，肉归肉，头归头，各占一半。然后是放青菜，青菜要先烫一下，锅子大，青菜又多，如果不烫就下锅，锅里要沸，汤就浪费了。烧河豚不能超过一个小时，时间太长，肉散掉了，变得骨头是骨头，肉是肉，盛不起来。这百斤河豚一般只要烧四五十分钟就好了。

刀鱼鲜

刀鱼平时生活在近海，每年冬末春初入江作生殖洄游，幼鱼次年入海。刀鱼以长江刀鱼为最鲜，以清明节前为最佳，故民间有"刀（鱼）不过清明"之说。每年刀鱼洄游至靖江长江段时，正值清明前后，刀鱼刚由海入江，经过咸淡水的转换，性腺发育成熟，体力充沛，体态丰腴，肉质细嫩，正是刀鱼最鲜美之时。

刀鱼全身披有薄而透明的圆鳞，晶莹剔透，形态甚美。鳞下含有脂肪，加工时不去鳞、不剖腹以保持整形。除内脏可用筷子从鳃部插入，夹住内脏旋绞取出。刀鱼除肉质细腻肥嫩外，其鼻端一块肉尤佳。刀鱼腹鳍下有三角形刺（俗称菠菜籽），食时易卡喉，食前可先夹去。刀鱼由于骨细刺多，令人厌烦，靖江厨师通过刀法技艺可去骨剔刺，方便人食用。

靖江人烧刀鱼有两大流派：一种是沙上烧法，强调原汁原味重在传统，清蒸和红烧为主。有船民发明刀鱼掺烧法，在船上就地取材，取扬子江心水烧沸，放入新鲜刀鱼，不加任何调料，不断撇去浮沫、沉淀鱼骨，成块的鱼肉随沸水上下浮沉，捞之即食，食后齿颊留香；另一种是老岸烧法，讲究一材多用重在创新。1970年代以来，靖江几代厨师创造出不少以刀鱼为主料的地方风味菜，有刀鱼席、芙蓉刀鱼、明月刀鱼、珍珠刀鱼、醋熘刀鱼、刀鱼馄饨、刀鱼汤面、刀鱼丸等二十多种烧法。多年前，央视来靖拍摄"刀鱼宴"，靖江百盛大酒店用去刀鱼15斤，展示芙蓉刀鱼、文武刀鱼、一品刀鱼、刀鱼鱼丸、刀鱼面、刀鱼馄饨等十多道菜，可谓集靖江刀鱼制作技艺之大成，令人大开眼界。靖江著名儿童文学作家范锡林用文字记载了靖江"刀鱼宴"，重点介绍了文武刀鱼、一品豆腐、双皮刀鱼，他总结说："满满一桌，红、白、黄、绿、赭，诸色俱全；香、脆、麻、辣、酸、甜，各味皆备。"

芙蓉刀鱼传为名厨邢天锡所创，俞孝礼发扬光大。具体做法：烹制时斩头去尾，除骨刺、鱼皮，剁鱼肉成茸，再拼成刀鱼形状，装上头尾，加作料上笼蒸煮。蒸熟后以香菜、樱桃、黄瓜片点缀。该菜既保持刀鱼原形原味，又除去了鱼刺，堪称域内菜肴一绝。

出骨醋熘刀鱼是陈士荣先生的拿手好戏，用剞花刀把刀鱼拍松切段，拌以生粉，油炸至半成熟，然后复炸，加调料煸烧，最后淋

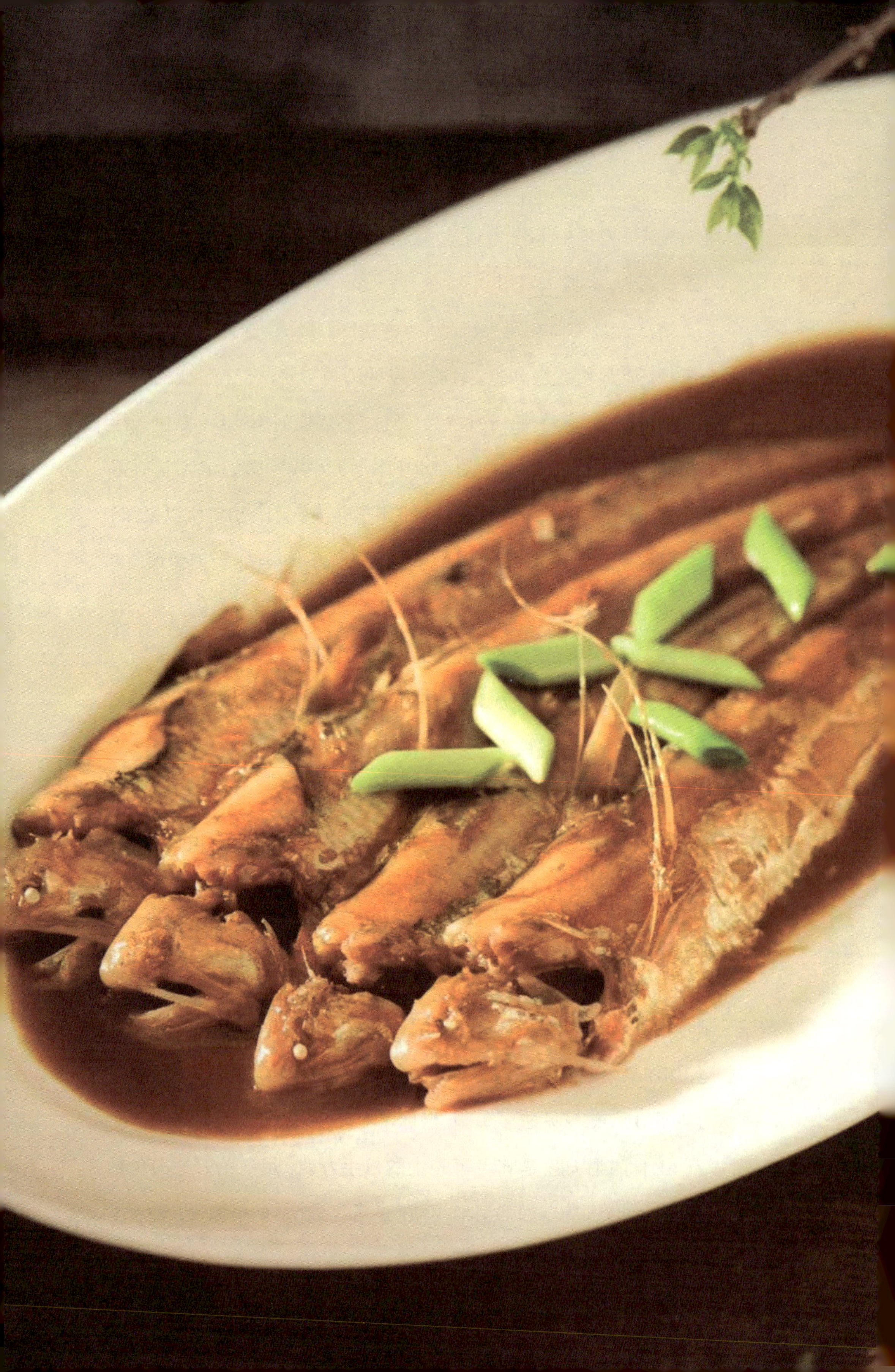

上麻油醋汁。成品色泽金黄，外脆里嫩，醋香味浓，酸甜适宜。食前抽取鱼骨，鱼肉不散，这道菜讲究火候，非老手不敢轻易尝试。

刀鱼多刺，剔骨去刺很有技巧。靖江和江阴都有一种传说，将刀鱼钉在釜冠上，锅中放适量的水，加以铺有纱布的竹匾，火烧后蒸汽会将鱼肉散落在竹匾里，而鱼刺则留在釜冠上。此法求证多位厨师，皆认为不可信，蒸汽会破坏鱼肉的鲜，也无法去除细鱼刺。有经验的厨师，去刀鱼鱼刺，不会破坏鱼鳞，使刀沿脊骨平片至鱼尾，翻身同样方法片，除去脊骨；再片去胸刺，用铁汤勺刮净鱼肉，取出的鱼肉可以斩茸，也可以做鱼丸，做鱼肉馅，新鲜而不改原味。

古人说制鱼良法，在于"能使鲜肥迸出，不失天真"，遇到不善于制菜不会掌握烹饪时间快慢的，"莫妙于蒸"。刀鱼食材名贵，未免暴殄天物，靖江厨界最推崇清蒸刀鱼，为保持刀鱼的鲜香，一般不加过重的作料。如果一定要加，一片火腿、几片春笋尖，鲜上添鲜，春日鲜馔，无过于此。

鲖鱼肥

苏东坡《戏作鲖鱼一绝》一诗中说："粉红石首仍无骨，雪白河豚不药人。"写鲖鱼肉无细刺，有河豚之肥美而无河豚之毒。

鲖鱼是生长于长江中下游的一种大型经济鱼类，属无鳞鱼，肉嫩味美，富含脂肪，无河鱼腥，被誉为淡水食用鱼中的上品。此鱼最美之处在带软边的腹部，而且其鳔特别肥厚，干制后为名贵的鱼肚。

靖江人烹制鮰鱼的方法有清蒸鮰鱼、蒜籽鮰鱼、燕笋鮰鱼或春笋鮰鱼、蟹黄鮰鱼肚、奶汤鮰鱼、蒜蓉清蒸鮰鱼、广式焗鮰鱼等。

清蒸鮰鱼要将鮰鱼去鳃、内脏，洗净后与葱、姜一同放清水中漂一刻钟，再用沸水稍烫，刮去黑皮层，用盐、味精、酒抹匀鱼身，放鱼盘内，两边放葱结、姜片，上盖猪油，上笼蒸一刻钟。取生菜垫在盘底，将蒸好的鱼放在生菜上，周围用香菜点缀，上桌时带姜醋汁、麻辣味汁、蒸鱼原汁佐食。

烹制春笋鮰鱼时，将鮰鱼放入炒锅用猪油煸炒，加水用旺火烧开；鱼肉酥软时投入笋块，先旺火后转小火，文火焐10分钟，待汤汁乳白、浓稠后，拣去葱姜，加一两猪油起锅。用猪油则是鮰鱼汤鲜白味醇的秘绝，猪油可以激发笋之鲜脆、鱼之肥嫩，使其味有河豚之美。春笋和鮰鱼是绝配，原因在于春笋含有挥发性香气成分，主要是醛类物质和芳香性化合物，鮰鱼肉含丰富的氨基酸、不饱和脂肪酸，两者相遇，相互激发，恰如金风遇到玉露，美味胜却人间无数。

蟹黄鮰鱼肚是靖江宴席常用名菜。鱼肚又叫花胶，干制鮰鱼肚可以久藏，数年不坏。干鱼肚要经过泡发，通常有油发、水发和蒸发三种方法。鮰鱼肚肥厚富有凝胶，最好用水发不损其胶感和营养。这道菜要用到蟹黄、冬笋片、青菜心、鸡汤等辅料一起烩制。成品如金似玉、嫩滑可口，滋补味美。

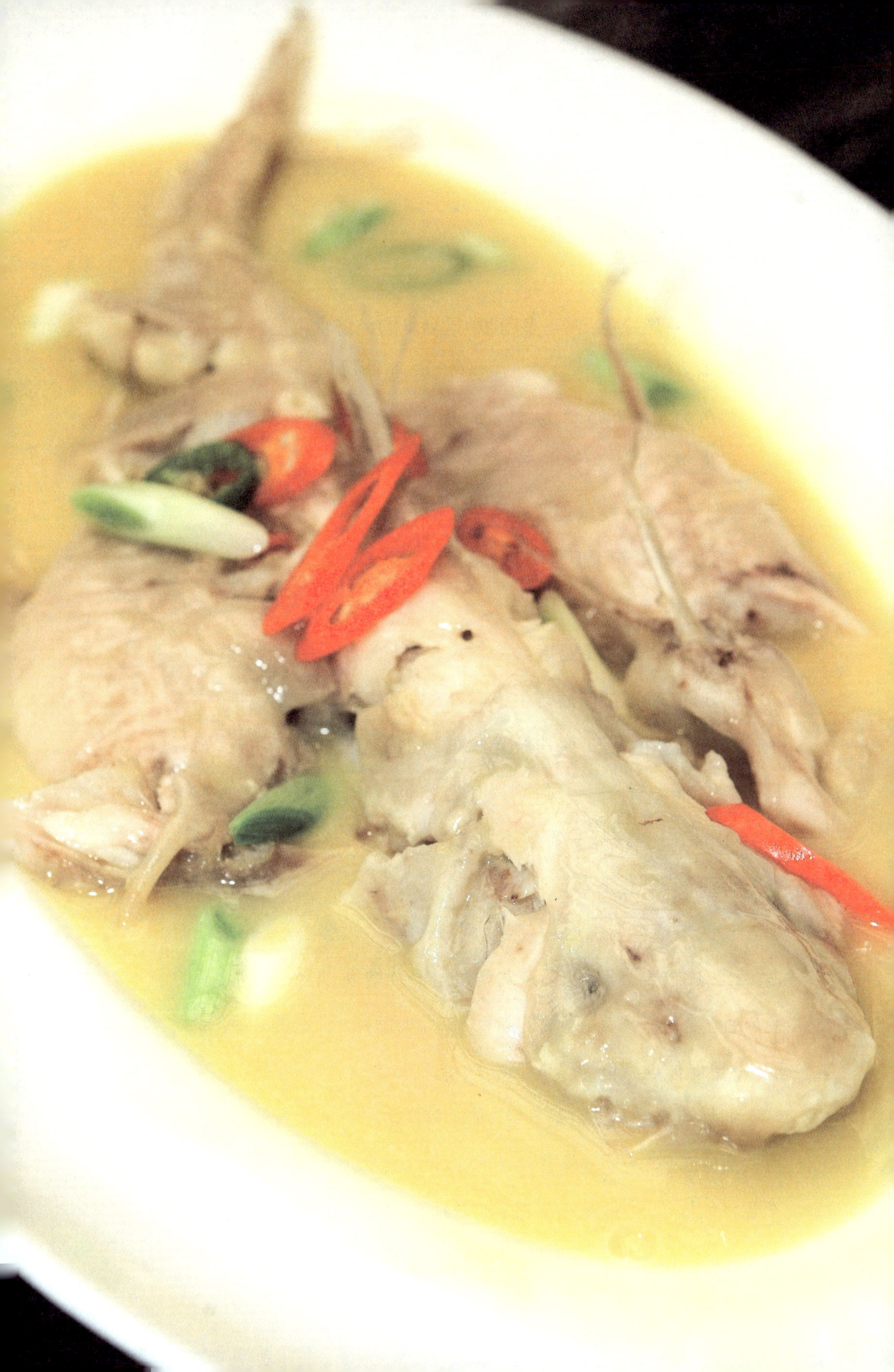

鲥鱼

鲥鱼，背黑绿色，鳞下多脂肪，是名贵的经济食用鱼。在靖江有很多别称，比如，时鱼、三来、三黎鱼、迟鱼、鲥刺。

鲥鱼为洄游性鱼类，入江河产卵时鱼群集中，形成捕捞旺季。从二十世纪八十年代始，鲥鱼的种群数量已处于濒危状态。而今天，人们已经难睹鲥鱼美丽的风采。

鲥鱼因其营养价值极高，鳞含量脂肪元素占鱼类的首位，靖江厨师在烹制中是有小窍门的。

比如火候的精准把握。活体鱼昂贵，烹调不宜时长，蒸制在20~30分钟之间，蒸熟后汤色极其鲜香，而且这种香是一种鱼体本色的清香。汤色泛亮，鳞片波光粼粼，熠熠有彩。筷子反推夹鳞入口，鳞脆，嚼后有一点点细微甘甜，越嚼越有味，越嚼越醇，入喉不刺。肉质洁白、雪白，说粉嫩不为过，送入口中，轻轻一抿不用嚼，有着一种入口即化的感觉。

其次是增香增色增彩。盖以网油、笋片、火腿心片、一两根葱白、三四片嫩姜，辅料的精选对鲥鱼是一种增香、增色、增彩，葱的色与香、姜的辛味美、网油的脂香、笋片的脆嫩、火腿的奇香，加以配伍，更能体现鲥鱼的珍贵及味美，堪称体态华丽高贵。

细腻的加工方法也是一绝。加工鲥鱼时一般采用背开法，轻柔地从头背部平刀剖入，靠着脊骨下刀，尽量不破坏鳞与内脏，下刀时不要将鱼体开二，而是连着肚裆，去鳃及内脏，用刀尖轻轻地刮净

内膛杂质，剔除腹腔内黑衣，清水漂洗，沥干水分，细腌内体，因其背部肉质厚实是腹部的三倍，开背后扩大鱼的受热面积，让鱼背厚度均匀，受热时间就缩短，因厚薄均匀，确保鱼肉成熟时间一致。

如今，市场上贩卖的食用鲥鱼，多是海外进口的，冷鲜装也称西鲱、长尾鲥，它是鲥鱼的"远房表亲"。可制成红汤蒸鲥鱼、米酒蒸鲥鱼、网油蒸鲥鱼、火腿冬笋蒸鲥鱼。

以古法红汤蒸鲥鱼为例：挖去鲥鱼内脏及腹部内壁的黑衣，洗净血污，冲水浸泡一小时左右，去掉体内的血污。需要注意的是，宰杀、清洗时，不得刮去和碰落鱼鳞，鱼鳞含有丰富的胶原蛋白，经过烹调后味道更加鲜美。

取鲥鱼放入盘中，倒入黄酒，上笼大火蒸3~5分钟，取出鲥鱼，将盘子内的汤汁全部倒掉。此时，将备料混合均匀，淋在鲥鱼上，再次上笼大火蒸40~45分钟。在锅内放入混合油，烧至八成热时出锅淋在鲥鱼上，用香菜叶、葱丝点缀。

鲞鱼

鲥鱼怎么做，鲞鱼就怎么做。做鲥鱼不用去鳞，做鲞鱼也不用去鳞。鲥鱼可以红烧，鲞鱼也可以红烧。鲥鱼可以清蒸，鲞鱼也可以清蒸。白汤可以，红汤也可以。

所谓"南鲥北鲞"，"来鲥去鲞"，鲥鱼和鲞鱼，历来相提并论。靖江人说，鲞鱼还是鲥鱼的舅舅。追根究底，鲥鱼鲱形目鲥属，鲞鱼鲱形目鳓属，果然一根藤上两只瓜，打断骨头连着筋。算起来，鲥鱼不过富二代，鲞鱼才是不折不扣的原始股、富一代呢。

张大千评论美女：一等肥白高。用这个标准来看鱼，鲥鱼可谓冠军：肥美，白亮，高挑。张爱玲说人生三恨，其一鲥鱼多刺。那也是爱极生恨，情有独钟。面对鲥鱼，谁能无动于衷呢？皇帝也不能，他们设立"鲥贡"，让人专门制冰，用铅匣盛放，泼上浓油，两千多里驿马飞递。尽管到了深宫，鲥鱼早已"臭秽不可向迩"，仍然君臣分享，啧啧称奇。

可惜，如今却找不到长江鲥鱼了。那些吃过鲥鱼的人们有福了，正所谓"曾经沧海难为水，除却巫山不是云"。他们回忆、回味，让没吃过的人羡慕不已，口水直咽。

想象毕竟不能解馋，美味还得亲自品尝。幸好，我们还有鲞鱼。

鲞鱼在鲥鱼的"娘家"繁衍生息，虽不能说枝繁叶茂，总算香火尚存，年年有鱼。有时候，它们还由海入江，也许是来寻找据说已经失踪的外甥。

在南方，鲞鱼又叫鳓鱼。在北方，鲞鱼又叫鲙鱼，或者干脆叫作"白鳞鱼"。古人认为，这种鱼"鲜食宜雄，甚白甚美；雌者宜鲞，隔岁尤佳"。"鲞"字的本义，指剖开晾干的鱼。久而久之，鱼的做法变成了命名，本名反而不为人知了。广东的"曹白鱼鲞"，和浙江的"酒糟鲞"，尤其有名。

所以，没吃过鲥鱼，有什么关系呢？可以来一条鲞鱼啊，最好，一份红汤鲞鱼。

从鳞开始吃起。略微有些卷曲，自带的脂肪，又沾染了猪油，就像一只只挠痒痒的小手，把你的馋虫勾引了出来。

接下来就是大块的鱼肉了。如果能忽略一根又一根的长刺，那么，鲞鱼强大的鲜味，鱼肉的丰腴软嫩，汤料奇特的咸香，在味蕾之上永不熄灭。

当一条鲞鱼被杀得片甲不留，鱼骨上再也找不到一丝丝肉的时候，还有一汪红汤在飘着香，又是一番狼吞虎咽。

鲥鱼，我所欲也；鲞鱼，亦我所欲也。二者不可得兼，舍鲥鱼而取鲞鱼者也。美食，我所欲也；生态，亦我所欲也。二者不可得兼，舍美食而取生态者也。期待生态良好的未来，鲥鱼重回餐桌，一份红汤鲥鱼，一份红汤鲞鱼，相与细论滋味，如何？

秧草鳜鱼

鳜鱼，又叫桂鱼。是靖江本地常见的名贵淡水鱼之一。靖江马洲岛一段江面，是国家级鳜鱼种质资源保护区。这里产的鳜鱼肉质紧致少刺，鲜嫩醇厚，是鳜鱼中的极品。

靖江人觉得苏州得月楼的名菜松鼠鳜鱼口味如同肯德基炸薯条配番茄酱，安徽臭鳜鱼更是糟蹋新鲜食材。李渔说"食鱼者首重在鲜，次则及肥，肥而且鲜，鱼之能事毕矣"，鳜鱼既肥且鲜，如此食材岂可轻慢待之。

靖江人爱吃鳜鱼，也会烧鳜鱼，对鳜鱼烹饪极为挑剔。靖江名厨邢天锡有个规矩，客人带鳜鱼来加工，一斤重的做一个菜，二斤重的两个菜，三斤重的三个菜。有名的鳜鱼三吃就是选用三斤重的鳜鱼，头尾皮熬汤，中段切鱼片，可做炸、炒两个菜，也有斩茸做鱼丸的，看客人口味和厨师喜好而定。

长江三鲜，鲥鱼肥、刀鱼鲜、河豚香。河豚的香是最有穿透力的，过去靖江农村，一户人家做河豚，整个埭都能闻到香味。河豚有毒且难得，鳜鱼肉质近乎河豚，香味则不如，聪明的靖江人绞尽脑汁，努力把鳜鱼烧出河豚味，这是烹饪鳜鱼的最高境界。

靖江人常用鳜鱼烧秧草,手法如同河豚烧秧草。其烹制方法是:先将鳜鱼去鳞、鳃、内脏后洗净。选秧草嫩头洗净。炒锅烧热后用冷油滑锅,放入猪油烧热后将鳜鱼入锅煎至两面黄,放葱、姜、料酒、盐,用冷水沿锅边放入至鱼面。烧开后撇去浮沫,而后改小火焐透,加白糖、油炸过的河豚鱼肝、猪油与滑过油的秧草同烧,待汤汁稠浓红亮即可。烧好后的秧草鳜鱼,秧草富含纤维自带野菜清香,吸收鱼油脂香,入口肥嫩又有嚼劲,比鱼肉更受欢迎。鳜鱼则外观清亮,肥而不腻,肉白如蒜,紧实弹牙。秧草鳜鱼要烧出河豚味,关键点有三:一是要用猪油,河豚是鱼却号豚原因就是肉香如猪肉,用猪油可以吊出鳜鱼的鲜香;二是要在鱼煎热时放料酒,料酒直接喷鳜鱼身上,酒可以很快挥发,带走鱼腥;三是有条件的话,要放油炸的河豚鱼肝,真味入里,真假难辨。

虎头鲨

虎头鲨是一种典型的肉食性小型鱼种，比较凶猛，皮相当糙，由于其体表色彩和周围环境较为相似，仿佛本就是砂石中的一员，头大、口大，形态与鲨鱼有点相像，所以，被形象地称为"虎头鲨"。

虎头鲨长不大，大拇指头般大小，最多能长到二两左右。主要以水体中的昆虫幼虫或体型比它小的鱼、虾等为食，独特的外貌特征和进食的特性，是得名虎头鲨的主要原因。

靖江人爱吃鱼。这爱，是经年累月、食常有鱼的习惯使然，是尊老爱幼、照顾病患的无微不至，也是食不厌精、脍不厌细的美食追求。

比如滋补病人，来一份虎头鲨炖蛋，那就显得比鲫鱼汤、黑鱼汤用心多了。鲫鱼太过平常，黑鱼也并不难得，虎头鲨则可谓珍稀。水质稍差一点，立即无影无踪。名字虽然又是虎又是鲨的，其实五短身材，个头极小，要找几条来凑成一道菜，真不容易。

虎头鲨虽小，七十二变化。可以清蒸，可以红烧；可以快炒，可以久煮。炖蛋是补养的增强，炖豆腐则体现了接受美学：对象是牙口不好的老人、儿童。配菜上，如果佐以雪菜、嫩笋，那就水墨山水，明丽如画了。靖江名厨邢天锡别出心裁，常有妙手。他将虎头鲨去骨，取其肉条，用蛋泡糊包裹油炸，撒上椒盐，鲜香酥脆，让虎头鲨和你玩起了捉迷藏，玩起了猜谜。

厨师们还有其他办法。吃鱼的人都知道，掀开鱼腮，有块月牙

肉，格外滑嫩。虎头鲨头大，这块肉也就更珍贵了。可以单独取出，拿来滑炒，也可以和咸菜一起，制作羹汤。国菜里有一道咸菜豆瓣汤。所谓豆瓣，说的正是此物。它形似豆瓣，洁白、细嫩、鲜美，楚楚可怜，哪里还看得出取自林中的猛虎，海中的恶鲨？

螺蛳

在靖江人的美食观念里，清明是一个重要的时间节点。比如，"明前螺，赛肥鹅"。明前的螺肉肥满、清爽。过了清明，就带出了一串小螺蛳，有了异物感、不洁感，那就索然无味了。

好这一口的，也有办法。螺蛳煮熟，用皂角刺或者牙签挑出螺肉，去掉后缀，只取前段。和韭菜急火快炒，靖江话所谓"韭菜跳螺蛳"。小朋友挑挑拣拣，专门在韭菜里扒拉螺蛳，也是难忘的童年一幕。夏天，靖江人爱吃丝瓜蚬子锅拓汤，如果没有蚬子，用螺肉替代，也是不错的版本。

当然，全国流行、靖江人也特别喜欢的，还是爆炒螺蛳了。

吃螺蛳，首先是吸，而不是咬。一只螺就是一口锅。连锅端来，掀开锅盖，然后就是撮起口舌，吸取螺肉了。遇到难以吸取的，要欲擒故纵，把螺肉连盖往里推一推，推推紧实，再一吸，嘿，出来了！看一桌人嘬螺蛳煞是有趣，仿佛一场劳动竞赛，有人闲庭信步，有人束手无策，有人虚心好学，有人自暴自弃。

吃螺蛳，最怕的倒不是吸食不出，而是吃到了臭螺蛳。就像瓜子吃到最后，吃到一颗坏的一样，立刻败兴。因此靖江人在爆炒之前，格外重视螺蛳的处理。一般都会起个大早，买来螺蛳，水中静养一段时间，滴入香油让螺蛳吐出泥沙。水面刚平螺蛳即可，也不宜过夜。放水过多，时间一长，生命力较弱的小螺蛳便会死去，成为坏了一道菜的定时炸弹。

放置三小时左右，便可剪去螺蛳屁股了。可以借此过程发现死螺，及时清除。拾掇完毕，还要反复淘洗，彻底去除螺蛳内外的脏物，才可入锅烧制。为了一口小鲜，靖江人可谓"无微不至"、不厌其烦。

靖江人对螺蛳的喜爱，让当地农村多了很多的专业的摸螺人。

寒冷的季节里，他们把长长的耥网推向河心，拉回耥网，在水中反复拉扯，去除杂质，捡出螺蛳。天气转暖，他们扔出特制的铁篮，拉回岸边，获取目标。夏天，他们索性穿上皮裤，沿河作业，一次又一次地铁篮打水。奇怪的是，天天有人来，天天都是满载而归，靖江的河流，难道是专产螺蛳的聚宝盆？

蚬子

"稻秀螺蛳麦秀蚬。"立夏过后，几场暖风一吹，麦子渐黄。经过冬春两季的积聚生长，蚬子壳儿通体黄亮，蚬肉特别白嫩。顽皮的孩子在十圩港里戏水，一个猛子下去，就会捞出一捧的蚬子。把长裤的两只裤脚用草绳扎紧，把蚬子灌进去，吃力地扛回家，可以免去家长的责打。

鲜活的蚬子放到一只大木盆里，盛上清水，滴几滴菜油"养"它一两个时辰，让它吐出壳中积存的泥沙，再用一只大的竹篮子盛了，到大河的清水里反复淘洗，直至壳体发亮，然后倒入铁锅里大火烧开。可以放一碗清水，也可以滴水不放地干烧，因为蚬子本身就是个"水泡货"，烧开了里面的汁水就全出来了。锅底的蚬子汤称为"原汤"，那是蚬子的精华，非常精贵，把它盛到碗里沉淀了，用它浇在蚬肉上，无论是蒸、煮、煎、炒，都鲜美无比！

煮开后，将蚬子连壳带肉捞到竹篮里，然后趁热放在冷水里一激，赶紧拎起，再往桌上一倒。如此这般，蚬子壳肉便分离了大半，剩下的，三下五除二，就可以剥出一盆清爽干净的蚬肉。

最常见的吃法就是蚬子炒韭菜。韭菜必须是自家园子里生长的红芽韭菜。如果没有合适的韭菜，那就用蚬肉来炒杭椒。把锅烧热，加入菜籽油，然后将蚬肉和生姜米一起放入锅中爆炒。等到蚬肉在油锅里像跳舞一样上蹿下跳的时候，加入少许生抽上色，再把韭菜或者杭椒倒入，翻炒十几下，淋入一勺原汤，即可出锅了。

春味

用蚬肉烧任何菜肴，都必须先将蚬肉爆炒，炒出的蚬肉，色泽金黄，皮脆肉嫩。这步操作，就是烹饪蚬肉的秘诀。

蚬肉还可以用来包馄饨，这也可算是西来馄饨的特色。当然不是用纯蚬肉，而是将蚬肉和剁好的猪肉一起拌成馅心。这应该也是为了取蚬子的鲜味吧！

靖江人最常做的是蚬子锅拓豆腐汤。蚬肉入锅煸炒，而后倒入煮蚬子的原汤，再将切成方块的豆腐和切成棱形的锅拓置于汤中，煮透后放入韭菜或者丝瓜，加入水淀粉，最后撒点胡椒粉。将成品盛入青花碗中，汤汁浓稠，味道鲜美。然而，这道菜最关键的反倒不是怎样处理蚬子，而是如何摊好锅拓。摊锅拓是靖江人的拿手好戏，但做蚬子锅拓汤的锅拓，摊的时候一定不要放油，因为不放油，锅拓才有一股干香味。干香的锅拓配合蚬肉和豆腐，才是正宗的老味道。

银鱼和针钩鱼

银鱼和针钩鱼都是微型鱼。大的针钩鱼，不过一拃长，银鱼还要更小。

两者的做法差不多。银鱼可以做羹，针钩鱼可以煮汤。银鱼被称为"整体性食物"，大概是最方便食用的鱼了。它的特点是高钙、高蛋白、低脂肪，鱼虽然小，却有大鲜。针钩鱼麻烦一些，要掐头去嘴，挤出内脏，但它也是压缩的蛋白质，提鲜的小能手。银鱼羹、针钩鱼汤老少皆宜，既可开胃，又可润喉，还可以醒酒，是餐桌上的大众情人。

两者都可以涨蛋。鸡蛋百搭，但涨蛋的做法，靖江人还是有选择的。素的大多香椿、韭菜，荤的也就是银鱼、针钩鱼、虾仁少数几样。最有名的，就是银鱼涨蛋了。不要说吃，光是看着，黄金白银，已经亮花了眼。针钩鱼不像银鱼那么普及，涨蛋是渔民和沿江群众的做法，同样是又鲜又香，百吃不厌。

针钩鱼还有一种做法，就是包馄饨。当然也要一条一条地处理，洗净剁碎，算是靖江鱼肉馄饨中的一朵奇葩了。这鱼和刀鱼一样，清明一过，骨头硬了，做馄饨馅就不太适宜了。

蚊子再小也是肉。过去，针钩鱼也是渔民的重要目标，有专门的拖网。这些小家伙生活在水体下层，渔民在网底绑上重物，用十多米的长绳拖拽。网眼很密，渔民半身入水，举步维艰。可谓渔家版本的"谁知盘中餐，粒粒皆辛苦"了。

银鱼是淡水鱼，生活在近海，有洄游习性。靖江也曾经是长江出海口，银鱼生活的好地方。1955年，长江口银鱼年产量为240多吨。1958年，不足200吨。1980年代中期，只有数吨了。1990年代，基本捕捞不到了。如今我们吃的，大多是太湖里的银鱼。针钩鱼本来就少，现在也是越来越少了。

蟛蜞螯

过去，生活在江边的农村，夏天只要连续几天大雨，河水就会漫上岸来，有时候甚至会涌到门槛，直接进入屋子。这时候，就会经常看到一些小蟛蜞爬进家门。

蟛蜞，是螃蟹中的一种。它与螃蟹有着共同的特点：有一对大眼睛、一双大螯，而且，走路都是横行的。所不同的是：蟛蜞性成熟比螃蟹早，个头比螃蟹小，食用的价值远不如螃蟹那么高。

长江潮水还没有涨起来的时候，在江滩的石头瓦砾边上，蟛蜞们悠闲自在地爬行，丝毫不顾忌来来往往的游客。窸窸窣窣的声音，只随手捋捋，不用多长时间，就可以抓到一网线袋蟛蜞。

蟛蜞居然也可以做成两道菜：一是，回家把蟛蜞洗洗，用刷子周身刷几遍，然后横刀一切，放点面粉进去，放在镬子里蒸，美其名曰"面拖蟹"；还有一种做法，先把螃蟹一劈两，再放点剥好的毛豆连同姜、油、盐放进去炖。这样毛豆吸收了蟛蜞鲜味，自然而然味道非同一般。

靖江河道纵横交错，螃蟹本来就多，蟛蜞小小的个儿，自然遭人嫌弃，"面拖蟹"也没多少人愿意吃了。终于有人打上了蟛蜞螯的主意。他们将蟛蜞捉来，扳下其两只螯后放生，洗净后剪去一只角，将其沥干后置入用五香、桂皮、八角、茴香、辣椒、葱、姜、盐、糖等调料熬制成的卤汁中进行烹制，待翻上几十铲刀后，即起锅加上一些胡椒粉端上桌食用。如此做法，有点类似于烧龙虾。

烹制好的蟛蜞螯，色泽红润、肉质鲜嫩、味道鲜美，且具有奇香。食用时，人们只要如同吸食螺蛳一样轻轻一吸，便能将其肉自然地吸出来。因此，被视为下酒的好佐菜。

炒笋鸡

过去，临港近河的地方大都有一片竹林，林子不大，却也繁茂。每年河水回暖时，竹林里就有了"叽叽喳喳"的响动，是撒欢的小鸡仔在捉虫吃呢。几场雨后，吃不完的竹笋就长成了高高的竹子，随之而来的，还有暑天。竹林里的那些小鸡仔不光长大了，也学会了新本事，能飞到竹子斜出的枝条上去了。

这个暑天里，很多母亲都会捉一只竹林里的小公鸡做成炒笋鸡给孩子补身子。要挑选羽毛光亮，色彩亮丽的小公鸡，当然，必须是没打鸣的公鸡，只有这种未啼叫的童子鸡才有营养，才补身体，才能让孩子像竹子一样节节高。

杀好了鸡，清理掉羽毛，在水池边剔除鸡骨，切头去尾后，放到砧板上切成大小均匀的鸡肉丁。土灶烧热，倒上菜籽油，放入香葱、姜片爆炒，当滑嫩嫩的鸡肉丁入锅的瞬间，响起"滋滋啦啦"的声音，那音色被缕缕香气装饰着，竟是那般诱人。打开灶台上的白酒瓶，朝锅里点洒一番，加点盐，继续翻炒。不消多时，就可出锅装盘了。尝一口，嫩嫩的，滑滑的，香香的，这味道在舌尖游走着。

这就是靖江传统的炒笋鸡,除了未啼叫的童子鸡,也可以用小而嫩的母鸡,口感、营养都很好。不光炒,还可以在灶上隔汤蒸童子鸡。蒸熟后,用手撕成一缕一缕的鸡肉,蘸着酱汁吃,更是别有一番滋味。

炸子鸡

炸子鸡又称炸八块,是二十世纪八十年代中期靖江朝阳饭店的一道名菜。皮脆又香、肉嫩又鲜。子鸡,取当年育龄(一岁鸡)的母鸡,此年龄的鸡刚刚长成熟,体健壮实,营养丰富。

炸子鸡的要领是鸡放血烫去毛,开刀的方法有讲究,一般采用肛开法,从肛门处用剪刀沿肛门四周剪断,顺着肠,把手伸进去,再在鸡颈处剪一刀,把食管气管剪断,这样,顺着肠扯下鸡肫、鸡肠、鸡囊及其他,再用手伸入把鸡肺及其他内脏器官扒拉出来,用清水洗净,淋干水渍,用炒熟的花椒盐擦匀内外,腌三个小时以上,再挂在风口吹干半天。饭店一般采用挂脆皮水,用蜂蜜、浙醋、白醋、麦芽糖、黄酒调成脆皮水,将风干的子鸡反复挂水(脆皮水)三次以上,再吹干。将锅架在火上,放油烧至七成热时,将腌好的鸡下入速炸半分多钟,改用中等火炸3~5分钟,炸至鸡肉嫩熟、断血,捞起;待锅内油温升高到八成沸热时,投入复炸片刻(不能超过1分钟),炸至外皮酥脆、色呈金黄时为止。在案板上改刀,去颈留头,改成八块，寓意人生大富大贵、金鸡报喜之意。

　　炸子鸡当年都是挂在饭店的橱窗里售卖，卖时用油纸包裹，细麻绳扎好拎在手中带走，很有特色。脆、香、嫩、鲜，肉汁雪白，炸子鸡枣红发亮，吃了还想再吃，当年每只仅售八元。现在，个别老餐馆还保留这道名菜，此菜也可称功夫菜，寿筵喜宴不可缺少。

三杯鸡

　　靖江三杯鸡源自哪里呢？

　　1987年，靖江双鱼食品厂经理陈士荣退休，在江平路上开了

家鸿运饭店。得了邢天锡真传的陈士荣是一代名厨,在烹饪领域颇有建树。在工厂里时,他听到天南海北行走的供销员们说起"三杯鸡",自己开饭店掌勺后,便尝试着做出了这道菜。没想到一炮打响,一菜成名。每天慕名来吃三杯鸡的客人络绎不绝。

陈士荣做的三杯鸡,鸡肉酥烂,入口即化,一股鲜香,直冲脑门。先是酱油的咸香,紧接着是芝麻香,最后的余味又成了绍兴酒的醇香,三味交融,一味未平,一味又起,直教人颊齿生津!

要说这三杯鸡,其实并不稀奇,全国都有,但各厨师的巧妙不同。陈士荣烧三杯鸡,一杯酱油,一杯麻油,一杯黄酒,三杯作料并不相等,还得先后放入,到什么时候放什么,奥妙尽在其中。火功也很重要,一鸡一砂锅,小火炉上慢慢炖,才有那种酥烂入味的口感。陈士荣没有墨守成规,在保持原味的基础上,增加变化,适应客人需求。广东客人来吃便加进香菇,四川人来则加上辣椒,东北人略微偏咸等等。如此一改,不仅是本地人,就连外地人都对三杯鸡赞不绝口了。

三杯鸡在靖江名声大噪,一时间效仿者甚众,靖江大街小巷都刮起了三杯鸡热潮。有的厨师推陈出新,用啤酒代替黄酒,用轻油摒弃重油,吃着健康,滋味却大不如从前。

老食客还是认可老厨师的作品。完全遵循古法制作的三杯鸡,口感确实略胜一筹。但是,现在有多少厨师愿意摆上一排煤球炉,放上一排砂锅,花费两三个小时,炖出一道经典名菜呢?

油面筋存肉

油面筋存肉是儿时的记忆，吃光后还要把汤汁和白米饭拌在一起，吃几百次，都吃不腻。

做法很简单，又特别下饭。

油面筋、肉末、鸡蛋，胡椒粉、料酒、生抽、老抽、香油、蚝油、白砂糖、盐和鸡精，葱花。这里的好多东西都是家里常备的。

准备一个大碗，加入肉末，两勺料酒，一勺生抽，均匀搅拌至上劲；随后打入两个鸡蛋，加入准备好的香油、葱花、蚝油、些许盐和鸡精，再次均匀搅拌一分钟后，静置15分钟备用。

用筷子在油面筋上层戳一个大小差不多的小洞，然后用勺子

把肉末塞入油面筋中。

准备小半锅的清水，加入两勺料酒，一勺生抽，一勺老抽，一点的盐和鸡精，微量白砂糖，均匀搅拌几下后，开大火煮沸。

把准备好的油面筋放入其中，适当翻炒几下后大火煮沸，然后盖上盖，转小火焖煮25分钟后，就可以大火收汁，出锅品尝了。

药芹香干

芹菜的品种很丰富，有水芹、旱芹（药芹）、西芹等。从时令上说，有冬芹、春芹。一年四季，芹菜是靖江人家餐桌上的主打菜。用其凉拌、炒肉丝、拌干丝、炒百叶、炒虾仁、炒豆瓣、包饺子、包馄饨……几乎兼容一切食材。即使以海虾干贝为灵魂的海鲜粥，也会切一把细碎的芹菜粒拌入，白、红、绿、黄，看上去色彩晶莹，吃起来芹菜的清香悠长。川菜的火锅、烤鱼，内蒙古的烤羊，西北的烤肉，都会选择芹菜为辅料……芹菜的江湖地位可见一斑。

香干就是豆腐干，同样是完美配角。靖江地处广义上的南北交接位置。想干着吃，有五香豆腐干、麻辣豆腐干；想炒着吃，也能将香干与各种菜蔬搭配，随心所欲，各显神通。

于是，芹菜和香干的相遇，不是"人群中多看了你一眼"的神仙组合，而是"门当户对"的水到渠成。

靖江本地多是旱芹，叶茎碧绿，细长挺拔。据说，旱芹听起来

让农人不舒服,他们避讳"旱情",所以改称其为药芹。药芹的根、茎、叶皆可入药,药芹的称谓也算顾名思义。

靖江人喜欢用药芹炒香干,深浅颜色搭配,看之胃口大开。药芹的浓香加上豆香,迸发出清奇的香味。这道菜也常常登上家宴、喜宴的餐桌。大鱼大肉之后,突然来上一盘色香味俱佳的家常小炒,往往特别受欢迎。

上了岁数的人都说,吃芹菜容易,种芹菜难。一江之隔的江阴菜农,多种植水芹。靖江人则喜欢种药芹。本地临江近河,土地湿润,河港纵横避免大涝,最适宜药芹生长。本邑主妇擅长为药芹找清炒"伴侣",便宜的香干,常常成了首选。

水芹百叶

水芹菜喜欢洼地、水田和水源充足且地势不高的旱地。可以想见，水芹见到靖江这片水陆交汇地时的又惊又喜。

春节前后，天气寒冷，饭桌上正缺蔬菜。水芹上市了，主妇们的眉头舒展了。市场上的水芹，嫩黄嫩黄的，绿叶不多，无须择拣，买几张百叶搭配，直接切了下锅。

水芹炒百叶，水芹盛在盘子里，油光水亮，嫩黄如翠玉。百叶其实是配菜，它善于吸收主菜的汤水滋味，加上自身豆香，再有牙齿研磨的轻松感，与香气清雅的水芹相配合，清淡爽口。在靖江菜里，很多配菜的滋味往往完胜主菜。

上汤秧草

秧草，也叫草头，长江流域众多。

秧草为豆科、苜蓿属。栽种秧草要到秋天。将秧草种子撒在大田田头（大田种稻麦等庄稼，可舍不得种小菜），一畦畦的，或者说一垄垄。来年春风一荡，秧草就开始疯长。靖江本地人掐其嫩头，清炒、煮汤，或者腌制成秧草干，留着过年时做馒头馅。

素炒秧草是有秘诀的，多放油，加水氽，不能烈火直接炒，一炒，秧草柔嫩的叶子就焦了。

上汤秧草,汤是精髓。靖江人吃法精致,喜用瘦肉、老母鸡和火腿炖出高汤,在烧煮任何菜肴的时候,都可以加入此汤调味。烧好的上汤秧草,汤色奶白,秧草青绿,边缘铺一圈火腿碎末、皮蛋碎末,点缀增香。素香中有了荤菜的浓厚,秧草一改青涩,变得绵软、肥厚。为了保证鲜嫩,饭店里选用的秧草,嫩得只是尖头上一点点。大棚里种着秧草,一年四季有卖,价格也适宜。

如今,生活条件日渐变好,秧草随之一跃成为餐桌新贵,还会用来作为烧河豚、烧河蚌等靖江名菜的配菜。

炒菜薹

什么是菜薹？菜薹，是指"某些十字花科蔬菜植物的花茎，如油菜薹，芥菜薹"，嫩的可以当蔬菜吃。

靖江的炒菜薹，是指炒青菜菜薹。立春一过，靖江的小青菜开始抽出点点细茎，最是鲜嫩可口，炒起来糯糯的。吃个十天半月，菜薹长出小黄花，就不能吃了。

靖江菜薹是靖江春天的灵魂。掐菜薹，不切，稍稍洗一下，什么作料都不用，铁锅热油，加盐喷水，稍焖装盘……碧绿油亮，清甜爽口。靖江青菜本就独有，味道鲜甜，甚过他地。其他地方的菜薹稍不注意，就有茎丝。靖江菜薹叶子嫩滑，细茎稍稍有点爆汁，全无纤维撕扯，口感软烂，有点甜又不太甜，有点鲜又很悠远……

靖江人吃起菜薹来，是以"盘"论的。主妇可以啥菜都不吃，却一盘接一盘地吃炒菜薹。美美地减了肥，还满足了味蕾。

清明节后，菜薹长出菜花，田野一片金黄。靖江主妇的眼神里满是不舍。实在忍不住，再去菜地，寻找相对嫩些的菜薹掐，切点肉丝，还可以做顿菜饭，一家人吃得刮锅底。

没有哪一道素菜能像炒菜薹一样，在靖江老乡美食群里一呼百应；没有哪一道素菜能像炒菜薹一样，让远方的游子年年盼望、年年牵挂。

莴笋木耳

靖江沙上地区，莴笋被叫作"莴苣"，特别能长。每家每户的田里，都长着擀面杖般粗壮的莴苣。靖江是沙土，不黑，不油，松软，黏性差，却极对这类茎类植物的胃口。

莴苣不像秧草，要施底肥，要常施肥；也不像芋头，要高垄排水田间管理。它就从丑丑的小苗开始，一节节地，长高，长粗，没人管，没人关心。但它成熟后，可以切了炒着吃，凉拌吃，还可以去皮、晾干后腌制成小菜，一年四季搭粥吃。

靖江人做的菜和吃的菜，都要"清爽"。何为清爽？莴笋天然就带着清爽的基因。去叶，削皮，刮掉鲐丝经络，莴笋通体青绿，玉树临风。对半切开莴笋，切片，拌黑木耳，同时下锅，热油爆炒，洒少许鸡精就成了。

还有莴笋炒百合，莴笋炒芹菜，莴笋炒山药片等等，养眼又养胃。

拌双脆

靖江传统家常菜中，莴笋拌海蜇头丝经过了岁月的筛选，留存了下来。

海蜇头毕竟金贵，凉拌一盘，以普通农家的财力颇为吃紧。切莴笋成丝，过开水焯熟，拌进海蜇丝，加入香油、味精、盐、生抽，简单一道菜，考验着厨师手里的分寸。不要小看凉菜。凉菜不经烹饪，无法彻底改变食材性状，全靠调味料辅佐，既要满足食客对酸甜苦辣咸的基本要求，又要兼顾食材本身的特点。

当然，这道凉拌双脆本身就黄绿相间，色泽诱人，难怪颇受靖江人喜欢呢。

豆芽菜炒海带

豆芽菜是农家最爱，但海带却不常有。而且，普通人家的豆芽炒海带，味道普通，不甜，不香，不怪，要放入足够的辣椒，才能让两个食材稍稍擦出点火花。

饭店里的豆芽炒海带，要比家里做得入味些。两厢比较，饭店炒豆芽海带时，用脂油，加姜丝、大蒜，也就是美食界普遍认可的素菜荤炒、荤菜素烧的办法，大锅大火快速翻炒，豆芽菜和海带丝才能彻底融入对方，产生鲜美的感觉。

靖江人有冬天吃羊肉的习惯。羊肉店的豆芽菜炒海带丝往往比其他饭店里炒的又有细微变化。饭店里，每道菜炒完，厨师都会快速地清洗一下大铁锅，但上一道或前面无数道菜的滋味肯定不会即刻消除。其他食材本身都带有自身的气味，浓淡区别不同而已。豆芽菜和海带，偏偏自身没啥味道，烈火滚油中，它们毛孔舒张,吸取铁锅上残留的各种食材滋味,反而有了另一番独特的味道。因此,羊肉店里炒出的豆芽海带,一定是带点羊香的,恰恰是那一点点香,能唤醒食客被酒精麻痹的味蕾,让他们胃口大开。

在饭店里,常常会听到食客玩笑地说:点一道豆芽菜存肉。靖江话里的"存肉",就是塞肉的意思。豆芽菜里塞肉,无异于上天摘星星啊,这样的菜哪里找去?

没想到,还真有豆芽菜存肉。那是清朝晚期,宫廷厨师做给慈禧太后吃的。用银针把豆芽掏空,然后再用平头银针,把水分推出来。把金华火腿煮后烘烤干,再切成丝塞到豆芽里……据说,这道菜名叫火芽银丝,现在仍有厨师能做出来。但谁会点这道菜呢?奢侈到极致的东西,流传不广,生命力堪忧。豆芽菜还是老老实实地和海带丝一起,在烈火滚油中相逢吧。

糖醋面筋

面筋,洗面,洗出面粉中的淀粉,剩余的就是面筋。

面筋虽然制作简单,但还不如到菜场上买现成的更方便。在不起眼的角落有它,纺锤一样,挤挤挨挨,有点灰暗,切开可见细微的孔。但是,菜场里买回的面筋,切块后还是要仔细清洗的,担心有防腐剂或其他添加剂,清洗后用开水焯一遍,挤出水分,让细孔舒张,接收调味料们的浸入。

将面筋块推入素油，炸一下。细孔更加扩张，面筋蓬松起来，外皮焦脆，增加丰富的口感。接着淋入白糖汁，出锅前加醋——这道糖醋面筋，是靖江人很喜欢的菜肴。首先，它价廉物美，口感酸甜，软烂开胃，特别下饭，尤其受到老人小孩儿的欢迎；其次，它是茹素者的最爱。面筋中丰富的碳水化合物，可以保证身体所需，又有着甜美的口感，完全可以扛鼎素食者菜谱。

糖醋面筋，毕竟用糖量极大。现代人多恐糖，追求吃得健康，渐渐摈弃了一些传统菜肴。快捷高效的生活，让东西南北各种菜大融合，食客可选择的也多，还有谁会到菜场角落去寻找灰不溜秋的面筋呢？

蒜薹蚕豆

在靖江，大蒜和蚕豆是农家饮食必需。大蒜的叶和根块，用来调味，去除动物类食材的腥味。蚕豆是美味菜品，馋人的零食。人们会把蒜从叶吃到头，吃到抽出的薹；把蚕豆从嫩吃到老，吃到发了芽，还可以配咸菜烧，放菜粥锅里烧。鞠躬尽瘁，奉献所有，是乡村大地上大部分农作物的精神。

蒜和蚕豆，都是前一年栽种。再懒惰的人家，季节一到，也要开始摘下屋檐下挂着的大蒜种头，翻出缸里存下的蚕豆种子，开始播种了。

种蚕豆的人腰间扎个围兜，放几斤蚕豆。左手掏出一把蚕豆，右手握一把小小的铁锹。土松软一些，都可以种，20厘米的间隔，小铁锹一插，往前一推，在铁锹推出的凹洞里，放两三粒蚕豆，抽出铁锹，压回泥土，拍拍。

　　霜降后，寒冷起来。最冷的冬天的深处，大地被雪花覆盖时，蒜叶最香，蚕豆小苗最美。来年春分一过，蒜苗开始考虑抽薹繁衍，蚕豆琢磨如何走上饭桌。

　　立夏前后，百谷之中，蚕豆最先登场。得抓紧采摘，因为尝鲜期很短。剥出来的蚕豆绿色眉毛下还没长出小黑嘴，鲜嫩得很，仅用油盐翻炒，即显其真味。蚕豆出锅前，下入新鲜蒜薹段，翻炒几下，盛出。一粒入口，舌尖轻轻一卷，豆皮轻滑而下，豆仁带着轻微的涩，满嘴蒜香沙糯。

酒香豌豆苗

豌豆是一年生草本植物，不但多了诗意，开出美丽花朵，还能结出有故事的豌豆，豌豆苗还是春天里的一盘好菜。

豌豆苗长得实在娇美。委婉细长的嫩梢，碧绿优雅的嫩叶，触须蜿蜒，引人瞩目，秀色可餐。现代医学证实了它的营养丰富，含有多种人体必需的氨基酸，遂更加令人想念。

但是，它浓烈的青哈气，让食客"闻"而却步。

青哈气，靖江口语，形容植物天然的野性气味。靖江人找到了烹饪豌豆苗的秘诀：用酒。用酒中的乙醇中和植物的野味。

居家烧菜，动物类食材有腥味，必须喷少许烈酒祛除。这是对付荤菜的办法。炒豌豆苗喷酒，就有点不讲道理了。但是，酒香豌豆苗，却出奇地好吃。青哈气不见了，豌豆苗爽口了。这个娇柔甜美的植物，正式列入靖江人的"春拌"菜谱。

还要说一下"喷"酒，免得读者误会。利索的主妇要干农活，要烧午饭，炒豌豆苗讲究大锅，烈火，要拼手速，娇嫩的"苗"稍不注意就会被炒焦炒老。聪明的主妇右手握瓶，拇指摁在瓶口，拇指两侧有缝隙，正好漏酒，把瓶底朝天都不担心酒多了或少了，都在拇指处控制着呢。所以叫"喷"。

一盘碧绿的豌豆苗上桌了,油旺旺的,酒香扑鼻。吃一口,挑剔的味蕾还是体察到了那股子青哈气,但那股天然的野性被收拾得恰到好处,这也是烹饪的高明之处。豌豆苗见底,一碗米饭不知不觉下了肚,微醺感涌来,说不清是春日暖阳的抚慰,还是少许烈酒的作用,让人总想着好好睡一觉。

庙会小吃

最早时,靖江尚未建县,乡间并无固定的市集,老百姓只能等着庙会时去赶集。庙会也叫香期,是善男信女们集中进庙烧香的日子。各庙的香期不同,庙会举办的时间也因之而异。至今仍有生祠在东岳大帝生日时举办的三月廿八庙会、孤山在轩辕黄帝诞辰时举办的三月三庙会,仍是盛况空前的庙会。

众多庙会中,孤山三月三庙会规模最大,为泰州地区最为盛大的庙会之一,民间广泛流传有"三月三,上孤山"民谣,不仅靖江当地人络绎前往,周边泰兴、如皋等地的善男信女们也纷至沓来。每当庙会时,孤山脚下就变成了一个巨大的集市,各种日用百货、特产美食应有尽有。

久而久之,孤山庙会小吃的名气渐渐响亮起来。在庙会的三天时间里,臭豆腐、棉花糖、野菜春卷、韭菜烧饼、瓜子炒货、米糊糕、糖葫芦、老虎糖（也叫矿糖）、大炉饼、草鞋底、包烧饼、方饼，乃至泰兴的黄桥烧饼、如皋的肉渣等等民间小吃，都可以在孤山庙会里找到身影。不是过年，胜似过年，踏青时节有小吃，无疑是最为幸福的时刻。

如今，孤山庙会仍旧定期举办着，而庙会的小吃也变得更为丰富，烤肉串、肉夹馍、炸鸡腿、手撕鸭、奶茶、果汁，甚至西式的披萨、印度的飞饼，全球化的时代，越来越多的风味小吃来到了孤山庙会。

油煎饼和麻团

在一切都要凭票供应的年代，油煎饼和麻团是深受靖江人欢迎的明星甜点。

倒退到四十年前，油、糖都是稀罕物资，缺油少糖的人哪会有什么"三高"呢，油煎饼和麻团则是最好的加油站。那时候，靖江人的早餐四大点心，油条、烧饼、油煎饼、麻团，油条二分钱、烧饼三分钱、油煎饼四分钱、麻团五分钱，一分钱一分货。

油煎饼制作相对简单，原料主要是米粉和绵白糖，简单发酵后用小火油炸而成。炸好的油煎饼外观金黄，外脆里嫩，甜糯耐饥。到四新饭店买油煎饼不要粮票不要各种供应券，四分钱虽然也不算小数目，大人们也很乐意把油煎饼当作一种奖赏，在孩子组织外出春游或者大中考试时补充一下能量。上班族在来不及做早饭的情况下,有时也会买油煎饼犒劳一下自己,毕竟肚子里有点油水才能扛到中午啊。

麻团是油煎饼的升级版,是穿上外套就膨胀的油煎饼。最简单的是把油煎饼剂子搓圆滚上白芝麻文火油炸而成,复杂一点还可以包上一颗豆沙馅或者猪油丁。麻团是物资缺乏年代的奢侈品,通常家里来了至亲长辈或者贵客才会购买,香香甜甜的滋味总是难得和难忘的。如果想麻团放凉后不塌陷,有个小诀窍,就是在米面里掺上一点面粉,这样油炸出的麻团就不会变形。

还有一种大麻团,大小如排球,也叫麻球。近年从外地引进,常作酒席的一道点心,外脆内空,香甜可口。记得那年香港食神蔡澜受邀来靖江参加美食节,有酒家展示了大麻球,宾主都很感兴趣,于是叫来厨师了解制作要领,原来麻球制作极其考验手法,厨师要借助一把漏勺和一把汤勺,左右开弓,用汤勺不停淋浇用漏勺托底翻转,这样做出的麻球才能又大又圆。

最小的麻团有指甲大小,是和宁波年糕一样的食材,常常作为炒时鲜蔬菜的配料。荷塘小炒,藕尖莲籽荷兰豆,或者是芦笋虾仁木耳,金黄色的小麻团是绝佳的搭配。青绿色加上黄色白色,色泽漂亮,寓意金玉满堂。麻团的香腻遇到青蔬的清甜,亦荤亦素,产生一种奇妙而丰富的口感,这可是素炒的最高境界。

蒸饭

靖江人的早餐里有四大金刚：大饼、油条、蒸饭、豆浆。四大金刚里，唯有蒸饭充满了力量，是四大金刚之首，真正的大力金刚。

蒸饭的主要原料是糯米。糯米是稻谷的原种，是籼米、粳米的祖先，脂肪含量最高，吃了容易有饱胀感，好多人相信一顿可以抵三餐。糯米也是做黄酒、米酒的最好原料。糯米富有黏性，米浆是用来修长城的。靖江人形容一个人手上有把力气会说："你吃了糯米饭了吧？"糯米是蒸饭的皮肉，放少了就不叫蒸饭了。

油条则是蒸饭的骨架。卷蒸饭时师傅会用一块木板把刚出油锅的油条压扁，这样卷入米团的油条可以保持香脆的特性。卷蒸饭又叫粢饭团。卷蒸饭也有讲究，师傅用一块纱布把包有油条的米团使劲挤结实，这样的蒸饭不松散，富有嚼劲。糯米遇上油条，一个软糯一个脆韧，米香和油香交互而不融合，细加咀嚼才能体会其妙。

蒸饭便于携带，是最好的便当。过去靖江人相信，蒸饭是长力气的食物，请人做体力活或者农村准备大忙的时候，都要买一些蒸饭。现在条件好了，出门野钓的靖江人最喜欢准备一点蒸饭，饿了可以做干粮，鱼饵用完了，蒸饭团上摘一块，实在便当得很。

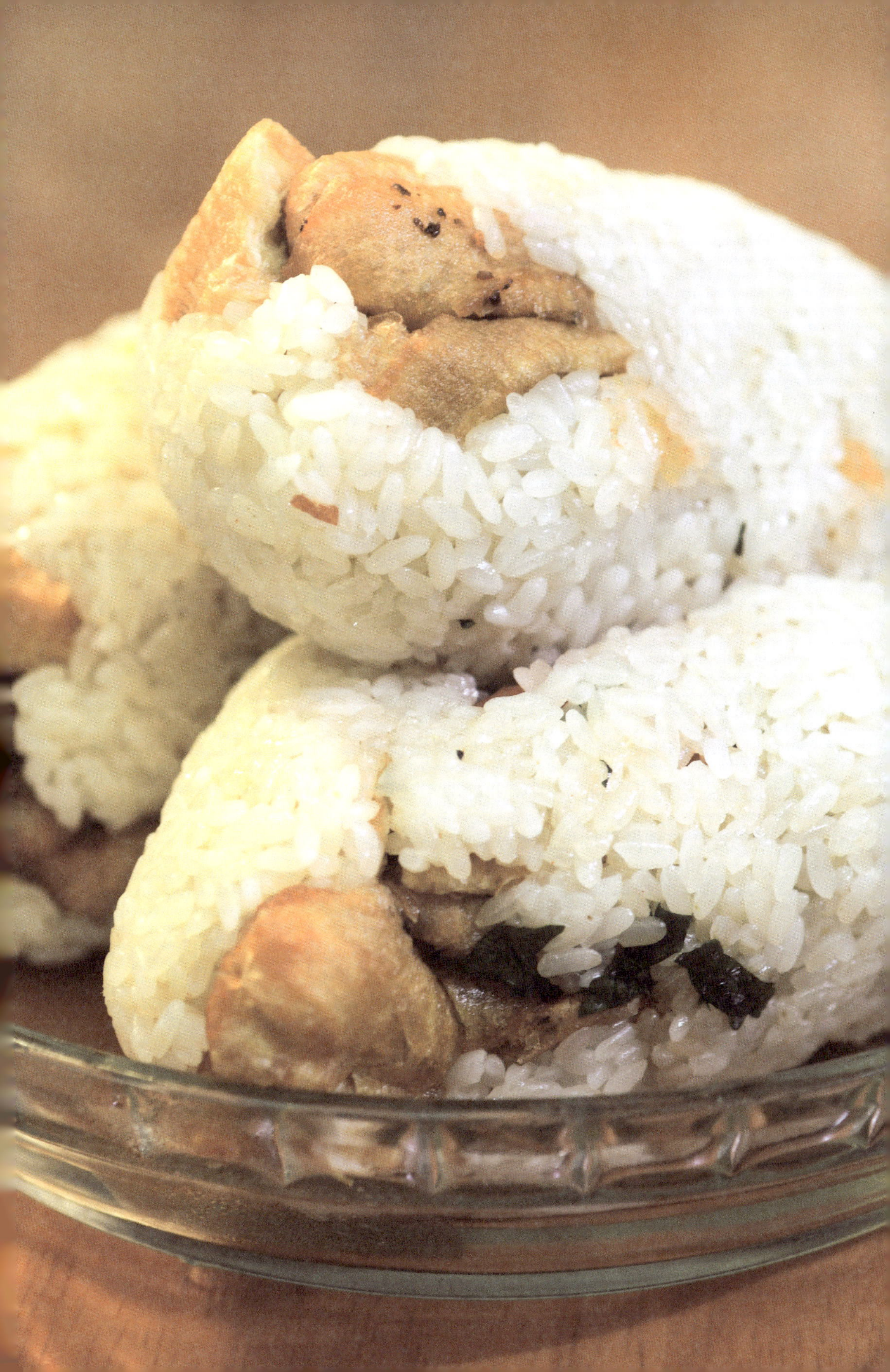

鸡蛋糕

二十世纪七八十年代，鸡蛋糕在民间神一样的存在。平日里是不大看到这东西的。过年、过节也少见。那什么时候能看到？一是在供销社的食品柜台前；二是生病的时候。

柜台里的鸡蛋糕是凭钱说话，没钱就是看看，"眼惠而实不至"。生病时的鸡蛋糕就有得说了，亲戚拎两扎鸡蛋糕，远道而来探望病人。那时候盼着自己生病的毛孩不在少数。当然也盼着亲戚生病，大人们可以买鸡蛋糕去探望人家。那时的人讲礼数，亲朋好友带去的东西要回赠一半的。一半的鸡蛋糕带回来后，毛孩子就可以享用了。

那时的鸡蛋糕个个单独包装，鸡蛋糕里的油都渗到包装纸的外面，一拿满手是油。在三两油都要配给的年代，光这一点就能成就鸡蛋糕的奢侈品地位。民间常说，"穿是穿的绸，吃是吃的油"。一点不假，咬一口鸡蛋糕，满嘴油润，口腔里流淌的几乎分不清是油还是馋的口水。在点心中敢用"入口即化"的只有鸡蛋糕，没有其他。口感也是能抒发情感的！

鸡蛋糕的生命力是强的，现在一些小店里还有卖。只是个头变小了，油润度也低了，低糖低油是向健康生活低头，更准确地说应该是向健康生活倾斜。

青蒿米团

清明时节，吃青团是江南一带的传统习俗，靖江也不例外。在和风细雨的人间四月天，靖江的巧妇们用艾草、大麦汁和着糯米粉，揉成色如碧玉的面皮，裹住豆沙核桃、蛋黄肉松、芝麻等馅料，搓成圆滚滚的胖团子——青团。青团色如碧玉、软糯可口、清香扑面。

做米团的艾草也叫艾蒿。在端午节的时候，传统习惯是在门口悬挂艾草，不过离端午节还早的时候，艾草叶还是嫩嫩的幼苗，可以食用。当然，即便是幼苗，艾草那浓烈的味道也是无法掩盖的，所以艾草幼苗一般用来制作青团或者蒿子粑粑。艾草有一股苦味，要尽量采摘嫩叶，洗干净后焯水，然后用凉水浸泡，挤干净水分后再继续浸泡，至少浸泡2次，每次在1小时以上，浸泡的时间越长，苦味越小。将浸泡好的艾草挤干水后切碎，和糯米粉和在一起就可以做青团和米粑了。

将团子放入密闭的蒸锅，隔水蒸上十五分钟，翠绿色沁入米团深处，糅合糯米的芳香，生成独特的色与味。一道靖江小吃，便呈现眼前。

青团的由来跟两个节日紧紧地联系在一起——寒食节和清明节。寒食节一般在农历三月，清明之前一两天。这一天，家家禁烟禁火，都吃冷食。清明节祭奠先人，青团往往被作为供品。后来，寒食与清明逐渐融合，明代《七修类稿》中说："古人寒食，采桐杨叶，染

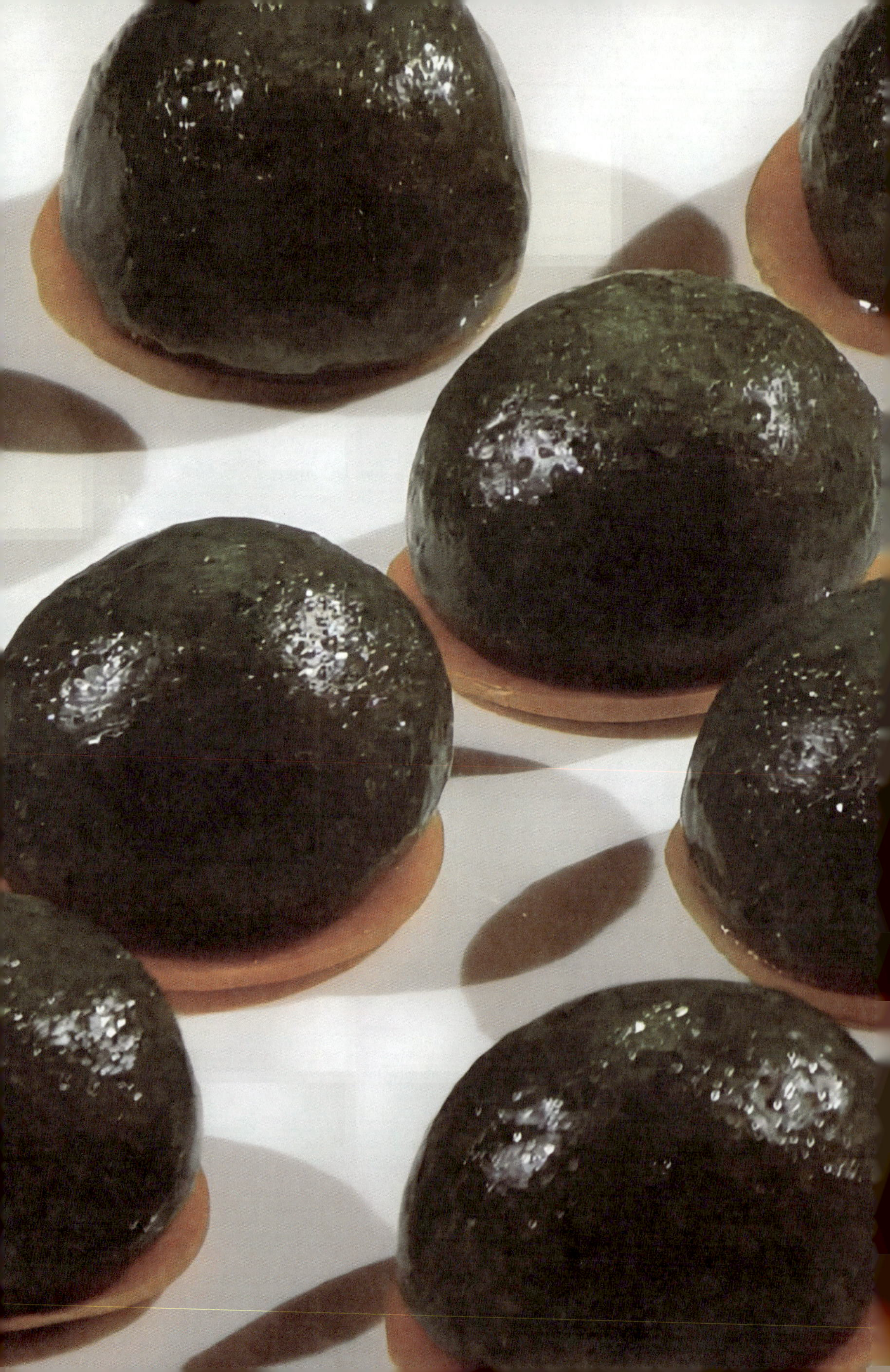

饭青色以祭，资阳气也。"所以在靖江，过去每临清明的时候，家家户户都要吃青团。

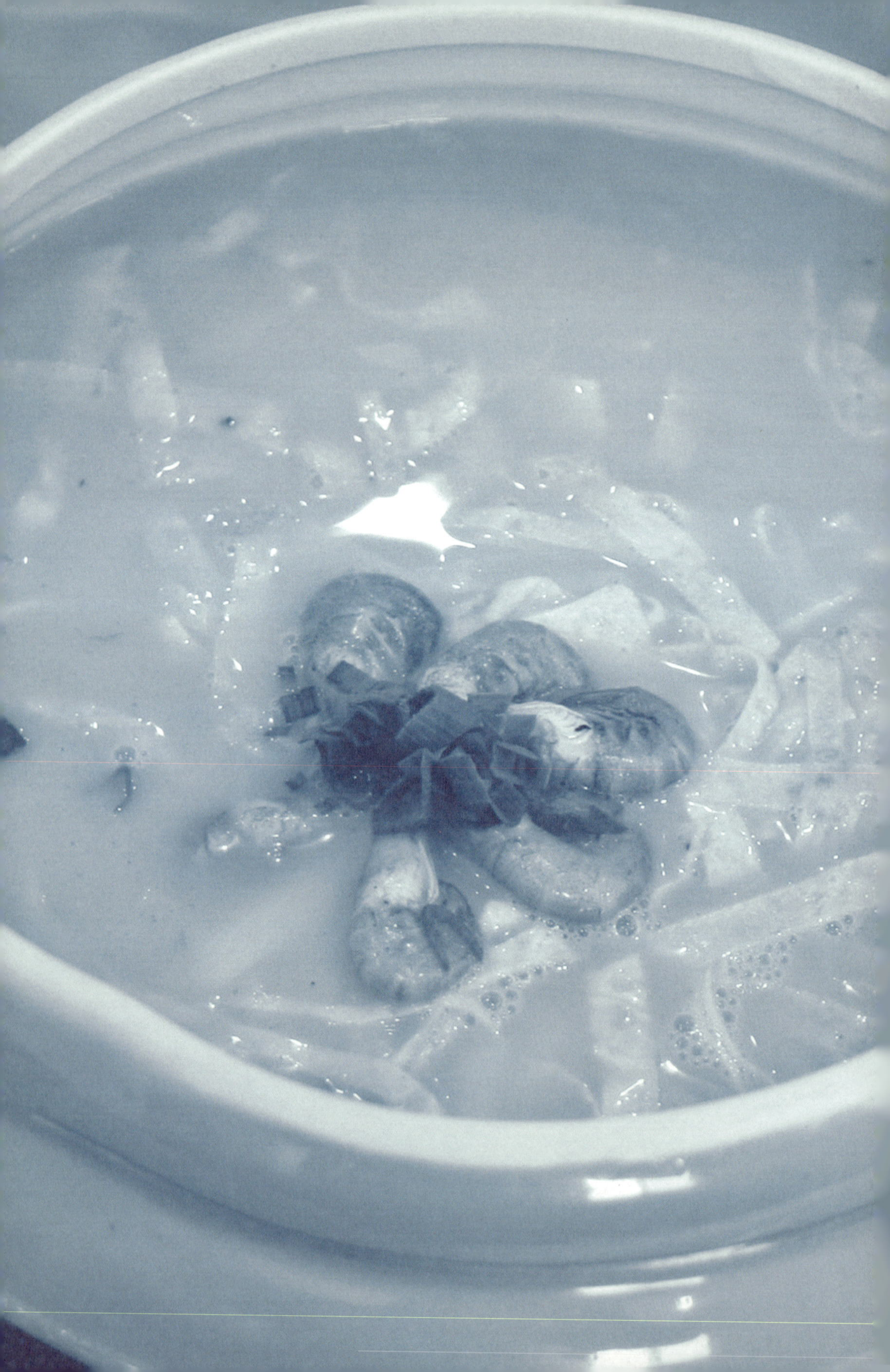

夏味

立夏馄饨

立夏之日"斗指东南,维为立夏,万物至此皆长大,故名立夏也"。这一天,早上煮食鸡蛋和鸭蛋,耳戴皂角树花。夏天食量减少,身体消瘦。有的地区称之为疰夏。

立夏午餐吃馄饨。老人们有句古语:送命馄饨。说的是立夏吃馄饨。古语大多与农事相关,立夏以后,就准备进入农忙收割麦子了。完全依靠手工劳作的农民,把进入农忙的这顿馄饨称为送命馄饨。民间有言:"立夏不吃馄饨,死了没有坟墩。"意思是一进入大忙,想弄点好吃的都不可能,不如忙前犒劳犒劳自己,免得累死成冤鬼。这其中,充满了农民的幽默和乐观。还有一种说法是立夏吃了馄饨,游泳不怕水。夏季是游泳的时节。煮馄饨时,等水开了下锅,经过"三滚三冷",见一个个馄饨浮了起来就可以捞上来吃了。由于馄饨在水里最终都会浮上来,不会沉到水底。于是,民间就有在立夏这天吃了汤馄饨,游泳时人也始终会像馄饨一样浮在水上,不会被水淹的说法。

每年公历6月21日或22日,太阳到达黄经90°时为夏至。当然还是要吃馄饨,因繁重的收、种大忙已过,身心稍宽,此馄饨称"上岸馄饨"或"救命馄饨"。立夏以后,正午太阳直射点逐渐南移,北半球的白昼日渐缩短,因此,民间又有"吃过夏至面,一天短一线"的说法。

地三鲜

立夏除了吃馄饨，还要吃茶叶蛋。而除此之外，也有人家吃地三鲜。这里所谓地三鲜即蚕豆、苋菜、黄瓜（又说是苋菜、蚕豆、蒜苗）。吃这三样美食有一定的道理。首先是吃苋菜。苋菜本是一种野菜，也被人们誉为"长寿菜"。在古代的一部按汉字形体分部编排的字书——《玉篇》中，可以查到"苋"读"汗"，所以也有称苋菜为"汗菜"，寓意为夏天流汗吃的菜。俗语有说："六月苋，当鸡蛋，七月苋，金不换。"由此可见其营养价值之高。此外，吃完苋菜端起菜盆将红红的汤汁一饮而尽，讨的是"红"运当头的彩头。

其次是吃蚕豆，是因为立夏时，它刚好上市；豆又叫发芽豆，立夏吃豆，讨的是"发"的彩头。蚕豆也是夏天的快乐豆，因为它里面能产生五羟色胺，吃了会让心情变好。蚕豆中的钙，能促进人体骨骼的生长发育。蚕豆还是益智豆，含有调节大脑和神经组织的重要成分钙、锌、锰、磷脂等，并含有丰富的胆石碱，有增强记忆力的健脑作用，特别适合考生和脑力工作者食用。

最后是吃黄瓜。黄瓜水分大，也非常适合夏天吃。靖江各地习俗均有不同，但各有特色，都体现了当地的民俗文化。

季市馄饨

季市过去称馄饨为"扁食"。它跟靖江尺箕馄饨包法不一样,季市扁食大多是翻耳朵馄饨。《靖江方言词典》里尺箕馄饨指"切成梯形的名为斜刀皮子包成的馄饨",翻耳朵馄饨指"切成长方形的名为直刀皮子包成的馄饨"。其实这两种馄饨只是包法不同,一种包出来像"尺箕",一种包出来皮子后翻,形似翻皮帽子。

当然,季市扁食与靖江馄饨最大的区别在于馅心不同。靖江人大多包生肉馄饨,讲究一个"鲜"字,而季市大多包熟肉馄饨,注重一个"香"字。取新鲜前腿肉,切剁成末,先将肥肉放入锅中,炸出油,再将肉末放入,煎炸出香味。然后将焯过水的蔬菜切剁成末,放入锅中,搅拌成馅。此馅为熟馅,可以直接食用。用皮子包好后,将馄饨下入开水锅中,待水再次沸腾,即可捞出装盘。

因为食用方式不同,季市扁食又分为两种,一种是用开水或骨头汤加上猪油、葱末、香菜等做汤的,将馄饨泡入汤中食用的,叫作"汤馄饨";还有一种是盛入盘中,蘸着一碟酸醋和麻油食用的,叫作"干馄饨"。

除了扁食,季市还有一种"小馄饨"。季市人的扁食是扁食,小馄饨是小馄饨,二者是不能混淆的。小馄饨虽然和大馄饨看上去只有大小之分,实际上从皮子的加工到配馅、做汤都更加讲究。

和面,要求面粉为精白的一级面。面粉倒入大缸内,慢慢掺水,边掺边拌,用双手揉、搓、捏,直至面块呈蚕豆般大小,看不到有夹生面粉为止。接着把和熟的面块用擀面杖反复碾压,直至擀成透明状的薄皮。据说,有的季市巧妇能将一斤干面,擀成100多张皮子。现在有了搅面机,可将熟面倒进搅面机里,先单层,后双层,反复七八次,搅成薄如蝉翼的皮子,再将皮子切成小方片。

小馄饨的馅心全是猪腿肉剁成的细肉糜,不加蔬菜。为了确保馅心鲜嫩,需要在肉糜中加入葱姜汁和少许清水。小馄饨的包法很独特,不用筷子夹馅,而用一根细竹片将一头削成扁圆状,以此代替筷子,称作"馄饨搨子"。包馄饨时,左手将皮子摊在手心,右手持竹片搨子用扁圆的一头把馅刮到皮子上,每次用馅只相当于一蚬子壳的量——然后靠左手手指三折两折最后一捏便成。顶尖的巧手一秒钟可包两三只小馄饨。

煮小馄饨的汤很讲究。季市人的小馄饨汤一般用猪骨熬制。小馄饨店置两只大铁锅,一只锅熬汤,一只锅煮小馄饨。小馄饨快熟时,在大海碗里挑一小块猪油,撒少许葱、蒜、香菜末和白胡椒粉。小馄饨捞起倒进碗内后,再到汤锅里舀汤。霎时,一股清香随着缕缕热气扑面而来。小馄饨盛在碗里,半透明的皮子能映出其中馅心。真乃色、香、味、形俱佳。用调羹将小馄饨一只只送进嘴里,再喝口汤,啊,透鲜!如此细嚼慢品,不胜快哉!

季市头菜

季市诸多菜肴中有一道菜就叫"头菜"。季市人宴请宾客特别讲礼数，讲究三个突出原则，即在宴席中突出热菜，在热菜中突出大菜，在大菜中突出头菜。季市头菜的"头"字有两层含义：一是这道菜在宴席热菜类中最先上，是热菜的第一道菜，故称"头菜"，季市人常对捷足先登的人说"您是头菜"，引用的就是这层意思；二是这道菜在整桌宴席中原料最好、质量最精、名气最大、价格最贵，通常排在所有大菜最前面，统帅全席，它显示了主家宴请出手大方、有气派，也体现了宴席的高品位和对客人的尊重。

"头菜"其实是一种荤素搭配的烩菜组合，我国古已有之。季市"头菜"选料多，土中长的，天上飞的，水中游的，地上跑的，均可入料。主要有鱼肚、海参、火腿、笋片、黑木耳、白果、肉皮（油发）、水发蹄筋、猪腰等。既有高档的，又有普通的；荤的，素的，多味混合，色彩纷呈。既饱眼福又饱口福，一年四季皆可食用。"头菜"因为用料硬扎，不仅味道鲜美，而且营养齐全。

　　季市头菜的主料是"鱼肚"，用鱼的鳔加工而成。制作季市头菜的关键也在"发"鱼肚。市场上常见的鱼肚都是干制品。食用时须事先泡发，方法有水发和油发两种。一般油发至蓬松内透，松泡状似海绵即可，经水反复漂洗至净白，无异味。这时鱼肚蓬松软脆，洁白中透出浅黄，方可制作"头菜"。涨发后的鱼肚因其自身无甚滋味，这时加入上述各类其他食材原料，选用上等鲜美汤汁调制，上锅烩制，使鱼肚饱吸汤汁入味后，才能形成柔嫩软脆、醇厚浓美、光润鲜香的独特风味。

　　季市人过去也把鱼肚海参视作山珍海味，可见季市头菜确实名副其实，一直被列入珍品，得到大家交口称赞。

靖江大烧饼

　　大烧饼是一家一户的面子。靖江大烧饼都是用来待客的，拿得出手的大烧饼要摊得圆圆的，如九寸披萨大小，薄脆近乎透明看得

见内容，里面包的菜馅要到边，能摊出这样大烧饼的家庭主妇厨艺才算合格。

靖江烹饪界的老前辈陈士荣老先生总结说，大烧饼做得好的技巧在于"面要烂一点、剂子小一点、菜要多一点、摊得薄一点、焖得脆一点"。真正考验媳妇手法的就在两个字"摊"和"掉"，摊是为烧饼造型，掉是为烧饼保型。有的婆婆会把秘诀传给媳妇，就是借助一把蒲扇，热锅冷油，把揿按扁圆的饼从扇面上徐徐摊进铁锅，要给大烧饼翻身就用蒲扇轻轻一掉，一切都在"铁扇公主"的掌握之中。

大烧饼也是一家一户的里子。每年麦收以后，每家每户都要用小麦换一点面粉，留着逢年过节或有客人来时好做大烧饼。韭菜鸡蛋加鲜虾是靖江大烧饼的标配馅心，大烧饼是谁家都拿得出的点心，食材来自农家自己地里的收获和自然的馈赠，最能显示出主人的小康富足而不张扬。靖江人讲究因时而食：春天里，头刀韭菜二刀肉，三月的鸡蛋好当饭，人们最常做的就是鸡蛋韭菜大烧饼。过了清明，本地蚕豆上市，喜欢创新的媳妇会做最细腻的蚕豆肉末大烧饼，也有用南瓜丝代替韭菜的。到了夏天，六月的苋菜鸡肉香，七月苋菜金不换，配上当季的籽虾，就是苋菜籽虾大烧饼。靖江大烧饼里的馅心是时鲜、更是讲究。

过去靖江农村经常会有这样的场景。客人下午来访，主人忙着端茶。女主人眼观六路耳听八方，知道来客不一般，早早就会到厨房忙开来。小孩子们欢天喜地转前转后。女主人去菜地割韭菜，吩咐孩子们去捉点籽虾。孩子们用麦秸秆做成钓钩和套笼，绑上田鸡腿，半个时辰不到就会钓到一斤虾。

女主人会把嫩嫩的韭菜切细，拌上煎炒的草鸡蛋，放几只剪去胡须的河虾，包入擀得薄薄的面粉剂子里做成饼坯子备用。烧草热锅，铁锅上涂少许油，油七成热时放入饼坯，揿按均匀，菜馅入边，煎至定型及时翻身，待大烧饼两面发黄饼色透明，青色的韭菜、金黄的鸡蛋和红色的籽虾隐隐可见时，可将煎饼装盘，冷却后复煎一遍即可。

一般情况下，主人家摊大烧饼不摊多不摊少，只摊三个。摊少了会让客人觉得主家小气或者囊中羞涩，摊多了会让人觉得显摆或者不会过日子。三个大烧饼，懂礼节的客人会最多吃一个，好客的主人会让客人带走一个，留下一个给家人，一切都是刚刚好。

有时候，客人知道孩子们会躲在门后面偷看客人吃烧饼，装作吃了一个还要吃一个。在门缝里盯着的孩子会和其他孩子说，"吃了一个了，要吃第二个了……"话音里都带着哭腔了，客人才哈哈大笑和主人别过，心满意足地走了。

懒烧饼

靖江的老岸上人做烧饼的时候主推大烧饼。和面、揉面、醒面、包馅、上锅、拍压、加油有板有眼。馅料也有讲究，素菜是基，荤菜是魂。加炒蛋、加肉末丰俭随意，要是加了大河虾，那就档次变高了。在靖江饮食语言里，"大"往往是隆大的意思，并不单单指个头大，似乎是移用了大爷的"大"。夏天里走亲戚，中午吃的是粯子粥搭大烧饼，如此这般，绝不是慢待，是款待，是高抬，是真正的全心全意。

靖江老岸上人还做一种烧饼，叫"懒烧饼"。摊一个锅拓，用一把韭菜苋菜什么的做馅，没有备肉、备虾，炒两个鸡蛋增香。馅料放在锅拓的半边,再将另一半覆盖上去,一个半圆的烧饼就成了。面皮简了,馅料简了,拍打的工艺也简了,是个偷懒的做法。做饼人不肯担责,甩锅给饼,称为"懒烧饼"。

涨烧饼

涨烧饼很大很厚,一个人一顿是吃不了一个的。因为它不是做给一个人吃的,而是做给一家人吃的。

所以,涨烧饼的核心,就是一个"涨"字。

要想让它涨,必须先让它发。

当然是发面啦!季市人发面用的是酒酵,就是自己做的米酒。米酒又分甜酒和麻酒,做涨烧饼,用甜米酒发酵更温和,所以"涨烧饼"又叫"酒酵烧饼"。发面的过程有点长,可能要十几个小时。等软硬适中的面团上起了孔,涨大了,就可以了。

趁着发面的工夫,把炉子生起来。最早的时候用土灶,烧火的材料一般是菜籽壳或者是麦芠子,烧出的火没有火苗,但是有温度,便于慢烤。后来改成了煤球炉子,炉子上加一个凿了洞的油漆桶,再放上锅,让炉火距锅底40厘米,这样烧饼不易烤焦。现在用液化气灶,锅则是电饭锅的内胆,靠气阀控制火候,非常方便。

将锅烧热,放入少许油,摇晃,保证锅里每个地方都有油。等油温到80℃左右,撒些许芝麻在油锅的表面,再将涨好的面倒进锅里，在朝上的一面撒上芝麻。等贴锅的一面硬了之后，加入少许油，把面饼翻个身，再加入少许油，然后继续加温。等到饼成形之后，不停地加少许的油，再翻身。加油，翻身，翻身，加油，饼越涨越大，颜色越来越金黄，香气越来越浓，等到面饼的表面发红之后，就可以出锅了。

一块涨烧饼拎回家，切成三角形的小块。家人围坐，就着糁子粥，烧饼越嚼越香，还略带着甜味，当然还有"发"和"涨"的韵味。

季市老汁鸡

天下制作鸡的办法成百上千种，比如山东德州扒鸡、河南道口烧鸡、安徽符离集烧鸡、辽宁沟帮子熏鸡、江苏常熟叫花鸡、广东清远白斩鸡、四川口水鸡、广东梅州盐焗鸡、新疆大盘鸡、海南文昌鸡……而靖江季市的特产老汁鸡，则在煎炒烹炸之外，独辟蹊径，采用了一种十分古老的烹饪方法，闻之异香扑鼻，食之别有风味，与十大名鸡相比丝毫也不逊色。

老汁鸡的制作，采用的是"卤"法。现代汉语词典中对"卤"的解释是用盐水加五香等或用酱油煮，或者这样解释：一种烹饪方法，把原料（不切碎）放入较大的锅中，加盐及其他调料煮。老汁鸡，从熬制老汁开始，到整鸡下锅煮，完全符合"卤"的定义。

制作老汁鸡，先要熬制老汁。老汁以油料为主，水分很少。简单归纳起来，就是"四大天王"和"十八罗汉"。所谓"四大天王"即上等三伏秋油、天然麻油、菜油、花油等四种油料，所谓"十八罗汉"则是八角、茴香、桂皮、陈皮、丁香、香叶、甘草等十八种香料和中草药。当然这些油料和香料的配比每家都不同，都有"不足为外人道也"的秘方。将这"十八罗汉"放入"四大天王"中熬煮成汁，再选用本地产的老母鸡吊汤，老母鸡越老越好，然后加入野鸡、野鸭等各种野味入汁烧煮，取其野味、鲜味。这样，不断加原料，取百味而成一汁，终炼成"老汁"。

此时的老汁就是卤汁，当然要当得起一个"老"字，还需要经历

十年以上的"历练"。季市有的人家的老汁代代相传,保存了数十年甚至上百年之久,而且神奇之处在于即便旧时没有冰箱的盛夏也不腐不坏不馊不烊,形似果冻,色如玛瑙,因此又被称为"瑙汁"。

"老汁""卤汁""瑙汁"三种称呼读音相近,"卤汁"说出了老汁鸡的做法,"瑙汁"形容了老汁的颜色,而只有"老汁"才真正叫出了老汁鸡与众不同的精髓。"老汁"之老,在于保存,一是老汁以油料为主,水分很少;二是选用上好的草鸡,每次烧煮都要将杂质清理掉,保持老汁的清洁纯正;三是定期加热消毒,存放于阴凉通风防尘处。

烧老汁鸡的时候把老母鸡洗净淋干后,用棉线捆好,整只下锅,用文火慢慢焖。鸡浸在老汁里,因为汤上面覆着一层油,看似不冒热气,实则油温很烫,慢慢就焖烂了。这样做出来的老汁鸡既香且酥,有嚼劲,肉不柴。入味很深,回味无穷,既有鸡的原味,又有其他各种说不出来的香味。在季市,每家宴请亲朋好友之时,老汁鸡是必上的菜肴,它象征主人的富足,表达主家的热情。

老汁鸡热食冷吃皆可。"热食"就是刚端出锅的时候,浇上恰到好处的老汁趁热吃。鸡肉丰润,肉质甘爽。"冷吃"就是晾凉后切成块吃,简易方便,老汁汤已经凝成果冻一般晶莹的"肉冻",入口即化。热有热的香味,冷有冷的风情。

"葱姜油盐浑身抹,一透二焐锅中压。待到四邻闻相望,顿觉饥肠要吃它。细嫩酥滑不用筷,风卷残云是老太。走亲访友先来问,一道吞过还要带。"这顺口溜将老汁鸡的做法、香味、特点以及美味程度完美地展现了出来。季市老汁鸡曾于1998年荣获中国食品博览会银奖，被收入《靖江名菜谱》及《靖江年鉴》。2008年，季市老汁鸡又在第二届中国太湖农家菜美食节上荣获金奖。2021年5月，季市老汁鸡和蟹黄汤包一起入选"江苏味道"第一批122道名菜名点，成为靖江菜里的招牌之一。

十三把半

俗话说：小暑大暑，上蒸下煮。进入暑气熏蒸的时节，靖江人家的餐桌上怎么能少得了鸡肉呢？孤山新庄村老沈刚刚丢开早饭的碗筷，又为午饭做起了准备。从屋后的竹林里捉回一只未开啼的小公鸡，中午就吃它了。

杀了鸡，择净毛，去除鸡头和脖子上的淋巴，放在流水里冲泡、淋干；鸡胗、鸡肝、鸡腿、鸡爪都与整鸡分开。到底何种吃法，黄酒蒸童子鸡？芋头烧鸡？小炒子鸡？都不是，老沈心里有数。找来钢制的盆，盆底散放切好的生姜片和洗净的香葱，把鸡肉和其他部分分门别类摆放到盆里，撒盐，滴点酱油，放上红尖椒，再喷洒自家酿的小麦烧酒，用搪瓷茶盘盖好。这样还不成，寻个海碗，调和面糊，用它来做封口，糊住茶盘和钢制盆盖口的一圈。老沈托起盆，放到土灶的大铁锅里，无需加水，盖上釜冠干蒸。灶门口的柴堆上整齐地码放着一把把打了结的麦秆草，草里还透着麦香。点火，拉起灶台旁的风箱，灶膛里的麦秆草跳荡起骄矜的火苗，发出哗哗啵啵的欢快声。

当一个草把子燃烧殆尽时，再放入下一个，让它们在灶膛间接力燃烧，烧完十三把时，焖上二十五分钟。丝丝缕缕的香气早已在灶间氤氲开来，可别急，瞧准了时间，再点燃半把麦秆草，燃尽后继续焖个二十五分钟。

起锅喽！伴着一声吆喝，老沈提起釜冠，端出盆，用铲刀拨开封口用的面糊，掀去搪瓷茶盘，那股子熟悉的气息如出笼的鸽子腾飞起来。看吧，盆里的鸡肉嫩嫩的，通体泛着点点红晕，拣去姜片、葱、红椒，起码有大半海碗的汤汁沉在盆底。老沈一边拆着鸡，一边分给邻居的孩子们吃。这鸡肉滑嫩嫩的，鲜香的味道滚过舌尖，一寸一寸爬进胃里。再啜一口汤汁，恐怕整个身心都醉卧在这热情的夏天里。

"十三把半火鸡"，就是邻居们家里的那些小吃货取的名字，老沈欢喜，后来还注册了商标。在那没有冰箱的岁月里，这十三把半火鸡可以放置十天半月也不变质。

马桥猪手

过去，农村家里每年都会养二三头猪，总有一只会留到腊月过后宰杀。猪肉拿去卖了，猪蹄、猪下水就留着自己家里吃。

由于猪蹄上都是毛，处理的时候就用松香烧熔化了，趁着热泼在猪毛上，待松香凉了，揭去，猪毛随着也全脱了，只剩下白白净净的蹄子。后来听说用松香煺毛，容易致癌，就改用镊子拔毛。虽然费了点时间，但是毕竟吃得放心。其实，猪蹄这玩意儿还有个雅称——猪手。

猪手的吃法五花八门，比如黄豆烧猪手、香辣猪手、红酒猪手、酒香腐乳猪手等等。在靖江马桥镇，还有一种"神仙猪手"的吃法。

猪手为何冠之"神仙"？其实就是形容烹饪的时间和火候，古人素以焚香来估算时间，神仙猪蹄用"三炷香"的时间烹制而成。另外是形容这道菜的味道让人流连、垂涎欲滴，感觉只有神仙才能有福享用。

猪手都一样，为啥马桥的猪蹄口感如此美味？正如季市的老汁鸡一样，一碗猪手的精华所在，也是一勺热乎乎的浓汁。老汁便是马桥老汁猪手的灵魂。除了十多味制卤香料，在炖煮卤汁时，还加入了老母鸡和野生甲鱼熬煮的原汤。卤汁越老，口味越是鲜香醇厚。

猪手是生活中很常见的食材。猪蹄含有丰富的胶原蛋白，脂肪含量也比肥肉低，坊间认为有美容，延缓衰老，强健筋骨的功效。炖好的猪蹄，香而不腻，一口咬下去，卤汁随着糯糯的胶质感在嘴里无限蔓延，快活似神仙！

肝大肠

靖江有道传统菜，叫作"肝大肠"，是古代达官贵人家里才能品尝到的一道菜，因为本地方言谐音很吉利——"官大长"。说起这道菜，靖江有几种做法，也有不同的故事。

一个是季市的红烧肝大肠。相传早年季家市街上，有一户王姓大户，他的儿子在常州府当了个不大不小的官。有一年王大户的儿子回家过年，腊月廿六，王大户买回一串猪下脚，有肚肺、脚爪、猪心、肝和大肠，一根根长长地晾挂在院子里竹竿上，王大户看了十分陶醉。一高兴，就让小伙计烧大肠。小伙计将猪肝大肠放进锅里一起煮。本打算等煮熟后猪肝冷切，大肠红烧。不料，肝却煮老了。聪明的小伙计将计就计，索性将肝和大肠放在一起红烧。当天吃午饭，王大户的儿子一看，皱着眉头，问："这烧的什么东西？"小伙计说："肝大肠，官大长，你的官越当越长，一直当到八十岁啊……"王大户和他儿子一听，真是难得的好口彩啊，高兴得不得了，连声说，好菜、好菜。其实，季市老肝大肠不光有口彩，口味也是特别醇厚。

还有一种说法，大肠长长满满，寓意老百姓粮仓"仓仓满"。

做法是将猪大肠清洗干净，剪成60~80厘米的段，加碱揉搓几分钟，再用清水冲洗干净，放入开水锅中，烫煮15分钟，捞入清水中，漂洗干净，控去水分，做成肠坯。在锅里放入食盐、酱油、花椒、大茴香、草果、桂皮、丁香、白芷、小茴香、陈皮、大葱（切段）、姜（切片）等煮沸，待煮出料味时，离火，把煮好的料汤放凉，下入整理好的大肠和猪肝，再用猛火煮90分钟，中间翻2次锅即熟。捞出，控去水分。然后加入清汤，调入盐、味精、白糖、老抽王、胡椒粉至汁浓时，用生粉勾芡，淋入麻油即可。

这道菜里大肠色泽棕红，油润光亮，鲜美可口，肥而不腻；猪肝柔嫩爽口，百吃不厌。

还有一种做法则传奇得多，是靖城的肝大肠。据陈士荣老先生回忆，这道菜并不在传统酒楼饭店的菜谱中，只有为数不多的人有此口福。做法是将生猪肝切片后存入洗净的猪大肠内，大肠两头扎紧后放入卤汤中烧熟，可以热吃、冷切，风味独特，猪肝与大肠的鲜香交融在一起，配上老卤汤味，令人回味无穷，据说这是靖城最早的传统菜。

豆腐鳗鱼

春夏之交，鳗鱼还未到肥美之时。待到七月，这个时节的鳗鱼方是一年中口感最好的时候，身体里油脂的分布真是添一分则多，减一分则少，一切都刚刚好。

夏季的鳗鱼是有些招摇的，看来还真得跟豆腐混搭一下才好。活杀的鳗鱼，洗净后去头去尾，切成段，长度大概寸把长就好了。油锅微热，加入切好的葱、姜、蒜熬汁，鳗鱼段倒入，调至小火。用筷子将鱼段一一竖起，此时改为大火伺候，洒入料酒，一阵"滋滋啦啦"声在鳗鱼段间迸溅而起。浓郁的鳗鱼香早已在厨间升腾，飘散。生抽、老抽、盐依次加入，添冷水，水面刚好将竖起的鳗鱼段浸没。在此耐心守候三十分钟左右，再调整到中小火焖上个二十来分钟，撒入一点白糖，锅里的汤汁微微黏稠起来，盛入盘中。周身诱人的气息实在叫人禁不住唾津潜溢了。豆腐呢？怎么不见加入豆腐？原来，每段鱼皮完好无损，吃起来丰腴中带着滑爽绵密的口感。像什么呢？恍惚间，还真有豆腐的感觉。花非花，雾非雾，食的到底是什么？

在流汗倦怠的暑天里，恐怕没有什么比豆腐鳗鱼更让人迷恋的了，吃着鱼段，把汤汁浇在现煮的米饭上，看起来简单，吃起来却十分满足，那一刻，味蕾和心情都是美的。

马鲛鱼圆

在靖江，鱼圆的市场不大。

制作肉圆，多切少斩，颗粒并非越细越好。细了，容易板结，口感就柴了。这和鱼圆恰恰相反。鱼泥越细越好。鱼圆如果吃出颗粒感，那就坏了。

做鱼圆，要去鱼皮，去鱼刺，都是很费工夫的事，靖江人不大愿意。鱼圆的问题，并非能不能、会不会的问题，而是愿不愿，肯不肯的问题。给靖江人足够的时间,他们才不怕麻烦呢,总是遇强则强,越挫越勇。刀鱼刺多吧,靖江厨师撕下鱼皮,就可以带出部分鱼刺。然后以一块猪肉皮作垫,用刀背轻敲鱼肉,可以将刀鱼刺尽数扎入肉皮之中。有的厨师还有秘诀,说是剁鱼不能用木质砧板,而要用塑料的,这样可以避免鱼肉发黑,保证洁白光鲜。你说靖江人不会做鱼圆,刀鱼馄饨难道不是最好的鱼圆?不过多了一层薄薄的面皮罢了。

靖江人不是不做鱼圆,而是追求更高的品质。他们会做鮰鱼圆。一般鱼圆,不过草鱼、青鱼,也有鳙鱼、鲢鱼的。鮰鱼圆好不好吃?显然不用多说了。

早先,靖江渔民不仅在长江捕鱼,而且出海作业。鲳鯿、带鱼、黄鱼,这些靖江人常吃,自然是目标鱼了。但是过程中也会捕到梭子蟹、马鲛鱼之类的。马鲛鱼个体大,刺少肉多,北方的鲅鱼就是其中一种,人们拿它来做饺子馅。捕到马鲛鱼了,靖江渔民们也不放过,用它的肉泥来做鱼圆。谚云:"山食鹧鸪獐,海食马鲛鲳。"滋味可想而知了。

今天,长江禁渔了。靖江渔民洗脚上岸了。马鲛鱼圆成了靖江渔业发达的传说和见证。

北瓜花、番芋藤

靖江人把南瓜叫作北瓜，不知道是什么缘故，说法众多却没有定论。

过去的农村，家家户户只有平房，外加一两间小屋。在小屋边栽几棵北瓜秧，入夏后，北瓜藤就会爬上屋顶，然后满屋顶的绿叶和黄花。

北瓜花可以当蔬菜，也可以入药，具有清利湿热、消肿散瘀、抗癌防癌等功效。北瓜花呈杏黄色，雌雄同株。雄花花冠裂片大，叶端长而尖，很好辨认。雌花要留着结瓜，所以多数是吃雄花。

取北瓜花的花瓣，把花心和花的枝干都扔掉，然后洗干净。把面粉和鸡蛋还有其他调料和在一起，加一点水，注意掌握水的分量，不要太稀也不要太干，把北瓜花放里面和匀，最后一点一点地放到油锅里，炸到颜色变黄就可以起锅了。单纯裹面粉而油炸的，叫"北瓜花煎饼"，对于会做大烧饼的靖江人来说，做法简直就是小儿科般的简单。用鸡蛋泡糊油炸而成的，又称"黄金酥""黄金兰花"，据说是靖江名厨邢天锡独创。

番芋是外来品种，从明代万历年间传入中国后，即显示出其适应力强，无地不宜的优良特性，产量之高，"一亩数十石，胜种谷二十倍"。到了清康熙时期，番芋成为中国仅次于稻米、麦子和玉米的第四大粮食作物。

记忆里，番芋藤是用来喂猪的，即使是饥荒年代也是如此。最近十几年，番芋叶子才慢慢上了餐桌，菜市场和超市里，也可以见到一扎一扎的嫩番芋叶，整齐地码在那里。

把清洗干净的番芋叶放入锅中焯水，直至断生，捞出来过一遍凉水，放置待用。起锅烧油，油烧热后，放入蒜末和小米辣，将香味充分地翻炒出来，再把调制好的料汁倒入锅中，搅拌均匀，开大火将其烧开，直到略显浓稠。把番芋叶子整齐地摆放在盘子中，淋上料汁，就可以食用了。这道菜叫"凉拌番芋叶"。也可以不焯水，直接将番芋叶放入油锅中爆炒，加点盐或其他调味品，同样清香可口。这种烧法叫作"清炒番芋叶"。

说到这里，大家应该明白了，北瓜花和番芋藤，无论是煎、炸，还是炒，都需要油，油放少了还不行，尤其是番芋藤。过去的老百姓，缺的不是食材，而是油。一个月吃不到几两油，北瓜花和番芋藤宁可喂猪，也不愿意浪费宝贵的食用油啊！现在的人恰恰相反，肚子里油水太多了，反倒需要番芋叶子这些粗粮来"刮油减肥"。

洋豆豇茄子

洋豆豇是靖江方言中对长豇豆的叫法。从名字上就不难看出，这是靖江人为了区别本土豇豆的叫法。本土的豇豆，是无须刻意看护的，撒下种子，等到秋天摘下，煮粥时加入，便是豇豆粯子粥；而洋豆豇是后来引进的品种，靖江人习惯在外来的品种上加个"洋"

以示区别，比如洋番芋、洋火。外来的，毕竟没有本土的适应水土，所以要做个瓜果架。

清明刚过，农家便在家前屋后或者左右的小块菜地上忙碌着，为夏天的瓜豆做起了准备。冬天时在河港边割伐的芦竹棒，派上了大用处——两两相交叉成人字形，交叉处用碎布条做成的扎绳系紧，末端插进土里，简易的瓜果架就这么搭建起来。瓜果架下的泥土里，播下一颗颗种子，发芽后一步步引导着藤蔓向架子上攀援。而瓜果架旁边，最为常见的是种下一棵棵茄子秧。春去暑来，瓜果架上一片绿意盎然。

夏天悄然而至，洋豆豇一根根垂下瓜果架，等待着采摘。茄子也一个个坠在秸秆上。摘下几根洋豆豇，洗净择短后，加点蒜末炒了，就着糁子粥，弥补了糁子粥稀疏难以饱腹的不足，条件允许的情况下，加点肉丝便是富足的日子。

洋豆豇生长力旺盛，前仆后继、源源不绝，天天吃同一个做法，未免会发腻。那便顺手摘个茄子，把这两样放在一块烧个菜，两种味道仿佛是前世约好的缘分，交融得完美无瑕，一下子成了夏日里的美味，甚至——连肉丝都不再需要。

靖江人，总能在最简单的生活中，琢磨出一些天造地设的组合。

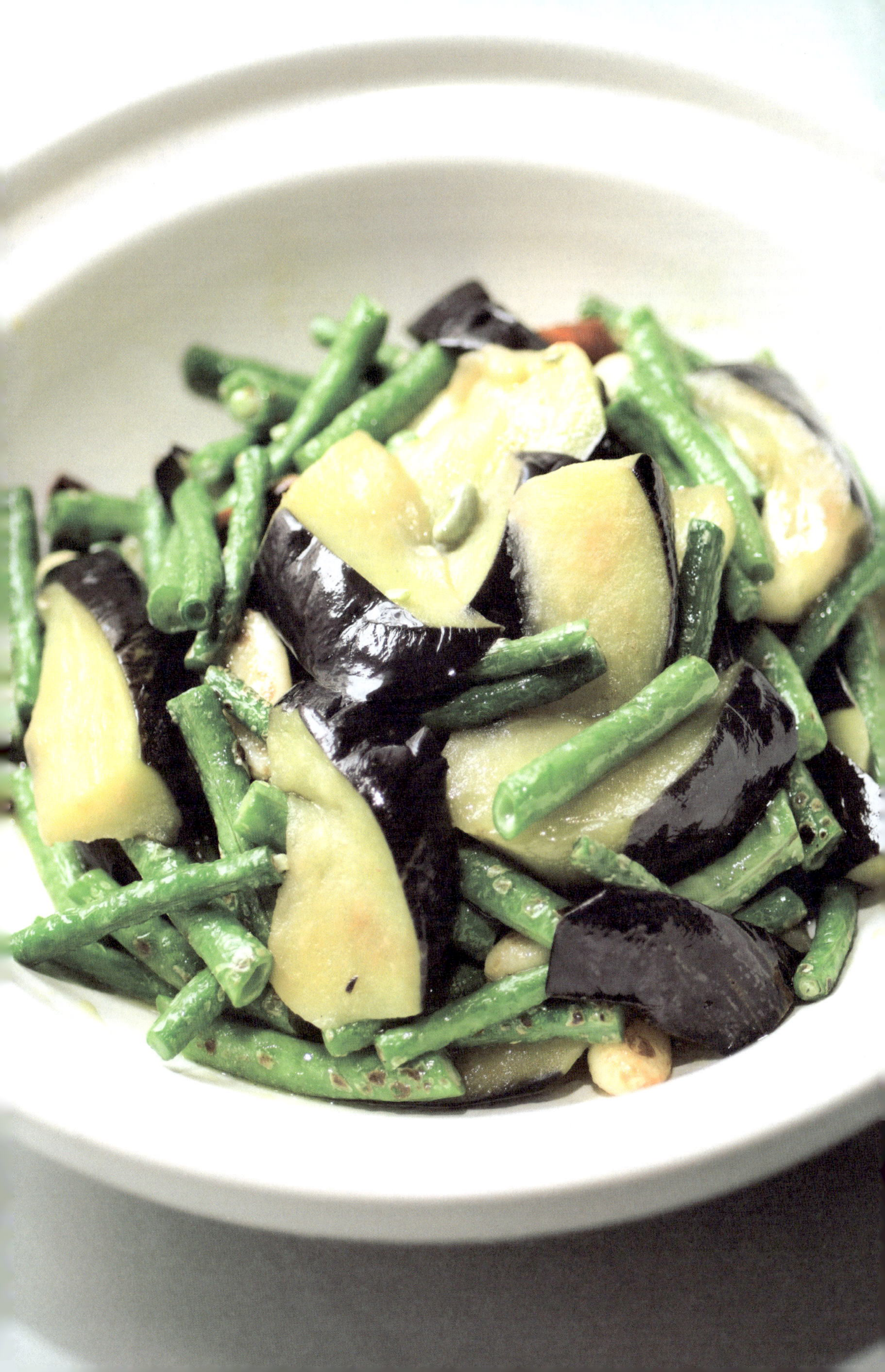

蒜泥生菜

生菜是一种耐寒以及抗虫性很好的绿色蔬菜，既可生吃也能清炒，一年四季都能吃上。

好种植、长得快、少打理，让生菜成为靖江人过去几十年里接受程度最高的蔬菜。

如今人们经常用生菜来卷着烤肉吃，十分爽口解腻。西式的汉堡里，也会夹上一片生菜。而在靖江人的习惯里，生菜的吃法，蒜泥生菜是最为普遍的，也是最为大众化的。

做法也很简单，大蒜洗净去皮，加少许盐捣碎或拍碎。生菜洗净后切成丝，放入盘中，再撒上蒜泥。锅中烧热少许植物油，浇在蒜泥上，爆香后搅拌均匀，一道开胃爽口的蒜泥生菜就完成了。

随着户籍制度的改革，城市户口、农村户口已成为回忆，但蒜泥生菜却成了靖江的一道传统农家菜，成了靖江人的日常蔬菜。

黄花菜炒肉丝

金针菜是过去靖江方言中对黄花菜的叫法。是一种多年生草本植物，中国南北各地都有栽培，近年来北方省份也有大量种植。黄花菜性味甘、凉，有清热解毒利尿消肿的功效。

黄花菜在五月里开花，过去靖江有些人家屋前河边少量种植，黄色的花既美观好看，也可以摘下做菜烧汤。但是，新鲜黄花菜中含有秋水仙碱，食入会使人中毒，所以要将花晒干，每次吃前用沸水焯的时间要长些。

黄花菜常用的吃法是炒着吃，最好的搭配伙伴是肉丝。把干黄花菜放入清水中泡发，再放入沸水中焯烫一下，捞出挤干水分。起锅烧油，下入肉丝滑散、滑透，捞出沥油。重新起锅，加入植物油，先下入葱花、姜丝炒出香味，倒入料酒。这时放入肉丝和黄花菜略炒，加入盐、味精等调味料，用水淀粉勾芡下，即可出锅装盘。一盘简简单单却含营养丰富的黄花菜炒肉丝就上桌了。

茄子夹肉

茄子夹肉是一道农家传统菜。夏天茄子成熟后，可选青皮茄子制作这道菜。

将茄子洗干净，间隔一两厘米切厚片，注意不切断，底部仍连着。肉末中放入酱油、味精、料酒、葱花、姜末、糖、淀粉、水、盐开始搅拌，要顺着一个方向搅拌上劲。把拌好的肉馅分别夹入茄片之间，填满。

起锅放油，烧热后投入葱、姜末煸香，加入清水、酱油、盐、糖，调好味放入做好的茄子夹肉，大火烧开，撇去浮沫，转小火焖约20分钟，再大火收汁，加入味精就可起锅装盘。

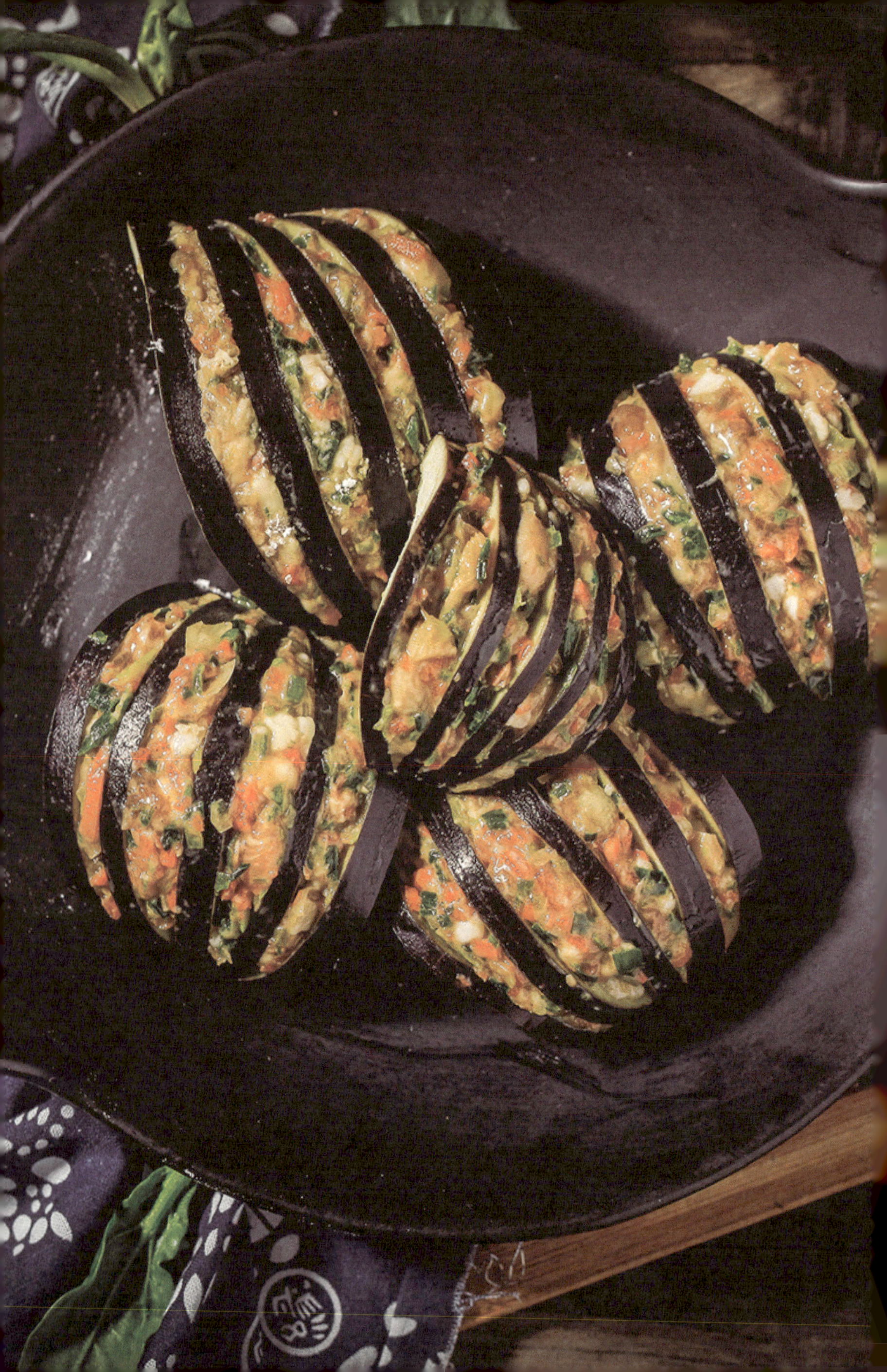

这道菜尝起来茄子软滑爽口,肉茸细嫩味美,是很不错的下饭菜。

在靖江俗话中,"茄子夹肉"有家长对小孩棍棒教育的含义。过去小孩子惹了祸、犯了错或者开家长会知道了孩子考试成绩不好,家长就会说:晚上回去等好了,请你吃一顿"茄子夹肉"。仔细一想,鸡毛掸子在小孩屁股上留下的几道红印,与茄子夹肉很是相像,不禁莞尔。

癞宝草炒鸡蛋

在农村,房前屋后就能挑到癞宝草,养猪的人家,常常弄几棵扔到猪圈里,或煮水拌到猪饲料中,猪吃了可以预防某些疾病。人不舒服了,也能吃癞宝草。咽喉肿痛,或感冒的时候,有人会用癞宝草煮水喝。

癞宝草炒鸡蛋,草是野生的,鸡是散养的,鸡蛋中的蛋白质和癞宝草中的汁液相融合,据说,能够起到一定清热解毒、滋阴润燥的功效。

熬酱豆

现在不管在农村还是城市，几乎已经没有家庭还会做酱了。想吃时都是到超市、菜场买上一罐子回来。而过去靖江很多人家都会做酱，酱也是一种重要的家庭自制食品。

酱豆在过去的靖江，殷实人家都会制作。先将黄豆浸泡挑出坏豆杂物，洗净后放入锅中煮熟，捞出放在盘篮中。盘篮提前铺好青蒿瓜（茭白，靖江常喊作茭首）叶子，把豆铺在上面，再把黄豆撒上干面粉。撒好面粉后，再用青蒿瓜叶子把黄豆都盖上，放置于阴凉通风处，静等发霉，这个过程也叫"焐"。等待的过程中，茭白叶子在发挥着作用,茭白倒也没闲着,人们每天做上一盘茭白炒肉丝,时间也过得快了起来。几天后一看豆子上已经长上了大量白色、灰色的霉,等霉全长好后,把盘篮端出去晒干。

接下来就是做酱豆的关键步骤。煮上一大锅盐水,盐的用量比例是"一斤酱豆要四两盐"。提前准备好一个小陶缸或坛子,里外洗净不能沾有脏东西。把晒干的霉冒黄豆倒进去,再把放凉的盐水全部加入搅拌。接下来就是借助夏天烈日的威力,将这坛酱黄豆一直曝晒。白天坛口要用纱网遮上,防止苍蝇蚊虫进入。一旦有苍蝇进去,就会长出很多的蛆,一坛酱黄豆就彻底废了。在很早之前,没有纱网时,人们会用很多的蜘蛛网缠在坛口,挡住苍蝇虫子,真是佩服劳动人民的聪明才智。

在夏天的高温的天气下,最少要半个月,坛内的酱黄豆就晒出了暗红的颜色,香味也飘散出来。当然可以继续晒下去,酱是越晒越香越好。有的人家会在做好酱豆后,继续分层放入霉豆腐等材料,制作更多的风味。

酱豆是十分美味的搭粥菜,每次吃时,就从坛子内挖一些出来,全家吃着喜滋滋。酱豆甚至有老先生用来搭酒吃。远去的酱豆香味不知何时能再重新飘起呢?

面酱

面酱的制作流程与酱豆类似，只是原材料不同。面酱在作坊里的制作，也是在夏天开始。先用水和上几十斤干面，把面团反复揉压熟了，用刀切成规整的长条形面块，上蒸笼把所有面块蒸熟。接下来等面块自然放凉后，用手一点一点地扳成小碎面团。这时再放到盘篮里撒上干面，盖上叶子静等上霉冒，和做酱豆是大致一样的。霉冒发过后，再拿到太阳下晒。经过长时间的伏天，晒到通红，最后用熟水和了装坛，做成了甜面酱。做好后还可以在酱里加入野芋头或者腌菜、芥菜，制成酱菜，成为搭粥下饭的佳品。

这个酱红中透黄，味美而富有营养，既可以搭粥也可以烧菜。

凉团

季市人好美食，从早到晚，一条街上几乎都飘满了各种食物的香味。记忆中，每到夏季，老街上就有一个驼背的老人推着一辆破旧的三轮车，车把手上挂一块木牌，上面用粉笔写着"凉团"。那些不同口味的凉团装在一个扁扁的木匣子里，老人时不时用沙哑的声音喊几句"卖凉团啊，卖凉团啊"。若有人买，她就推开木匣子上嵌的玻璃，拿筷子夹出几块，包进牛皮纸里。

后来有幸见过一次做南瓜凉团的过程。南瓜去皮洗净后切片放入蒸锅里蒸熟，备好红豆沙和椰蓉，蒸熟的南瓜压成泥和糯米粉拌匀，加入一调羹食用油后再一次拌匀，碗里四周抹上油，把南瓜泥倒入加盖，不要扣紧，先加热2分钟，取出翻面，一分钟后取出放入防粘布上，戴上一次性手套把粉皮揉光滑后静置10分钟之后，压扁，加入红豆沙后收口，放入椰蓉里滚圆。

金灿灿的老南瓜不但有很高的食用价值，更有着美容养生滋补的多重食疗效果。天然健康的色泽，看见了就想去吃它，而且利用了老南瓜自然的清甜味，也不用再加糖，软糯香甜，甜而不腻。凉团的馅心主要有豆沙和芝麻两种，豆沙需要提前熬制，芝麻需要炒熟研碎加绵白糖拌匀。最后将剂子揿平，包入馅心，搓圆，捏拢收口，四周滚上一层炒熟的绿豆粉，即可上锅蒸熟。蒸好的凉团色泽洁白，隐有豆沙或芝麻，入口香甜软糯，弹牙有嚼劲，热吃冷熟均可。

"凉团"其实是种糯米糍，为什么靖江人要叫"凉团"已无从考证，可能是因为适合炎热的夏季，口感又顺滑润泽，取凉爽之意吧。

冷蒸

冷蒸在靖江出现，是有原因的。

靖江本是大江中间的沙洲，千百年来沙涨沙坍，地形、地势复

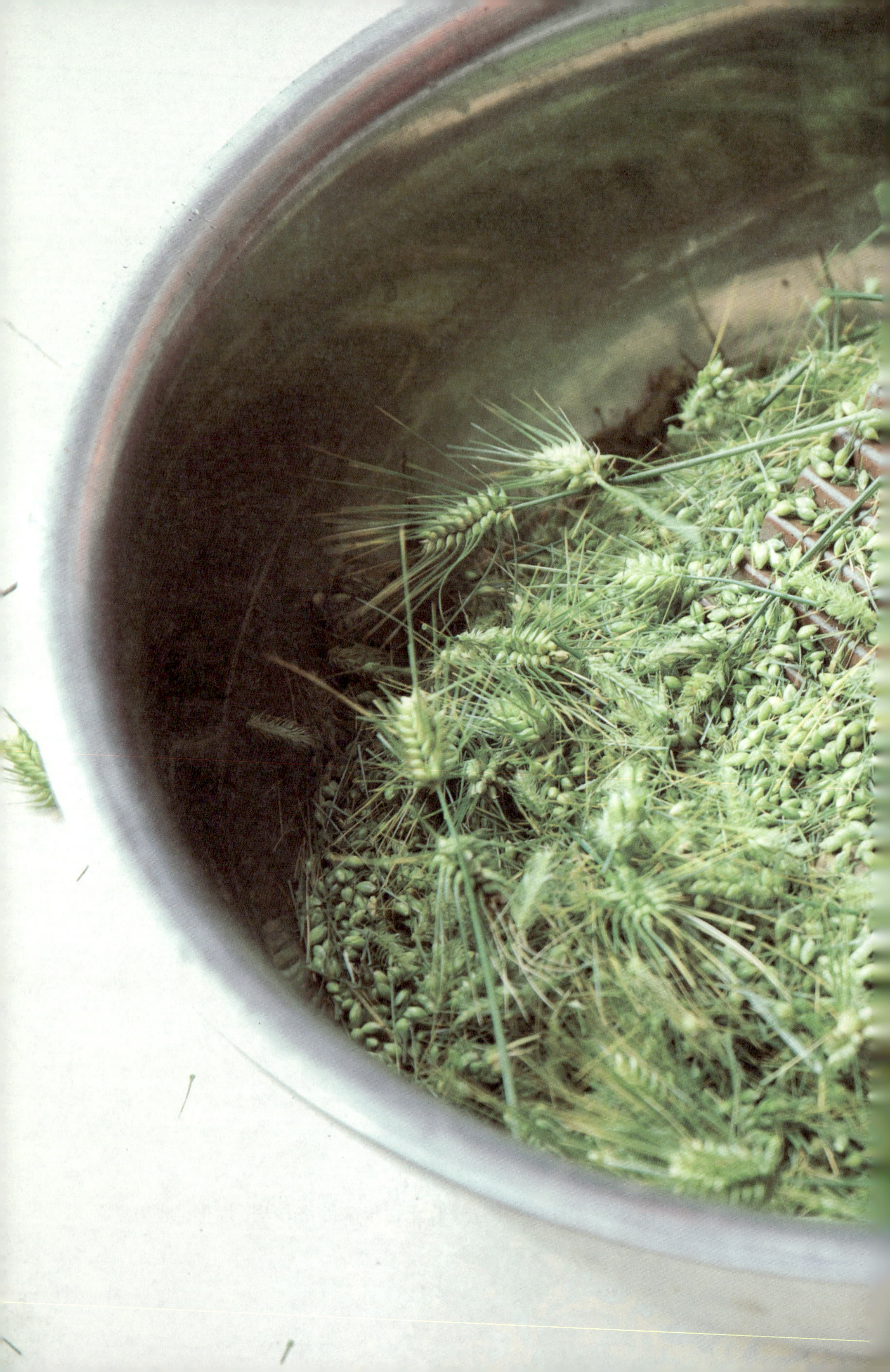

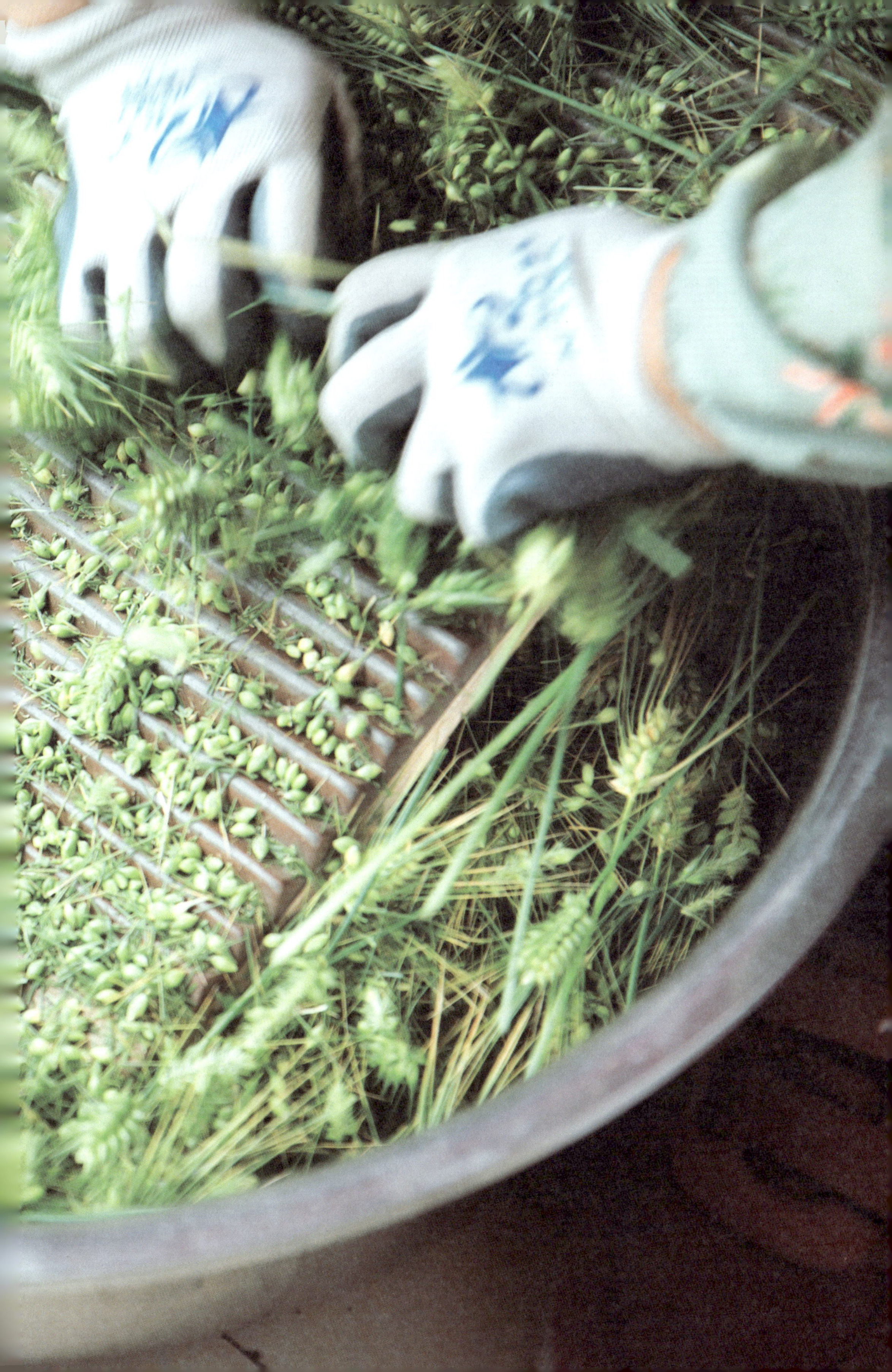

杂多变。老岸地区成陆在先，地势较高。沙上地区成陆在后，地势低平。低的地方灌溉方便，沙上人普遍种水稻，吃米粥。高的地方灌排能力较差，老岸人只能以杂谷为主，种大麦、元麦、小麦，兼及豆、薯、稷、粟，等等。在取水条件较好的平田里，也种点水稻，但数量极其有限，不过起着轮作换茬、改善地力的调剂作用。在老岸人的生活中，既然水稻长期缺位，大麦、小麦、元麦，也就当仁不让地来唱主角了。

过去农业科技水平低下，"三麦三麦，亩产不过三百"。因为粮食匮乏，家家都吃糁子粥，米粒屈指可数，实在无米下锅，就用番薯、芋头"搞搞锅"。变变花样，调调口味。旧时靖江还有"捋粗糁"一说（捋音là，去声，意为毁裂，使之一分为二），指用石磨粗磨元麦，使之裂开，得到的较大颗粒，即为"粗糁"，用来煮"糁子饭"。中午吃上一顿糁子饭，已经算奢侈的了。

冷蒸也是用元麦做的，做的时候正值初夏，元麦还在灌浆。但是，家中粮缸已经见底。怎么办？在饥饿的驱使下，人们采收即将成熟、还未成熟的元麦，搓去麦芒、麦壳，颠簸干净，入锅蒸熟，冷却后用石磨磨成细条，捏成团块，即可食用。

也有炒熟的。老手甚至不用铲刀，徒手在铁锅里而揉搓，如同炒茶一般。这里面的火候极难把握，火大了，老了，有烟火味；火小了，太嫩，有生腥气。老手眼疾手快，发现麦粒即将转色，香味升腾，立即断火起锅，保证粒粒成熟，颜色如初。

吃冷蒸，就吃一个新鲜。隔了一夜，就会馊掉。对于急于果腹

的人来说,又怎么会让食物过夜呢?

在元麦产区,冷蒸就是这样一种"急中生智"的食物,同时,又"无心插柳",成就了一种风味独特的地方小吃。在食物丰富的今天,它不再是主食的替代,而是口味的补充和人们在餐饮方面自然、绿色、生态的追求了。当令的时候,菜场专门有人售卖冷蒸。酒店里,靖江厨师把它压扁、摊薄、切齐,卷上开胃小菜,是更精致的吃法了。

凉粉

凉粉这种食材，寡淡无味，没有调料不能入馔，全靠添油加醋才能刷新存在感。它百依百顺，切成块也好、条也好，或者用专门的刨子划出细丝，凉拌、热炒，都能成菜上桌。

冷盘中数这道菜颜值最高，玉山似的，顶着绿葱段和红辣椒，淋上麻油、香醋、冰糖粉，从里到外拌透了，哧溜一大口……在没有刨冰的年代，这就是夏天的味道啊。

制作凉粉的原料五花八门，山芋、绿豆、豌豆、大米、土豆，还有荞麦。靖江常见的是山芋粉和绿豆粉。

过去老电影院门前有个凉粉摊，紧挨着馄饨担。白白的帐纱布下，盖的就是凉粉坯子。客人来了，纱布一掀，现划现做。一碗细嗦凉粉，三五样家常调料，不比旁边的小馄饨复杂。神奇的是调味，明明不是荤腥，却有鲜活之味，明明放了许多酱油，却甜丝丝满口生津，明明没有加冰，却比棒冰还要清凉解暑。

拌腰片

猪腰，就是猪的肾脏。猪腰像两片合在一起的大豆瓣，将猪腰劈成两片后，有白色的筋膜，叫"猪腰臊"，非得祛除干净，有丝毫残留都不行。

先期将猪腰处理干净后,一般厨师会选择将猪腰切薄片,做成汤,用姜蒜、酱油、香油、香菜、鸡蛋冲淡猪腰特有的味道。这也是靖江的一道名菜——腰花汤。猪腰片上切刀花,看的是厨师的刀功。腰花吸收多少配料的味道?又保留了多少自身的原味?有舍有得,舍与得恰如其分,腰花为汤汁提味,汤汁为腰花增香,一道菜才算完美。

做菜也是做人。有的厨师醉心于传承传统,有的想着推陈出新。

原料取猪腰子一副。将猪腰从中间剖开,用清水反复漂洗,洗尽血水,切成薄片。姜米、白糖、香醋放入碗内搅匀待用。锅里放清水、葱结、拍松的生姜、料酒,烧开,将腰片下锅速烫至断红,赶紧捞出，控干水分，倒入调料碗内，拌匀装盘。

此菜的难点在于对猪腰子的处理要细致，剔除中间杂物，刀法须精湛，将腰子切成一毫米的薄片。下锅速烫时，分寸把握是重点，时间不足，烫不熟，时间稍微一过，又老了，影响口感。速烫时，厨师要眼疾手快，观察入微，迅速判断，快速捞出。

传统的腰花汤，猪腰口感有点沙，那是丰富的胆固醇的作用。凉拌腰片，口感是脆的，吃起来有细细的嘎嘣声，荤菜素菜在口中交替脆响，全然没有动物脂肪的软腻。也只有靖江人，能琢磨出诸如此类新奇的搭配，让他乡的游子再也走不出舌尖上的乡愁。

三色杯

夏季的三色杯是属于城市的。

城乡之间不仅仅是村与街的距离，还包括身份固化、居住的环境、饮食的结构。在记忆里，城与乡是一根赤豆棒冰和雪糕冰激凌之间的距离。

城乡的生活总在不断地变化着。当乡间孩子吃赤豆棒冰时，城里人在吃奶油棒冰，当乡下的棒冰箱子里有奶油棒冰时，城里人已经在品尝雪糕冰激凌了，当乡里的小店冰箱里有冰激凌卖的时候，城里开始流行三色杯了。

什么是三色杯？就是三种颜色的冰激凌，放在一个塑料杯里。

雪糕冰激凌是甜品里最华丽的记忆。方方正正的冰激凌,用马粪纸包着,里面还有油油的衬纸,拿在手里有一种高级感。靖江市场上大多冰激凌是光明牌的,蓝底,顶部有白色的流动状冰冠,让人联想到白雪公主的世界。撕开包装纸就能咬着吃。奶香、冰凉、烊化一齐体验,盛夏的季节一下子能退回到冰河季。也不会让你沉迷,冰激凌边吃边化,手指、嘴角都有牵缠。

在不断创新的年代,塑料杯装的冰激凌应运而生。油纸不去做"衬衣"了,包一块勺子状的竹片作为塑料杯的伴侣,冰激凌便从咬着吃进入到挖着吃的时代。

冰激凌的口味还是要换的。怎么换?有了草莓、樱桃、水蜜桃等口味;形状那就方杯、长杯、心形杯交替。颜色也可以换。上档次的就用水果、蔬菜的颜色为它上色,有火龙果的红色、粉色及菠菜的绿色、胡萝卜的明黄。这样的排列组合使可选择性大大增加。

早先十字街头的星火商店有三色杯卖,二十多年了,星火商店早就没有了,但三色杯还有,在专门批发冷饮的店里,在街头小商品店里,在24小时连锁超市里……打开超市的冰柜,最上层的总是三色杯。

经典总是那么有生命力。方知道,生命里最顽固的是味道。

棒冰

啪——啪——啪。木块敲在木箱上就是这个声音,响亮得能传出去300多米。这是儿时盛夏里卖棒冰的声响。300米内,你要迅速和父母达成买的协议,妥了就可直着嗓子大喊:"卖棒冰的,卖棒冰的,在这里哦。"三五分钟内,就有自行车驮了个木箱,来到面前。

木箱的上盖一分为二,用铰链连着,因此,上盖可以轻松地打开一半。箱子里不是直接堆着棒冰,而是鼓鼓囊囊地一箱子棉被。棉被将红红绿绿的东西裹得严严实实。那红红绿绿带花的蜡纸里包的是赤豆棒冰。一个只要三分钱。

棒冰是立体的梯形,小的一头挤满了红豆。含个三五分钟,豆就给含毛了,豆皮有点刺嘴。

大人们从来不吃那个,在他们的心思里,三分钱能买几两盐了,棒冰吃多少时,盐能吃多少时?出个工就五分钱,这个东西还三分钱?他们摇着芭蕉扇,看着背上流汗,嘴里吸溜的孩子问:"可好吃?"他们不是问好吃否,其实是在说不好吃。因此,这样的自言自语是没有人应承的。

端午粽子

靖江人过端午,是从打包粽子的箬子开始的。靖江河道多,人们喜欢在纵横交错的河沟滩上一片一片地打箬子，到端午前夕便开始扎粽子了。

箬子，也称箬叶，在靖江是芦苇叶的简称。其实，箬叶应该是箬竹的叶子，它和芦苇叶同科但不同属，是有区别的。不过，靖江把芦苇叶都叫箬子，把摘芦苇叶叫打箬子。这样叫起来顺口、听起来亲切。

靖江扎粽子的手法也很多。有一种三角粽，先用一只手压住一侧棉线，再用另一只手带着棉线绕粽子上方一圈；绕完第一圈后，一定要用拉线的那只手使劲拉扯一下，确保线捆紧，否则粽子下锅煮的时候容易散掉；捆完上面一圈后将棉线拉到粽子下方，继续绕一圈后拉紧；根据粽子大小来决定缠绕几圈，然后将压在粽子最上方的大拇指拿出来；大拇指拿出来后就会有一个松动的地方，再将棉线另一头穿过来；将棉线穿过空隙后多缠绕一下，打成一个活结即可，这样吃的时候可以很方便地一拉动活结就打开了。

还有一种扎粽子的法子，整只粽子不用棉线，侧面看起来像个梯形，扁扁的，仅依靠箬叶尾，绕过粽子中部，用穿针将箬叶尾从粽子中心穿过，再将箬叶收紧，这样的粽子便被称为"穿针粽"。

粽子不仅形状很多，品种各异，而且风味也各不相同，主要有甜、咸两种。甜味有白水粽、赤豆粽、蚕豆粽、枣子粽、玫瑰粽、瓜仁粽、豆沙猪油粽、枣泥猪油粽等。咸味有猪肉粽、火腿粽、香肠粽、虾仁粽、肉丁粽等，但以猪肉粽较多。

端午节当天除了要吃粽子以外，饭桌上通常还要吃"五红"。"五

靖江老味道

红"指的是烤鸭、苋菜、红油鸭蛋、龙虾、黄鳝。过去还要吃上几个艾叶团，顾名思义，是将汤团用艾叶裹住蒸熟，吃起来有股艾叶的清香。据说，端午节吃五红有着"辟邪避暑"的寓意。现在所谓的"五红"，是指五种带红色的菜肴。具体是哪五红，并没有明确的说法，只要能凑齐五种红色即可。

蚕豆和毛豆

清明前后，蚕豆开花了。踏青的时候，摘几片蚕豆耳朵蚕豆叶，夹在书里，据说会使读书的孩子变聪明。

毛豆也在悄悄地拔节长高，期待夏秋的骄阳。

五月，蚕豆长出了嫩绿的豆荚。沿着田埂一路摘过去，往往是走到一半，就会装满一篮子。有时候，边走边摘边剥边吃，在饥饿的年代，也可以混个半饱呢。

蚕豆最直接的做法是炒青蚕豆。起油锅，放入辣椒、大蒜头、蒜苗等配料，爆香，放蚕豆，翻炒一下放点盐或生抽，等豆爆开就熟了，出锅！嫩蚕豆中的蛋白质，在各种豆类里仅次于大豆，清炒蚕豆，最大程度地保留了蚕豆的清香和营养，简单又美味，一个人可以吃一盆而不腻。

到了六月份，蚕豆大量上市。这时候的蚕豆，外皮发硬，直接炒着吃，口感不好了，那就做一道油浸蚕豆吧！

剥好的蚕豆洗净，放入锅中焯一下水，捞出沥干。起个大油锅，放入蚕豆过油。锅中剩下一点底油爆香八角、香叶、干辣椒，加入蚕豆翻炒一下，加点盐和糖调味。倒入少许清水，当然最好是高汤。煮至汤汁浓稠，出锅装碗，上面放葱结和姜片，加热少许色拉油淋在葱结姜片上爆香，油浸蚕豆完成。这种做法油而不腻，口感是又沙又糯。吃完蚕豆以后，油不需要倒掉，拿它拌面吃特别香。

把蚕豆上的那层皮剥掉，就是豆瓣了。这个过程很费时费力，却是值得！

新鲜的黄瓜洗净，切成薄片。

开火热锅，倒适量油，油热起声，将蒜瓣加入，爆香。加入豆瓣，并沾少量水，及时翻炒，眼见豆瓣略微变色，倒入黄瓜，翻炒，加水，水快干的时候，再添一次水，加适量的盐，再加一点白糖起鲜。一道黄瓜炒豆瓣就成功啦！黄瓜清新爽口，豆瓣酥软糯香。黄瓜清热解毒，豆瓣蛋白质高。黄瓜和豆瓣都是简单易得的蔬菜，它们组合在一起，就是色香俱佳的好味道。

腌菜豆瓣汤，应该是土得掉渣，简单到极致的一道菜，可是它的味道实在让人难忘。最好是雪里蕻腌菜，深墨绿的色泽，味道鲜美无比，和洁白的豆瓣一起煮汤，如果有一点点肉丝先油锅里爆一下，再放开水里和豆瓣一起煮开，最后飘入一点蛋花，那味道独特鲜美下饭的汤简直堪称一等。无需加任何作料，汤里本色的酸咸加上蚕豆瓣的微甜，再点上几滴麻油，酸酸咸咸、鲜鲜香香、脆脆酥酥，真是打耳光都不肯撒手。

豆荚发黑了，蚕豆老了。没事，干脆晒晒干，晒成硬蚕豆。腊月廿七，这是过去孩子们最高兴的一天，因为大人开始炒蚕豆了。

硬蚕豆用水浸泡两三个小时。土灶台，大铁锅，柴火烧旺，锅中放小半锅掺杂了盐的细砂，炒热后，放入沥干水分的蚕豆，不停地翻炒。噼里啪啦的爆裂声不绝于耳，蚕豆特有的干香由淡变浓，渐渐弥漫了整个灶屋，煞是诱人。等到颜色变黄，豆子基本不爆就熟了。用筛子将砂子漏掉，豆子自然放凉，然后继续炒花生、瓜子、山芋干等。

再来说说大豆。大豆的青春期，长有乳白色绒毛的豆荚称为毛豆。先将毛豆清洗几遍，再将毛豆浸泡在盐水之中，这样的方式可以让毛豆更加干净。然后在锅中加入适量的水，将蒜头、香叶、干辣椒、八角和花椒放进锅中，把水烧到沸腾。用剪刀将毛豆的两端剪除，这样可以帮助毛豆更好入味。最后将毛豆倒入锅中煮沸，不盖锅盖，并滴入几滴香油，以保持毛豆的翠绿。煮到毛豆断生，盐水煮毛豆即大功告成。鲜嫩的毛豆透过盐水向味蕾传递的丝丝甘甜，是至简至真的美味。

把毛豆里的籽剥出来，就叫青豆籽。盛夏到中秋，青豆搭配丝瓜、菜椒，乃至豇豆和茄子，都是家常的主菜。所有的食材，都是家前屋后自己种的，随摘随吃，做法简单，清爽可口。丝瓜必须要本地的香丝瓜，菜椒就是肥嫩的豆腐椒，油锅爆炒，加水稍煮，放点盐入味，略加糖吊鲜。香丝瓜，豆腐椒，青豆籽，哪个是主菜，哪样是配菜，谁能说得清？谁也不想分清楚，只知道，从童年吃到暮年，就是一生的福气。

四色汤团

胜利街那边原来有一家叫"四海春"的饭馆,特色就是四色汤团。每天前来品尝的人络绎不绝。

靖江的"四色汤团"主要有萝卜丝团、芝麻团、豆沙团、猪油糖心团。有人曾非常好奇,汤团的颜色是不是染上去的呢?当然不

是，就以萝卜丝团为例吧。先将胡萝卜切成小块，倒入搅拌机内，加入1:1的清水，搅拌成萝卜浆，然后用纱网过滤出胡萝卜汁。准备好100克糯米粉，加入50克左右的胡萝卜汁，要一点点地加，和成面团，盖上湿布，醒15分钟。取出面团，就可以动手做萝卜丝团了。萝卜丝馅不能太干，也不能太湿，水分留有三分之一即可，这样的馅既有萝卜的香味，也有淡淡的韧性，吃口很好。做好的汤团上可以撒点干面粉，防止互相粘连。

按此方法可以做出其他颜色的汤团。烧开一锅水，把四色汤团一同下入锅里，煮至浮上水面即可食用。

除了四色汤团，还有五彩汤团等，都是后来人在汤圆的基础上慢慢衍生出来的，可以包馅料，也可以不包。盛一碗热乎乎的四色汤团，像碗里绽放出各色的花，让人垂涎欲滴。

季市早晚茶

季市人习惯吃早晚茶已有很长历史，这与季市人生活条件优越、善于行商经营有着密切关系。清晨起床以后，在开始一天的工作、生意之前，一盅茶，三两样点心，既解决了早餐，也是一种绝妙享受。

茶有红茶、绿茶、乌龙茶、花茶等种类。点心的种类更多，八十年前季家市街上有近二十余家烧饼店，其中北街包德兴(亦称包老三)的包烧饼(咸酥、豆沙)、草鞋底、芝麻方饼、秦铁宝(亦称秦驼子)咸酥饼、马蹄酥、囊子脆等名气最大。晚茶小摊点有水酵饼、茄饼、薄烧饼、大炉饼、酵烧饼、斜角饼、小扁食(馄饨)等。

饮茶是季市人生活的一个不可缺少的内容。人们在茶楼里沏上一壶好茶，点上几道美味点心，有的自斟自饮，有的与朋友海阔天空地大侃一阵，岂不悠哉！茶楼是人们结交朋友、联络生意的重要场所。在这里，人们交流着各种经济、商品信息。许多生意就在这壶早茶中不经意地谈成了。

吃茶也要讲究"礼节"。服务员倒茶时，客人一般以食指和中指轻扣桌面表示谢意。传说这一风俗源出乾隆皇帝下江南，微服出巡。一次扮作仆从的皇帝给扮作主子的随从斟茶，随从感恩戴德、惊恐万状，本应下跪叩拜，但又怕暴露了皇室身份，于是灵机一动，遂以两指微屈，轻扣桌面代之叩礼。此风俗一直传袭至今。

在茶楼里，当客人需要续水时，只要把壶盖打开，服务员便会意而来。关于这一礼仪的由来，相传是过去有一富商到茶楼饮茶，叫堂倌给他加水，堂倌刚把壶盖打开，他"呵嗬"大叫一声，赖称壶中有只价值千金的画眉给堂倌放飞了，定要茶楼赔偿。老板无奈之下，从此规定，茶客凡要加水者，自己打开壶盖，以防有诈。时至今日，这习惯动作已成为茶客要加水的示意信号，无须叫唤服务员了。

季市茶楼除用茶配点心外，还供应地方特色糍子粥、豆浆等，以满足不同口味的人的需要。糍子粥是当地人上千年传下来的天然食物，另外春天红豆粥，夏天绿豆粥、莲心粥，秋天番芋粥，冬天红枣粥也是季市人喜爱的早晚茶。

薄荷茶

梅雨季前后，靖江田头，村居屋后，薄荷开始疯长。雨滴答缠绵，从屋檐上落下，瓦砾缝中，长着几株薄荷，半人高，根茎细长却挺拔，株型类似宝塔状，通体翠绿，那是一种不慌不忙的颜色。夏天，采几片薄荷叶，放在杯中或碗中，用开水冲泡，清凉解热，据说还有祛风、发汗、利尿之功能。

除了冬季，薄荷都是那般碧绿可人。长江中下游土壤湿润，气候宜人，为无数绿色植物天然的舒适区。薄荷生命力极强，一旦落地，就生根，蔓延，扩大领地。靖江人的菜园子，可不敢轻易引进它。否则一夜喜雨后，菜园子恐怕只见高高矮矮的薄荷了。

如今，薄荷都是盆栽，花木市场里有卖。牡丹花、富贵树……顾客稍微买得多了点，店主就会送上一盆薄荷，矮矮壮壮的，绿意满怀。店主摘下一两片薄荷叶来，放手掌心，双手一拍说："拍一下，再泡。"

凉水冲泡薄荷叶，或热水冲泡，滋味不同。冲泡之前为什么要拍一下呢？

春夏之交，雨季前后，农民忙得脚不沾地。劳力少的人家，顾不上回家吃午饭。家人将中饭放在竹篮里，瓦瓮里盛着井水，送到田头杨树下。吃饭的人天蒙蒙亮就下地干活，汗出了无数次，累极了，趁着吃饭的工夫，歇会儿。树下阴凉，等几阵风，总算止住了汗。

三扒两咽，吃完饭，捧起瓦瓮，咕咚咕咚灌水……中年人，或老年人吃得慢，看到树根下、水沟边都有薄荷，踱过去摘几片叶子，拍一下，"啪"，丢瓦瓮里，一会儿喝的时候，水有了滋味，清清的，凛凛的，清冷之气直冲脑门，毛孔一紧，暑气消散。再来几阵风，躺下将草帽盖脸，眯会儿……

这幕农忙景象，在很多人的记忆里鲜活着。勤劳的靖江人喜欢说，汗珠子砸地上摔八瓣。人必须吃苦耐劳，才能填饱肚子，三餐四季。

一滴汗，摔成八瓣，那是多大的响动啊！

将一枚轻柔的薄荷叶放掌心，拍一下，"啪"，和汗水落地的声音一模一样。

大麦茶

靖江人以稻米为主食，面食为辅。先民传下的习俗中，饮食习惯尤其顽强。秋天，收割完稻子后，播种小麦。粮食产出还很贫瘠的年代，刚刚吃完过年的馒头，人们又眼巴巴地盼望着地里的麦收了。既然不能以馒头为三餐主食，那就在面食制作上多花心思，甚至往前推，在麦子品种上多加选择。

靖江的麦子分为大麦、小麦和元麦。元麦可加工成糁子，小麦可加工成面粉，大麦炒熟碾碎是焦屑。

炒熟后的大麦不碾碎，也可用来泡茶。聪明的靖江人总能物尽其用。大麦茶，简单粗暴，唾手可得。倒锅里炒熟，焦嫩随意；抓一把扔茶缸，丰俭由人；倒开水，等茶凉，拎起茶缸，喝完一抹嘴，继续下地干活。

扬泰地区有"六月六，尝新麦"的习俗。茶也好，食物也好，都讲究"新鲜"二字。清明之前采摘的龙井，鲜得掉眉毛；刀鱼出水，渔民舀碗江水，将其一氽，就是天下至美了。

农家小院就盖在田头。主妇将新麦炒熟，锅里舀出沸水，高高地冲泻下去，激发出新麦的鲜香。大麦茶里没有茶多酚，微量元素也和面粉无异，然而越简单越至纯，单一的麦香何尝不是抚慰味蕾的味道呢！近几年，城市大街小巷面包店多了起来，烤面包的麦子香味诱人驻足。有的面包店干脆用"麦香"作店名。可见，新炒的大麦茶是有多香了。

大麦茶茶汤是微微浑浊的，可能有细碎的麦芒，不及挑拣出去的杂草。可是这又有什么关系呢？微凉的大麦茶，在劳作后的干涩味蕾上滑过，麦香涌起，风起舌尖。"起水鲜"的口感，可不是茶叶店里的大麦茶可比拟的。

大麦茶味甘、性平，据说有去食疗胀、消积进食、平胃止渴、消暑除热、益气调中的功效。一把麦子，人们无论如何食用它，无论食用它哪个部位，它都倾其所有，奉献滋养。

大麦茶不能久泡。头泡后，麦香会被酸味儿掩盖。由此想来，刚出水的刀鱼，新麦泡的茶，都是远离稼穑者可望而不可及的，那是对艰辛生活的奖赏，对流汗者的回报。

焦米茶

靖江有老岸人和沙上人的区别。

沙上人如果在夏天没有吃焦米茶，就像中秋没有吃月饼、过年没有蒸馒头，可见焦米茶的重要性。有趣的是，靖江老岸上却鲜见焦米茶。绝大部分老岸上的80后、90后们，对这种食物一无所知。

首先说明一下，焦米茶不是炒米茶，它们是两种截然不同的食物。汪曾祺笔下的"炒米"在靖江也叫"炒米"，是一种膨化食物，加入糖稀后可以压制成一块块的"炒米糖"，过年时家家户户必备的。小孩子颇喜欢吃炒米糖，大人们可能被糖稀弄得牙口不好，多评价"炒米糖"为：有得吃，没得咽，不管饱。

焦米茶，将大米炒得微焦，加水煮开后，是稀饭的一种。很少有地方流行焦米茶，史料、美食书籍上也找不到它的存在。焦米茶是纯粹的本土物种，靖江沙上生，靖江沙上长。

明明是稀饭，为什么称之"茶"呢？

大米含有丰富的"精制碳水化合物"，也被称为"淀粉"。人们通常喜欢说"熬粥",通过长时间的文火烧煮,让大米中的淀粉析出,变成松软、黏稠的粥。制作焦米茶,却必须反其道而行之,锁住淀粉,不让粥浓稠。

夏天的傍晚,沙上人家家户户炒焦米茶。主妇们先将粳米洗净,晾干水分,倒入锅中,用中火翻炒(火太大,米会被炒得焦煳,煮出来的焦米茶汤会发苦),炒至米粒焦黄,散出香气,倒入凉水,大火煮开,小火焖会儿,米粒酥烂即可。

焦米茶不像熬粥,它讲究短平快,快速翻炒米粒,淀粉成分被高温锁住,不再分解、牵扯,也就不会发生黏稠性状。

米要焦黄到什么程度才可加冷水?全靠主妇经验,也看家人习惯。大人们希望米粒焦黄一点,吃起来有味,小孩反之,不喜欢焦苦味的,盼着妈妈炒米嫩一些。

锅下,火苗正烈;锅里,翻滚的米粒轻轻舒展腰肢。盖上锅盖,拍拍余烬,焖一会儿。这段时间,主妇可以小跑到地里,摘个茄子,洗了一切,撒盐暴腌,加香油,作搭粥小菜。

然后,手脚麻利点的主妇会将炒米茶盛入瓷盆,瓷盆搁凉水中,加快焦米茶的冷却速度。冷却后的焦米茶,米粒松软,却沉淀着。捞起吃一口,充满了粗粝的存在感。米汤如茶汤,微黄,清澈见底,焦香扑鼻,清冽爽口。

清汤寡水的焦米茶在夏天尤其受人追捧。晚上,收工的收工,放学的放学,盛上一碗焦米茶,先喝温凉的茶汤,再吃碗底的米粒,真是通体舒畅。不用搭粥小菜,也能喝上两三碗。过去,条件好的人家，还会摊个烧饼，或者油煎一锅茄饼，这一份晚餐，足以在左邻右舍之间傲娇几天的。现如今生活条件好了，搭粥的点心想吃什么买什么，焦米茶依然是沙上人夏季晚餐的首选。

竹叶茶

靖江是竹乡，喜食竹叶茶。煮竹叶茶之前，将其过一下井水，应是为了洗尘，煮茶人对竹叶，就有了庄重的仪式感。

现在人可选茶叶丰富，没有人再会去渐水、洗竹叶、煮竹叶茶。竹叶入茶，滋味颇苦。这种茶委实是农村人随机发现，随意饮用，为了调和一下艰苦的生活，去去白水的寡淡。如有客来，家里买不起茶叶的，后面竹林里随手折一两枝竹，摘叶子，煮水泡茶，招待客人，单就那份碧绿和清雅，也会让客人看着欢喜的。

锅塌

靖江是一个有文化的地方。这里的百姓讲的土话都很文气，比如"釜冠"，指的是锅盖。锅子的盖子、帽子，不就是釜冠吗？再比如"锅塌"，就是人们常吃的"锅贴"。无论你怎么"锅塌""锅贴"地叫，总没有锅拓来得贴切和地道。

锅拓是靖江的一种民间面食。取点面粉，加水调到糊状，在锅里刷上油，把油烧到九成热，倒入面糊，用铲刀沿锅子的四周均匀地把面糊摊开。等面糊收干了，再在表面加油、加盐。很快，一个锅子状的面饼就完成了。腔调就像从锅子上拓出来的一模一样。加个引导，你看是不是这样：有文化的人拓碑、拓片、拓字画，有生活的人就拓锅子。你说锅拓是不是比"锅塌""锅贴"叫得文雅？

拓锅子的生活确实是美好的，尤其是夏天的农家，烧一锅汤汤的粞子粥或者豇豆粥。再摊上几张锅塌，吃起来很爽。现在动不动就叫什么什么风景。早先的夏日农村，一到中午，树荫下、寝凳上，家家都吃着锅拓和冷粥，那才叫风景呢。因此，别看锅拓文气得很，它实实在在是个很"野"的食物。

说它野，不是小看它；说家家会做，不等于就能做得好。有巧妇能把锅塌摊得薄、脆、香、酥。高手做的面饼一出锅，一身骨气，挺拔得用一个小碗就能把它托住。人们就沿着锅塌的边沿扳着吃。条件好一点的人家，油放得多多的，不仅锅塌的表面热油冒泡，而且锅塌的底部都要汪一汪油。那就可以蘸着油吃了。油香裹挟着面香，让人忘记了饿腹，只为品香而来。因此，吃锅塌是真享受。

　　锅塌的口味有两种，极端而极致——咸的和甜的。咸的放盐，吃起来像过日子的感觉；甜的放糖，吃起来像谈恋爱的感觉。

　　咸锅塌的用途要广泛一点，除了佐粥以外，还可以做汤。靖江有"蚬子锅塌汤"。你要是到靖江点了这道菜，厨师会自动地帮你在汤里加上丝瓜、韭菜作为香头，引得你要喝上几碗才过瘾。老百姓说，吃得打耳刮子都不肯丢！网友说，鲜得掉眉毛。

　　现在还有女孩子会拓锅吗？会这手艺的人不多了。现在的夏季，农村人改吃饭了，荤素搭配，不屑吃锅塌了。饭店偶尔也做，大多是用平底锅"塌"和"贴"出来的，和一身骨气、薄、脆、香、酥圆底的锅塌只算得上是远亲。

面疙瘩咸汤

　　盛夏时节，炎炎烈日无情炙烤着大地，暑气肆虐。

　　数十年前的靖江，除了靖城有些零星的楼房，靖江人所居住的大多以五架梁、七架梁平房为主,条件好一点的大户人家也不过是多了几进平房。在乡间,靖江人的传统民居,则是以庄屋为主。普通人家盖不起庄屋,那就一族人聚居在一块大陆地上,仿照庄屋的样式围居在一起。各家的平房之间,留有可供人车出入的弄子。在炎热的夏天,这些弄子也就成了避暑胜地。

记忆中,东家的三奶奶手摇着蒲扇,闲坐在琴凳上,与西家的四婶拉着家常,凉风习习中,说着话不觉已近黄昏。这个时候,四婶按照惯例,总是以一句话作为对三奶奶关心,也是对下午半天龙门阵的收尾:今天人都热伤了,夜里烧点底昊嘞?三奶奶常常会说:就是的呢,干么暧的天,昃调方便昃调弄了吃饱了就算了。若是四婶再多问具体吃什么,面疙瘩咸汤是得到次数最多的答案。

相比于揉面擀面条,面疙瘩实在是简单省事得多,只要在和面时多加点水、和稀成面糊,再添点盐,在锅中水烧开后,慢慢点倒入水中,再随便配点丝瓜、青豆、青菜等蔬菜,一锅既"咸咁咁"又香喷喷的面疙瘩咸汤便完成了,面疙瘩的爽滑咬劲,瓜豆的清香,都在随意将就的一餐里,伴着暑气下了肚。

晚饭时,家中吃饭实在太热,三奶奶于是捧着一碗面疙瘩咸汤,站在弄子里,边吃边吹着清凉的晚风,寻找着下一位摆龙门阵的对象,反正这么热的夏天,人也无法早早地入睡,乘凉时间总要多些才能消暑。

咸黄鱼烧豆腐

如果从三国时被称为牧马大沙、牧马小沙算起，靖江已有1800多年历史，漫长的岁月里，甚至在明成化七年（1471）靖江正式建县之后数百年里，靖江至少有1500多年时间位于长江中心，而长江的入海口离靖江并不远，靖江下游往东不远处便是东海了。

东海浩瀚辽阔，渔业资源可说是取之不竭，靖江大地上的先民们又有原本便是渔民迁徙而来的，因而靖江人的基因里对于海产品并不生疏。海蜇、黄鱼、带鱼、海带、梭子蟹，都能在靖江普通人家的餐桌上时时可见。黄鱼是我国四大海洋业品种之一，又名黄花鱼、石首鱼，也是东海的主要经济鱼类，肉质鲜美异常，鱼鳔可制胶，也可干制成"鱼肚"成为名贵食品。

在靖江人的传统菜单里，有一道"咸黄鱼烧豆腐"，是过去农户在夏季栽秧时必不可少的荤菜之一。"咸黄鱼烧豆腐"被称为夏天里的米饭杀手——就着这道菜的鲜香，一次可以吃掉三大碗米饭。蒜瓣一样的口感，细腻温润的鱼肉，配上豆腐的软滑清香，谁能不爱呢？

夏季栽秧是个体力活，咸黄鱼既是一道鲜美的下饭菜，又有补充流汗过多身体所需盐分的实用性，靖江人爱美味、享美味而又务实的性格，或许从这简单的一道农家传统菜就可见一斑。

土面筋烧肉

土面筋不是烤麸。面筋是面筋，烤麸是烤麸。

重要的事情说三遍。网络上对此争论不休，其实都是纸上谈兵惹的祸。面筋与烤麸的区别应该就是，面筋没有经过发酵粉发酵，孔洞小而细，咀嚼时有面疙瘩的Q弹口感；烤麸孔多而大，很像蜂糖糕，容易吸饱汤汁入味，适合凉拌。

过去人穷,哪有钱买多少肉啊,就用面筋烧肉,面筋吸收了肉香,摇身一变,村妇变贵妇。过去,靖江人家婚丧嫁娶都要摆酒席,一碗红烧肉是标配。没钱买那么多肉,加了土面筋,不仅味道相似,赤油浓酱下的面筋和肉的样貌都难辨。小孩子跟着父母去吃酒席,不就为了吃肉、吃鱼吗?客人攫到肉,心里欢欣鼓舞,送人情的钱赚了大半到肚皮里;攫到面筋,暗自沮丧,好像受了欺骗。

除了面筋在餐桌负责混淆视听外,还有素鸡、粉皮坨、香干、土豆、萝卜等,都是此中高手。口味较量的各色战斗中,反而是这些"打入敌人内部的谍战人员"留下了美名。

如今,河豚烧秧草里的秧草、土面筋烧肉里的面筋、牛腩番茄里的番茄、百叶结烧肉中的百叶、萝卜猪脚里的萝卜等等,虽都是配菜却总会先被吃光。小孩子跟着父母去吃酒席,再也不是为了要吃肉吃鱼。大人们想吃碗土面筋烧肉,必须辗转找到有本地厨师的饭店。菜里往往面筋少,肉多。浓油赤酱之下,其实,面筋味道赛过肉啊。

籽鲚

每每靖江阳春三月时节,到各大饭店用餐,餐桌上大多有一道名菜"椒盐籽鲚"或"油炸凤尾鱼"。吃起来一个是香,一个是酥,有的佐以椒盐,有的佐以沙司,也有的调成小糖醋口。

籽鲚俗名凤尾鱼、烤籽鱼、凤鲚、子鲚、马齐鱼。体长一般为10~15厘米。因其尾部修长分叉，体态风流如凤凰尾巴，故雅名凤尾鱼。属名贵经济鱼类，肉质鲜美，营养丰富，可供鲜食或制作罐头食品。通常人们喜欢将它油炸，为佐餐佳品。

早些年在城北桥有一家饭店是一位厨师所开，看守所向东50米，叫毛毛饭店，1988年开张，菜肴做法有些独特，十几年生意都很好。其籽鲚一是氽汤烧青豆子，二是炖草鸡蛋，并且一直保持这一特色，持续有十二年以上的历史，深受顾客好评。其制作"细熟"，口味纯正，价格便宜。现在好像百姓"照不上眼"，此菜慢慢消失了。一个是季节性强，鲜货少了，国家生态环境保护禁捕，二是工艺太费时间，厨师怕"烦"，三是价格上不去，因此被"冷落"下来。

籽鲚最美味的是它的籽，籽十分饱满，带有点紫色，一口一尾，满口籽香，那种细细的感觉，比鲤鱼（花鱼）籽、鳝鱼籽、青鱼籽好吃很多，一个是细、一个是香、一个是嫩，易消化，称"籽中黄金"不为过，毛毛饭店氽汤烧五分钟就出锅，一气呵成，入口用靖江话叫"唆"，一抿一拖细骨就出来，鱼籽肉在嘴里那叫一个"爽快"，籽鲚炖蛋的火候掌握也十分关键，时间八分钟，蛋嫩鱼鲜、籽滑，美哉。

民间多油炸食用，不需刮鳞剖肚，只从口中掏净内脏，油炸后鱼骨鱼刺也酥脆，整鱼均可入口下肚，是夏日下饭佐酒的佳品。也有红烧做法。鲜籽鲚洗净去杂质，如用籽鲚鱼干要先用水浸发。摘除鱼头，并同时拉出内脏。鱼体完整，保留下颚，鱼腹带籽饱满不破，这样处理后，煮好的鱼就不会有苦味。起锅热油，入蒜泥、姜末煸香，加入少量的水，倒入适量的老抽，加入盐，倒入清理好的鲦鱼，加入适量料酒，盖锅盖略煮后，入适量糖调味。汤汁快收干的时候，加入味精淋少许香醋。出锅装盘。一气呵成，过时则烂不起筷，加点花椒，细青、红椒偏辣些口感最佳。

籽虾

籽虾为江、河、湖虾在育籽产卵时的称呼。

每年端午节前后15天是虾育籽产卵的最佳时段。此时虾肥体壮，籽卵饱满，俗称"鼓鼓囊囊的，全是蛋白质"，颜色越深越成熟，口感独特，有嚼劲，特别金贵。籽虾的最优质吃法就是盐水清煮，吃虾的原汁原味，清香本味。

靖江籽虾有本地籽虾和养殖籽虾之分，本地籽虾虾色深、籽厚实、壳厚、产量低，大多是野生的。养殖的籽虾大小差不多、产量大、壳薄、籽（卵）细密、肉质松、不硬实。虾具有味道鲜美、营养丰富的特点，其中钙的含量为各种动植物食品之冠，特别适宜老年人和儿童食用。另外虾中还含有大量的虾青素，具有很好的抗氧化功能。

靖江盐水籽虾的做法通常比较简单。可以剪去须、脚，也有不去，锅内加清水，下入米葱、姜片、黄酒适量、花椒数粒、细盐适量

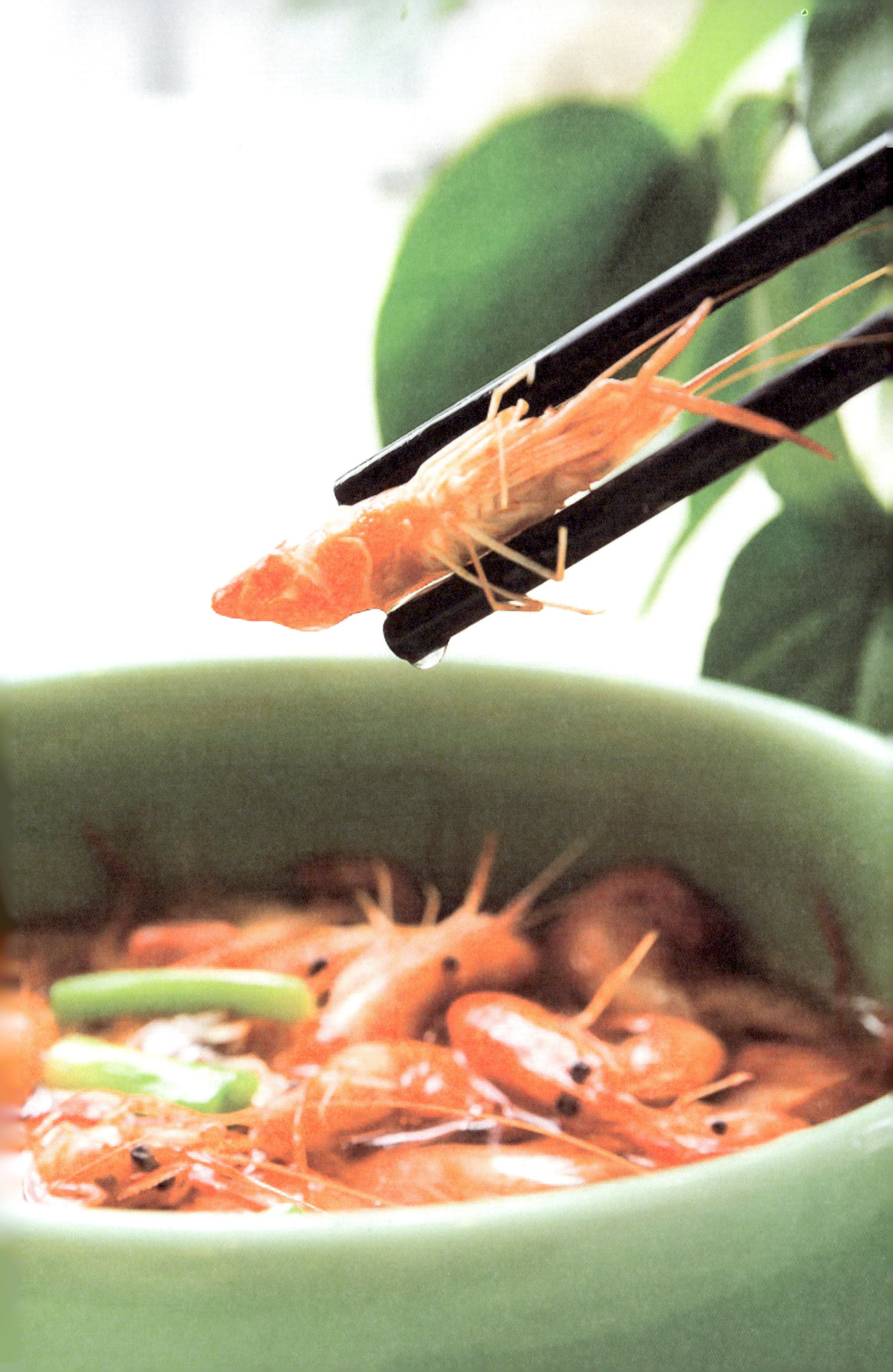

等调料,烧沸,将虾放入,继续用大火煮至水沸,撇去泡沫,文火煮约1分钟,见虾壳泛红,弯曲成弓,即可将虾连汤盛入汤碗内,待其自然冷却后,整齐地装盘。色泽鲜红,肉质鲜嫩。籽虾在靖江菜肴中分量较大,受欢迎程度高,也是开席的头道菜,色红、籽饱满,也比较喜庆,象征事业、财运粒粒饱满,红红火火。

昂公鱼

昂公鱼学名黄颡鱼,属一种常见的淡水鱼。

体型较长,稍粗壮,吻端向背鳍上斜,后部侧扁。头略大而纵扁,头背大部裸露。吻部背视钝圆。口大。眼中等大。鼻须位于后鼻孔前缘,伸达或超过眼后缘。鳃孔大,向前伸至眼中部垂直下方腹面。背鳍较小,具骨质硬刺,前缘光滑。

垂钓者特别喜爱钓昂公鱼,因为其无鳞、肉嫩、口感好、易上口(钩),但又怕钓到昂公,其两侧及背上的刺(又称三角刺),不好抓拿,与其他鱼放在一起又要伤害其他鱼,还要戳鱼网袋,伤物,可能这也是昂公鱼保护自己的武器。

靖江各大饭店都有昂公鱼制售,大多有:昂公鱼煨汤、昂公白烧茄子、滑炒昂公鱼片、杂鱼里加了昂公等,昂公肉嫩味鲜,营养价值高。矿物质含量较高,适合病号补身、少儿长高长个。饭店常做的昂公鱼滑蛋特别有特色,取昂公两侧的肉,经过漂洗、剞刀花、上浆、过油，入蛋液中蒸制，其鲜、其嫩、其滑堪称一绝。

而家常红烧昂公鱼最是多见，与一般红烧鱼的做法相当。将昂公鱼收拾干净，剪去三角刺，油锅烧热，加入昂公鱼煎到发黄，加入生姜丝，红干辣椒丝和葱结，爆出香味；加入适量的水，加入适量的葡萄酒，酱油及糖，小火慢炖20分钟，大火将汁即将收干，加入适量的盐即可出锅。

鲈宝鱼

靖江鲈宝鱼堪称靖江菜中的典范，其体大、肉厚、刺少、出肉率高，可块、可条、可丝，其味美鲜香，肉质呈豆瓣状，营养价值高。

烹调方法多样，可红烧、可清蒸、可盐焗、可蒜泥、可脆炸。其适用广泛，常见于各大饭店酒楼，百姓特别喜爱，经济价值平民化。长江禁捕前，每年五月前后大量上市，质优且经济价值极高。

靖江菜大多选体型较大，5斤左右的鲈宝鱼，开片为二使用。靖江厨师在制作时必须经过腌制这道手续，方可烹制，否则肉散不成型，而且肉质相当柴，吃在嘴里渣，丢失了鲈宝鱼的美味。

红烧的烹制做法，依然是靖江人的首选。将鲈宝鱼处理干净，两边鱼身上切一字花刀，亦可将鱼改成块状，便于吃和装盘。用葱姜盐料酒将鱼身里外抹匀，腌制4小时备用是关键。锅预热，倒入油，放入鲈宝鱼煎至两面金黄。加入葱头和生姜炒出香味，再加入料酒、开水、盐和酱油，盖上盖子，中火炖15分钟左右，中间翻面一次。鱼炖熟后，加糖、味精调味转大火收汁。出锅前淋少许醋，出锅后，撒适量蒜叶花即可。

红烧鲈宝鱼纹理分明，肉质白皙，汤汁浓郁，是款待嘉宾的美食。

鲨鱼

说到鲨鱼呢，相信农村长大的朋友们都非常熟悉！

小时候，在夏秋季节，特别是在中午天气比较热的时候，可以

看到在平静的河面上一轮一轮的银光闪闪，我们只需要用简单的垂钓工具，到竹园里挑一根细长的竹子做鱼竿，一根细棉线或尼龙线做渔线，一段鹅毛管做鱼漂，缝衣针弄弯了做鱼钩，不需要铅坨，直接用浅浮钩，把苍蝇、小青虫或者米粒穿在鱼钩上，甩向银光处，刚刚落到水面，鱼钩就被拖下水中，这时要赶紧把鱼竿往上向后提，就可以看到一条在阳光下发着银光的鲎鱼被钓了上来，赶紧捉住放到水桶里，如此反复，一个下午多时可以钓到七八斤，少时也可以钓到四五斤。有时可以用特制的鲎鱼网去捕捉鲎鱼，一网可以捉到十几、二十几条有时会更多，看到网上那么多鲎鱼在闪着银光，心情十分舒畅、开心。

　　鲎鱼的烹饪方法在靖江多放在杂鱼中烹调，起到杂的作用（五样以上为杂），也可以制成鲎鱼冻，用一指网捕获的鲎鱼，去头去内脏后与黄豆或花生米同烧，黄豆要先炒一炒，有点焦黄倒入汤锅中焖烧，汤要宽些，火不能大，时间稍常长些，焐烧，起锅旺火收一收汁，可放些蒜头，也可出锅时放蒜叶提鲜。鲎鱼出锅后，宽汤，用深点的盘子装，汤盖过鱼体与黄豆，可放冰箱里收冻。也可以自然冻，结成鲎鱼冻。此鱼冻鲜为第一，吃时用嘴抿着去骨与刺，慢条斯理，不能急，急了要卡喉咙，冻为琥珀色偏深一点，用筷子一挖一块，入口冻感强烈，晶亮滑爽，黄豆有些咬劲，特别的软香，动物蛋白与植物蛋白在高温下的互相融合产生滋化胶原蛋白的特殊的奇香，这就是鱼冻美的地方。褐色，浅浅的带有些透明的鱼胶原蛋白，怎一个鲜字了得。特别是秋冬自然冷却结冻，浅表一层淡黄的油脂，有点腻，拨开上面薄薄的油脂，见到鱼冻，像玻璃、玛瑙。如果在盛装时用透明的玻璃器皿，待冷却后可以清晰地看到其层次分明，机理清晰。更鲜、更佳、更美、更可口。

红烧鲻鱼

鲻鱼在本地俗名"丝郎头"，外形是较长的棒槌形，鳞片圆大，整体呈青灰色。鱼的肉质细嫩，营养丰富，富含蛋白质。在口感上有鲥鱼的鲜美，在靖江也被称为"鲥鱼的娘舅"，不过没有鲥鱼那么多刺。明人有诗文称赞，"家在越州东近海，鲻鱼味美胜鲈鱼"。

鲻鱼在我国沿海、河口、长江等都有分布，作为洄游性鱼，过去靖江长江段每年5~7月份有一定的捕捞产量。鲻鱼是中国历史上很早开始人工养殖的鱼类之一，靖江在2000年时开始养殖。现在市面上偶尔能买到鲻鱼，都是淡水养殖的，但价钱也不菲。

鲻鱼在做法上可清蒸亦可红烧。红烧鲻鱼在做法上比较简单家常。把鱼处理干净，鱼身两侧改上花刀，可以抹些酱油。起锅烧油，油六成热时将鱼下锅两面煎黄。投入生姜、葱段、蒜头，倒入料酒，略微焖盖后加入酱油、糖，倒入适量清水。待烧沸后改小火烧，加入少量勾芡的水淀粉，烧上一刻钟左右汤汁浓稠即可出锅装盘。拿筷子尝上一块鱼肉，味鲜肉嫩，鱼刺很少，下饭也是棒极了。

红烧河蚌

　　夏天来了，长长的暑假也来了。在没有手机、电视、游乐场的年代，同村的孩子们在夏日的午后结伴相邀，在河港密布的乡间，下河捉鱼摸虾，无疑是最令人激动、百玩不腻而又乐在其中的一件事。

　　在水性娴熟的大人带领下，大一点的孩子也基本有着不错的水性，但有的孩子水性还在慢慢磨炼中。带队的大人，想到一个妙招——把家中的塑料大脚盆带上，让水性不好的孩子手搭着，于是脚盆成了现成的游泳圈。大脚盆还有个用途，在河中玩水的同时，捉到的鱼，摸到的螺蛳、河蚌、虾，一股脑都可以有个存放之地，待到傍晚回家，伙食中便可添上河鲜之物。

　　不同于冬天难耥难耙的河蚌，夏天的河蚌最是好找，只要在水边稍稍弯下腰，两手在河底轻轻摸索，一动不动的河蚌很快便被接二连三地摸上来，大脚盆里常常最多的便是河蚌，大人会毫无保留地告诉孩子们选择河蚌的诀窍——壳背上带三角帆和褶纹冠的河蚌是长珍珠的，不好吃，背上没有齿突、大小在半只手以下的河蚌才最鲜嫩。傍晚时分，满满的一大盆河蚌，掺杂着螺蛳、虾、鱼，被湿漉漉的孩子带回了农家。

　　选用一部分河蚌炖上一盆河蚌豆腐汤，但孩子们带回来的河蚌实在太多，怎么办？这点问题难不倒手巧的主妇，像做红烧肉一样红烧河蚌肉不就行了嘛！唯一心痛的是春天榨的菜籽油又得少上很多了。不过在缺衣少食的岁月，看着一个个瘦猴似的孩子，母亲即便再舍不得，也得大方一点。况且，当家的累了夏忙，也得来上一壶老酒、吃上几块蚌肉补一补。

红烧的河蚌，从清洗开始，每道工序都偷不得懒。先是要在河水（千万不能用井水）中放点盐、菜籽油或者麻油养上两三天，中间每天都要换水，等河蚌的泥沙吐干净了、蚂蟥等幼虫的寄生虫打杀得差不多了，才能劈壳取出蚌肉。把蚌肉的腮和泥肠择干净，再用盐打一下，过水清洗后，用刀背给蚌肉来一次温柔的按摩，切成蚌肉丝，加入盐、料酒、生姜腌制十分钟。大火热油锅，在油温最高时，将腌制好的河蚌肉丝倒入锅中，快速翻炒，加入老抽、生抽、盐、糖调味，三分钟内便要出锅，这时候的蚌肉最为鲜嫩爽滑，带着特有的鲜味，靖江的农家少年吃着自己亲手捞摸的战利品，成就感与幸福感都存到了记忆里。

河蚌豆腐汤

俗语道："食得一碗歪子汤，不生痱子不长疮。""河蚌豆腐汤，吃了精打光。"

据此，在炎热的夏季人体湿气大，易上火，将河蚌与豆腐一起炖煮，有冬病夏治的效果。河蚌与豆腐一起炖汤，汤白似乳。撒些白胡椒粉，热气腾腾上桌，奶白的浓汤，碧绿的青椒丝，褐色的蚌肉，粉嫩的豆腐，叫人馋得不行，眼都移不开。其中搭配姜、葱、白胡椒粉，又可祛湿，绝对是一道"医食同源"的经典之肴。

河蚌烧菜是美味的，但是要做好有很多讲究。首先，要选好河蚌，以一年生背角无齿蚌为佳，三角帆蚌、褶纹冠蚌口感会差得多。放在清水中加点盐、菜籽油养上两三天，待其吐尽泥沙后"劈"开取河蚌肉，将胰和肠摘除掉。胰有点像鱼的腮，介于蚌肉与蚌皮之间的那层，软软的，大多含有泥沙和杂质，一边一个共两个，都要摘除。然后就是蚌肉后端的一小断管状的肠子，有点青黑色，这就是明显的肠子，需要用两个手指将这个尾尖挤捏掉，同时将肠子里的污物挤出，再将初步处理好的蚌肉放入盆中，加入适量的盐，用手抓捏搅拌均匀，静置十分钟左右，这个过程主要去除河蚌里面的寄生虫尤其是蚂蟥及其虫卵。夏天河蚌不壮的原因有一部分是因为寄生虫吸附损耗大。在清洗之前再加一些白酒搅拌一下，可以去掉河蚌的泥腥味。漂洗干净处理好的河蚌最后还有一道工序就是要将蚌肉改刀，要将河蚌的斧足和肉唇用刀拍一下，肉唇比较厚实，都是肌肉，斧足是河蚌在河中游走时的刮腔肌肉，可以伸缩，很硬，将其拍一下或捶一下把它的经脉敲断，就很容易煮烂。平时我们都是用刀背宽的一面敲，也可以用木棒捶一捶，不要太重，过重捶烂了就没有嚼劲。

经过漂洗、去沙、去杂质、改刀后的河蚌肉就可以下锅烹制了。先将锅滑一下油（热锅冷油）倒出油，再重新放油（最好是菜籽油），放姜片、葱段，稍煸炒，再放蚌肉淋料酒煸炒，加高汤或开水烧开，去浮沫转中小火慢炖至肉烂，加入提前焯过水的豆腐，也可以用经过冷冻后内部有疏松孔洞的传统卤水豆腐，转大火烧开炖至酥烂，撒白胡椒粉并调味出锅即可。这样一碗可口的河蚌豆腐汤就可以上桌了。

泥鳅钻豆腐

泥鳅穿豆腐，又名泥鳅钻豆腐。是一款以泥鳅、豆腐等食材制作而成的民间传统风味菜、家常菜。具有浓郁的乡土气息，朴实无华。在许多地方都有制作方法，由于具有较高的营养和进补作用，几经厨师改良，亦成为筵席饮宴上的名菜。

烧制方法是先把泥鳅放在容器里，倒入清水并放入少量食盐，喂养一天一夜后（24小时），再将泥鳅倒入有嫩豆腐的锅内慢慢悠悠加热，让它乱钻，盛装出锅前并加葱花、味精、生姜末等作料。此菜豆腐洁白，泥鳅滑嫩，味道鲜美，菜型别致，汤汁腻香。

传说，过去有一位渔民，以捕捞鱼虾为生，他在捕鱼的时候，常常捕到一些泥鳅，往往较大的泥鳅卖掉后，剩下的小的无人问津，每次只好带回家里喂养自己烹食。有一次，他为调剂口味并翻翻花样，索性把小泥鳅在家放水盆里吐净了泥，并从街上买回一些豆腐和葱、姜等调味作料，因泥鳅小不易拾掇，便捞放锅内盖上锅，用姜葱同豆腐一起煮。待煮后揭盖看时，发现小泥鳅都钻进豆腐中去了，只是鱼尾留于外，十分别致有趣。原来，随着锅里的水温慢升，泥鳅很难受，而嫩豆腐是凉的，泥鳅就往豆腐里面死命钻，找凉快。因为泥鳅的天性就是打洞，喜凉水，阴暗处。后来，此法很快便在当地民间传开，即名之为"泥鳅钻豆腐"。

刺鳅

刺鳅，俗称钢鳅，刀鳅，石锥。生长在长江、汉江及其以南水系。在靖江八圩、九圩、十圩港的港河交界处以及内河中常见。

小时候最有趣的事就是约上三五个小钓友，拿着鱼竿带着蚯蚓，鱼钩还是用缝衣针做的，来到河塘边，比赛看看谁钓的鱼多，在垂钓的过程中经常会钓到身上长刺的泥鳅，那时候不晓得叫刺鳅，第一次钓到时，还跟平时钓鱼一样直接用手去抓，结果可想而知，手被刺了，小伙伴们都恨它，但它的肉又比较嫩，当时感觉很好吃，我们决定单独去钓带刺的泥鳅（刺鳅），终于发现它们喜欢藏在水草茂密的石头缝中，用网很难捕捉，还是用钓的方式比较好也容易。于是，大伙带着垂钓工具，趴在河塘边仔细观察没在水里的石头缝，就能看到它们尖尖的小脑袋正探出洞口张望着，这些小家伙在水里虽是凶猛的捕猎能手，但更多时候是在石缝里伺机而动。

小伙伴们把蚯蚓穿到鱼钩上慢慢沉到水里，蹲在河岸边、跳板上、沟岸延伸处，手摆动着短短的鱼竿，在它们面前轻轻地来回晃动，这是刺鳅难以抵挡的诱惑，它会毫不犹豫地一口咬住蚯蚓，然后拼命往洞里拽，决不松口，这时候只要你的线够结实，就可以把它从洞里拽出来，摔在岸上，用夹子夹紧放入水桶中。找到刺鳅窝一个下午就可以钓十几条，甚至更多，晚上就可以美美地吃上一顿大餐。

干煸刺鳅最是美味。一般做法是将刺鳅洗净，准备一些干辣椒、姜蒜、小葱。锅中放入适量油，油温烧至七成热，放入刺鳅煎至金黄，捞出待用。锅中留底油，放入姜蒜、干辣椒、花椒炒香，倒入刺鳅、加入料酒1勺、翻炒1分钟至刺鳅成熟。加入盐半勺、白糖半勺、十三香调料翻炒均匀出锅装盘。干煸刀鳅作为下酒菜，香脆可口，回味无穷。

鲇鱼

鲇鱼又称作黏鱼。此鱼的显著特征是周身无鳞，身体表面多黏液，头扁口阔，上下颌有四根胡须。鲇鱼含有丰富的营养，而且刺少、开胃、易消化，特别适合老人和儿童。

鲇鱼在仲夏与秋冬季节上市较多，靖江的饭店多在冬季入肴。因为鲇鱼土腥味较严重，加工时需多下大料治之，多加蒜、辣压腥压土味，制作不好，食客很难接受。干煸焗鲇鱼是靖江的一道绝佳菜式，肉嫩、无腥、微辣，砂锅上桌，明火保温，用半荤半素油干煸，加大蒜头、辣椒酱焗十五分钟焖五分钟即可，色亮溢香，肉白皮粘，特别适合重口味人群。

因为鲇鱼表面黏汁较多，做前必须处理好，把鲇鱼剁成2~2.5厘米的鱼段，加入少许盐和白醋，反复搓洗，直到无黏液为止，清水洗净，也可直接用开水烫一下再用清水清洗干净。

鲇鱼药食俱佳，以炖煮最宜，可用于清蒸、清炖、煮汤、红烧、做肉丸子等。鲇鱼块用来炖煮或者红烧之前，加少许盐腌制几分钟，再用油煎至表面微黄，不仅炖煮的时候不容易散，而且吃着外焦里嫩，口感更美味。

此外，鲇鱼炖老豆腐也是一道传统菜肴。家常做法一般是起油锅后花椒煸鲇鱼段，加入料酒、豆瓣酱炒出香味，再加入葱、姜、蒜、适量清水烧开备用。另用砂锅倒入备用的汤料，烧开后放入鲇鱼大火烧开，改中小火炖半小时，加入豆腐再炖十分钟，撒点蒜段即可出锅。

夏水汤

每到端午来临，界河的水、石碇港的水、季黄河的水、夏仕港的水开始涨起来了，水中各种各样的鱼虾也多起来。这个时候，季市人就会制作"夏水汤"这道时令佳肴了。

季市古镇四周环水，旧时更是平均不到50米就有一条河，河道纵横，通江达海，盛产鱼虾，是名副其实的水乡。夏天，正是籽虾、黄鳝及各种内河鱼最为鲜美的时候。季市人靠山吃山，靠水吃水，就地取材，用大自然的惠赐创造出一道地方特色名菜，并怀着感恩之心冠名为"夏水汤"。这个季节到季市如能品尝这一道汤，真算得上是一种口福，也是主人对贵客的厚待礼遇。

夏水汤的主料有两种：一是河虾，二是黄鳝。二者皆是水中鲜物，一般还是分开做更好。黄鳝的腥味比虾更重，一般要用料酒去腥，所以菜品中黄鳝做汤极少，都以爆炒为多。而艺高胆大的季市人"明知山有虎，偏向虎山行"，不仅虾鳝同做，而且熬汤，独辟蹊径，把夏水汤做成名菜群谱中一朵不可多得的奇葩。

夏水汤之妙，首先得益于选材。籽虾壳薄而软，全身均呈淡青色，每年端午节前后进入产卵期。籽虾其实是怀孕了的对虾，虾体大而肥壮，虾脑胜似蟹黄，每一只都有鼓鼓囊囊的虾籽，全都是高蛋白，含有较高的虾青素，老少咸宜。黄鳝也要选本地河道出产的小鳝鱼，大概手指粗细，俗称"笔杆黄鳝"。笔杆黄鳝大都是雌性，夏季正是其产籽的季节，也是其肉质最肥嫩的时候，吃进口里鲜美无比。

做夏水汤时，选的是熟鳝丝。需要先焯水，然后用竹签将熟了的黄鳝去骨去脏，剔下的鳝骨鳝血不扔。将铁锅加热，倒入猪油或植物油，将划好的鳝丝滑入，煎成金黄色，捞出备用。这个时候整个屋里都是满满的香气。再将鳝骨放到油锅里，炸酥。加入姜片、料酒，大火熬制，等汤越来越白，逐渐变稠，跟豆浆差不多时，关火，滤去渣骨，唯剩清汤。这时再将煎好的鳝丝、籽虾等一起放入

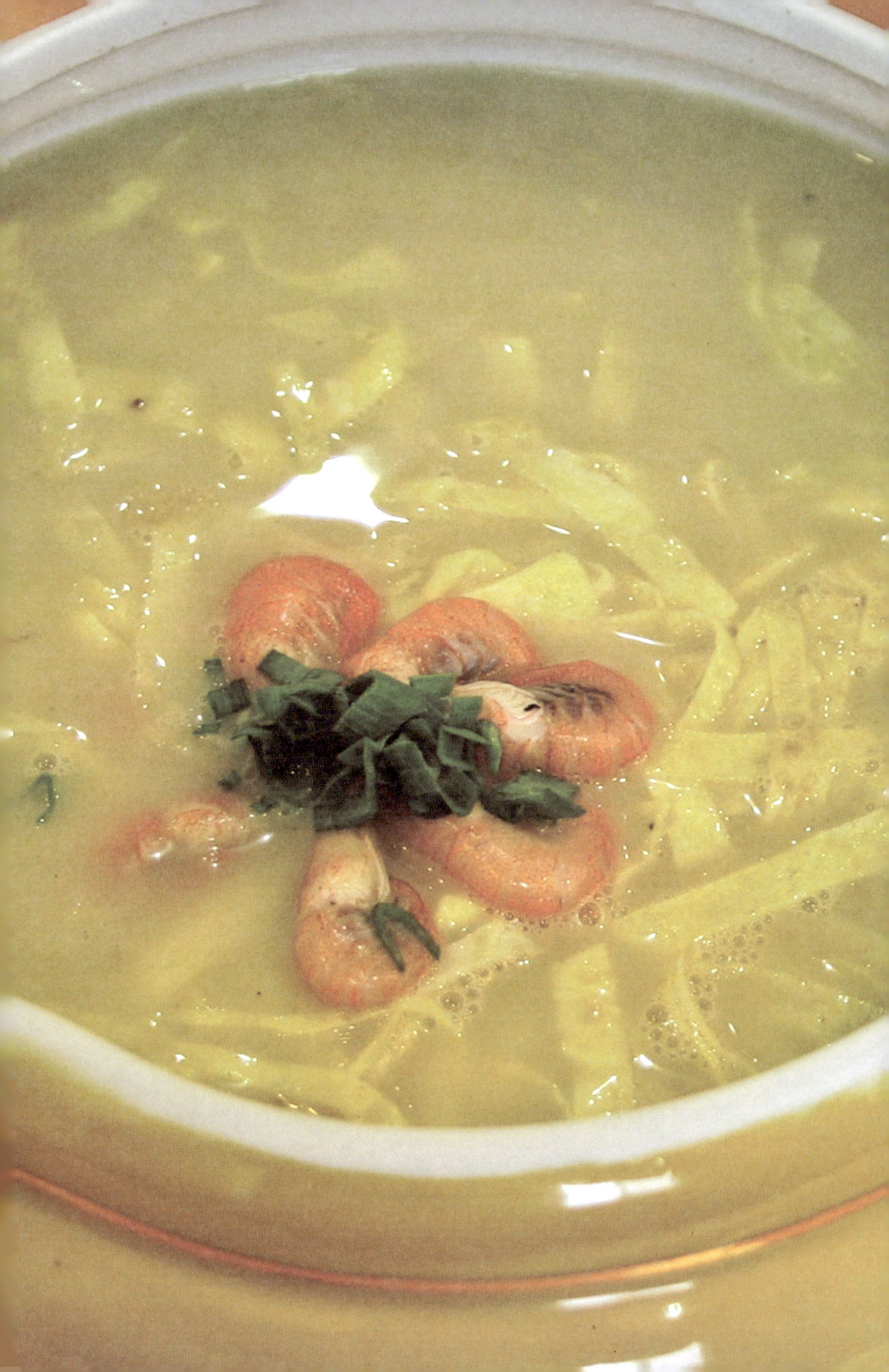

汤中，文火慢炖，汤越煎越白，越来越香。汤水沸腾时，用碗打一两只鸡蛋，去掉蛋黄，快速搅拌，倒入锅中，形成蛋花。起锅时再洒点葱末、胡椒粉，此汤配色好看，香气扑鼻，鲜美异常。舀一碗喝下，大汗淋漓，将五脏六腑都熨帖得十分舒服。

这么鲜美的汤是从哪里来，何人所创，今已无法考证。不过从《扬州画舫录》中所记载的"画舫在前，酒船在后，橹篙相应，放乎中流。传餐有声，炊烟渐上……谓之行庖"，我们似乎可以找到答案。说白了，我们的先辈，无非船后自备土灶小锅，鲜活鱼虾现捕现做，而那做菜的汤汤水水，还是直取河中心的活水，食材货真价实，赢就赢在一个"鲜"字。

人们敬畏大自然，珍惜大自然。比如刚才提到的鳝血，很多季市人家并不会轻易丢弃，而是搬两块豆腐同煮，就又是一道下饭的可口美食——鳝血豆腐。看懂了这个，就明白了夏水汤为什么会在季市出现而流传至今了。

清蒸六月黄

六月黄是什么？

六月黄是螃蟹在农历六月时的一种季节性名称。这时的螃蟹还未成熟，算是童子蟹。一只螃蟹从蟹苗开始需经历17次蜕壳才可成年，这大约需要半年左右的时间。在农历六月前后，半成年的中蟹已完成16次蜕壳，长到二两左右大小，体内积聚了相当数量的膏，如果继续生长，其会用膏和黄将内部充足，长成成熟的蟹。六月黄的蟹壳较薄，按下去有些软，脚上的毛也是浅淡的，此时的蟹黄丰腴软滑，成流脂状，就好像滋滋流油，甚是鲜美。

六月黄每年的产量有限，当季售卖时间很短，一般蟹农都不舍得将这种未成年的蟹拿出来卖。因为农历七八月后，成年的蟹价钱更可观。六月黄一般为公蟹，这时母蟹还没有蟹黄。二两左右的六月黄，壳很脆很软，非常容易咬开。蟹膏鲜美甘甜不腻，入口略有苦味，食后回甘，蟹肉松散嫩滑。

清蒸六月黄的做法很简单。用刷子将蟹外表清洗干净，把葱切段、姜切片备用。在锅里放水，加入葱段、姜片烧。把蟹肚皮朝上反着放在蒸笼里，螃蟹上放上几片姜。等水沸后，把蒸笼放在锅里，大火蒸个十来分钟，清蒸六月黄就做好了。这时用姜末和醋调和在碟子里，蘸着吃六月黄，风味更佳。六月黄除了清蒸外，还可以做六月黄炒年糕、毛豆面拖蟹、六月黄面疙瘩、六月黄汤包等菜品。

江南一带有句俗话，"忙归忙，勿忘六月黄"。色黄、肉嫩、壳薄、味鲜的六月黄是靖江人酷爱的一道美味。每年夏天，很多饭店会推出清蒸六月黄等菜式，吸引着食客们迫不及待地去尝鲜，享受一次舌尖味蕾的冲击。

六月黄蟹笃鲫鱼

"六月黄蟹笃鲫鱼"是靖江的一道夏季经典菜肴,是一道鲜到脚后跟的菜。

明炉加热的白色砂锅上桌,盖子盖着,从白色的砂锅盖子小孔眼往外冒着一缕细烟,这个烟是水蒸气外溢形成的一串雾气,细细听着砂锅内有翻滚着"咕噜"的响声,一丝的香气飘然入鼻息,隔着砂锅就闻到香,一种蟹的腥香,热香。

砂锅盖一掀,一股大的热气扑面而来,这时满屋飘香,一种特别的鲜香,用手轻轻地对着砂锅扇几下,热气飘散开来,只见砂锅中金色闪闪,蟹不规则地排列四周,叠加的也有,中间有两个荷包蛋,白黄相间,汤色白中带着金色。这时,服务员介绍说这道菜叫"六月黄蟹笃河鲫鱼",汤鲜味美,营养丰富,特别适合夏季大补。

鱼肉的蛋白鲜、鸡蛋的蛋白鲜、蟹肉蟹黄的蛋白三鲜充分融合,在100℃的汤中翻滚着,交融着,互相乳化,无限美好。汤中的蛋嫩、鱼嫩、蟹嫩,蛋鲜、鱼鲜、蟹鲜,相互映衬。汤后嚼蟹,掰开蟹肉雪白,吸的是鲜汤,整个过程只用吸。鲫鱼也是河鲜,肉与骨已分离,轻轻地用嘴一抿就入口,入喉。荷包蛋吸满了汤汁,满口充盈,妙哉,美不胜收。

稍带些遗憾的是,蟹腿肉不饱满,蟹黄不紧实;但又不是遗憾,这就是此季节鱼的鲜香,美味的恩赐,食客的福音。平时吃蟹大多是蒸、炸、炒，靖江人用它夏天煨汤，这是一种大胆尝试创新的奇妙。

面拖蟹

面拖蟹，是一种把小蟹裹上面糊油炸的食物，是在盛夏时吃的。细究起来，这时的小螃蟹也算是六月黄。

过去的年代里，住在大港河边的人家如果有罾网等渔具，在夏天的傍晚会收获到很多小鱼小蟹。这种蟹还未长成，太小卖不出价钱，自家吃也不值得蒸。这时家里的老人用面糊和油炸，把小蟹做成一道喷香的美食。

六月黄小蟹冲洗干净，用面粉加水调成略厚些的面糊。比拳头小的蟹可以直接裹面糊炸，大一些的蟹要从中间切成两半，将切口和身子裹上面糊。在锅里倒入食用油，油温适中时，下入面糊蟹。这时从油锅噼里啪啦的声响中飘出一股很鲜的香味，甚至能引来邻居熟人的围观。

炸好的面拖蟹，色泽油亮金黄，拿在手里面糊和蟹壳都是硬硬的，咬上一口嘎嘣脆。面糊吃起来味道可以媲美饼干，除了稍有些费牙外，没毛病。小蟹的腿、壳都已经炸酥脆，直接连壳带肉嚼碎吃下，大约还有些补钙的功效。在非正餐的时候，吃点面拖蟹真是不错的充饥小吃。

现在靖江很多饭店都有改良的新式面拖蟹做法,把炸好的面拖蟹再用各种酱汁烧一下,让面糊不会过硬,蟹的风味更加多样,色香味俱是诱人,得到食客们的一致好评。

韭菜炒鳝丝

童年时在乡间,夏夜除了拿着小扇扑流萤,跟着大人们放鳝笼也是一大趣事。

鳝笼,是一种捕捉黄鳝的渔具,用竹篾制成。时下已不多见了,大都被塑料制品所取代,想来有点可惜。进入七月,气温高,黄鳝活跃得很,觅食旺盛,大人们一般将鳝笼放置于有食可觅的地方,水草丰茂的稻田里,或者小沟渠的隐蔽处。第二天,天不亮就去取,一准能捕到黄鳝。运气好的时候,还会有泥鳅、刀鳅、蛇等额外的收获。

个头大的黄鳝,人们会拿去集市上卖个好价钱,细小的黄鳝则留下来,做成鳝丝,给一家人的午饭加个餐,儿时的我们常常会因为这盘炒鳝丝而雀跃一整天。大人们常说,"小暑黄鳝赛人参。"六七月间的黄鳝最肥嫩,此时的黄鳝也进入了食用的最佳时节。

土灶生火,黄鳝下锅焯水,熟后划成鳝丝,将其内脏去除,洗净血污,切成寸段后,滤干水分。只记得,大人们处理鳝鱼的手法娴熟且迅速。一般此时,小孩子会帮忙去屋前的菜地里割一把韭菜。

人们常常感动于韭菜的生存能力和坚韧品行。菜园子最不起眼的角落,无论土质肥瘦,只需稍做整理,即可撒种,亦可移栽。韭菜就像乡村的土长娃儿,野性十足,给点阳光就灿烂,给点水分就疯长。乡人喜食嫩韭,味道鲜美。民间有谚语"种块韭菜,祛病消灾",不仅表述了乡人对韭菜的喜爱,更是一种心理慰藉。

韭菜入馔百味佳,现割的韭菜,当然是用来配合炒鳝丝的。

土灶旺火烧热后,加入几勺菜籽油,闻到油香的时候,端起砧板,把葱、姜、蒜末一股脑儿倒进锅里煸香,再迅速倒入鳝丝快速煸炒,洒点料酒,调入生抽、老抽、白糖。临起锅前,切好的韭菜段加入煸炒。油锅里飘出的香气三里地外就能闻到。

嫩滑香鲜,油润肥美的金色鳝丝,碧绿似翡翠的韭菜点缀其中,那是画,是诗,是动听的音乐,是天上人间的美味,是挥之不去的童年记忆。

除此,剔下来的鳝鱼骨抹点盐,放入油锅里,只要燃一把麦秆草,一小碟油炸鳝鱼骨就飘着香摆到灶台上了。那是留给小孩子们的零食,嘎嘣脆的味道漫过整个夏天。

粯子粥

如果要说起靖江人的乡愁,莫过于被称为靖江饮料或靖江咖啡的粯子粥。

糁子粥很普通，普通到靖江人虽然一年四季都不能少，却又并不常常提及；糁子粥很简单，简单的只是在普通熬的粥里加了一点元麦粉；糁子粥却又很特殊，特殊到只要离开靖江的游子在思乡时一定会想到它。

　　糁子粥，又称麦糁糊粥、糁子糊粥，是指苏中南通、泰兴和靖江地区的元麦粉所制作的粥。所以，邻近的泰兴也称糁子粥是泰兴的"黑咖啡"，南通、如皋也将其视为特产。到底糁子粥是哪个地方的特产，一直没有定论。

　　靖江人喝的糁子粥，原料是元麦糁子，元麦糁子有粗、细之分，细糁子色白而微黄，近似面粉。用它煮粥，糁子粥色呈浅褐，稠而不粘，闻之有香，口感滑溜。过去老岸地区因为地势较高，旱谷种得多，水稻种得少，家家种元麦。除少数富户外，绝大多数老百姓几乎天天吃糁子粥。旧时有民谣说："栀子花开六瓣头，靖江日脚有过头，早起烧点糁子粥，中午烧点毛芋头。"而粗糁子则是过去物质匮乏年代里，用来做"粗糁饭"的，现在生活条件好起来，已不再做了。

煮糁子粥是靖江人的拿手戏，又以主妇的技艺为高。先将米加水烧开，待米"伸腰开花"之时，将糁子用碗或瓢撒入锅中，叫作"扬糁子"，也叫"溺糁子"，盖上釜冠后大火煮沸，这时一定要"看潽"，即将要沸时须将釜冠掀开，并用汤勺搅动、扬汤，以免潽出锅边，再改为小火、半盖上釜冠煮上片刻即可。

"扬糁子"是个技术活，需要一定技巧，一是用力不能过猛，二是要撒得均匀，三是一边撒一边搅动，双手配合，动作协调。否则，粥里的糁子会结成许多团块。也有难以掌握"扬糁子"技巧或者嫌麻烦的，就用冷水把糁子调成糊状，倒入锅中，搅匀后煮沸片刻即成。糁子粥里如放少许食碱其味更佳。这里"用碱"十分重要，碱用少了，达不到效果；碱用多了，味道苦涩，称之为"伤碱"。

糁子粥在靖江人的心中，是可以令人心安、慰藉胃和灵魂的靖江风味。

豇豆粯子粥

粯子粥百吃不厌，靖江人还很会用粯子做文章，比如在粯子粥或粯子汤里下馄饨，或者摘干面疙瘩、糯米糊顺脐（糊块子）和以粯子汤，或者泡面糕（长条形馒头）切片。可以说，粯子被靖江人吃出了花来，而豇豆粯子粥则是靖江人最为普遍的集体回忆，因为每当一叶落而知秋至时，靖江人可是把它当作秋天里的诗与远方的。靖江旧时民谣也说："栀子花开六瓣头，靖江生活有过头，早起烧点黑豇头粥，夜上煨点烂蚕豆。"

靖江人爱喝的豇豆粥里有黑豇豆，也有红豇豆、白豇豆，黑豇豆最为常见。做法也很方便，预先用冷水将豇豆浸泡数小时，在煮粯子粥时将豇豆与米同煮，最后加入粯子，煮沸焖焐片刻即可。如今，年轻人开始流行起"秋天里的第一杯奶茶"，而很多人并不知道，数十年前，靖江延续了数百年的浪漫仍在——秋天里的第一碗豇豆粯子粥，傍晚时，农家村埭随处可见门前树下会有三两人端着盛粥的海碗，在物资匮乏的年月里，喝一口豇豆粯子粥，暖了肠胃、饱了口腹，可谓往事可追、未来可期。

拌焦糊

焦糊，将元麦炒熟后用石磨碾成粉，也有人家以元麦为主、和

夏味

以少量大麦磨成粉，因为是深褐色，故称焦糊。俗话说："六月六，吃筷焦糊长块肉。"农历六月，暑热难耐，又值农忙，焦糊可以抗饿解饥，日落收工回家，晚饭前也可先调一碗焦糊，垫垫饥。

焦糊的食用源于何时，已很难确切考证。梳理下来，南方、北方普遍食用，但叫法各有不同，河南山东以及苏北一带称为炒面；便是在靖江周边地区，叫法也不尽相同，在靖江称为焦糊、焦屑、焦雪，泰兴则叫作焦细、焦西，姜堰称焦月、焦举乌，海安称焦月，海门称焦麦细，泰州俞垛镇地区称焦卷，兴化称焦雪，淮安称为焦面，盐城称焦屑、焦衣，扬州也称焦屑；而在苏南地区，无锡、江阴称为焦麦粉、炒麦粉，镇江称为麦麸，有的地方还称之为麦糒。而远在西藏地区，藏民普遍食用的糌粑，与焦糊也非常类似。

焦糊的吃法各地也略有不同，海安、泰兴等地，爱加点猪油或麻油，添一点糖。靖江老岸地区则简单得多，食用时，在碗里盛上焦糊，加入少量开水或稀粥、粯子粥汤，然后用筷子搅拌，在碗沿口压成一小块面饼，吃一块，压一块。条件好些的人家，在焦糊里和一点红糖。爱的就是那股子干香，水越少、调得越干，越是贴近麦子原本的香味。

作为充饥食物，老一辈靖江人曾一度靠此度命。有便于携带、食用便捷的特点，在缺衣少食的年代里，一碗焦糊不知救活了多少人。

70后、80后的童年回忆里，焦糊仍是夏季难忘的零嘴，90后、00后已鲜有人知。随着时代的快速发展、生活水平的不断提高,焦糁渐渐消失。近些年来,出于怀旧情结,偶尔还有特地磨制焦糁的人家,尝一口下去,仿佛回到了旧日时光。

搭粥小菜

靖江人以糁子粥为主食,而搭粥小菜是必不可少的——不然,怎么会有力气干活呢?萝卜干是秋冬季收获后腌制,来年春天食用的一道传统搭粥小菜。而在夏季,则有腌菜瓜、野芋头。

菜瓜在夏季成熟,常与香瓜同种,不同于香瓜可以直接食用,菜瓜生吃口感并不好,于是在靖江人的巧手中,稍加腌制,就会爽脆可口,一下成了夏季搭粥小菜中的精品,喝一口糁子粥,搭上一口腌菜瓜,夏日的暑气于瞬间便能消散。

而野芋头,也叫洋芋,一般生长在河港临水处岸边,和芋头类似,也是根茎类植物,根系下常生长有众多块状根茎,在靖江将其俗称为野芋头,一般也在夏季收获。农家传统的腌制方法,是将野芋头洗净后加盐、酱油、味精、糖存入坛子中,封口后放置半个月左右,即可取出食用。这样腌制出来的野芋头,已是半脱水,除了咸甜的腌味,还有一股干香,只是有点其貌不扬——黑不溜秋的。

1980年代,季市酱菜曾风靡一时,其中,酱野芋头是特色产品。1988年,季市酿造厂开始生产酱菜,1992年,年产酱菜最多时达到80吨。而季市的酱野芋头,不再是干香的野芋头,而是在盐水中泡着，产量大幅提高了上去，而且口感上相比传统腌制做法，更清脆香甜。

西来酱生姜片

西来是靖江最东面的一个镇，东连如皋，北接泰兴。西来的酱姜片，有百多年的历史，大江南北老少皆知，称之为"盖三县"似乎还有些委屈呢。

清代咸丰年间，泰兴人张仲礼来到西来，在谢家的酱油坊学徒。出师后，他在西来街上开了自己的酱油坊，取名"张德兴"。张仲礼边做酱油，边研制酱生姜片，几经改良，终于创出了"张德兴酱菜作坊"的品牌。如今，五代过去了，人们忘记了他新做的酱油，唯独记住了"张德兴"酱生姜片。

用作酱姜片的生姜必须是鲜嫩的，尤其以寒露前收获的为最好。"冬吃萝卜夏吃姜。""朝生姜，夜萝卜。"这些"气死医生"的民间谚语，清楚地表达了生姜驱寒温胃、祛湿健脾的功能。

西来酱姜片的一大特点，就是薄，而且每一片都薄如蝉翼，几近透明。所以，西来人切姜片不叫切，而是叫"片"。手握特制的小方刀，刀口薄且锋利，一手片，一手小心地从刀锋口将姜片一片片地堆聚起来，放入筒状白布袋内，放满后扎紧袋口，以备后用。

酱分甜面酱和豆瓣酱两种。江南人口味偏甜，靖江以北则逐渐

偏咸。两种酱料适应不同人群，相得益彰。西来酱姜片的另一大特色，正是这个甜面酱。

用面粉加水，做成面条或面饼，蒸熟，撕成小块摊在竹匾中，让它自然地生满霉菌，然后倒入缸里，加冷却的盐开水浸泡。酱缸露天放置，大约一周左右，缸中即呈现出酱紫色、黏稠状的甜面酱。这一步骤的关键是只能用冷开水，不能浸入生水，以免酱腐败变质。当年制作的甜面酱可能因为暴晒不够，影响口味，所以腌制生姜片的甜面酱通常用陈年酱制成，足见其考究。

把装满姜片的白布袋完全浸入酱缸中，静置三四天。取出布袋，将袋里的姜片翻动一遍，再浸入缸中。翻，浸，翻，浸，不厌其烦，直到酱汁完全渗入姜片中，而且每一片姜片的色泽一致——呈淡酱色，方可出袋，包装，销售。

西来酱姜片的口味是独特的。酱味与姜味融为一体，微微辣，有点咸，又带着一股子甜味。嫩嫩的，脆脆的，嚼一片，满口生津。可以搭粥，可以佐酒，也可以夹在馒头和烧饼中，让人食欲大增，一口难忘。

民国时期，西来街上几家作坊生产酱姜片，称雄争霸，好不热闹。1956年公私合营后，"西来酱菜厂"应运而生，"牡丹"牌酱姜片大量生产，行销南北，20世纪80年代还曾在广交会上出过风头。到了1990年代末，"西来酱菜厂"倒闭，老师傅们带着技术各自回家制作销售。西来酱姜片，又回归了民间。

如今，"张德兴"独占鳌头，其第五代传人也有更新的目标。酱姜片的需求量越来越大，因为在外工作和生活的靖江人，每次回乡，都喜欢带上几罐，或自己食用，或赠送友人。真所谓礼轻情意重，滋味现情怀。

时代在变，口味却在回归。那是风土和人情的味道，是童年的味道，是家的味道。

丝瓜毛豆

自古有俗语：种瓜得瓜，种豆得豆。原本瓜、豆应是泾渭分明

的，但有一个例外：丝瓜与毛豆，这两个不期然的相遇，恰恰是互相成就了彼此，成了靖江人夏季必不可少的一道传统家常菜。

　　靖江的先民们是一群心灵手巧、勤劳奋进的垦荒者，在耕地不够、粮食收成看天吃饭的年代，他们在滩田上放羊，在房前屋后种满了瓜果蔬菜，一点空地都不会浪费。每到夏季，丝瓜源源不断地从瓜藤上垂下，播种的早豆也已颗颗饱满，于是，不知从何时开始，丝瓜炒毛豆子，成了夏季农家的一道时鲜菜。丝瓜的爽滑，毛豆的清脆，两者交融之下，竟然可以"鲜得掉眉毛"。久而久之，这道丝瓜毛豆顺理成章成了靖江人夏季最为普通而又最为鲜美的一道传统家常菜。

所谓乡愁,最是容易藏于不经意间,正如丝瓜毛豆之于靖江当地是寻常平凡的,但到了离家多年的游子心中,丝瓜毛豆就成了夏季最为想念的一道家常菜,有瓜豆的味鲜,也有翻找瓜藤摘丝瓜、拔棵豆秆摘豆荚的有趣回忆。一盘丝瓜毛豆,装着靖江人的整个夏天。

苋菜

以前听说,再热的天,只要中午吃一顿炒苋菜,就不会中暑。这个说法当然是民间的,不能全信,因为高温天气中暑是件比较复杂

的事情，绝对不能把宝押在苋菜身上。但这句话，至少说明了苋菜的特性。

苋菜，性寒。在农村，有这样一句谚语："六月苋，当鸡蛋，七月苋，金不换。"每年的6~7月份，都是吃苋菜的最佳季节，酷暑煎熬的日子，吃苋菜据说有清热解毒、消暑去火、润肠通便、消肿利尿、清肝明目等功效。

苋菜的吃法很简单，除了做大烧饼之外，就是水煮和清炒。炒苋菜的关键：一是放大蒜头，用以中和苋菜的寒性；二是早添水，苋菜入油锅，稍微翻炒两下，就要加入少量的开水，炒出来的苋菜会更嫩一点。盐略微多放一点，这样可以吊出苋菜的鲜味。当然，条件好的可以放二两籽虾，这叫"籽虾炒苋菜"，虾的鲜红和苋菜的紫红相得益彰。

河菱

菱角是靖江的一种草本水生植物，和栗子、莲藕被称为"秋三宝"，在中秋节的时候，人们除了吃月饼，还会吃菱角。

幼嫩的菱角可以当水果生吃，鲜甜可口。稍微老一点，人们会用水煮熟，剥壳食用，这叫"水煮老菱"。先把菱角刷洗干净，加盐泡半小时左右，再入锅烧开，煮20分钟左右就可以了，凉了剥开就吃，有一股子干香的味道。

"河菱溜子鸡"，和芋头烧鸡一样，是一道靖江名菜。菱角去皮，过水，翻炒。放油，加入葱姜桂皮爆香，放入黄冰糖炒出糖色，再放入鸡块，翻炒。加入一勺料酒，老抽，翻炒，然后加入菱角翻炒，再把八角香菇等放入，翻炒。加一大碗水，先大火再小火，炖半个多钟头，当汤汁收到一半就可以出锅了。在炒和炖的过程中，菱角会不停地吸收鸡的味道，所以这道菜最吸引人的往往不是鸡块，而是菱角。

紫果叶

木耳菜，靖江人又喊作味菜，是一种古老的蔬菜，古称"落葵"，有"钙铁大王"之称。这个菜含有特殊成分的粘多糖，会产生一种黏滑肥糯的口感，所以又叫"木耳菜"。

木耳菜也可以生吃，也可以焯水后凉拌，最常见的是加蒜泥生炒。每当夏季来临时，农家的栅栏边常遍植木耳菜，因为它实在是好种又不需要打理。

木耳菜的果实有白色、紫色两种，农家种植较多的往往是紫色果实的木耳菜。因此，靖江人还经常把木耳菜唤作"紫果叶"。

茼蒿老豆腐

茼蒿有蒿之清气、菊之甘香。

老豆腐又称卤水豆腐，相比嫩豆腐，质地要紧实一些。

老豆腐要切成小块，焯水，去掉豆腥味和嘌呤，再用油煎至两面发黄，然后放入茼蒿一起翻炒。豆香和蒿香相互激发，产生独特的韵味。可以放蒜泥、辣椒等等，一切全凭个人的喜好。

苦瓜炒蛋

苦瓜的苦，和香菜的香一样，是独特的，不喜欢的闻之作呕，爱吃的则无此不欢。

苦瓜的苦，有点像生活的苦。生活经过历练，或许会苦尽甘来。苦瓜通过焯水和油煎，也可以去掉苦涩，收获鲜爽。

鸡蛋是百搭，煎、炒、煮、蒸、卤，可以单独成菜，也能兼容百味。比如，和焯水后的苦瓜一起炒，放点盐，少许糖，一根小米椒，再淋几滴醋，好吧，酸、甜、苦、辣、香，五味俱全，像极了五味杂陈的人生。

水果玉米

水果玉米是适合生吃的一种超甜玉米，与一般的玉米相比，它的主要特点是青棒阶段皮薄、汁多、质脆而甜，可直接生吃，薄薄的表皮一咬就破，清香的汁液溢满齿颊，生吃熟吃都特别甜、特别脆，像水果一样，因此被称为"水果玉米"。靖江种植水果玉米的时间比较长，东片西片都曾经大片种植过。

水果玉米富含多种维生素、矿物质及游离氨基酸等，易于人体消化吸收，是一种新兴休闲保健营养食品。它的含糖量是一般水果的两倍左右，据说比西瓜也要高出30%。

水果玉米吃法多样，最佳食用方式就是像水果一样生吃，冷藏后生吃、口感非常好。扒开表皮就可以，直接一大口咬下去，饱满多汁的玉米颗粒，在口中爆开，汁水飞溅。

当然除了生吃，水果玉米用来炖汤、炒菜也很不错，浓浓的玉米香气，好吃又养生。

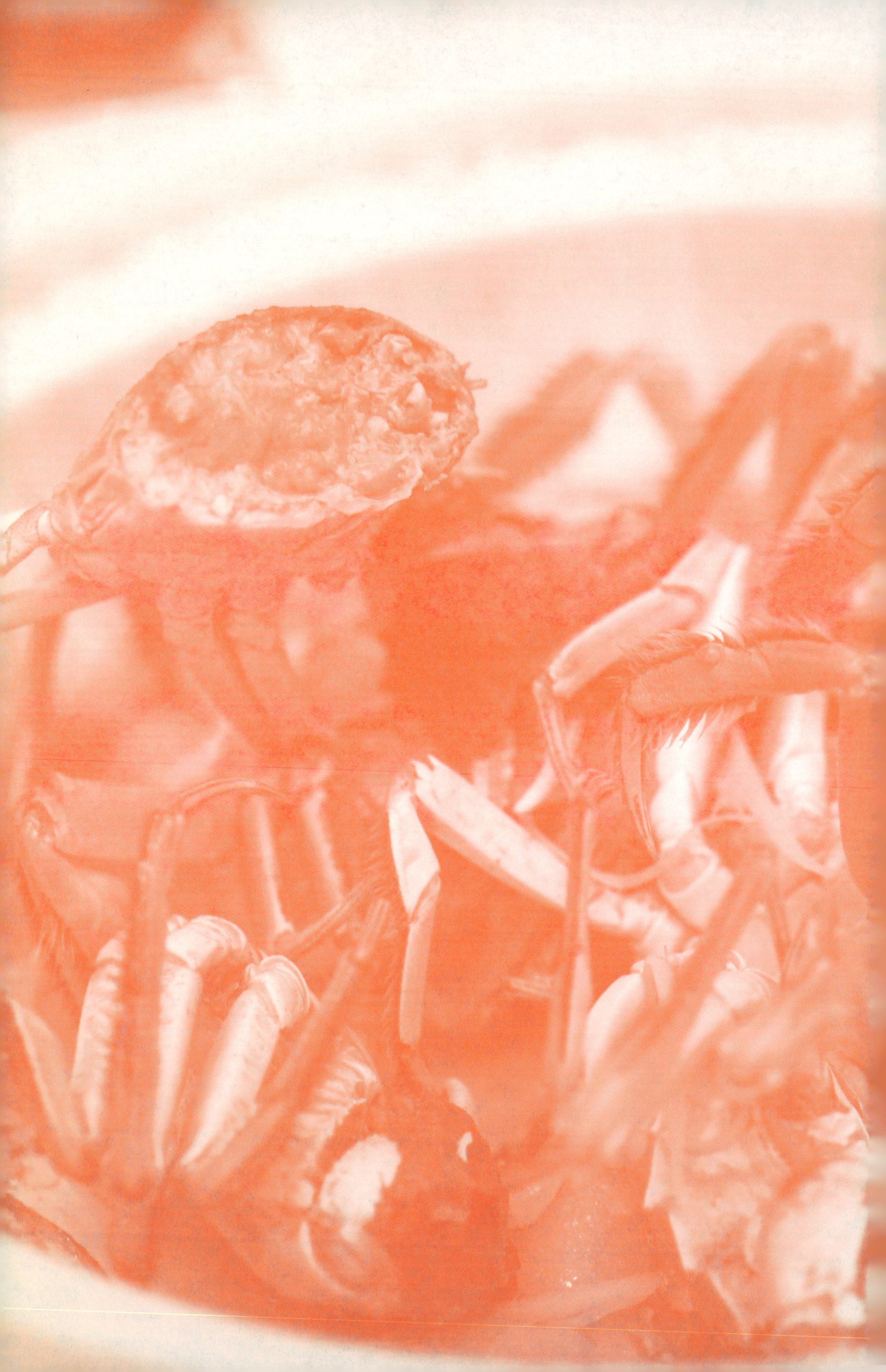

秋味

立秋吃西瓜

靖江有立秋当天吃西瓜的风俗。考证下来，大概与历史上苏州地区的移民到靖江有很大关系。

立秋吃西瓜，有人说有消除暑气的作用，立秋并不是气候马上到了秋天，而是可能还会热上一段时间。这天吃西瓜，也有叫"咬秋"的说法，寓意熬过炎热的盛夏，今逢立秋，将其咬住。民间传说，立秋吃西瓜可以不生秋痱子。其实，立秋之后，天气不会再像盛夏高温酷暑，西瓜上市的数量减少，也不如夏天时味甜好吃，立秋时再吃一次西瓜，也是与当年的西瓜季作别。

芋头咸粥

芋头咸粥，不难做，人人皆会。大米、青菜、芋头一锅，加水，加盐，加油就行。这种咸粥营养丰富，老少皆宜，在西沙叫作酸粥，东沙称为咸粥。尤其是寒流袭来时，一碗热腾腾、香喷喷的芋头咸粥吃下去，暖了身，爽了胃，舒了心。

靖江是长江浪花捧出的土地，种植于靖江沙土的香沙芋，大小如鸡蛋。或蒸或煮，有异香盈屋。去褐皮，露白身，蘸一点本地酱油，入口粉糯，又细又腻。如果切丁作羹，青蒜起锅，可连喝三碗。芋头圆子、芋头烧肉，更是农家美味。四面八方的来客，几乎没有人

能拒绝香沙芋的魅力。芋头烧肉上桌，不到片刻，芋头片甲不留，盘中孤零零瘦清清地剩下一堆红烧肉。

椒盐沙塌皮

大概很少有人能拒绝鱼的美味，但因为害怕意外，因噎废食的情况，也不在少数。外地人做客靖江，餐桌上的鱼是少不了的。

长江杂鱼必上一盘。面对各式各样的小鱼，外地客人吓得花容失色，摇手不迭。善解人意的朋友一般会推荐一种扁扁的小鱼，说

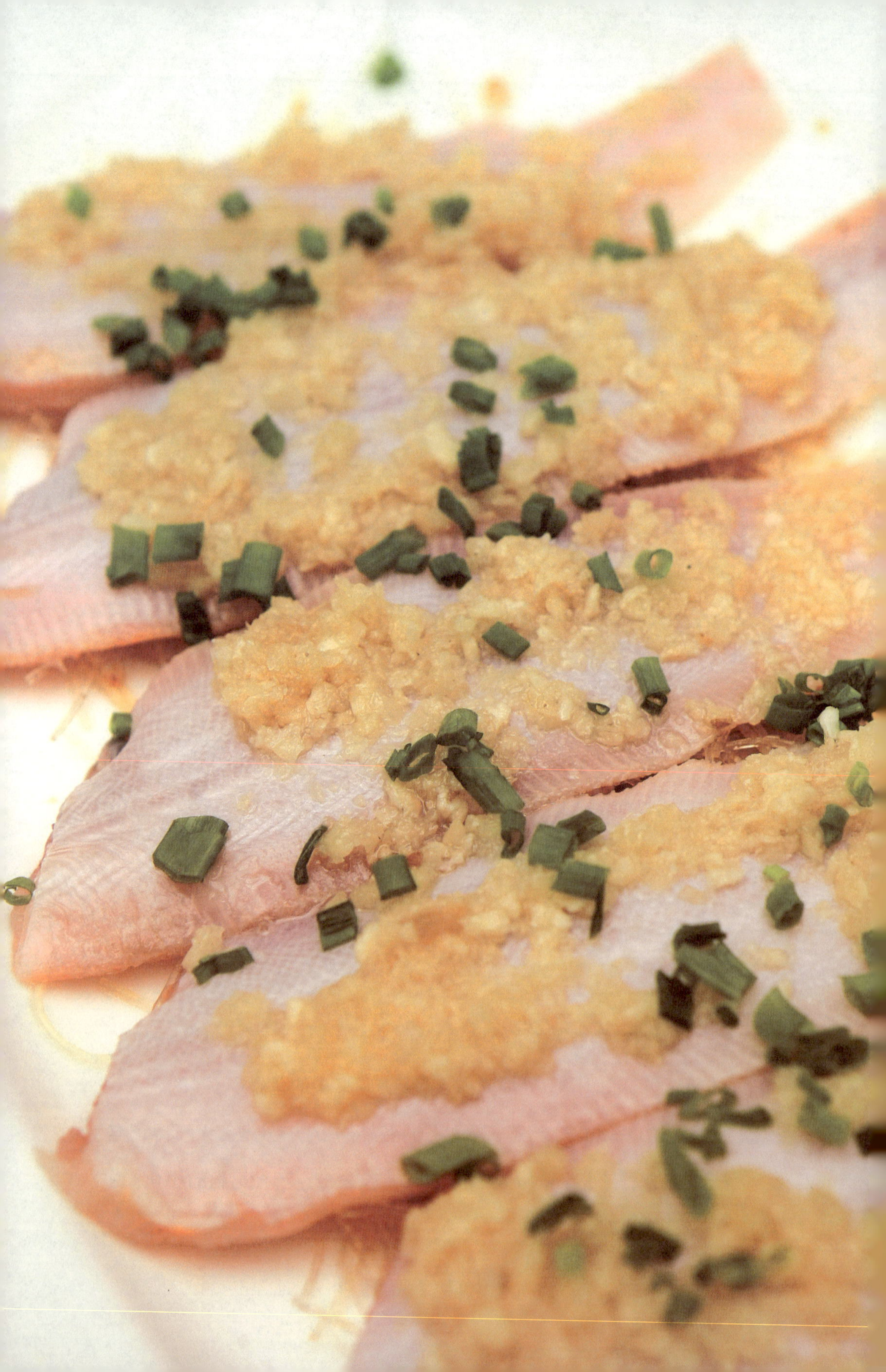

是沙塌皮，保证不出问题。

这种鱼俗称沙塌皮，学名三线舌塌。像带鱼一样扁，像泥鳅一样短。红烧居多，往往还要杂以小毛刀、小鲌丝、黄颡、猪尾巴、桥钉……三四种可以，五六种也无妨。反正鲜上加鲜，美上加美。这种鱼不像小毛刀那样小刺繁多，大骨也不像黄颡那样奇崛，而是像木梳一样平直圆钝，自然也就妇孺无害了。

还有一种做法是椒盐。其实，也就是油炸而已。只不过为了增加风味，撒以椒盐，插上竹签，便于人们下酒罢了。

椒盐是现代的做法。过去调味品不丰富，对于麻花筒、鳑鲏之类的小鱼，甚至包括脱壳的蟹、蟛蜞，靖江人会用油炸一炸。不怕麻烦的，调点稀稀的、咸咸的面糊，把小鱼一条一条，面糊裹之，热油炸之，把肉炸得酥酥的，骨头炸得脆脆的。小朋友一条接着一条，手上油油的，嘴里香香的，欢天喜地地围在灶台边上，像过年一样。

糟汁带鱼

靖江曾经就在长江出海口，靠海很近，靖江渔民管江叫海，出江打鱼叫出海打鱼。随着时间推移，靖江离大海越来越远，有一种海产品却始终维系着靖江人与大海的联系，这就是带鱼。

很长一段时间，靖江的年味里充满着带鱼的味道。过去靖江渔民除了在长江捕捞以外，还出近海打鱼，近到吕四，远到舟山。带鱼是最大宗的海产。凭券供应的年代里，过年分到点带鱼，年就过得有滋有味。

舟山带鱼和吕四带鱼品种不同。舟山带鱼眼珠黑多，吕四带鱼眼珠黑少，通常被人们称大眼带鱼和小眼带鱼。舟山带鱼宽阔鲜肥，吕四带鱼狭窄紧致，前者适合清蒸，后者适合红烧。由于舟山较远，很难保鲜，靖江人更喜欢食用吕四带鱼。

糟汁带鱼有糟汁浸蘸带鱼和糟汁卤烧带鱼两种方法。

将带鱼处理干净，正反两面刻"一"字花刀，然后剁成3~4厘米的鱼段，用蛋液包裹，放入七成热的油锅煎至鱼段两面发黄上浮，捞出控油备用。

接下来熬制糟汁。取香叶、陈皮、山萘各10克左右，加水一升，熬制10分钟，加香菜根，油炸过的蒜头，加入成品香糟卤、花雕酒适量，煮沸冷却即可。根据个人口味，香糟汁里还可以放八角、花椒、辣椒等。

熬制好的糟汁冷却后浇浸没过油炸好的带鱼段，几小时后可以食用。夏日放置冰箱里冷却，风味更好。也可以用糟汁卤烧，炸好的鱼段加入适量糟汁烧开入味，老抽上色，冰糖收汁。

糟汁带鱼的糟汁温理开胃，增香祛腥，带鱼外焦里嫩，鲜香入味，常作为宴席冷菜和搭酒小菜，深受靖江人喜爱。

猪尾巴鱼

在靖江，猪尾巴是一道菜，猪尾巴鱼又是一道菜。

猪尾巴数量、重量有限，不像红烧肉、排骨那么容易吃到。吃到了，当然是不一样的感觉，肥肉容易油腻，瘦肉容易干柴，猪尾巴则不肥不瘦，刚柔兼备，极耐咬嚼。靖江人做菜，讲究就在这些细节里。仍以猪肉为例，元宝骨宜红烧，月牙骨宜做汤，都是条分缕析，物尽其用。

猪尾巴鱼也有点这样的矜持。既然大家的目标都是刀鱼、鲥鱼、河豚，那就先吃它们吧。当繁华落尽、人们愿意屈尊，面对像猪尾巴鱼这样一种杂鱼的时候，它也无怨无悔，不卑不亢，柔若无骨，嫩不堪箸，把自己作为水货的本色表现得淋漓尽致。

同样作为杂鱼，猪尾巴鱼和桥钉有些相似，都是圆筒形状，上粗下细，不过猪尾巴鱼要大一些，头也更大一些，头身比例略微夸张一点罢了。桥钉肉质偏硬，猪尾巴鱼则偏软，它们同样标示了靖江人口感的丰富层次，给人们带来了虽然细微、但是依然鲜明的体验。

猪尾巴鱼是俗称。有的地方，比如连云港，把这种鱼叫作沙光鱼。有民谣为证："正月沙光熬鲜汤，二月沙光软丢当，三月沙光撩满墙，四月沙光干柴狼，五月脱胎六还阳……十月沙光赛羊汤。"这种鱼不耐寒，秋凉后潜入淤泥产卵。凛冬来临，生命终止。覆巢之下，鱼卵安然冬眠，当春乃繁衍。老祖宗说"春生、夏长、秋收，冬藏"，猪尾巴鱼也是很好的例证。这鱼算是海鱼，但是也在河口生

活。多年以前，靖江也曾经是出海口。今天我们仍能吃到它们，鱼，要比人更恋旧吧！

　　猪尾巴鱼或沙光鱼，学名"矛尾复虾虎鱼"。它所属的虾虎鱼类，是鱼类中最大的家族，已知的种类达到2100多种。人类命名过的鱼，也不过3万多种而已。钓鱼人最怕闹窝，其中有一种极小而又极馋的，就是猪尾巴鱼的远房亲戚虾虎鱼了。遇到它们，头大的，就是我们了。

饼臊烳扁豆

靖江的沙土地上，扁豆不管不顾地疯长。傻乎乎的扁豆甩出一串花，又吐出了一挂果子。旁边正在老去的扁豆豆荚里，豆子越来越硬朗，恨不得活成铃铛，在渐近的冬风里响脆起来。

本地扁豆在模样上比不过超市里的外来扁豆。外地扁豆上市早，甚至一年到头都有，它们可能来自蔬菜大棚，从没经历过风雨，长得标准：绿色的，个头不大，椭圆形的身体周边没有经络围绕，容易入味。再瞧瞧本地扁豆，紫红色，豆荚周围有粗糙的经络。人们要费时费力地把嚼不烂的经络撕除。嫩的扁豆呢，表面的绒毛多，糙口；等它长老了，不糙口了，偏偏荚里的豆子又硬了。

饼臊贵为靖江名菜，其实并不难，猪肉的肥瘦比倾斜些，或者纯精肉，不要"斩"太细，加入鸡蛋、葱姜汁、少许淀粉水，不加水，用盐、鸡精、料酒、老抽搅拌上劲，搓成圆子后按压成饼状，入油锅炸，五分熟，两面金黄。这时扁豆在水里煮了20分钟了，少许软烂。将饼臊轻轻覆盖在扁豆上，加清水，大火烧开，小火焖半小时左右，直到汤汁浓稠，扁豆软烂，出锅装盘。

那半个小时，靖江人不叫"焖"，叫"烳"。饼臊烳扁豆，为什么是"烳"，不是焖煮蒸呢？"烳"，读音同"呵"，说这个字的时候，缓慢而悠长，充满耐心，充满爱意。在漫长的时间里食材彼此交融，彼此成就。

饼臊都是肉，纯精肉；扁豆都是粗纤维，门不当户不对的结合，必须相互包容才能走得长远，才能相得益彰。

洋番芋烧肉

　　洋番芋烧肉是一道在靖江很常见的家常菜。洋番芋在靖江方言中就是土豆的意思，土豆大约是在明末清初左右传入中国，冠以洋的称谓。本地洋番芋是正月里种下，到四五月份收麦子的时候差不多就可以收获了。土豆的产量和淀粉含量还是很可观的，在西部一些省份，土豆甚至是一年到头的主粮。

　　靖江人在夏天时常做这道菜。买上两斤洋番芋，一斤五花肉。先将肉正常红烧，最后快熟透时，放入去皮切成块的洋番芋，再小火焖上一段时间就可出锅。浸在红烧肉油汤里的土豆块，很是下饭，小孩都能再添一碗饭。用刚收获的洋番芋做这菜，最是好吃。

扁豆

　　扁豆的花有白色或淡紫色，豆荚有白色、紫红色等不同种类。靖江普遍种植的扁豆，基本是花开淡紫色、豆荚紫红色的一类品种。与如今市场上售卖的扁豆不同，靖江传统种植的扁豆基本要等到果实饱满才可采摘食用，嫩豆荚口感偏粗糙，很少在豆子未饱满时采摘。但靖江的扁豆在豆子饱满时，常常豆荚又变得较老，食用前需将两边经络撕除，所以，靖江的扁豆在食用前有个"择扁豆"的前奏。

豆荚长老了，也有好处理的烹饪做法，将扁豆与靖江特有的香沙芋一起红烧，或者加入肉汁直接焖烧，扁豆的味道都很不错，农家的传统菜单上，秋天里来一盘芋头烧扁豆、肉汁扁豆，秋风的寒冷、秋雨的萧瑟，也便只若等闲了。

靖江历来有"拼死吃河豚"之说。传说有一位先辈在食用河豚中毒后，碰巧食用了扁豆，于是河豚毒尽解，让先人尝到了河豚的至鲜。于是，河豚的做法世代流传了下来，扁豆也成了靖江农家每年必种的作物。

如果真是这样，靖江人还真不能把扁豆给淡忘了呢！

开洋冬瓜汤

开洋是靖江的方言，和它另外的几种叫法如海米、虾仁、虾米、金钩发音相去甚远。

渔民在大海里捕到了鹰爪虾、脊尾白虾、羊毛虾和周氏新对虾，便放在阳光下晒。几个来回，虾就脱水了，变得坚挺而腥香。干虾好，唯独有壳不完美。虾被晒干后，里面的肉缩小了，虾壳没有变化，成品个大肉少，无论是买卖还是食用始终有个概念绕不开——糊弄。

精诚的渔家便用手工将壳剥去,使它变成实打实的货品。不想一个动作竟使虾干脱胎换骨。

虾干多了,手脱不过来,便有了机器脱,机脱没有趣味,"袋脱"可以说说,就是将虾干装入袋中,在坚硬的地面上摔打,类似于我们砸芋头蜕皮,得到的虾仁干便称为"开洋"。生活中相通的东西太多啦。也许"开"就是这么来的,开洋是打开海洋,获得宝藏也未可知。

新鲜的虾仁,搭配上豌豆清炒一下,一盘豌豆虾仁便如什锦般呈现,鲜美自是不必说。而开洋——或者说虾仁干另有一股更为奇异的鲜香。开洋是著名的海味品,有较高的营养价值。冬瓜长在陆地，两者相隔十万八千里。远隔千万里成就上好的美食姻缘，瓜与海鲜就是。几乎所有的瓜都适合配海鲜，而且相得益彰。当开洋和冬瓜撞了个满怀，遂成天作之合，一道清淡、软甜、补肾壮阳、理气开胃的开洋冬瓜汤就成了。食材好弄，做起来也不复杂，它在家常菜里小家碧玉般的存在，一亮相是颇为亲切的风格。

煎茄饼

要说我们靖江的风味小吃，那是数不胜数啊，煎茄饼就是其中之一。

茄子分青茄子和紫茄子两种，青茄子粗大，紫茄子细长。煎茄饼一般选上好的青茄子，因为青茄子切出来的茄面大，包的馅心多，好吃。

茄饼的馅心菜一般选韭菜肉末，或者青菜肉末。把包好菜的茄夹子整整齐齐码放在筛子里，然后调面。面粉呈糊状，不稀不厚，刚刚好。锅里放小半锅油，热锅，油开始冒泡的时候，把蘸了面糊的茄夹子一个个地放入锅中。

煎好的茄饼色相金黄金黄的，散发着韭菜香和肉香。茄饼吃在嘴里很滑，小孩子最爱吃的是茄饼边上很酥脆的一部分，"嘎啦嘎啦"的。

七月十五中元节时，靖江有煎茄饼祭祀祖先的习俗。

鳊鱼

鳊鲌鲤鲫。

靖江老话就是这么说的。为什么这么排名呢，应该有很多原因。其中之一，可能因为，鳊鱼是一条供奉之鱼。

过节，祭祀，是靖江人生活中的大事。过节的时间，老岸人提前，沙上人当天。不管是过节，还是祭祀，准备的供品都是一样的。鱼和肉是必须的。肉是红烧肉，鱼呢，绝大部分甚至全部，都是红烧鳊鱼。

对于靖江人来说，鱼不仅是美食，也是仪式感不可缺少的部分。嫁娶的时候，箩担里挑的是大鲤鱼，鱼越大，"礼"越重，越有面子。开工、上梁、贺寿的时候，一定用的是鲢鱼：喜事连连嘛。依此而言，办丧事的时候，绝对不能用鲢鱼，谐音太不吉利了。吃豆腐饭，只能用鳊鱼，和祭祀一模一样。鲢鱼因为谐音而出局，那其他鱼呢？青草过于巨大，供奉只能局部，不是全心全意了。小一点的，鲫鱼、黄颡之类的，又显得小气、古怪，拿不出手。鳊鱼不大不小，长得既秀气，又富态，真是再好不过了。为了体现虔敬，煎鱼时要格外小心，最好是鱼皮不破，也不能煮得太久，弄得腹部开裂，有碍观瞻。按规矩，祭祀结束，还要端回灶间，重新加热一下，才能供人享用。

靖江是美食之乡，但在靖江的餐桌上，也是讲规矩的。

老黄瓜存肉

夏天的菜园里，瓜架上的黄瓜较着劲，你摘一根、它长两根，你摘两根、它长三根，似乎黄瓜越摘越长得快，快到即便天天吃着黄瓜，一不留心瓜架上的黄瓜就有几根长老了。于是乎，人们也和黄瓜较上了劲，摘下几根老黄瓜，削去皮、切成段、挖去瓤，再买上点肥瘦相间的猪肉，斫成肉末，加入盐、味精、老抽、葱花，拌成肉糜，塞在黄瓜段里，下锅添水大火煮开再慢炖一会，黄瓜的清香和着肉糜的肉香一同萦绕挥散开来。即便是在痒夏时节胃口难开，就着老黄瓜存肉，可以多吃一碗饭呢！

实际上，靖江的老黄瓜存肉，和靖江的人口来源有很大的渊源。历史上，明代洪武年间、清末太平天国运动带来苏州人两次北迁来到靖江，苏州的很多民风民俗、饮食习惯，都在靖江保留至今。老黄瓜存肉原是苏州的一道家常菜，经由历史变迁而来到靖江的移民，大概是明知无法回去故乡后给自己乡愁的一个留念。

荷叶粉蒸肉

在餐饮的舞台上，食材之间各有千秋。三三两两，似乎没有主角，只有辅佐，相辅相成。比如，在红烧肉里加芋头、加慈姑、加土豆、加油豆腐。这些玩意都进不了阶，唯独在红烧肉里加米粉不同凡响。将糯米炒到微黄，或碾压，或冲捣成粗粉，拌入入过味的五花肉，上蒸锅蒸二十分钟。五花肉里的油被热力逼入米粉中，米粉的焦香渗入肉中，米粉蜂窝状的形态能饱吸肉味，肉中有米香，一番肉搏，香浓美味的粉蒸肉就成了。粉与肉的情缘仿佛天作之合。

粉蒸肉做得最出名的是靖江县（市）第一招待所。原来，一招二招都有大招。虽然今天两个单位早已注销，街头送餐的招牌上却还有一招粉蒸肉、二招红烧肉等吸引人的字眼，撩人食欲。

好的厨师其实就是个改革家。在他们眼里，所谓创新，其实就是在原有基础上加以变动。这样的变，无非就是加加减减。稻草、茶叶、香茅、箬子都曾经与肉有过依偎，各有所图。水网地区的荷叶

当然不能置身事外。以怎样的形态切入？鹅套鸭、肚包肉、土包鸡已有先例，荷叶拿来，当然也是一包了之。

　　新鲜的荷叶容易破裂，那就晒干了用。风干的荷叶洇湿后，韧性十足，热力的成果，香远益清。荷包将肉包得严严实实，见不到肉感，吃起来便不俗气。谁来打开？似揭新娘的盖头，好有仪式感。开荷叶又似开盲盒，一个内心抓瞎，一个内心明白，但期待的心情是一样的。

芋头烧肉

霜来了。芋头、番薯成熟了。

从泥里翻出,番薯傍上了高能,身着红袍、或身着紫袍,上下华丽;芋头则沿着"芋脑头"围成一圈,一袭布衣,而且是麻布的。

正所谓"秋高缀玉食甘味",便是夸赞芋头好吃。最粗放的吃法是烧毛芋头。拣一篮子香沙芋,到河里一淘,洗去泥沙,便可入锅。闷上盖子就烧当然也可以,考究一点的,要把锅里的芋头整出一个小塘,塘里放一小碗,酌几勺酱油、麻油,上盖烧四十分钟。开锅后,在滚烫的油碗里撒上蒜叶,将它点化成灵魂蘸料。

靖江人吃席有"大菜"一说,就是席上有纯烧肉的、纯烧鱼的就是大菜。炒菜、杂烧的都算不得"大"。芋头烧肉自然也不在"大菜"之列。吃肉量不能自由的年代，烧肉时就往里面加东西，加萝卜、加慈姑、加芋头、加百叶结等等。描述这个做法有个很文雅却又很卑微的词"衬仓"。万物皆可"衬"，衬肉有点俗气，仓廪实，有肉吃。把一碗菜说成"衬仓"有理，也有礼。

芋头+肉吧！靖江的老味道里也没有，也不知道袁枚的什么"有味使之出，无味使之入"，厨师就是努力地把肉味道烧到芋头里去，不去讲究那么多出啊入的。结果，神奇出现了，烧出的成品，芋头比肉好吃。更有甚者，饭店里直接烧肉汁芋头，一碗菜里，看不见肉的影子。

烧菜嘛，就是加加减减，经过几番腾挪，冷不丁芋头烧肉一下子成了待客的高货。大菜！

芋头烧鳗鱼

芋头是个随性食材，烧什么都好吃，比如芋头烧肉、芋头烧扁豆、芋头烧蹄髈、芋头烧鸡，只要你想得出的，芋头的随性在这里体现得淋漓尽致。

在一应的组合中，当然有人想到芋头烧河鳗。这里不笼统说芋头烧鳗鱼，因为鳗鱼有河鳗与海鳗之分。河鳗与海鳗的口味、口感有天壤之别，因此，做出的菜品口味也在云泥之间，这里只指河鳗。

　　鳗鱼的吃法很多，有烤鳗、红烧、清蒸、日式蒲烧等等，味道都很出彩。本帮菜里以芋头烧鳗鱼为翘楚。

　　食材洗净，葱姜蒜做酱油汤，将食材小心放入汤中，加入啤酒，小火慢炖。不要去翻动，真正地"做大菜如烹小鲜"。一切交给火候，"时间一到它自美"。一贯的小心翼翼，单就外形而言，芋头的腔调没变，鳗鱼的模样没变，毕竟"栩栩如生"。

　　夹一段鳗鱼入口，只一抿，肉就化了，满嘴脂膏，口腔里只有两种感觉，纯粹的油润和滋润，这种感觉刺激大脑的多巴胺快速分泌，一路舒欣丝滑的体验。芋头与鳗鱼一两个小时相处后，"同声相应，同气相求"，滋味冠盖一席。

　　芋头烧鳗鱼其实非比寻常，好就好在烹饪时同气相求，品尝时各司其职。鳗鱼负责油润滋润的感觉，芋头负责鲜香味美的感受。鳗鱼吃的是脂膏的绵密和丝滑，芋头品味的是浓郁味美的韵致。

　　这个菜在本帮菜里面力能扛鼎。

芋头烧鸡

　　地理坐标东经120.3°北纬32°附近的土地上，生长着一种奇妙的植物。叶形似荷叶，根茎结果实呈卵圆形，多子且紧密排列。名曰：香沙芋，是生于斯长于斯的靖江人赋予的名字。香沙芋在靖江老百姓心里,是自然的恩赐。

  俗话说:酒香不怕巷子深。靖江这块弹丸土地上生长的香沙芋,不可阻挡地飘香到《舌尖上的中国》,当它在荧屏亮相后,白亮的果实、细腻的质地、甘甜黏香的口味,一下子抓住了老饕们的味蕾,各方食客纷沓而至。不久,靖江的香沙芋一跃成为"中国地理标志农产品"。从此,这片土地上的香沙芋有了自己的身份标签。有人说,靖江好了香沙芋,也有说,香沙芋好了靖江。香沙芋却不去理会这些,依然默默扎根潜滋暗长,结出平凡的果实,把最淳朴的味道带到世间。

  鸡,要挑选上好的鸡,最好莫过于农家散养土鸡。新鲜的鸡肉色泽白里透红,表面微干或微湿,不粘手,有亮度。剁成块,能看到鸡肉切面具有光泽。起锅烧油,放入鸡块稍煸炒,下入姜片、葱结、料酒,倒入老抽适量,翻炒上色。接着倒入开水没过鸡块,因为后期需要加入刮去皮的香沙芋,水量可略多。加入适量盐、老冰糖,中火煮10分钟转小火焖,最后放入芋头,煮至芋头熟了收汁。

  鸡肉香而不油,芋头则吸饱了鸡汤汁。拈起一个芋头放入嘴里,轻轻一咬,糯软清香,不但有韧劲,而且还有浓郁的鸡肉香味。无论是嫩滑的鸡肉,还是芋头的味感,才下舌尖,又上心头。

荞麦团

过去在农村，边边角角的地方都要种一点荞麦。

种荞麦前，先将地块平整成畦，然后在上面打凼，点籽儿，最后掩上草木灰，荞麦就算种完了。两个月后，五月的南风吹来，紫红的茎秆缀满黑褐色的荞麦果实。这时，就等收荞麦了。

割回的荞麦铺在院子的水泥地上曝晒，然后用连枷打下籽粒，晒干，就装入麻袋备用！

穷苦的日子里，粮食不够，常常靠荞麦食品糊口救荒。二十世纪五十年代初，在城里巷子拐角处，就设有很多荞麦扁团的小摊，黄泥置成的鼓形土炉，上面放着一个平板铁锅。扁团是用豆油煎熬的，离老远都能闻见那浓浓的香味。

如今做荞麦团大多是在饭店的后厨。厨师先用凉水将荞麦粉搅和成面团状，双手拍成茶杯盖大小的形状。馅料大都为青菜、白菜、菠菜、芹菜或秧草等，考究点的，还会在里面加进一点虾米，味道更为鲜美。另有一种瓢子扁团，是先用猪油擦酥，然后加入葱、姜、酱油等作料，还有一种是纯素的，单用豆沙一种。

荞麦团的吃法一般有水煮和笼蒸两种。水煮较为简单，扁团投入水锅后，将水烧开，看扁团浮到上面，再养一会即可。笼蒸必须等蒸气在笼四周团团溢出才算成功。

包烧饼、方饼

几十年前，在季市镇东南西北四圈门之内，有十多家烧饼店，单北街就有八家，其中食客最爱吃的是包老三的包烧饼、方饼、斜角饼。包烧饼鼓鼓囊囊，油香四溢；方饼四角方整，芝麻喷香；斜角饼酥脆金黄，叫人口舌生津。店堂内七八位师傅忙碌不停，做方饼的，做烧饼的，搓条子的，擦酥的，一片繁忙景象。而在靖江城里，也有一家远近闻名的烧饼店，巧的是，仿佛与包老三约好的一般，靖江城的这家烧饼店名叫"姚老五烧饼店"。

包烧饼、方饼、斜角饼的制作工艺和流程与烙大饼大致相同，

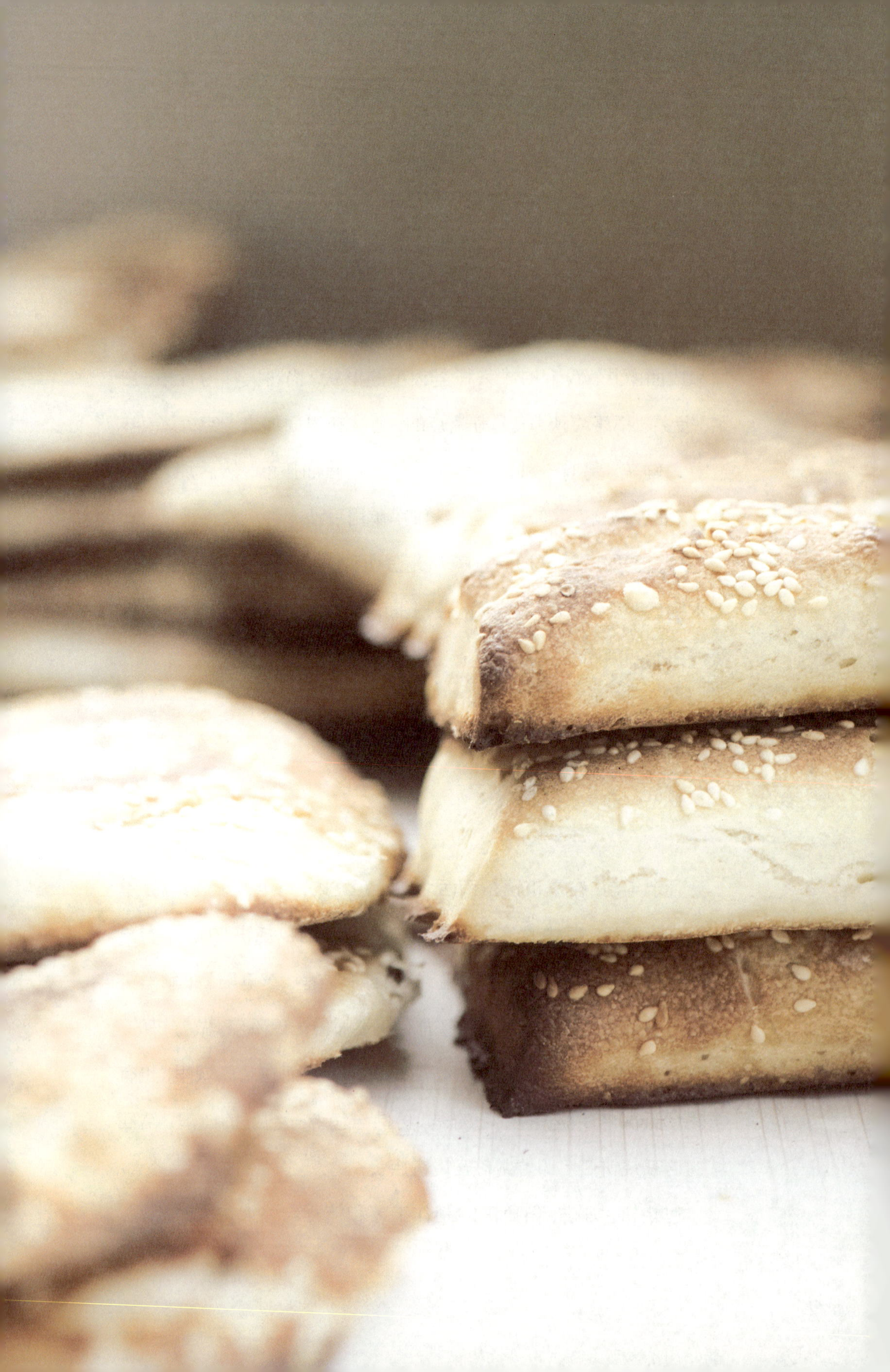

先将面发酵好，发酵的方法不同于面糕、馒头，而是用传统的烫酵，用烫酵做出来的烧饼，面质不紧不松，不僵不硬，层次柔软，品尝时不僵不硬。包烧饼的特点是加进包馅，季市的包烧饼与黄桥包烧饼相比，不同之处在于囊料：季市烧饼以厚面糊拌以葱油而成，加上猪油渣等辅料，别有特色。而黄桥以干囊为料(面粉加油料)，没有前者口感软香。方饼、斜角饼包馅则以芝麻、豆沙、韭菜等为主。

制作好的烧饼整齐地放在案板上，然后进入了烙制阶段。生炉火用的是木炭，只有木炭烤出来的烧饼才最香，等炉子热了，先打扫炉子的内壁。烧饼师傅用他那黝黑、浑圆的臂膀操起一个稻草扎成的扫帚，沾上凉水熟练地把手伸进炉子，"擦擦擦，呲呲呲"，蒸汽升腾，打扫炉子的工作顺利完成。这道工序是必不可少的，因为前一天收工以后在炉子上会留下一些渣滓和灰烬，扫掉之后，既能清洁又能显出土灶特有的涩质，烧饼才能贴得牢固。下面是贴烧饼，筒炉师傅衣袖高高卷起，手臂上露出一条被木炭火烤红的长长红印记，用手背蘸上芝麻打在面饼上，另一只手托着，顺势往上一撩在空中画出个圆弧，面饼就老老实实趴在他的手背上了，然后迅速伸进炉子，贴在炉壁上。整个动作没有丝毫的停歇，一气呵成！不一会儿，整整齐齐雪白的烧饼开始染上了金黄色。从上至下，一圈一圈，由淡变浓。整个烤制过程大概需要七八分钟时间，刚出炉的包烧饼在火钳上发出吱吱响声，油脂直滴，迸发出阵阵火光。

包烧饼、方饼、斜角饼是季市人们几百年来习惯了的早晚食品，两块方饼一杯茶，醺着麻油豆板辣酱，这对于季市人来说，如同西方人吃咖啡牛奶面包似的，回味无穷。

每块方饼都能勾起岁月的回放。每块方饼都能联想起浓浓的乡土人情。或许靖江城的姚老五正是将季市的包烧饼带给了更多的靖江人，于是，原本属于季市人的乡愁，也因此成了靖江人共同的乡愁记忆。

季市烧饼

旧时，季市镇有大大小小烧饼铺子一二十家。人们早上起来洗漱完毕，就会拿个笊篱撇子（形似平的斗笠，多用竹制，用以盛物），去买上几个烧饼、几根油条（有图省事，带根筷子去串油条的），用热水瓶或大茶杯打一份豆浆，回去慢慢吃。当然也有直接在烧饼店吃的，叫上一碗豆腐花，掰点刚出锅的油条或者刚出炉的烧饼泡进去，喝上一口，那滋味别提有多香。

烧饼，属一种大众化的烤烙面食。传说轩辕黄帝曾架炉炼丹，饿了就随手抓一块面团，贴在丹炉内壁上烤着吃，后来百姓模仿黄帝的丹炉，制造各式炉子，烤制面团食用，久而久之便形成了现在广受欢迎的各种烧饼。

季市烧饼根据炉子的不同，可分为两种：一种是立炉，炉身高大，炉胆选用口径一尺五六的大砂缸，横置于砖砌的四尺多高的台架上，像一台没有钟面的大时钟，人站着将烧饼贴到炉壁上，因用麦秆草作燃料，也叫"草炉"，季市名点大炉饼就是用这种炉子烤制而成；还有一种是筒炉，炉胆也是大砂缸，倒扣在筒子里，肚大口小，炉口朝上，用炭作燃料，炉壁饰以木板，形似木桶，也叫桶炉，小烧饼、草鞋底、方饼、斜角饼等都是桶炉烧饼。总的来说，草炉烧饼制作工艺繁复，随着时代的发展，电烤箱的出现，今天仍能看到原生态的桶炉，草炉已基本看不到了。

季市烧饼从制作工艺上，也可以分成两类：一种是不擦酥的，如方饼、斜角饼。方饼纯用面粉发酵，加少许油盐，搓成拇指粗细的长条，四根并拢为一组，切成方形，入炉烧制即成。有时也以三根为一组，切成长方形，有两个方饼那么长，不过不叫长方饼，而叫斜角饼。但季市另有一种叫斜角饼的，在油盐之外，加一点葱花，切成平行四边形，才是名副其实斜角的饼。一种是擦酥的，如小烧饼、草鞋底、小脚。小烧饼圆形，巴掌心大，擦酥较多，如包馅心，故老岸地区称为包烧饼；草鞋底擦酥较少，扁平阔大，形似旧时农民穿的草鞋，上撒芝麻，犹如密密缝制的针脚；而小脚则是相对草鞋底而言，长不足三寸，宽仅为草鞋底一半，更像躲在绣楼里的小姐"三寸金莲"，故名。擦酥的饼又可根据是否兑水，分为干瓤和烂瓤。有一种包的瓤子特别多的，叫作"瓤子脆"，一种形似牛眼珠的，叫作"牛眼睛"，都已经失传了。

季市烧饼还按照口味的咸甜，再分为两种：一种就是甜口的，如斜角饼（长方形的）；一种是咸口的，如方饼、斜角饼（平行四边形的）、小烧饼、草鞋底、小脚。方饼本是咸口的，其纯用面粉（主要成分是淀粉和蛋白质）制作，入口咀嚼，麦香扑鼻。因唾液中含有淀粉酶，可以将淀粉水解为麦芽糖，而麦芽糖有甜味，所以方饼越嚼越香，越嚼越有甜头。半甜半咸的"龙虎斗"，季市街面上也曾经出现过一段时间。

尽管季市烧饼形态各异，口味不一，但制作起来的基本流程却大致差不多。首先是和面，烧饼要想口感酥脆，和面可得讲究，使用温水和面，随后再放入掺有老酵的酵水（谓之接酵，不同于做馒头的醒酵），揉成面团，让其发酵（一般发至五六成左右）。这样发出来的面做烧饼不紧不松，不僵不硬，柔软适口。接着是擦酥，取发好的面团，一遍遍地在案板上擀成面皮，往里加入适量的油酥和盐，有的地方还要加上适量的玉米面或者猪油渣，让口感更丰富。然后是包饼，用发好的面皮包起擦好的酥，有的制成圆形，有的制成方形，有的还在上面切上几刀。不需擦酥的，则直接揉搓成相应形状。制成的生饼，要在表面洒满一层白芝麻，待到烧饼出锅时就是金黄里透着雪白，让人一看就垂涎三尺。最后是贴饼，炉中炭火烧旺，烧饼师傅会用稻草扎成的小扫把，沾水快速刷净炉壁，防止之前的饼渣残留。接着用手蘸水拍打生饼，并顺势把饼翻抛向空中，另一只手接住后迅速伸入炉内，把饼贴在饼壁上。说时迟，那时快，整个动作行云流水，一气呵成，不打一点顿。这是一个技术活，贴饼靠的是手感，至今仍未被机器代替；也是一个辛苦活，稍不注意，烧饼师傅的手就会被灼伤，而且因为长期在炭炉里进进出出，烧饼师傅的手臂通常变成了黄棕色，不见一根汗毛，连正常的出汗功能都没有了。

炉壁贴满烧饼，稍微等上几分钟，白色的生烧饼在炉火烧烤下，逐渐变成了蟹壳黄色。这个时候，烧饼师傅就会用火钳夹起一个个烧饼，把它们放到炉口旁的桶炉面上，从上至下，一层一层码起来。刚出炉的烧饼尽情散发出香气，整个老街都在这迷人的香气之中沉醉起来。

季市大炉饼

就像靖江西来不在西、东兴不在东一样，季市烧饼中，小烧饼不小，大炉饼不大。因为小烧饼有成人的手掌心那么大，而大炉饼则比麻将牌大不了多少。

季市大炉饼其实不是大的炉饼，而是大炉烧出来的烧饼。这种大炉，就是草炉。草炉炉身高大，用砖砌成，所以叫作"大炉"。炉胆选用大砂缸，缸横置于炉架之上，炉口朝向人站立的方向，如同一挂横卧的敞口大钟。缸内不用木炭或化石炭，只用麦秆草作燃料，因此称为"草炉"。麦秆草烧成网络状灰烬，见火苗不见烟，以无烟之文火慢烤，至烧饼表里透酥，方为上品。

可惜，由于草炉占地大，操作要求高，自二十世纪五十年代起逐渐失传。但作为草炉烧饼中的一种，季市大炉饼并没有因为草炉的绝迹而从现实舞台上黯然消失。相反它与时俱进，在保留口味的前提下，不断更新做法。先是使用双眼土灶。一个土灶用来生爆灰（即草灰），点燃一捆七八斤的麦草，大火猛烧，称为"热炉"；趁火势正旺，迅速将明火用草灰覆没，称为"焐火"。由此产生的爆灰看似火已熄灭，其实仍在暗燃，一有火星就可迅速复燃。另一个土灶则用来贴烧饼，有经验的烧饼师傅会在"焐火"时，统筹安排好活计，用看似紧张而又富有节奏的手法，往平底锅里摆放大炉饼生坯，并用手掌轻轻压平，让芝麻完全黏贴在饼面上。饼摆放整齐后，还会浇上少量豆油或猪油，防黏锅底。接下来，则在生爆灰的灶上也放一口同等大小的平底锅，盛上刚才烘热的草灰，灶膛生火加热至高温，再移盖到装生坯大炉饼的平底锅上，灶膛里生火加热，这样大炉饼上有爆灰焐、下有炉火烤，上下同烘，受热均匀，满身香气，很快新鲜出炉。随着时代的发展、科技的进步，现在大炉饼已不再使用双眼炉灶，而改用健康卫生的电烤箱进行烘烤，由于温度均匀可控，烤出来的大炉饼不生不焦，金黄灿灿，香气诱人。

如今做大炉饼很有讲究。先要和面，水温要恰到好处，水温高面发酸，水温低面死板，投碱同理，碱多了面色发黄，碱少了吃起来黏牙，还要加入选用上好糯米酿制的米酒，面和好后便将它放置一旁发酵。再是做馅，用面粉与熟猪油制成油酥。一块酵面，一块油酥，用酵面将油酥包入其中，反复折叠，用短擀面杖揉搓，揉面可是一项体力活，力度的大小直接关系到面饼是否劲道可口，将面揉成婴儿拳头大小的剂子，然后包馅。咸的馅心是用剁碎的猪油渣、生板油、肉末、肉松及适量葱、盐、味精等拌和而成，甜的馅心用豆沙、糖拌和而成。猪油渣是烧饼的主要馅料，选取上等的猪板油，放入大铁锅内，配些许葱姜，用猛火翻炒，直至油干而得其酥渣。油渣香而不腻，嚼在口中肉香满盈，各家各店各有秘诀。大炉饼咸的制成圆形，甜的制成长椭圆形，以示区别。最后是烘烤，将包好的饼刷上糖稀，反扣在撒满芝麻的盆里，用手揿几下，沾上的芝麻会嵌进烧饼表皮，再放进烤箱烘烤，七八分钟后，待饼面呈蟹壳黄色，就烤熟了。

吃大炉饼要趁烫，一边吹气一边吃，越是烫嘴，越是有嚼劲，先是芝麻和面皮的酥脆，接着是一股油渣的肉香或者豆沙的甜糯，混合着葱花的香气，从舌尖一瞬间传达到整个口腔，并交融混合，直达胃和整个身体，给人带来巨大的满足感和幸福感。这个时候，如果搭配一碗牛肉汤或者老母鸡汤，那就相得益彰，余味无穷了。民间认为，草炉烧饼性温驱寒，加之囊厚松软，利于消化吸收，特别适合身体虚弱者滋补身体。

季市大炉饼作为靖江人唇齿间不可忽略的一道美味，食材朴实而简单，工序复杂且烦琐，但化平凡为神奇正是它的精髓所在。一口咬下，满口皆酥，浓香四溢，顺应了时代需求的大炉饼变得更加精致，从百姓街头点心走上了大雅之堂，受到人们喜爱，闻名于大江南北。

靖江老味道

草鞋底

"草鞋底"是靖江季市古镇特有的一种烧饼。据说,这种特色点心有一个源头是传自长江之南的江阴。

故事是这样说的,公元1645年,江阴军民为抵制"剃发令",在原任典史阎应元的领导下,守城抗清,十万清兵团团围住了江阴城。日子长了,城中出现了缺粮少食的情况。城外的江阴人想方设法试图将粮食送入城内。江阴城东有个蒲草、稻草编织品"蒲鞋""草鞋"的民间集散地——"蒲鞋桥"。桥头,有家夫妻烧饼铺。一天,烧饼铺外来了一位卖草鞋的老乡。他苦苦哀求店家:将草鞋换成烧饼以充饥。正想着如何将饼送入城内的店主产生了一个念头:将烧饼做成草鞋底的形状,以假乱真,送入城内。他俩连夜动手,将草鞋底一样的烧饼烘熟,一只只系上稻草细绳,跟草鞋混在一起带进城内、送给抗清的军民。随后,其他百姓也仿效着将烧饼做草鞋底状设法送入城内。

此后,清兵破了江阴城,有一些百姓逃难到与江阴一江之隔靖江季市,这种做饼的方法被沿袭了下来,还给它冠上了一个正式的名字——"草鞋底"。所以草鞋底这个名字,可是有一段很悠久的历史的。

烧饼因其形状狭长、如鞋底一般,被戏称为"草鞋底"。可如今的草鞋底不同往日了,依旧是鞋底的形状,却是外脆里香,层次分明,轻轻一碰就掉渣,酥脆爽口太香了。

著名作家庞余亮写过一篇文章《吴二和他的烧饼店》，店主吴二就是来自烧饼做得最好的古镇季市，有一手做烧饼的祖传手艺，做的烧饼就是草鞋底。文中这样写道："吴二做的草鞋底，方饼，豆沙饼，萝卜丝饼……很地道，他像父亲一样，不滑头，亦不偷懒。价格也不高，两块到三块之间，每块烧饼都对得起'烧饼'这个词。"

做草鞋底的原料很简单，面粉、鸡蛋，但是要做好，花的时间可不短，因为都是纯手工制作。吴二师傅做草鞋底很讲究，常常是十几道工序。在适量的面粉中加入一定量的凉白开和少量的食用油，将其搅拌均匀，揉成水油面团。酥面团的窍门是面粉中只加够量的油，不加水，揉成酥面团。

将水油面团和酥面团充分融合在一起，用擀面杖将面团擀平整，反复折叠压3次！一定要3次，少一次都不行，然后将面团平铺在台面上，用刀按一定宽度划开，卷成条状。馅料根据顾客的口味加入，比如肉松、豆沙、肉末等！

从卷好的大面团中取一小块面团，用手掌将面团按扁，再把准备好的馅料放到面饼中心，从四周开始收口，直至面团将馅料完全包裹，接着把包好的面团揉搓成长条形，用小擀面杖将面团擀成鞋底状。

将做好的草鞋底放至烤炉中，所以，真正的烧饼师傅，胳膊上是没有汗毛的——全被炉火烤没了。吴二就是那个胳膊上没有汗毛的烧饼师傅。

180℃的炉火烤20分钟后揭起，做好的草鞋底香气四溢、油光灿灿，咬一口，味道甜咸适中，也不油腻，还有淡淡的香葱味，让人回味无穷！

新泰丰月饼

提起新泰丰，靖江老城区住户几乎无人不晓。作为靖江著名老字号，新泰丰从1934年始创到2009年关闭的75年里，铸就了靖江商业史上的一个传奇。

新泰丰月饼风靡一时，是靖江特色产品。在过去，新泰丰月饼对靖江人来说，是中秋里不能缺少的一角。新泰丰月饼的特点是皮酥、重油、馅足。

改革开放前，要用粮票来换月饼。那时候一家人顶多能拿回去两个月饼，几个小孩围着那两个月饼转，看着一把刀把月饼分成许多份，最后摊在手心里虽然只有小小的一块，但尝到嘴里，洗沙的甜味就化开了，香甜馥郁，久久不舍得咽下去。

物资贫乏的年代，家人们互相支持着度过。中秋的月亮也没有吝啬自己的柔光，照得人心里亮堂。好像再苦的日子，只要和家人在一起分吃块洗沙月饼，也能甜甜地过下去。

改革开放之后大家生活变好起来，月饼也不再是稀罕物了，但月饼仍然是大家的念想，中秋要是没吃上靖江的老月饼，就总觉得少了点什么。

靖江老味道

茵糕

南方食米，北方吃面。靖江人用米糒可以做出多种食品，季市茵糕就是其中最具特色的一种。

茵糕之"茵"，一说是因其用荷叶托住上笼蒸，取荷叶茵茵之意，且加入桂花，故又名桂花荷叶茵糕。

茵糕是古镇季市的名点。其制作方法是：采用上等糯米粉和粳米按比例搭配，浸泡一段时间，沥水，磨成米粉，加入绵白糖、桂花均匀拌和，圆笼底部垫上蒸软的荷叶，摆上模具，用高密度箩筛将其均匀筛入笼中，表面刮平，再用刀片在糕面上画上棱形图案。除去模具，上锅猛火蒸腾十几分钟后即可出笼。

茵糕既有荷叶的清香，又有桂花的浓香，健脾开胃，口味纯正，食后唇齿留香。

季市茵糕很重装点。制糕的模具上刻有福禄寿禧等多种喜庆图案，因而蒸出的茵糕表面也就留有各种类似浅浮雕样的图案，然后盖上红色小章作为"点红"，雪白的茵糕上有了这些红色印记，更加喜庆好看。若亲友乡邻家有喜庆之事，以茵糕为礼最为恰当。

其实，茵糕可以看作是放大了的重阳糕，只不过重阳糕多为方形，一块大概五厘米见方，可以包馅，也可以不包馅；而茵糕则跟蒸笼一样为圆形，要比重阳糕大得多，直径有三四十厘米，一般不包馅。

季市茵糕受到大江南北群众的喜爱，央视《乡土》栏目曾专门来报道过。这些用米糨精心做出的寻常又不寻常的点心，代表着季市人的智慧，反映出季市人对生活的态度。茵糕、凉团、重阳糕在舌尖上滑过，留下香甜的味道，填饱了季市人的肚子，也填满了季市人的记忆，必将一代代地传承下去。

靖江老薄酒

进入十月，靖江的空气里透着甜，飘着香。在隆隆的收割机声中，农民的脸上溢满了笑容，又是一个丰收年。待到农忙收割结束、新米上市了，老靖江人便开始忙活着酿酒了。一些粮食较多又嗜好饮酒的农户，以及准备办喜宴的人家，或自己动手，或请经验丰富的老师傅代劳，酿制一些老白酒，数量不等，自饮的大约一坛，办酒的则要几坛或一缸。那时候，农村酒席上招待赴宴亲友的酒主要是这种家酿的老白酒。

除此以外，还有一种纯以发酵方法制作的酒精度较低的"白酒"，即俗称的"甜白酒"或"米酒"，广受老百姓特别是妇女和儿童的青睐。

说起靖江的米酒，不得不提陆锦生。他是个名副其实的"活地图"，老靖江的大街小巷，没有多少是他不熟悉的。他的声音，他肩头的担子每天穿梭在街头巷尾。陆锦生也许并不知道，他每天吆喝的"bó酒啊——"，在很多人耳朵里听来，好似"白酒"。可事实并

不是白酒，就是靖江民间用糯米酿制的米酒，因其度数低，味道淡，价格便宜，也被称为"薄酒"。不知这里是否还有着一种谦辞的用法，也许有吧。米酒，又称糯米酒、甜米酒，其酿制工艺简单，口味清甜而不腻，酒香而不冲，咽下后顷刻嘴里会略带回甘，又因含酒精量极低，喝完后仅有一种若有若无的醉意，决不会酩酊大醉出洋相，这种独特的美食深受人们的喜爱。

陆锦生是个做事十分讲究的人，他酿米酒选材用料特别挑剔，糯米、酒曲只用上好的，酿制过程中经过发酵会发出"啾啾"的声音。每当听闻此声，老陆的内心就充满喜悦，这份喜悦之情被他酿到米酒里，他的酒怎能不香、不甜？也正因如此，街坊们常常是未见其人先闻其香，酒的香甜飘来了，也就知道老陆的担子快到这儿了。一些常客，摸清这个规律，总是备好零钱，一旦闻到酒香就出门守候了。

只要天没转凉，陆锦生的米酒生意就特别好。米酒是一碗一碗盛着的，靖江人喜欢连糯米一起食用，酒液甚至只是"配角"，糯米才是"主角"。挖一大勺糯米，带一小口酒液，兑上凉白开，糯米清凉香甜，酒液淡雅顺滑，这才是靖江米酒的灵魂所在。日常生活中，米酒也一直在靖江人的饮食习惯中扮演着重要的角色：女人坐月子，会用米酒煮荷包蛋，营养美味；家里办喜宴，盛上一大碗酒酿圆子，寓意美好；酷热的夏天，喝一碗新酿的米酒，可以消暑，可以沉醉……

灯火一盏，举薄酒一杯，无论是有朋自远方来，还是家人闲坐，这一刻都是最幸福的时光。

抛梁果子

村里的老木匠今年七十八岁，从十六岁开始就学做木匠手艺。所以，从小对上梁"说鸽子""抢抛梁"并不陌生。

农村有一句流行语"做屋打船，昼夜不眠"。上梁那天，既热闹非凡又忙得团团转，左右邻居主动前来帮忙。上梁之日木瓦匠师傅都需要在场，主持个上梁的仪式，这个场合就需要"说鸽子"。"鸽子"说得快，没有听清几句，但大家知道都是些吉利的话。

每一个环节都要"说鸽子"，比如正梁贴福字时这样说：脚登云梯步步高，手拿福字喜洋洋，我替主家封正梁；福字贴在龙口上，主家富贵荣华万年长！福字写得四方方，好时好日我来装；左边福长命富贵，右边福金玉满堂！到祭梁时又会这样说：大斧亮堂堂，我替主家造高房；今年砌座逍遥府，明年又造宰相堂；宰相堂里生贵子，子子孙孙状元郎！大斧大斧代代富！

木瓦匠师傅的四言八句把东家一家人乐得手舞足蹈。东家笑得合不拢嘴，手端盛着糕点、糖果、抛梁团的圆盘，站在高高的墙壁上使劲向下面抛撒糕点、糖果、抛梁团、散发香烟。那糕点、糖果、抛梁团仿佛下冰雹似的从空而降，屋内大人小孩一片欢呼雀跃，抢得沸沸扬扬热火朝天。

相传，东家会挑黄道吉日上梁，东家抛得糕点和糖果越多，抢的人越多，寓意一家人从此兴旺发达发财，抢到的人都是沾了喜气福气和财气。总之，抛的抢的都从此好运绵绵，皆大欢喜。

在鞭炮齐鸣和抢抛梁糖果糕点的呼声中看梁渐渐地升到垛尖，木瓦匠师傅在两端的垛尖上安装好看梁。大梁上好后，东家大摆做屋上梁的酒宴，犒劳木瓦匠和小工，酬谢亲戚朋友的祝贺，摆上七八桌。木瓦匠亲朋好友彬彬有礼依次入座，木瓦匠相互邀请坐成几桌，村庄上年事已高的长辈相邀围成几桌，亲朋好友自动围坐成几桌，满堂宾客，笑语飞扬。满桌美味佳肴，色香味俱全，令人垂涎欲滴。

抢来的抛梁，在过去那个年代还是挺让人稀罕的。毕竟以前只有逢年过节才做糕点以及糖果（这里有称长生果）。一家人分享抛梁的战果，给老人吃，说是吃了以后添福添寿，给小孩子吃，说是吃了长命百岁。

抢抛梁不仅靖江有，全国很多地方都有这样的风俗。据说有的地方还申报了非物质文化遗产。如今回味"说鸽子""抢抛梁"的情景，还有点意犹未尽。或许这是农村房屋建成后和大家分享喜悦的一种形式。

映春园大碗面

1980年代中期，到靖江影剧院看一场电影，很多人都会到走到影剧院旁边的一家小吃店吃一碗面条。小吃店的名字叫"映春园"。

映春园不大，门朝东，南北走向的屋子，窄长形，大约四五十平方米的样子，桌子也只有七八张，但是坐满了人。形形色色的人，端着各种各样的大碗面，有的用筷子把面条叉得高高的，有的埋头吸溜着面汤，还有的啃着卤鸡腿。小小的厨房间，师傅们忙个不停，小窗口前排着队伍，门口进进出出的人络绎不绝。

映春园里有阳春面、双菇面、雪菜肉丝面、鸡蛋面、排骨面等，品种不少，只要三五元钱一碗，还可以加上一个特制的卤鸡腿。阳春面是一绝，面条韧糯滑爽，汤清味鲜，清淡爽口。

随着旧城改造，城市南迁，影剧院旁的"映春园"也成了靖江人的记忆。

四新早饭

经历过时代沧桑巨变的一代人，总是会特别怀旧。和一群比我年岁稍长的人在一起聊起儿时城区的饭店，无一不提起"四新饭店"。

《图说靖江》一书中这么描述：曾地处闹市口中心的四新饭店是靖江人口腹之欲的中心。巴掌大的画面中，前前后后有20多个人物，小孩的笑容最是灿烂。炉膛上的草鞋底，油锅里刚炸好的油条，热气腾腾的小馄饨，看着就想起记忆中的味道，馋涎满口。

一位城区土生土长的同龄人回忆说：记得小时候，早上吃的大多是白粥加油条，油条就在人民桥旁边的小早餐店买，还要用粮票。后来上小学之后开始到四新饭店吃，豆浆蒸饭烧饼馒头。

时为集体所有的饮服公司旗下的"四新饭店"这个名字早就销声匿迹。然而，草鞋底、豆浆油条、小馄饨却一直留在靖江市民的记忆里。有人说，那里是他们童年的早餐基地。

据说，草鞋底是"四新饭店"的招牌，做烧饼的手艺也是从父辈传下来的。草鞋底作为靖江本土特有的一种葱油烧饼，形似鞋底，薄薄脆脆，酥中有韧。被分成小剂子的面饼在手掌里反复搓揉，再把准备好的馅料放到面饼里，用擀面杖将面团擀成鞋底状，而且用老面发酵，麦香十足。

草鞋底的酥脆是出了名的，刚出炉几分钟，拿起来就必须小心翼翼了，稍用一点力气，饼就会在你手指上折断，所以食客大多是一手轻捏饼，另一手托住饼底，嘴巴凑上去咬一口，并用手盛住窸窸窣窣掉下的饼屑。咬上去的感觉是香香脆脆的一层皮，酥酥松松的一层酥，甜咸堂堂的，极是好吃。

那时小馄饨是基本没什么肉的，馄饨皮薄如蝉翼，师傅用竹片在肉馅碗里这么一刮，朝手心里的小馄饨皮上一抹，手心这么一紧一捏就算完成了。一个小木框做成的作料盒里，整整齐齐地码着香油、酱油、辣油、榨菜粒、葱花、虾米屑、油条段、熟猪油。馄饨汤是用大骨头熬出来的，馄饨装入碗里，舀一勺馄饨汤，再点一点作料，一碗热气腾腾的小馄饨摆在你面前，真叫人垂涎欲滴。

豆浆油条则是那时绝大多数人心中的黄金组合，豆浆得是每天新鲜制作，一般夏天选冰豆浆、冬天配热豆浆，醇香的豆浆搭着刚刚出锅的油条，表皮炸到金黄香脆，内在层次分明，在豆浆里泡了个澡咬下去满口都是豆浆的香甜和油条的酥软，非常扎实的口感。

游走于快节奏的城市之中，清晨来临，睡意未消，街边早饭的吆喝无法唤醒沉睡的味蕾。闷热拥堵的车厢，停滞不前的车流，生活似乎只剩下外卖和泡面，于是每个人都开始怀念旧时候的靖江味道。

豆腐花

能称得上花的都了不起,枝枝蔓蔓、花花绿绿、袅袅娜娜,能沾得上边的必定是另一个阶级的。牡丹、芍药、玫瑰、郁金香、君子兰等等都是花中魁首,似能位列仙班。豆腐花不用说,当然也在花的序列中,其追随者更多。

豆腐花没有什么神秘,豆浆的今生而已。在豆浆里加轻卤水。一桶豆浆,一点卤,它就来事了,浆里慢慢结成絮状的花,最后变成固体,是豆腐的前世。没被打压,不受压榨,豆腐花自然活色生香,香培玉琢。现在凝固剂用上葡萄糖内酯了,做出的豆腐花更加滑嫩。

豆浆、豆腐花同为早餐的扛鼎,豆腐花要贵气一点。原因是豆浆寡淡而豆腐花的口味可以很多,加的料也丰富,虾皮、紫菜、榨菜、香菜、秋油、酸汤。这一系列的加持,豆浆是无论如何玩不起来的。

一碗豆腐花是普通人生活里的心心念念,小吃店的豆腐花一直大受欢迎。似汤非汤,似肉非肉的一大碗,加这个,放那个,咸鲜得劲,吃得鼻尖冒汗,一勺便冲开了任督二脉,满足啦,三月不知肉味倒也无妨。

豆浆

豆制品产业链上似乎有说不尽的话题。稀的是豆浆,稠的做豆花，凝结了的做豆腐，板了的做豆干，发酵有味了是顺理成章的臭豆腐。仿佛天时都让一粒豆子全占了。

豆浆是豆制品里最初级的产品，常常站在队伍的前沿。预先浸泡好黄豆，四五个小时后，将浸泡好的黄豆带水倒进石磨里，推拉转动几下，乳白色的浆水就从磨槽里流淌而出。这时的浆水是豆浆和豆渣的混合物，要想办法将它们分开。沉淀当然是个方法，效果却不咋的。也有人家用2根棍子捆成十字，将纱布的四角捆绑在棍子的四个端点，用绳子扎紧，再将十字棍子的中心吊在屋子的梁上。纱布下面放一个大盆，把磨好的浆水倒入纱布，就好过滤了。为了多出浆，还要有人不断地扯动纱布。固定十字棍的房梁经不住长年累月的摇晃，常常出现绳锯的痕迹。

豆浆适合早上喝。人歇了一个晚上，机体还半梦半醒，稀溜的东西才好开场。开胃就像春天冰河之开，豆浆正好。因此，早餐的"四大金刚"里就有豆浆。

从前，靖江餐桌上的早饭以粯子粥为多，豆浆只有机关、学校、工厂的大食堂才有，毕竟磨豆浆麻烦嘛。再说了，粯子粥里有米有麦，喝喝就对付了。豆浆的模样清汤寡水，应该要配大饼、油条、粢饭等硬通货。大部分人过日子还是要从嘴上赚自己的钱。吃豆浆的群体不多，至少农村不多，农村人赶集才可以一喝。

不经常吃有不经常吃的好。少吃多滋味，于是，喝豆浆就成了很大一部分人早餐的幸福滋味。

现在早餐店都备有长长的圆柱形袋子灌豆浆，方便买的人带走,幸福可以带来带去。马路上的电动车后,常有戴红领巾的孩子们一手豆浆,一手百叶卷,那是他们早餐的新滋味。三五十年后,必有另外一说。

靖江大街小巷的早餐店还坚挺着,豆浆、油条、粢饭多到稀松平常,但人们还是百吃不厌。全因味道记在那里。靖江人生活节奏快,早餐时不大喜欢堂食。其实堂食才有滋味。

现在古法的石磨豆浆不多了,豆浆机也很普及,普通家庭喝个豆浆管饱,少了那种总也吃不够的期待。更有商家研究出了豆浆粉,早上起来,拿个杯子,开水一冲,豆浆就来了。味道也不错,但总少了原先的那种香浓美味。

甲鱼

"菜花黄,甲鱼肥。"此时甲鱼最为肥腴。"不大不小"的甲鱼选择十分考究,最好偏小一点的,一斤左右,此时肉最嫩、最活泛,最适合炒。生炒前,辛劳而高质量完成前奏三部曲至关重要。一是精心剖洗,尤其要保护裙边完好无缺,二是认真去腥,三是精致配备干葱、青椒、姜籽、洋葱等作料。去腥这一工序神呢,杀甲鱼时小心抠出胆囊,进而刺破将胆汁流入清水中,以此混合液涂抹甲鱼表面,停留五分钟再冲洗干净,则甲鱼特有的土腥气一扫而光。

锅气是生炒甲鱼的灵魂,厨师没有十年以上的功力,是掌握不好火候的。烹饪环节均是读秒计算的，此乃个中料理之精髓。从靖江走出去的李姓大厨，现任南京某著名五星级酒店行政总厨，二十多年差不多炒了十万盘生炒甲鱼，把自己从毛头小伙"炒"成了满头银丝。除了牢记"旺油包芡鲜香烫"七字要诀爆炒，每次都要精准掌握锅气的节奏。他说，这道菜像他的老友一样，闭着眼睛都知晓它在什么时段产生物化反应，这锅气两次出现在手感上，最后一次出现在上桌前一刻是最佳状态，那种霸气的香气隔十几步都能让人咽口水。

"鲤鱼吃肉，王八喝汤。"靖江人还选择将甲鱼与猪牛羊肉、海参、鱼肚、虫草同烧，一锅汤鲜得让人欲罢不能。

攻城为下，攻心为上。如此"心传"美食，除了世代相传的手艺，还有生存的理念以及流在血脉深处的聪颖和坚守。

北瓜

靖江人把南瓜又叫北瓜，因为易于种植，产量高，所以成为农家最佳的代食品，尤其是饥荒年月，农民以此充饥。北瓜不占好地，房上，草垛上，边边角角的地方总能开花结果，介于三角五角之间的绿色叶片，叶子和茎布满扎人的硬茸毛，北瓜花开时，有大土蜂嗡嗡着钻进钻出。

靖江的北瓜有两种，一种扁圆形，带凹进去的棱，一般为黄色，

秋味

带暗花；一种长圆形，但味道没有圆形的沙糯。按颜色分，黄色的一般较甜，适于当主食。绿色的较脆，刨成丝，可以炒着吃。在靖江，北瓜高级点的吃法有北瓜丝烧饼、蒸北瓜等。

北瓜丝饼，首先将北瓜洗净擦丝，擦成比较细的丝，容易熟；加几勺面粉和水和成稀糊，将北瓜丝放进去，也可以加入一个鸡蛋，再加适量油和盐，用筷子和匀；调成的糊不要太稠也不要太稀。将土灶烧热，注意火不能太大，倒进一点底油，舀面糊倒入锅中，用铲子轻轻摊开，千万不要太用力，否则饼会破，等饼面颜色由白色变得稍微透一点后，用铲子轻轻铲起来，翻面继续加热，一小会后就可以出锅了。

蒸北瓜，农家经常做，将北瓜蒸熟食用，不放任何调料，但已经非常甜糯。

鲫鱼汤

鱼首重在鲜，其次在肥。鲜则宜汤，肥则宜烩。鲫鱼被归于鲜之列，最宜清煮作汤。鲫鱼汤汤鲜味美，营养滋补，非常适合中老年人和病后虚弱者及产妇食用。在靖江人看来，鲫鱼汤是给最亲的人喝的，必须以心血熬之。

好的食材是熬出一碗好鱼汤的前提条件。鱼选对了，鱼汤就成功了一半，反之亦然。最好的鲫鱼是江鲫，洁白活泼；其次是河港鲫鱼，健康壮硕；最次是鱼塘鲫鱼，肉松泥腥。影响鱼质的主要因素是水质和饲料。还有一个重要因素是河底土质，鲫鱼是底层生活的鱼类，河沙河底则鱼肠道干净，淤泥土质则鱼肠道发黑。

食材处理也很关键。用于煲汤的鲫鱼鱼鳞一定要处理干净，肚内不可有黑翳，鱼鳍鳍尖和鱼尾尖是鱼腥之源，也要修剪掉。

通常靖江熬鲫鱼汤做法：鲫鱼剖净，在鱼肉上剞花刀待用。炒锅上炉，取猪油一两，将鲫鱼两面稍煎，放鸡汤（家常可用清水），投入鲫鱼，加黄酒、葱结、姜片，旺火烧沸，撇去浮沫，移文火焐熟，再移旺火，捞去姜葱，加盐调味，有条件的可以放入火腿片、笋片和香菇一烫，起锅将汤滤入碗中，浇猪油、白胡椒适量即可。此法所做鲫鱼汤鱼肉鲜嫩、汤清味美。家常喝鲫鱼汤，把鲫鱼另外捞出装盘，鱼汤分离。另备姜末和醋，鲫鱼肉蘸食，有螃蟹腿味。

熬鱼汤，忌水多。水放至鱼身平即可。水多一分，鱼淡一分。水要一次性放足，切不可中途添加。

蒸鲈鱼

清蒸鲈鱼是靖江家家户户都会做的家常菜，也是本地宴会酒席常见的风味菜。清蒸鲈鱼多选用河鲈，因其鱼肉紧致鲜香如鳜鱼，又没有鳜鱼名贵，养殖普及、食材易得，为市民所爱。清蒸鲈鱼烹饪方法简单易学，初学者也很容易把清蒸鲈鱼做出酒店大菜的既视感。

河鲈选用一斤左右的，通常有两种处理方法：一是从背部剖开，去尽内脏，鱼两面相对平摊；一种是从腹部剪开，背部划花。前者均匀易熟便于装圆盆，后者保鲜保形，便于装长盘。全看个人喜好和家中条件。

处理好的鲈鱼用盐酒葱姜汁腌制十分钟，铺姜葱片上笼蒸八分钟，倒尽盘中水，去除姜葱片，重新放置姜葱丝、红绿椒丝，装盆淋热油浇蒸鱼豉油即可。

看似简单的蒸鱼，有三个注意点：一是鱼身要剞花刀，便于蒸熟入味；二是用热水上笼蒸，时间不多不少八分钟；三是务必倒掉蒸后盘中水，否则鱼腥难除。

清蒸鲈鱼的肉形似蒜瓣，质感如黄鱼，白嫩如石斑，鲜香如鳜鱼，是物超所值的家常菜，有母亲的味道和家乡的味道，难怪古人有"莼鲈之思"。

鲢鱼头粉皮

鲢鱼是靖江最常见的淡水鱼种，是著名的四大家鱼之一。靖江气候温润，三面临江，河汊纵横，适宜鲢鱼生长，其中江鲢大的可长到十多斤以上，没有泥腥味，肉质最为鲜美。本地的鲢鱼一般有两种，即白鲢与灰鲢，灰鲢肉质更为肥嫩。随着内河水质变差，本地野生的鲢鱼已不多见，供应市场的多为人工饲养的。鲢鱼多红烧、炖汤，尤其是鲢鱼头烧粉皮更为靖江人所钟爱。

粉皮是靖江特产，本地粉皮主要有绿豆粉皮和山芋粉皮两种，绿豆粉皮微带青绿呈半透明状，更有韧性口感更好。粉皮四面光亮，滑爽无味，需要配合重口味的食材和配料，才能激发味蕾，形成丰富口感，因其外形如同甲鱼的裙边，古书称之为"素鳖裙"。灰鲢鱼头巨大，鱼脑犹如果冻，富含卵磷脂和不饱和脂肪酸，鲜嫩无比，靖江人常说，"鲢鱼头，活馒头"。"活馒头"遇到"素鳖裙"，鲜上加鲜，嫩上加嫩，那叫一个鲜爽。

靖江鲢鱼头粉皮有两种做法，一是红烧，二是炖汤。

红烧鲢鱼头粉皮，常规方法是先用盐和调料腌制鱼头半小时，煎鱼头至两面黄，热鱼头淋料酒，挥发腥气，加入适量的水和生抽老抽葱姜蒜等调料旺火红烧，去除浮沫，转小火焖烧，汤汁快黏稠前加入切好的粉皮块，换大火煮加糖收汁，装盘点缀蒜叶。此菜特色是色泽红亮，鱼肉鲜嫩，粉皮爽口。

鲢鱼头粉皮汤，炒锅用猪油煸香姜葱蒜等调料，煎好鱼头，放入砂锅，加冷水没过鱼身，加入调料，大火烧沸后转文火慢炖半小时。切成长方形或者菱形的粉皮先焯水后备用，待鱼汤中的鱼头成熟透亮时加入，大火烧煮至沸，加入青蒜叶、香菜叶和白胡椒粉即可。砂锅鱼头粉皮，鱼头鲜嫩清香、鲜而不腥、肥而不腻，粉皮透明如冰，汤汁如乳，是美味鲜汤也是温中补气的滋补佳品。

重阳糕

靖江的重阳糕跟别处有所不同。靖江重阳糕又名桂花糕,重阳节时食用。

九月,正是桂花盛开之时,所以又把重阳糕称为桂花糕。是日,本邑多数人家吃"重阳糕"。"糕"与"高"谐音,寓"登高"之意。糕呈正方形,插彩色小旗,食后,将彩旗插于灶头上驱邪避灾。

本邑西沙地区有"春节'喜钱'驱邪至端午,'端午符'驱邪至重阳,'重阳旗'驱邪至除夕"之说。今已废。旧时糕店于重九前一日,必制红绿之三角小旗多面,谓插在菜田中可驱菜虫,一般农民莫不信而行之。

皮冻

几乎所有的荤菜汤皆可冻。也有例外,虾汤、河蚌汤就不冻。不冻的原因是这些东西里的胶质少。菜汤能成冻的原因不在蛋白质、不在脂肪,而在于胶质,在于胶原蛋白。胶原蛋白最丰富的当然是动物的皮。单就皮冻而言,皮之冻,一定盖过肉冻。于是横空蹦出一道菜——皮冻。

最常见的当然是猪皮冻。牛皮、羊皮、驴皮当然也能做冻,但要拿去做皮带、皮鞋,吃了有点暴殄天物。

猪皮买回来用火烤去膻味,这样猪皮毛孔里的味道可以挥发掉。再清水里浸泡,用刀刮去油脂,焯水,切成小块,放作料文火慢炖,两小时后,倒入容器,随方就圆,放入冰箱。不久就可以装盘了。皮冻仿佛脱模,一段乳白色由浅入深,一段沉淀的皮碎杂乱而又整齐。几可乱真高级的石材昌化冻、寿山冻、巴林冻。

皮冻是老少咸宜的食物,尤其是老年人,牙口不好,却能尽享肉食之美。

在靖江,皮冻还不仅仅限于老少咸宜,它还有更重要的任务是成就大名鼎鼎的汤包。外国人吃靖江蟹黄汤包时常常纳闷,汤是怎么到包子里去的?后来才知道,是皮冻的技艺。将皮冻和蟹黄等馅料搅和,和包包子一样的手法。皮冻遇热融化,回了原形,一包汤。

以前的汤包只冬季有,现在一年四季都能生产,夏天里,吃龙虾汤包是冰箱起了大作用。但不管怎么进步怎么变,皮冻一直都在的。

桥钉

过去江堤没有硬化,芦苇自由生长,沙滩绵延,潮水一次又一次地前来,一次又一次地后退。看潮水走得远了,江边的人们走下江堤,在沙滩上凹陷的水塘里,捡拾留下来的小鱼、小虾。有的小船坏了,丢弃在沙滩上,一格又一格的船舱,也变成了天然的鱼塘,让人们惊喜。

得到桥钉这种小鱼,就是这么简单。有人说这鱼应该叫作"潮顶":有了潮水用心的顶托,我们才能随意地捡拾啊。过去内港池没有关闸,直通长江,桥钉随潮而来,忘记了回家的路,在大港比如夏仕港里,甚至内河里乐不思蜀,也常常被人们用套网捕到。后来,节制闸建起来了,水质下降了,它们在内河便无影无踪,大港里也很少了。

桥钉身体狭长,"钉"字十分形象。也有称之为"船钉"、"棺材钉"的,反正人们是"钉"住不放了。这种鱼学名叫作"蛇鮈",

有"蛇鮈""长蛇鮈""细尾蛇鮈""光唇蛇鮈"之分，放到盆子里，谁也分不清楚了。

之所以叫作"钉"，还有一个可能的原因，是它的肉质较硬，是所谓"蒜瓣肉"。吃小小的它，能吃到鳜鱼、鲈宝这种大鱼的感觉。还真是"鱼小志气大"呢。

桥钉有时候和其他鱼混在一起，横七竖八凑成一盘。有时候特立独行，一色的桥钉红烧。厨师们敬重它们的硬气，格外小心翼翼，煎得整整齐齐，翻锅翻得整整齐齐，摆盘摆得整整齐齐。手艺差些，倒还真不容易做到呢。

清蒸鲌丝

鲌丝是清蒸，还是红烧，这是一个问题。

对靖江人来说，首先看吃的人的喜好。喜欢清蒸就清蒸，喜欢红烧就红烧。其次看鱼的品质。新鲜程度差一点，甚至比较差的，红烧为宜，用重口味遮盖遮盖。活蹦乱跳的，当然也可以红烧，但选择清蒸的话，可以更好地突出鱼的本味，色调上也得到了淡雅的补充。

所以，清蒸的一般都是上佳之鱼。一等鲥、刀，二等鲈宝、鳜鱼，三等鲌丝、鳊鱼。野生鲥鱼早已绝迹，刀鱼禁捕了。鲈宝、鳜鱼肉质偏硬，鲌丝、鳊鱼肉质细腻，鲜度自然不如鲥、刀，但如果天生野长,厨师火候把握到位,绝对是一道硬菜。细心的靖江人点清蒸鲌丝,总要问问厨师:"鱼新鲜不新鲜?"不放心的,还要亲自跑到后厨看看。

关于鱼,靖江人有一些基本判断。比如说,寒鲫夏鲎,就是说,冬天的鲫鱼,夏天的鲎条,都是当季的第一选择。又比如说,鳊鲌鲤鲫,这大概是就鱼肉的细腻程度而言,也许另有依据。但细想起来,也颇奇怪。鲤鱼靖江人基本不吃。鳊鱼和鲌丝,其实难分伯仲,何以扬鳊抑鲌?在菜场上,鲌丝的价格是要比鳊鱼高不少的。野生的话,就更不要谈了。高档饭店,鳊鱼基本上没有出场的可能,鲌丝则稳居菜单前列。

鲌丝和鳊鱼、鲎条都属鲤科鲌亚科,但鲌丝性情最为凶猛,可以路亚竿作钓。鲌丝和鳊鱼的区别明显,一个苗条,一个丰满。小鲌丝则容易和鲎条混淆,不细看分辨不出来。不过鲎条长大了也只能算是小鱼,鲌丝则可成为巨物,堪比鲢鳙,甚至更大。半大的鲌丝一剖为二,用长圆的大盆装着,颇有排面。再大一点,只能切段分食了。

好在鲌丝能屈能伸,无意攀比。大者清清白白,独当一面绰绰有余。小者也肯屈尊,和鲎条、小鳊鱼、黄颡混在一起,油盐酱醋,凑成一份红烧杂鱼出来。多则人均一条,少则半条,用来锻炼吃鱼技术,消磨下酒时间,那是再好不过了。

烩蹄筋

猪蹄筋,即猪脚中连接关节的腱子,每猪四根,分前脚筋、后脚筋。这可是自古以来的好货色,好比现代人们常说的"掌中宝""奶茶珍珠",雪白似银针,滑溜圆润,煞是可爱。至今,脑海中过去大户人家晒蹄筋的画面常常浮现,令人大饱眼福而又垂涎欲滴,根根蹄筋串起来挂屋檐下或摊竹匾里,整齐划一,阳光照耀下晶莹剔透,润泽之感像美人腿玉雕似的,直接撩人心扉。

可以想象,猪平时都是后脚发力前拱,所以后脚筋远远优于前脚筋。具体鉴别要领为:一头圆、一头扁者为后脚筋,两头皆扁者为前脚筋。所以请客送礼时,主家末了来一句:"这可都是后脚筋哦!"饱含好客之意。

烩蹄筋历史悠久,一个"烩"字,概括了淮扬菜系的精髓。按理说,靖江菜基调当属淮扬风格,可在烩蹄筋这道菜上靖江大厨们偏不照本宣科,而是去繁就简,有时脾气还犟得很,"一根筋"地两眼一闭坚决一路走到黑。还有谁比他们摸得透靖江老百姓的心态与口味?

靖江烩蹄筋有以下"大同里的不同"。

不是头菜,胜似头菜。流行于靖江老岸地区的头菜分量极重,打头的硬扎货太多,首推蹄筋,还有鱼肚、海参、肉皮等等替代品。配料更显鱼龙混杂,连大蒜、木耳、咸菜都下了锅,而且串味厉害,高档菜立马品位骤降。烩蹄筋就不同了,看看主配方:蹄筋

200克，青菜200克以下，其他小剂量云云。什么意思？分量第一，老大就是老大。

不是杂烩，杂而有序。配料可以随季节而变，但是清新、清纯的原则不能变，只在笋片、青菜、虾米、白果、百合等少量食材中精挑。记住，青菜一定要选短壮的苏州青、扬州青，碧绿水翠味鲜。其他味重之物一律弃用，如果像上海、东北、安徽菜什么都放，就变为上海一锅鲜、东北乱炖、徽菜一桶鲜了。

玩点噱头，眼口同福。烩蹄筋各有技巧高下，放料顺序，放什么汤水，勾芡程度，文火时间长短，葱姜蒜颜形，都大有讲究。为什么需要衬托？一盘烩蹄筋端上桌，红白绿黄，水墨画派，赏心悦目，汤清而鲜，稠而不腻，营养互济，先养眼再养胃养心。

关于蹄筋是水发、还是油发，争议颇大。要好吃，油发为宜；要健康，水发为佳。好在移民城市特质的人包容兼蓄，厨师食客都有随性挑选之余地。

滑炒里脊

里脊肉是指脊椎动物脊柱旁边的肉。

猪里脊还分外里脊和内里脊。内里脊是长在龙骨内部的肉，一般做大排用。龙骨像红山文化的玉猪龙的形状，围着一点没有肥油的肉。拍点面粉，油锅里一炸，能做红烧大排。这道菜在饭店、食堂里做得多，沿着肋条分割，大小比较均匀，分餐也方便。多年前，靖江电影院旁的映春园小吃部做大排面，生意好极，那大排，就是用的内里脊加工的。

外里脊长在龙骨的外面，两条，尺把长，擀面杖粗细。卖肉的就把外里脊夸大为最嫩的肉，据说只有臀尖能与之媲美。

外里脊没有肥肉，红烧不行，绞肉不行，爆炒也不行。这里的不行，就是指这些烹饪方法都不适用它，这些烧法太过家常。烹饪技术里烧法颇多，"滑炒里脊"的一个"滑"字，却是别有风味。

将外里脊切成薄片，葱姜酒自不必说。入味后，将它裹上干淀粉，棍棒伺候，将肉片敲打一番，灭了它的威风。起油锅，宽油，油到四成热，将敲打好的肉片滑入，低温锁住水分，三分钟就要将滑过油的肉片捞出。余在锅里的底油，开大火，爆炒你要炒的青菜、芹菜、白果、腰果、山药、木耳等等等等你想得出要添的东西，八成账了，下入滑好的肉片。颠个八九下，滑炒里脊就好了。

这是油滑，也有水滑的，油换成水而已，不赘述。油滑的润，水滑的鲜，各有千秋，能够大同的是"嫩"，嫩口。

蒜泥菠菜

靖江本地菠菜不高不大，根圆锥状，带红色，叶子尖尖的，鲜绿色，柔嫩多汁，模样像过去漆匠刮腻子的小泥塌子。

菠菜的吃法很随意很家常，清炒、炝拌、烧汤、入馅都可。

过去种菠菜的少，吃上一顿炒菠菜时，总要宽油重盐，好吃的味道叫人难忘。靖江人在吃的方面从来不肯安于现状，总是挖空心思求新图变。当菠菜遇上了大蒜似有"蒹葭苍苍，白露为霜，所谓伊人，在水一方"之意，这难道不是撩动心弦的遇见？所以说，菠菜与大蒜的遇见是一种神奇的安排，它是靖江餐桌上的一次开始。做蒜香菠菜是这样的，烧一盆开水放凉、捣蒜泥，把菠菜去跟洗净，开水焯一下，烫好后，将菠菜放入凉开水中，以保持它的绿色。捞起来、控干水、摆好盘、浇蒸鱼豉油，菜的尖顶上放上蒜泥，烧一勺滚油，淋头一泼，蒜泥的香味就被激发出来了。平民食材，做法简单，做的过程却透出浓浓的贵族气息。

东兴老豆腐、太和拌豆腐

东兴、太和是靖江沙上文化的两处鲜明地标。说到地域文化，牵出两道豆腐菜的历史文化内涵，也就顺理成章。

东兴、太和曾为靖西璀璨明珠般的名镇，虽几经更名、撤并，但始终与一个叫四墩子的古镇紧密相连。四墩子勾南联北，扼夹港咽喉，水陆交通得天独厚。可以毫不夸张地说，它是江北民族工商业的发源地，十八世纪中叶就有了机动的"源万隆"米坊和"四墩子"油坊。清朝后期，四墩子已拥有100多家商铺，加之大量流动商贩、小摊众星拱月，一年四季人流如潮，市声鼎沸，由此带动饮食业繁荣兴盛。一度被称为四墩子，意即"无论什么好吃的东西都卖得掉"。如此背景之下，豆腐坊、豆腐摊子多起来、热闹起来也就不足为奇。

东兴老豆腐其实不老，太和嫩豆腐其实不嫩。仅就手感和口感，与大江南北的传统豆腐相比较，它们"不老不嫩"。归源于"四墩子豆腐"，只是叫法、吃法各有偏爱罢了。东兴一侧喜欢热吃，萝卜烧豆腐为经典，太和一侧几十年固守"一青二白"。于是乎，两盘豆腐既同源同宗，又各有千秋，皆大欢喜是也。

东兴老豆腐资历确实老，随着移民捷足先登舶来了靖江，才在沙上一带独树一帜。如今东兴现存历史最久、名头最响的豆腐坊，当数徐关张家族的豆腐坊，相传二百多年来，一膛炉火生生不息。

豆腐家族"一门三杰"——石膏豆腐、卤水豆腐和海水豆腐，

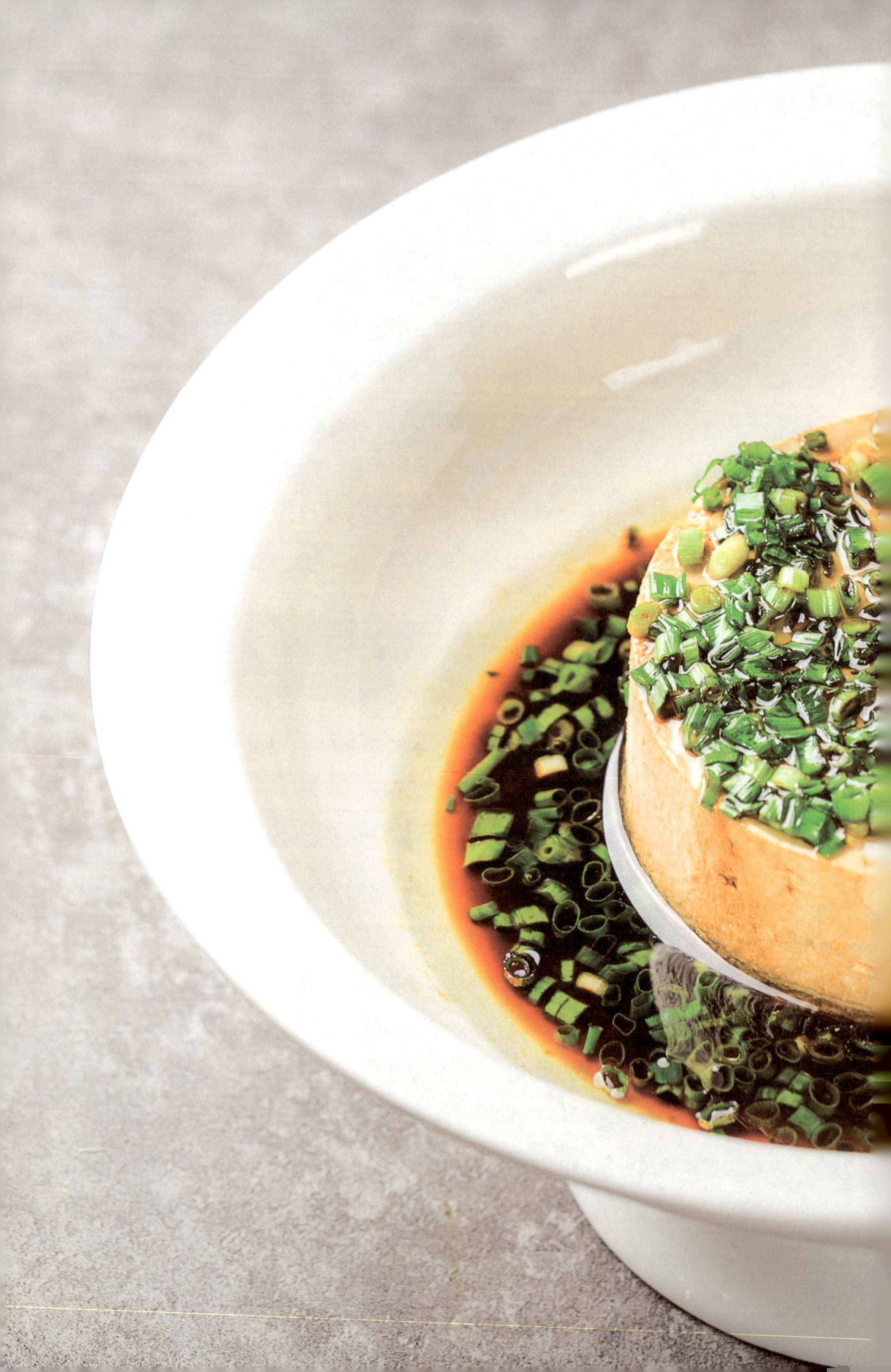

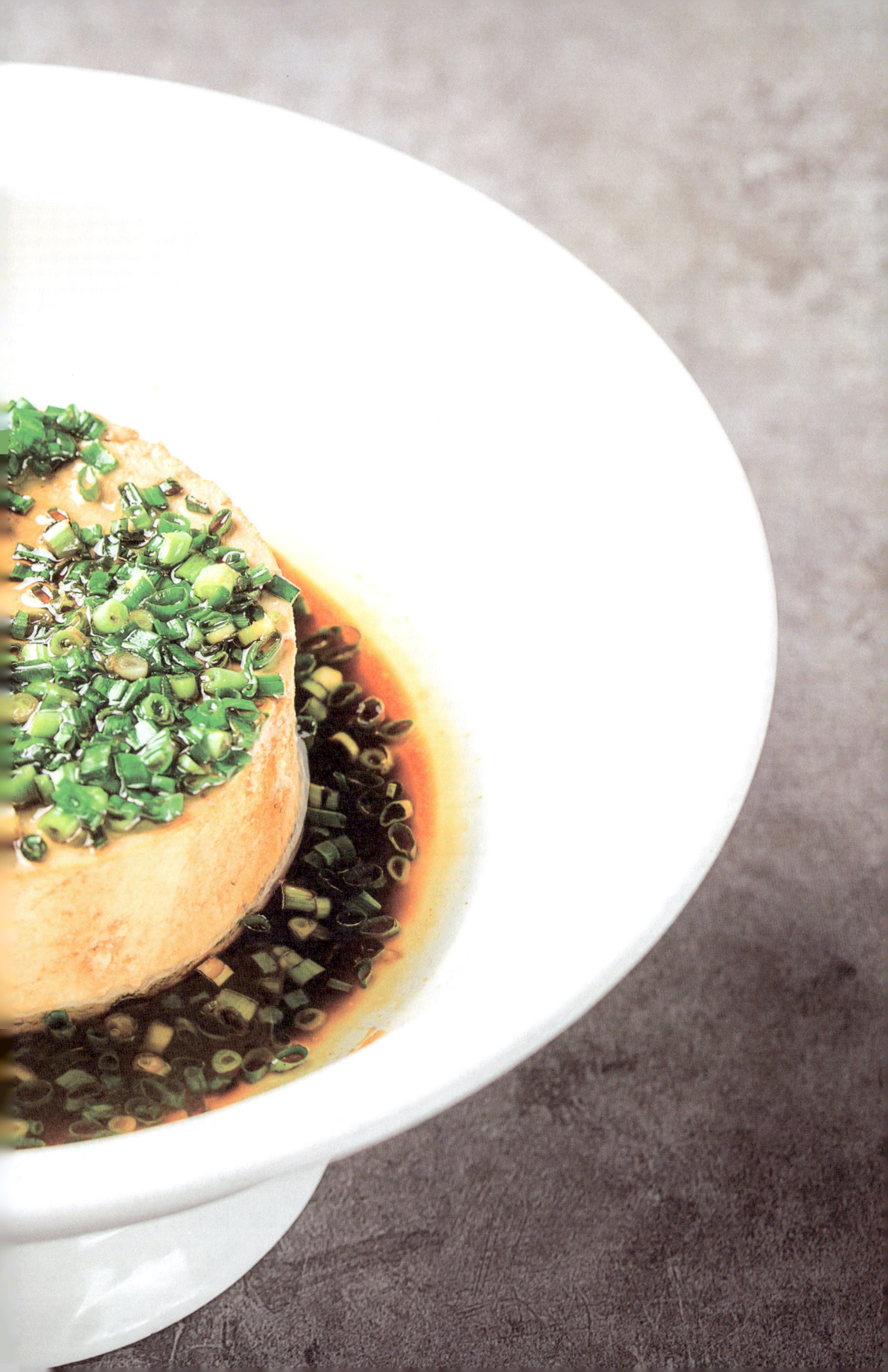

各领风骚。百年来,东兴豆腐坊清一色都是卤水点豆腐,吃在嘴里有嚼劲,此为东兴豆腐冠个"老"字的又一注脚。"卤水点豆腐,一物降一物"——这是豆腐制作中最具技术性的工序,成败在此一举。说白了,就是用小油壶向烧开的豆浆中洒注卤盐水,完全靠经验把握时机、分量和分寸。豆腐产出的色质嫩老、品相吃口,关键就看点卤是否恰到好处,早几秒晚几秒、多几滴少几滴绝对不行。而实际上,仅凭眼力和手感还似乎不够,小小壶中那一汪卤水也暗藏着各自祖宗留传的百年秘密。

东兴人一直坚守着传统的工艺,精选上等黄豆石磨伺候,柴草烧火不用煤,铁锅盛浆不用电器。虽然如今有机械辅助,但必要的程序绝对一个不少。传承人依然晨昏颠倒,手脚忙碌,几十斤豆子变成鲜嫩软滑的豆腐,竟然需要大半天时光。

有人戏言豆腐水性杨花,可与上百种食材搭配,而且与谁搭配便随谁的味道。萝卜是苏中平原最普通最卑微的蔬菜之一,而到了沙上就被赋予不同的吃口。长江沙土孕育出的东兴白萝卜,嘎嘣脆,酥甜像水果,与老豆腐一起同锅操戈,烂熟程度介于番薯和芋头之间,特别筋道。当下,东兴大厨们与时俱进,以鸡汤、肉汤调鲜,荤鲜钻进萝卜豆腐里了,愈吃愈香,最后连汤都可能被一扫而光。而其营养和食疗功能,老中医李时珍先生在500年前就说全说透了。

豆腐、萝卜,代表的就是平凡和纯真。沙上人信奉"萝卜豆腐保平安",不仅是风俗习惯使然,更蕴含着对老豆腐和萝卜气质的一种推崇。与东兴人相处,你时常能感受到这份质朴、低调、谦逊与隐忍。古人称赞豆腐"和德"之美，想不到吧，若干年前靖江第一家上市公司，竟诞生于东兴的何德村。这几乎可以作为一个课题，探究一下东兴老豆腐的精神内力所在。

太和拌豆腐说法不甚准确，"拌"字应改为"戳"。一个"戳"字，神气毕现，风情万种。将整块老豆腐置于浅碗内，以小木杵或小铲刀捣、戳，用巧力，恰到好处，将豆腐戳成颗粒糊状而又不至于一塌糊涂。这种状态最易吸收各方味道。然后，辅以葱末、细盐、麻油，微微搅拌，那拌豆腐的葱，若是野葱最佳。青、白入眼，若雪掩绿野，好看得不忍心动筷。

礼士桥、四墩子饭店的老菜单上，"一青二白"这道菜从来无须多费口舌解释。贫困时代，多出于简便、价廉而凑个菜，而在四墩子这样的商埠重镇一向似有弦外之音，除了讨个"一青二白"的口彩，大家骨子里更看重生意中的人品、诚信与清白。

慈姑大蒜炒咸肉

靖江水面菜蔬主要有水芹、茭白、慈姑、菱角等，慈姑算是一员大将。靖江到处是水，堤塘河沟密布，不同于茭白、菱角等常常生长在河里难以采摘，有时就是百姓家前屋后一个水汪塘、一只残缸破桶，也容得下慈姑展枝放叶，恣肆地开花结果。

慈姑红烧肉、慈姑黄芽菜、慈姑烧豆腐，或者干脆干焖慈姑，有关慈姑的传统烹法林林总总，为什么是慈姑大蒜炒咸肉在靖江独领风骚？一是红烧肉粗犷豪放，大口吃肉、大口喝酒与靖江人的腔调有些格格不入，另外也暗藏贫困时期靖江人精打细算的精明，红烧肉用肉量大呀。二是咸肉为沪帮菜、杭帮菜主要旗手，靖江人"学赶苏南"自觉性奇高，慈姑咸肉大蒜精巧搭配，一个"咸"字四两拨千斤。当然，咸肉一定要选肥肉多于瘦肉的前夹五花肉，最好还是带皮的；大蒜一定要是新鲜的本地红梗土蒜，鸡灰羊粪壅土的为顶级。

慈姑的苦涩味很浓重，使用前必须焯水。无论是刮慈姑，还是焯水过程中，慈姑嘴是万万不能碰坏碰掉的，正好与慈姑块软硬搭配。

炒菜时，火大得不可想象，素油烧得嗷嗷叫，一定是爆炒。必须先把咸肉里的油"榨"出不少，然后慈姑、大蒜、作料依次下锅，把咸肉表面的油腻神奇地吸掉不少。大蒜、慈姑、咸肉互相搅和，互相吸附三者不同的香气，肉韧劲、蒜青香、慈姑粉脆，绿肥红瘦，油而不腻，百媚千态。

红烧杂鱼

红烧杂鱼只是一道不登大雅之堂的家常菜。而最近三四十年，这道传统菜点单率超高，成为不少靖江酒楼饭店的招牌菜、网红菜。即使近几年长江禁捕，对此也影响甚微，靖江满眼沟汊河港潮涨潮落，潜藏其中的鱼还都是正宗长江水滋润的呀。这得归功于靖江特殊的江域环境和人文因素。

何为江域环境？靖江是江苏省拥有长江岸线最长的县域，足足52.4公里，而且水质上佳。这就给靖江带来了宝贵而丰富的鱼类资源。单单我们常见的就有140余种：鳑鲏、罗汉儿、毛刀、沙塌皮、猪尾巴鱼、桥钉、虎头鲨、火眼、三角鳊、麦穗鱼、小白条、**鲨**鱼，等等等等。此外，还有好多网上查不到、字典上读不准的，杂得你眼花缭乱，杂得你目瞪口呆。江鲜大多是海江洄游一族，往返靖江

江段时，正处于体内盐分褪去、江水泡育的最佳阶段。神奇的大自然将神奇的鲜度赋予刀鱼、河豚等贵族阶层的同时，也一视同仁地赋予了平民身份的杂鱼们。

何为人文因素？大处说，大江大水的豪放与吴越文化的精致在此交汇交融，迫使靖江人抓大而不愿放小。小处说，靖江人捕杂鱼、烧杂鱼、吃杂鱼的方法和技巧不断淬炼，使得这道菜越来越好看，越来越好吃又好玩。

早些年，这些杂鱼是不用来待客或卖给饭店的，主人有丢面子之嫌，大多是渔民作为尾货留下自家打打牙祭，或三文不值二文卖给捡便宜的百姓。所以二十世纪六七十年代的靖江江边、城里临收市的鱼市上，总有阵阵"杂鱼哦，杂鱼便宜哦"的吆喝声此起彼伏。

烧鱼前先把握种类搭配和洗鱼。虽然不求品种齐全，但必须有桥钉、沙塌皮、鳌鱼、籽鲚、昂刺等领"鲜"品种，大小不论，比例越高越好。洗鱼更加需要心灵手巧，甚至要练就绝活，稍大的小刀去除鳞腮和内脏，稍小的直接用手指甲掐挤。鱼子和鱼鳔乃是特别添鲜剂，该留的留，该去的去。若夹杂几只冒冒失失就擒的小虾、小蟛蜞、螺蛳头，则算锦上添花。冲洗的学问大着哩，冲洗不净，鱼汤味鲜度肯定不纯，冲洗过了头，鲜味先流失。

老子说"治大国若烹小鲜"，并不是指治大国简单、容易，而是要精心谨慎，恰到好处。作为前奏曲，作料的配置至关重要。这就看烹饪者各显神通甚至各怀隐秘了，葱段、生姜、蒜瓣、盐糖自然少不了，还要有小茴香、椒类、香菜等秘密武器，以及老酱老醋何比例、何时加、怎样加，都是烧出绝佳风味的命门。也有不加任何作料的，以鱼攻鱼自我调鲜，其秘方秘不示人。如此日积月累，反复摸索总结和提升，哪个大厨鼓捣出这方面的独门绝活，哪个离吃香喝辣就近在咫尺了。

俗话说"大锅饭，小锅菜"。烧杂鱼尽量用小锅，以保证焖热、焖气、焖味，土灶、柴火最佳。热锅冷油，煎制时要慢要轻，铲子动得越少越好，但又要确保鱼身两面均匀受热。待鱼身微黄，倒入料汁及适当清水，没过鱼的表面。"紧火鱼，慢火肉"，烧至滚开咕嘟咕嘟片刻后不再大火，最好小火余火慢慢焖，待鱼汤收紧变稠，杂鱼充分入味儿再出锅。谁要是在整个过程中再舀汤或添水，那是要被大师傅敲头的。

过去经济条件有限，春夏期间，小杂鱼配以凉拌土菜、三麦粥、韭菜烧饼等，秋冬时节冻成鱼冻，鱼冻是主角，搭酒下饭，快哉快哉。

先吃鱼肉，再吃鱼汤，这个先后顺序不能错。至于鱼汤拌饭、鱼汤拌面、鱼汤蘸饼，那就听便客官们自由发挥了。至于身怀吃鱼绝技的达人，笔者三十年来在靖江目睹过数十人次，无不令人啧啧称赞。他们飞快夹起鱼放到嘴里，双唇麻利地只抿几下，变戏法似的从嘴里抽出完好无损的鱼骨来，如此反复，眨眼工夫一大盘杂鱼见底，桌面上赫然一片壮观的鱼骨方阵。

这一幕幕，似乎就是"一方水土养一方人"的生动写照，也是靖江人思乡怀土的实际行动。

红烧和清蒸鳗鱼

鳗鱼是长江流域的主要鱼种。和其他鱼种的洄游路线相反，鳗鱼的产卵地在大海，生长成熟在大江，江边人有"涨潮鳗鱼落潮虾，作暴天蟛蜞往芦头上爬"的说法。听老渔民说，鳗鱼多的年份会形成鱼汛，鳗鱼和沙丁鱼一样喜欢成群结队，滚雪球般拥挤在一起，有时候渔民遇到巨大的鳗鱼球，不得不舍弃拖网保渔船。二十世纪八九十年代，长江鳗鱼捕捞量大幅度减少，鳗鱼苗被称为"软黄金"，江边人竞相打捞供出口，对长江鳗鱼资源的破坏极大。所幸近年开始了长江资源大保护，但人工养殖技术的提高，使得鳗鱼还能进入寻常百姓家。

鳗鱼肉质肥美，娇嫩鲜甜，鱼皮富含皮下脂肪和胶质，鱼肉含有多种营养成分，具有补虚养血、祛湿等功效。靖江人喜欢吃鳗鱼，也精于烧鳗鱼，江边渔民红烧（板栗）鳗鱼和清蒸盘龙鳗手艺更是一绝。

一盘成功的红烧（板栗）鳗鱼要符合以下几点：外观红亮、鱼皮完整、肉质细嫩、咸甜入味。做法要点：鳗鱼活杀，70℃开水烫一下，干毛巾（纸巾）抹去黏液，剁段后焯水。热锅冷油，下猪油葱姜蒜煸香，温油煎鱼段。加料酒、调料、盐、水，漫过鱼身，旺火烧开，

撇除浮沫，转小火焖40分钟，加糖收汁装盘即可。这道菜控制油温，给鳗鱼轻轻翻身等都很考验厨师的经验和手法

如果加板栗红烧，则板栗要提前焯水，才能保证鱼肉和板栗完整、酥熟相宜。如今靖江做红烧鳗鱼都喜欢做成板栗鳗鱼，板栗的干香和鳗鱼的肥嫩，丰富了红烧鳗鱼的口感，也更适合现代人追求荤素搭配的口味。过了中秋，靖江香沙芋上市，靖江人也喜欢烧芋头鳗鱼，与板栗鳗鱼异曲同工。

清蒸盘龙鳗的做法是：摔昏鳗鱼，用剪刀齐腮下开一小口，用筷子绞出内脏，洗净后用70℃开水烫一下，去除黏液。在鱼背上每隔

0.5厘米划"一"字刀，深至骨断。然后焯水沥干备用。将鱼置放盘中，鱼头放中间傲起，尾巴在边盘呈盘龙状，放猪油料酒姜葱蒜泥等调料，入蒸箱蒸25分钟，去除姜葱等，滗出汤汁，加入白酱油、淋上葱油即可。这道菜的特点在于原汁原味、肉质滑嫩，富有造型，适用于宴会酒席。

鳡鱼

山中有虎，水里有鳡。

鳡鱼号称水老虎，靖江人给它起了名字叫鳡枪。没有一条鱼想看到鳡鱼，连鳜鱼这样的带刀武士、黑鱼这样的凶神恶煞也不行。所以，鳡鱼也是养鱼人的噩梦。"春种万粒粟"，有一粒鳡鱼潜伏其中，那么，结局就是"秋收一颗子"了。这颗子，就是毫不客气、一扫而光的鳡鱼。靖江是鱼米之乡，过去长江和竖心港、横河、腰沟互通，鳡鱼这种杀手横行霸道，到处招摇，为祸不少。后来鱼类养殖规范化、产业化了，养鱼喂鳡的事情便少之又少。鳡鱼，主要在自然水域里劈波斩浪，弱肉强食了。

对付鳡鱼，渔网是没有用的，它总能破网而出。唯一的办法是清沟，水见底了，它自然就无处藏身、任你捉拿了。如今有路亚钓法，能钓到鳡鱼，也是让钓手最有成就感的一件事了。

大鱼吃小鱼，小鱼吃虾米。鳡吃一切鱼，人来吃鳡鱼。在人类

秋味

的食物链条上，鳡鱼俯首称臣，任人宰割。盘点靖江人的食谱，大概没有一条鱼能够漏网。名贵如刀鲥、河豚，中庸的青草鲢鳙，旁门的鮰鲈，左道的鲌丝、黄颡，统统来者不拒，照单全收。就连小而又小的麻花筒、鳑鲏、针钩鱼，靖江人都有十二份的耐心，仔细处理，做成菜肴。和处理小鱼相比，像鳡鱼这样圆滚滚的巨物，收拾起来要简单多了，有什么理由不把它做成一道菜呢？

天生野长的时候，鳡鱼可遇而不可求。饭店再好，厨师手艺再高，也没办法，巧妇难为无米之炊。红烧鳡鱼，因此成了民间私宴的高潮，一群老饕的节日。如今养殖技术好了，鳡鱼也可以养殖了。但养它的人并不多。虽然它的战斗力超过了鳜鱼、黑鱼，但在市场上，鳡鱼几乎没有名气，风头都让鳜鱼、黑鱼出了。因此，能不能吃到鳡鱼，要看食客的运气了。

糯米排骨

糯米饭是饭中"钢货"。老百姓要是干到重的、累的、吃力的活便会说，"要吃糯米饭嘞"。

糯米也和糙米、粳米、黑米差不多，米的一种。然而糯米的支链淀粉发达，网状的结构吸引力大，因此，糯米是米类中黏度最大的米。用它煮饭，吃起来更熬饥，应在情理之中。

翻开建筑史，糯米的身影总和宏大的建筑工程相伴。众多的千年古建筑中就发现了糯米的成分，最著名的是明长城，用糯米、熟石灰制成的糯糊为砂浆，至今风雨不动安如山。

排骨，动物的肋骨。"为朋友两肋插刀"就插那个地方。为什么单单插这个地方？一是肋骨连着肚腩，颇有肚腩的丰腴和嫩滑，刀一插就进；二是肌肉连接肋骨的地方有丰富的结缔组织，刀插进去定得住。因是两区交界，就会有相互交融，新的组织，既不是肌肉，又不是结缔，味道的起点就从这里的交互开始。脂香，肉嫩、骨头有滋味。

糯米排骨还是脱不了煲仔饭的影子。烧菜像烧饭，烧饭像烧菜。其实，用烧的方法还不对，糯米的粘连不利于热量的传导，量大的要蒸。这样热量才能穿透，才熟得均匀。饭店里总是用一个碗大的蒸笼垫上荷叶，将调味好的糯米、排骨放蒸笼里蒸。或者将糯米打碎成粉后与排骨同蒸，这样又多了菜名：粉蒸排骨。

糯米排骨属于菜，列在菜单的目录里，不算主食。往往是菜上得差不多了，糯米蒸排骨登台。此品既能当菜，又能当饭，顶得住饥，扛得了味，铺得住排场。

猪肝粉皮

余华在《许三观卖血记》里写道，许三观每次卖血后，都会在胜利饭店吃一盘炒猪肝、喝二两黄酒，"一盘炒猪肝，二两黄酒，黄酒给我温一温。"伴随着黄昏时的晚风拂过店外招牌。经济困难时期，好多孩子走出去都是一个模样：蜡黄的脸色，伶仃的胳膊，叫人看着心疼。还有些孩子由于营养跟不上，加上体质特殊，鼻腔黏膜发育较慢，带来容易流鼻血的症状，靖江话里把这个叫作"沙鼻子"。家中有"沙鼻子"孩子的父母们，会想方设法给孩子补补身体，猪肝有补血作用，价格又实惠，一道猪肝炒粉皮便成了首选。于是，它的味道填满了"沙鼻子"孩子们童年的记忆。

做这道菜时，猪肝一定要选米肝，千万不能选沙肝，米肝细腻、鲜嫩，沙肝则颗粒粗、口感柴。洗净猪肝，去除筋筋膜膜之后，切成薄片，不能太厚，也不能太薄，加入老抽、生姜、少量盐，再添点糖、料酒、味精，搅拌均匀后放置一会，等待入味。把粉皮用开水烫一番，切成方块。备菜的工夫，再到自家菜地里摘上一把蒜叶，在井水里洗净切成蒜叶末，放在一旁备用。

在煤气灶没有普及前，农村里大多是土灶。炒猪肝要大火，用麦秆草生火最合适。火一点燃，锅子就烫了；倒油，连塞三把麦秆草，油锅便冒起烟来，再将腌制好的猪肝倒入锅中。"刺啦刺啦"声响中，伴随着锅铲的翻炒，猪肝的香味已经飘进了鼻子里、耳朵里、眼睛里，让人忍不住吞咽着口水。快速地翻炒下，猪肝变了颜色，这时便不再添火，将温水烫过的粉皮加入锅中，利用锅中余热翻炒几番后，撒入蒜叶末，便需快速地将猪肝粉皮出锅盛入盘中。盘中的猪肝，滑嫩而又鲜香，搭配着粉皮的爽滑、蒜叶的清香，不知不觉中可以就着吃下两大碗饭。

如今，生活条件大为改善，儿童"沙鼻子"症状也越来越少。但在成长中曾经饱受过"沙鼻子"苦恼的靖江人心里，猪肝粉皮的味道依然如昨。在靖江，这道菜还常常成为请老时的祭菜。当然，仪式结束后，一家人几筷子就把它扫了个精光。

大烧豆腐

人们常说豆腐好，做人要学豆腐，入得油、进得盐，陪得了酸甜苦辣百般滋味。孔老夫子的温良恭俭让，五美之中，豆腐几乎占全。

豆腐价廉，工却极昂。"三更灯火五更鸡，不尽推拉磨盘飞。"做豆腐的起得比鸡还早。再加上多年前，做豆腐还停留在石器时代。尺把厚的麻石，雕琢好后分成上下两爿，人们将上片的石块推动，从一个小洞里倒入水和浸泡好的黄豆，黄豆经重压揉搓，下爿的出口就有豆浆淌出。推磨，大户人家用骡子用驴，小户人家只好用人推。哪有那么多的大户人家，人力便是业界主流。所以有老话说："人间有三苦，撑船、打铁、磨豆腐。"好在现在用电磨了，电闸一合，"呜呜"的，是电驴子。

明初被称为"景泰十才子"的苏平写了一首《豆腐诗》，对豆腐的制作特点等做了生动的描述："传得淮南术最佳，皮肤褪尽见精华。一轮磨上流琼液，百沸汤中滚雪花。瓦罐浸来蟾有影，金刀剖破玉无瑕。个中滋味谁知得？多在僧家与道家。"

靖江讲经是必吃豆腐的，而且要大烧豆腐。大烧就是红烧。那为什么不叫红烧豆腐呢，早有红烧肉在前头，蹭这个名字有点寒酸，殊为可笑。于是，人们另辟蹊径，称为大烧豆腐。"大"还是集大成的大。辣椒、胡椒、青椒、香菇、木耳、笋片、甜酱、辣酱、豆瓣酱都可加持，颇类四川的麻婆豆腐。这样的烧法就问你大不大？

豆腐品种繁多，南豆腐、北豆腐、内酯豆腐等等。借用靖江诗人朱根勋的《豆腐吟》做结尾才巴适："神州豆腐菜中王，怡养人生未敢狂。富贵清贫皆享受，华筵小酌只微香。一生淡泊七分水，通体晶莹四面光。正正堂堂无媚骨，存心挑剔岂寻常。"

荸荠肉圆、河蚌肉圆

肉圆在淮扬菜系里是头牌，地位无与伦比。肉圆不上桌，主家的礼数好像难以到位。

河蚌肉圆、荸荠肉圆算是靖江奉献给肉圆大家族的两朵小小奇葩。小虽小，巧而好，是靖江美食的精致小注脚。

荸荠又叫马蹄，外形不像，但荸荠嘴像马蹄踏出的印。据传荸荠原产于印度，西汉以后广布中国南方。始终须长在水田里，春天插秧时播种，霜降后开始采收，泥缸里留种。可以从寒冬吃到次年春。荸荠茎秆细密好看，中空似管，织成草帽、凉席、坐垫，经久耐用而有艺术范儿。荸色天然红彤彤，髹漆木器色泽红透者称之为荸荠漆。

古人公认荸荠味甘性寒，可入药用，能温中益气，开胃消咳。河蚌乃水底精灵，大凉，有清热滋阴、强筋明目之功效。猪肉，暖性，呈弱酸性。看来，这凉性与暖性、酸性与碱性的搭配，首先有助它们之间功能互补，阴阳平衡。再者，生性酥脆的荸荠使肉圆口感蓬松，软绵绵的，大有一碰即碎之势。再者，河蚌只选江水灌溉的稀好品种"狗头蚌"，肉质清纯，奇嫩透鲜，吸肥去腻，使得肉圆层次感极强地"嚯吱嚯吱"解体于唇齿间，更加爽滑柔韧，众香中又添甜鲜。

做这两菜绝非易事，必须纯手工"过关斩将"，考验的不仅是经验和耐心，还十分需要心灵手巧，临场发挥。

靖江民间隐藏着无数草根烹饪高手，他们大多无师自通，孤夜青灯，千百遍反复研磨，所做肉圆之吃口是衡量其实力与名气的重要标志。民间大厨综合归纳他们的经验做法，提炼以下三点诀窍：

诀窍一，教科书级的版本上，五花肉的肥瘦比例在3∶5至5∶5之间，即肥肉上限不超过瘦肉。靖江人偏不信邪，大胆将这一比例提到6∶4。这种比例，全国食坛之最。

诀窍二，扬州狮子头以往之做法，五花肉肥瘦一起剁。而靖江不，一手按握五花肉，一手小刀伺候，像削铅笔一样片片削肉，使得肥瘦相对分离。然后将肥肉剁成米粒大的小肉丁，瘦肉斩成肉泥。这种精细，远近烹饪界尚未发现第二者。

诀窍三，将肉丁揉捏摔打成团，书称"上劲"，靖江叫"搅"

（gǎo三声）。用双手将所有馅料按顺时针方向一起搅动，搅得两手发麻，两眼发花，搅到搅不动为止。请注意，顺时针就是顺时针！这是否与地球磁场、肉纤维走向什么的有关，不去研究，也研究不了，照搬照做，依葫芦画瓢即是。

另外，河蚌肉圆也是道娇气春鲜菜，只吃春分前后个把月。因为，春水中苏醒的"狗头蚌"，还有作辅料的沙上特有的燕竹笋，这两种宝贝春情萌动的时间很短，过其时味道就不可同日而语了。

有厨师将河蚌、荸荠、燕竹笋合三为一做了肉圆，真是绝了，更酥脆，更粉糯，更透鲜，更有嚼头。

真是百变肉圆哪，好吃就是硬道理，有时还是不讲理的道理。进而，所有的风味美食增添了人情味，才变得更加值得回味，值得一吃再吃。

蟹黄汤包

相传，靖江蟹黄汤包的制作技术主要由姚氏、刘氏两家掌控。姚氏家族只传了八代，就走向衰落。此后，蟹黄汤包制作技术的传承很快以刘氏家族世袭为主转向以师傅传承为主。靖江历史上有名的"双妹"汤包和"白娘娘"汤包，都是刘氏家族外姓传人创造的。新中国成立后，随着汤包技术传承告别家族时代，越来越多的外姓人士掌握了汤包制作技术，推动了靖江汤包的发展。除"双妹"汤包和"白娘娘"汤包外,当时颇有名气的汤包店就有四家,分别是民众教育馆内的民众荣社,位于察院弄的公正和点心店,以及民众教育馆对门的吴永兴点心店和姚老五点心店。

历史发展至今,靖江蟹黄汤包的品牌已响彻全国,靖江也因此荣获"中国汤包美食之乡"的殊誉。"轻轻提,慢慢移,先开窗,后喝汤。"吃蟹黄汤包,已成为靖江食俗的重要内容。靖江汤包做强做大更离不开餐饮业的凝心聚力。2001年,随着靖江第一个汤包注册商标"陈士荣"的诞生,催生了后来的一系列品牌。"陈士荣"汤包的注册,填补了靖江餐饮业历史上的空白,也开创了靖江餐饮的新天地。

除此,靖江南园宾馆的"南之缘"蟹黄汤包在中国汤包行业中也有广阔的品牌影响力,早在2014年就已获得"中国驰名商标"的荣誉,中国特级点心名师陶晋良成为靖江蟹黄汤包非遗传人。

蟹黄汤包制作工序较繁,有三十几道之多。不仅寻常百姓家不能制作,就是一般点心师也不能制作,必须有专业汤包师才能完成。看来,要想吃蟹黄汤包,只有选择到大饭店了。

制皮汤。将后座肉洗净后放入锅内煮至八成熟,随后捞起,将猪肉切成小丁,再将猪肉皮制成半粒绿豆大小的细粒,一同放入锅中,放进原汁鸡汤,上火,加虾籽、酱油、姜葱末、绍酒、精盐、胡椒粉进行熬制。沸腾后撇去浮沫,熬至黏稠,盛入容器内,冷却至凝成汤冻,用时绞成碎粒状。

熬蟹油。将食油置于炒锅内,待油温达到三成熟左右,放入

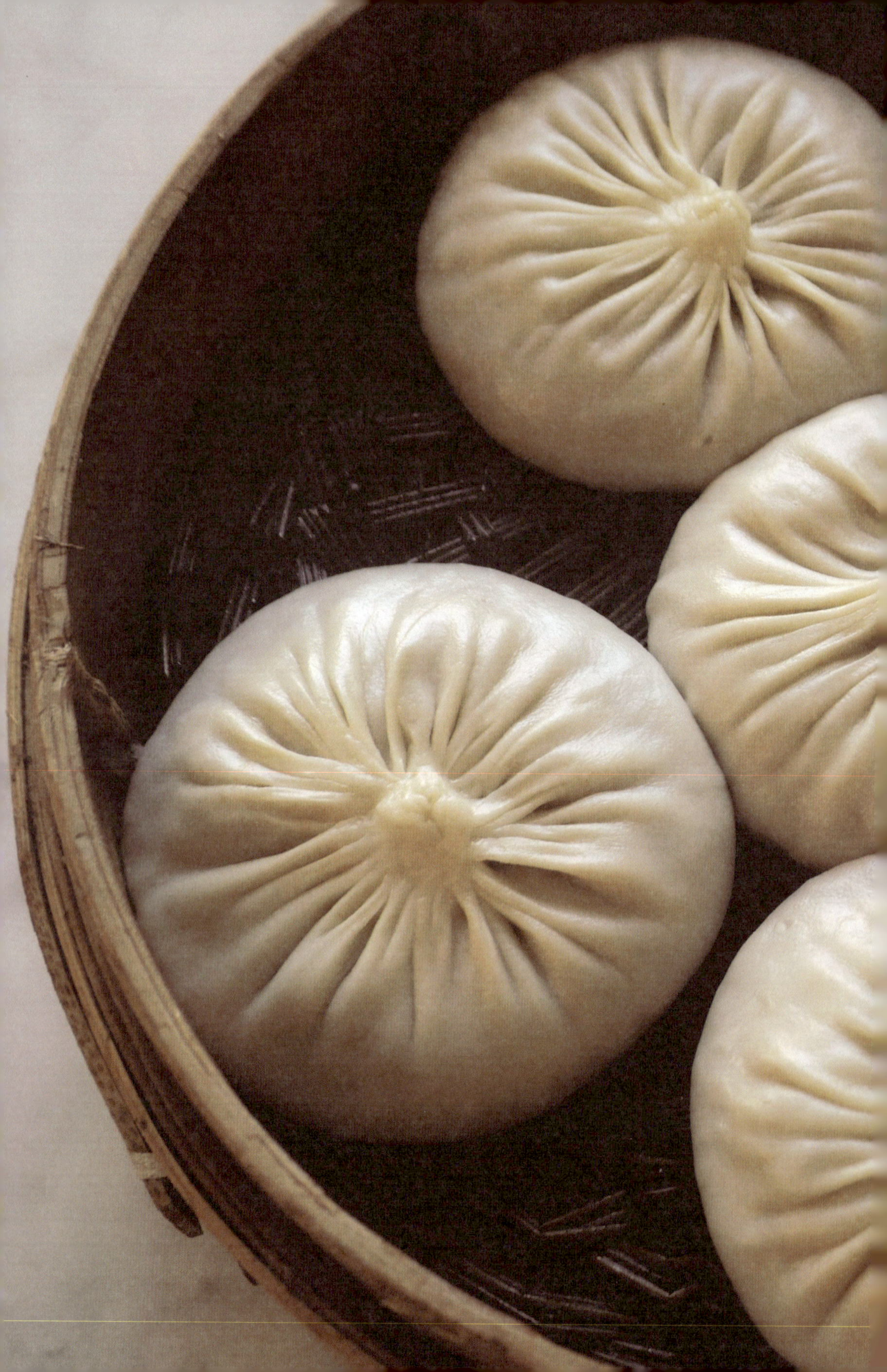

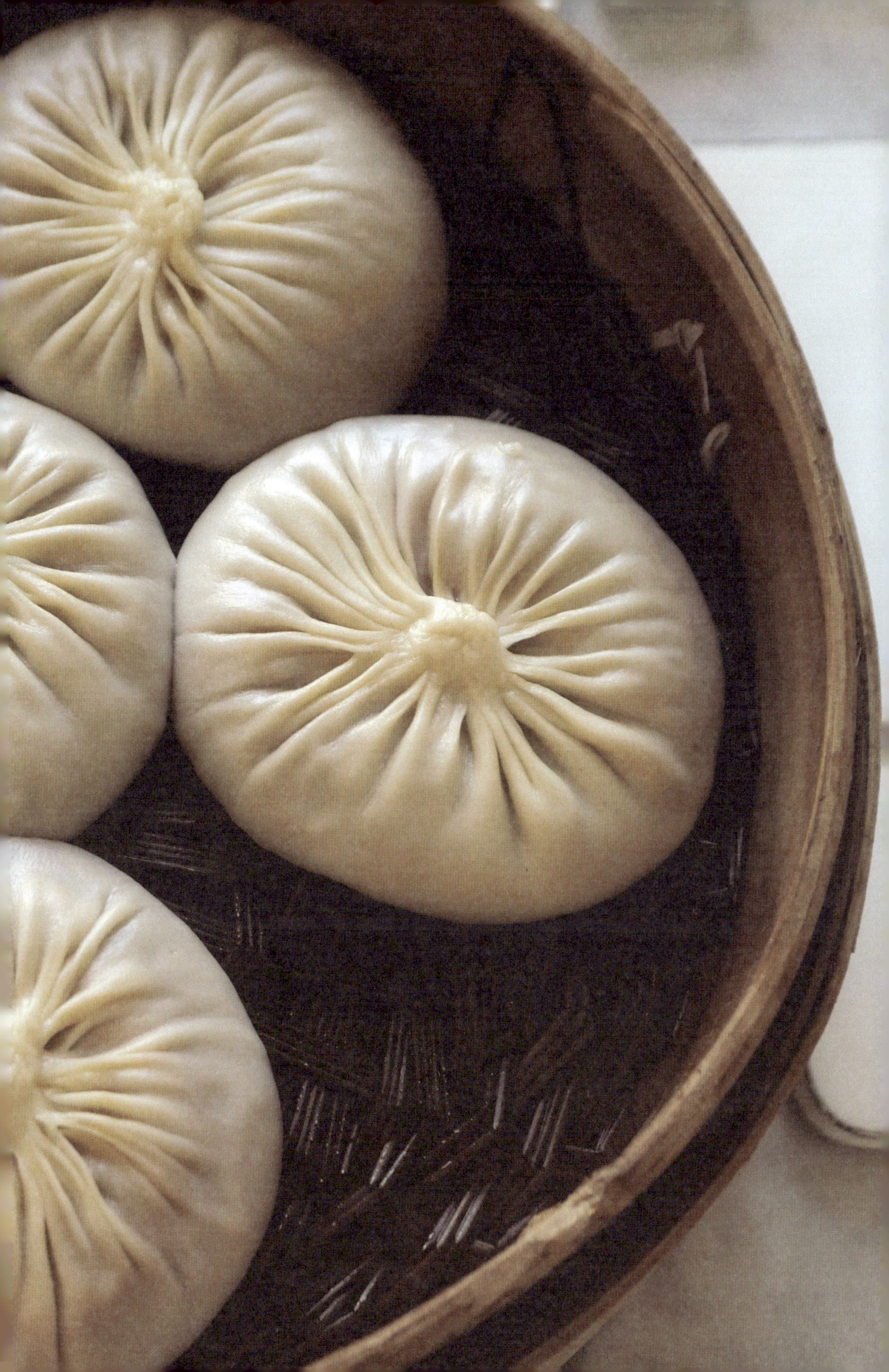

螃蟹肉，用中火熬至水分收干，油呈金黄色时盛起，冷却成蟹油状待用。

制馅。将猪肋条肉斩成肉茸，加入酱油、白糖、姜葱米、绍酒，搅拌上劲，然后分两次倒入清水，朝着一个方向将肉馅搅拌均匀，直至黏稠，再放入熬好的蟹油拌透，最后放入碎皮冻搅匀成馅。

制皮。将面粉分两部分，一部分发酵后兑碱水揉透，用湿布盖上稍饧，另一部分加水调成面团，再与饧透的酵面揉和，揉透后搓成长条，摘成小剂，擀成直径9cm左右的圆形坯皮。

包制及蒸熟。将每张面皮的中央用竹刮子上入40g馅心，将包嘴捏拢捏紧，逐只捏成，折皱达30个以上，即为生坯。包汤包需有熟练操作技术的老师傅才能胜任，每一动作无不如"随风潜入夜，润物细无声"那样的轻、柔、均匀，唯有这样，才能保证那一只只汤包蒸熟之后，移入碟中完好无损。把包好的汤包放入笼中，置旺火沸水锅上蒸约12分钟，待汤包皮子鼓起，手捺之内部有团块状并有卤汁溢出时即为成熟。

单单听到这些制作步骤，恐怕就禁不住唾津的潜溢了。蒸熟的汤包雪白晶莹，上面的折皱细巧均匀，整个儿恰如一朵朵饱满圆润、千瓣紧裹、含苞欲开的玉菊，加之皮薄如纸，几近透明，稍一动弹，便可看见里面的汤汁在轻轻晃动，使人感觉到一种吹之即破的柔嫩。别说吃了，光是看，就是一种美的享受。

蟹黄饼

和马鲛鱼圆一样，蟹黄饼也是靖江渔业副产品，渔民私家菜。

渔民们靠水吃水，什么时候捕什么，什么地方捕什么，心中有数，目标明确。靖江渔民说："大风捕鳗鱼，无风拉蟹鲜。"说的就是霜降以后，天气不同，捕捞作业随之转换。这里的蟹鲜指的是长江蟹，青背、白肚、金爪、黄毛，比什么阳澄湖螃蟹、固城湖螃蟹霸气多了。

当渔民们出海捕鱼时，他们还会碰到一种蟹——梭子蟹。它们成群结队，牢牢钳住渔网，既影响正常捕鱼，又会损伤渔网，怎么办？

放生吧，仍然会不请自来，制造不必要的麻烦。一不做，二不休。干脆一掰两段，扔进海里变成饲料。

不过，聪明的渔民们留了一手。公的取膏，母的取黄，一坨坨地随手丢进碗里。满了，再拿一只碗来。太阳好的时候，就把一只只碗拿出来晾晒。晒个三五天，水分逐渐减少，蟹黄紧缩、变小了。碗反扣一下，拍打两下，所谓"蟹黄饼"，就自然掉下来了。

要吃的时候，切几片出来，和韭菜炒一炒，或者烧烧汤，就这么简单。汤包号称蟹黄，其中蟹黄能有多少？靖江名菜蟹黄粉皮，一小把蟹黄，也不过略微点缀，提鲜罢了。渔民们在风雨中往来，辛苦有辛苦的回报和辛苦的幸福。

渔民的生活方式、风俗习惯，既是靖江的一部分，又深深地影响着靖江这一整体。饮食尤其如此。靖江人烧鱼，不喜欢像北方那样过度油煎，鱼儿不大，有的甚至跳过煎熬，直接油水混和，放入鱼儿，煮足时间，大火收汁。这种做法就源自渔家船头，看起来简单粗暴，反倒原汁原味，更鲜更嫩。

因此，靖江人的乡愁，其中一缕，就升起在了辽阔江面、船头一侧、简陋的缸锅之上。

清蒸大闸蟹、蟹黄粉皮

靖江临江近海，港汊纵横。曾几何时，这里优越的自然环境，让马洲成为野生中华绒螯蟹的乐园。"秋风响，蟹脚痒。"每年秋末，天上刮起西北风，气温骤然下降，成年的螃蟹仿佛听到口令一样，从四面八方爬向长江，历时两个多月时间，一般要到冬至前结束。野生螃蟹进入长江后即顺流而下，至长江口，在海、淡水交汇处完成交配，母蟹将受精卵产到海水里。来年开春时分，江水升温，卵孵化出毛蚴，逆水而上，随江潮回到靖江的内河、内沟里，当年长成幼蟹。这样的场景年复一年，周而复始。

靖江野生螃蟹，属于长江蟹系统，学名叫"中华绒螯蟹"，肉质鲜美，营养丰富，个头较大，公蟹比母蟹大些，通常每只3~4两。靖江野生螃蟹有三种：一是大闸蟹，二是长江蟹，三是玉爪蟹。

大闸蟹就是靖江本地河汊里长大，沿河港向长江洄游的中华绒螯蟹，因要翻越水闸而得名。长江蟹就是渔民在长江里捕捞的螃蟹，和大闸蟹是一个品种，长江蟹在大江里底部朝天快速游行，要经过江水的冲刷，肚部洁白，脚爪有力，野性十足，肉质结实，是最好吃的螃蟹品种。靖江特有的玉爪蟹，历史上曾列为贡品向朝廷进献，玉爪蟹出产在孤山东侧一条名叫芦场港的团河中。芦场港通长江，活水长流，河底卵石沙壤土，河中水草芦苇丰茂，鱼虾、螺蚌多，优越的自然环境给野生螃蟹提供了得天独厚的生存环境，这段河流中的野生螃蟹的八足无毛，爪尖呈白色，故得名为"玉爪蟹"。玉爪蟹个头较小，短小精悍，通体色黑，肉质饱满，也叫"乌梢蟹"。靖江人有时候开玩笑管怎么吃也长不大的孩子叫"乌梢蟹"。

几百年来，靖江人食用螃蟹，积累了丰富的螃蟹美食制作经验和技艺。2014年，韩万峰导演来靖江拍摄美食题材电影《恋爱美食蟹黄包》，百盛榕湖店为配合电影拍摄，特意做了百蟹宴，以螃蟹为主食做了十多道菜，对靖江螃蟹美食进行了集中展示，蔚为壮观。靖江螃蟹美食最有代表性的有清蒸大闸蟹、蟹黄炒粉皮、蟹黄汤包三种做法。

靖江人最爱清蒸大闸蟹。将螃蟹洗净，肚子朝上，铺以姜片，可以保持蟹黄不流出，热水快蒸十五分钟左右即可。清蒸螃蟹要即蒸即食，蘸以姜醋，不失鲜甜。过去讲究的吃客，吃清蒸大闸蟹，吃几只蒸几只，再吃再蒸，确保气、味纤毫不漏。善吃蟹者，食用完毕，能还原蟹壳和螯足，置于台上，完整如初。

靖江老味道

清蒸螃蟹放冷了，靖江人就不再直接食用，而是拆出蟹粉，新鲜蟹粉可做炒菜和蟹黄汤包的食材。也有用猪油熬制蟹粉，封入马口铁罐头，可邮寄他乡故人，也可放冰箱长久保存。

蟹黄炒粉皮是靖江特有的代表性风味菜，招待外地客人必选。粉皮选用本地产绿豆粉皮，有韧性而咀嚼无声，无异味而不伤蟹黄之鲜，天然绝配。炒蟹黄粉皮，粉皮要先拉油，炒至透明，加入蟹粉调料煸炒，最后加青蒜叶胡椒粉添香。粉皮糯润爽滑，蟹粉鲜美可口。

蟹粉是蟹黄汤包的灵魂，蟹粉的新鲜度、蟹粉量多少往往是衡量蟹黄汤包质量的重要标准。有一个汤包制作大师口述的秘诀说蟹黄汤包里面不是蟹粉越多越好，要讲究五味调和，蟹粉里面蟹脚多则鲜，蟹黄放多了则腥，凡事过则损。很有哲理。

蟹肉炒饭

提起最有名的扬州美食，文思豆腐、砂锅鱼头、大煮干丝这些可能都得往后排，第一名当是扬州炒饭。靖江相距扬州仅一百多公里，曾经还隶属扬州管辖，扬州炒饭的精髓靖江人并不陌生，甚至可以说是相当熟悉。但靖江人在美食上是颇为舍得花工夫的，丝毫不逊色于扬州的美食。若是你随便问一个靖江人，扬州菜和靖江菜，更喜欢吃哪一种？毫无疑问，靖江人肯定不会吝啬对扬州菜的赞美之词，但最终答案一定是更喜欢靖江菜。

不信？那就拿炒饭来比一比好了。扬州炒饭闻名中外，用火腿、鸡蛋、虾仁等和米饭同炒，据说一份正宗的扬州炒饭，最多可以有十八样配料，真是将炒饭"万物皆可炒"的概念发挥到了极致。靖江难道有哪个炒饭可以与之媲美？

别说，还真有。过去靖江的婚宴中，有一道"金盘银珠"，是不可或缺的一道菜品。看名字还真看不出来是什么菜——其实很简单，就是蟹肉炒饭。靖江人吃蟹的名堂有很多，蟹黄汤包、蟹黄粉皮、蟹黄包子，每一个都能勾起馋虫来。但那都是蟹黄为主，蟹肉只是陪衬的角色。唯独蟹肉炒饭是蟹肉作为主角登台唱戏的。

有人或许不解，蟹肉炒饭有什么能和扬州炒饭相比呢？如果曾经尝过一碗蟹肉炒饭，这样的疑问肯定不会有。前些年，《舌尖上的中国》热播，解说中说得最多的一句话，早已家喻户晓：高端的食材，往往只需要最朴素的烹饪方式。蟹肉炒饭也是如此——化繁为简，只用蟹肉，把蟹肉的鲜味最大程度地发挥出来，一口吃下去，那是真的要将眉毛都鲜掉了！

那么，若论纷繁锦绣，自然是扬州炒饭更胜一筹，但如果从简约朴素的角度来看，蟹肉炒饭或许要略胜一筹了，更何况，蟹肉炒饭还有"金盘银珠"这么雅致的名字呢！

蟹黄狮子头

狮子头，是中国淮扬菜系中的扛鼎之作。

蟹黄狮子头，强强联手，1+1大于2，惊为天人……且慢，谁愿意费那些个工夫，将两个人间至味拉到一块儿呢？

这件事，是靖江季市人干的。

将大致相等的新鲜瘦、肥猪肉分别剁成米粒状肉末，拌蟹黄制成肉圆，置于油锅煎至浅黄，再放作料烩烧。起锅时肉圆表面光亮、内里滑嫩，夹之晃而不散，食之油而不腻，入口即化。老饕吃狮子头，不用筷子，用调羹舀着吃，以判断其老嫩程度。季市的蟹黄狮子头，可以用调羹，也可用筷子，未必嫩如凝脂，但保证老人和小孩大快朵颐，年轻人吃时有肉颗粒带来的满足感。

在此澄清：相比扬州狮子头，季市人做的个头小，当地人称之为"肉圆"或"斩肉"。猪肉毕竟金贵啊。哪家摆的酒席桌上少得了肉圆呢？河里捉些螃蟹，挑些蟹肉掺在小肉圆里。肉圆个头大了，主家面子里子都有了。

有些菜，是生活逼出来的。1998年，18岁的黄龙面临职业选择，在他看来，季市镇好吃的菜品太多了，做厨师收入应该不会差。他在锅灶边一站就是二十多年，为顾客制作美食，为自己铺展光阴。他很少请假，除了参加淮扬地区的美食交流，他还想到祖国各地去走走。有顾客对他说，走遍全国各地又怎样？吃来吃去还是觉得季家市的菜好吃。

蟹肉虽好，就怕冷腥；猪肉佳美，也忌肥腻。蟹黄狮子头，讲究的就是扬长避短，各取所需。狮子头好吃，并不完全是猪肉和调料的功劳。蟹黄狮子头的制作难点是成型。靖江人做任何菜都不喜欢勾厚芡，靠炖煮使食材慢慢释放胶原蛋白。肉圆里加入蟹黄，胶原蛋白不足以裹住蟹黄，厨师手上摸薄芡水，快速抓肉搓圆，先入油锅煎，表面金黄，再入砂锅慢炖。

蟹黄饼臊做法类似。细嫩猪肉一大块，七分瘦三分肥，不可以有些许筋络纠结于其间。想要鲜美，不能偷懒用绞肉机，而要用刀切。手法最要注意，不可切得七歪八斜，更不能乱剁成泥，秘诀是"多切少斩"。挨着刀切成碎丁，越碎越好，然后略微斩剁。将切细的肉丁放入盆内，加姜葱汁、料酒、酱油、糖、味精、蛋清、盐、少许清水，用手顺时针搅拌至上劲，放入少许淀粉再搅拌，将搅拌好的肉馅做成肉圆。锅上火，放入油，油温升至五六成热时，逐个放入肉圆，略炸至淡黄色。倒去锅中底油，放入鸡汤、酱油，肉圆大火烧开，小火焖40分钟，放入糖、味精，收稠卤汁……一盘季市饼臊，大功告成。

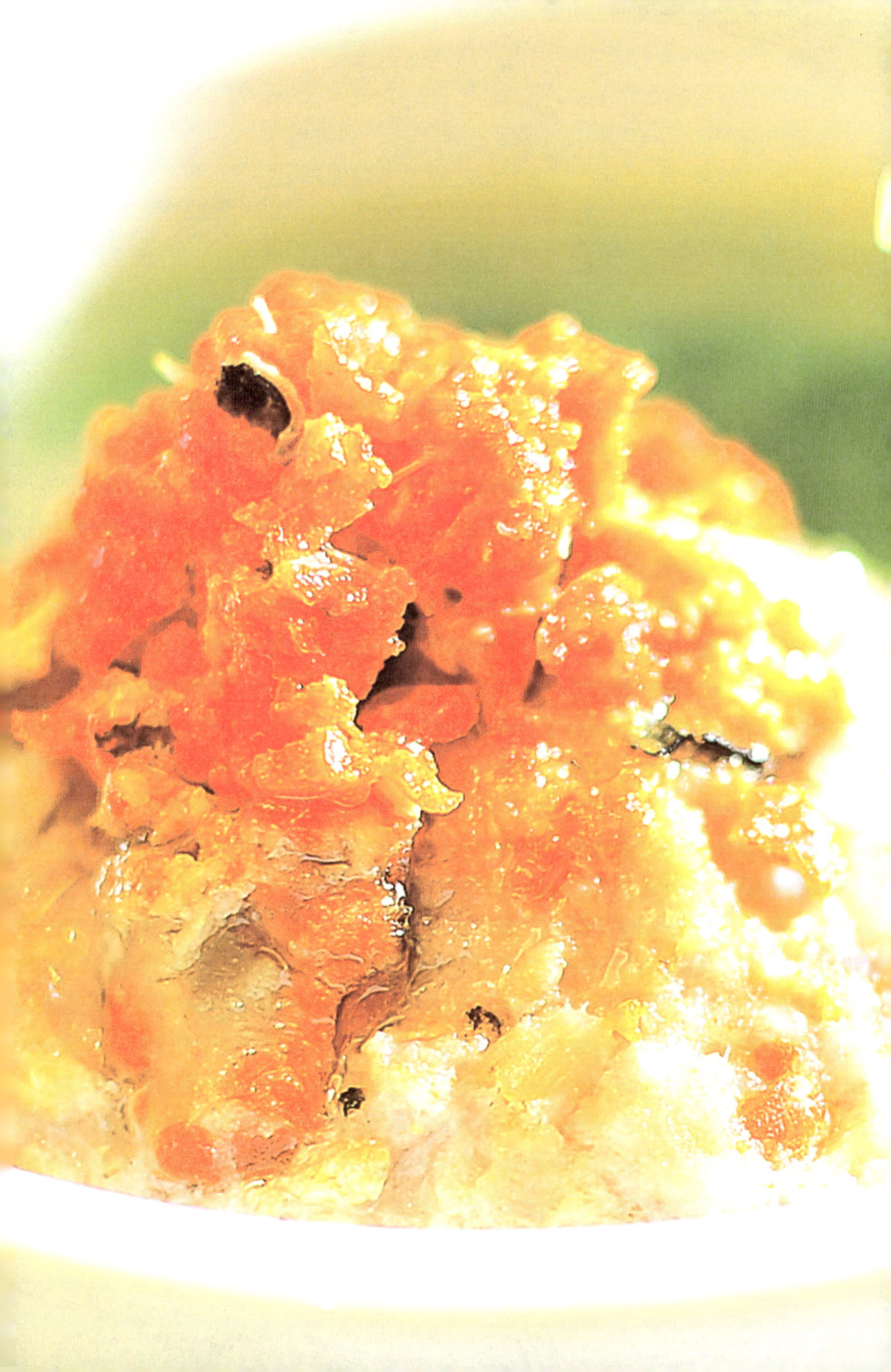

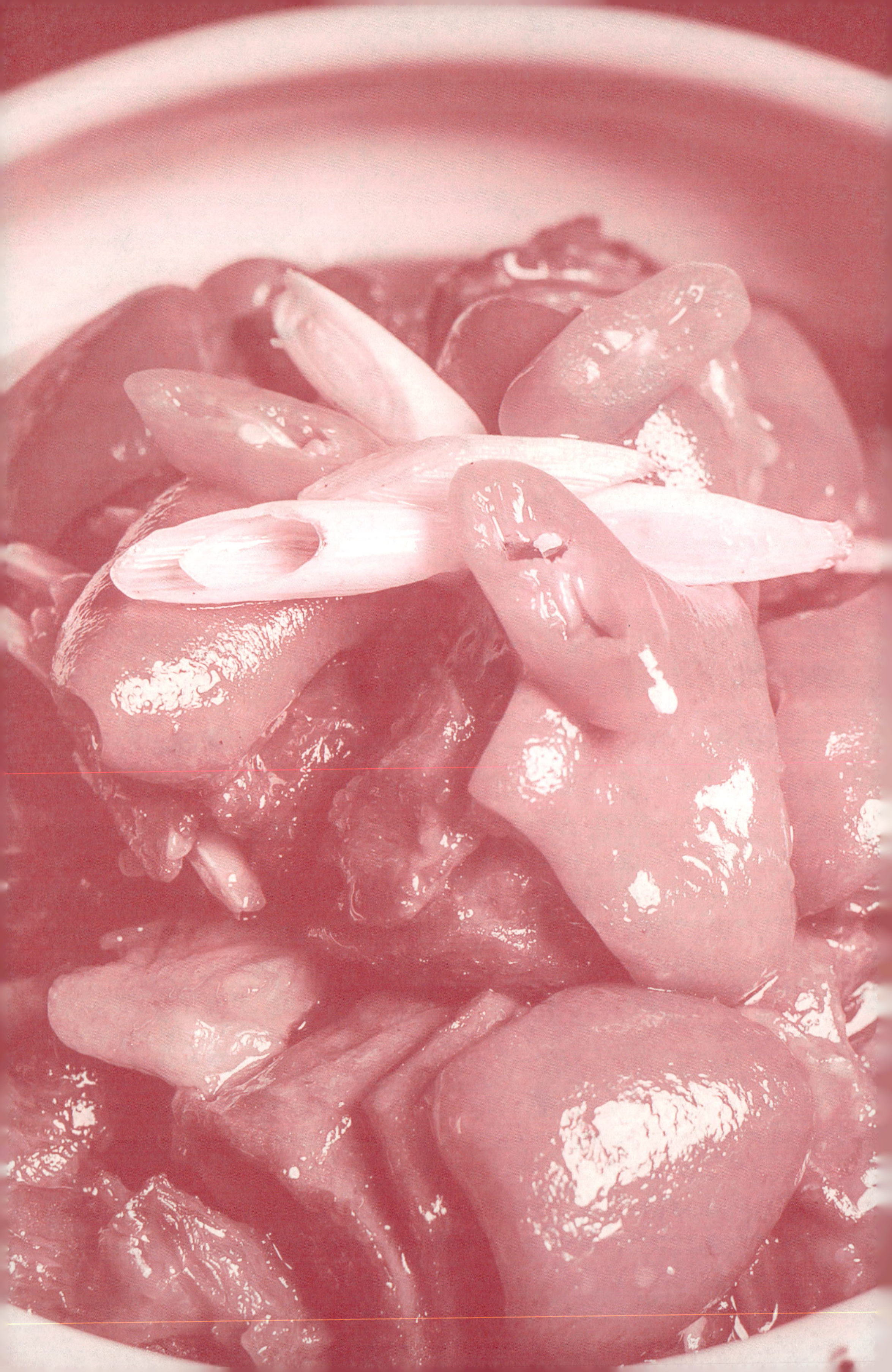

冬味

靖江猪肉脯

"清明元唐南北朝,千里虬香五味脯。旧貌新颜如今天,沽酒市脯在靖江。"在一众靖江美食中,小小一方肉脯以其"轻薄干香,殷红浮脆"的鲜明特点脱颖而出,成为百姓心中念念不忘的舌尖美味。

肉脯是将瘦肉经切片(或绞碎)、调味、腌制、摊筛、烘干、烤制等工艺制成的干熟、薄片形的一种风味食品,在我国已有三千多年的生产历史。唐朝仇士良家传"赤明香"肉脯和明代弘治年间江南的"香脯"是历史上有代表性的两种肉脯产品。

靖江猪肉脯传承了"香脯"的生产工艺,糅合"赤明香肉脯"的产品特色,选料讲究,配方独特。精选新鲜猪后腿,剔除猪皮、脂肪、筋骨,取整块纯瘦肉为原料,切为均匀薄片,配以白砂糖、味精、鸡蛋液、特级鱼露及多种天然香辛调料精工制作。加工时香气四溢,闻者无不垂涎;成品片形整齐,薄而晶莹,色泽鲜艳,富有光泽;入口细嚼,干、香、鲜、甜、咸,五味俱陈,越嚼越香,妙不可言。猪肉脯薄如纸、形方正,味兼鱼肉两鲜之美,色如玛瑙红玉之艳。脱净油脂,细而不腻;甜咸适中,酥而略脆。靖江猪肉脯以其独特的生产工艺和口味远销世界各地,成为靖江对外的一张亮丽名片。

靖江猪肉脯,以"双鱼"肉脯为发祥,距今有80多年历史。1936年,三位广东青年陈应林、郑汉钦、朱木乾瞅准商机,在上海合办猪肉脯作坊,名为上海三友美味食品厂。后为躲避战乱,他们把厂子从上海迁至靖江。1956年,三友美味食品厂与新港生猪接运站公私合营，是年起，所产猪肉脯享有出口免检信誉，远销日本、新加坡等国家和地区。后该厂数易其址，厂名也几经变化。直至1979年，该厂更名江苏省食品公司靖江食品厂，肉制品正式注册商标"双鱼"。企业改制后，又发展为如今的江苏双鱼食品有限公司。

讲起靖江猪肉脯，不得不提到江苏肉类食品行业终身成就奖获得者宦荣祥先生，他在1958年进入三友美味食品厂工作，正式接触肉脯生产行业，亲自参与了"双鱼"这个牌子从创建到发展壮大的全部过程。作为省非遗传承人、靖江肉脯制作技艺第四代传承人的褚洁明，更是让"双鱼"肉脯"传承与创新"的脉络生动而丰富起来。

过去，生产猪肉脯比较难掌握的工序是片肉。猪后腿上只有八块好做肉脯的肉，其他的肉只能灌香肠。最新鲜的猪肉是片不起来的，要让肉伏一伏，隔上一个晚上，片起来就容易一些。一块肉片成片子，厚度不能超过两毫米。片肉的刀，不是一般家庭用的菜刀而是特制的刀，很长，刀片很薄。肉片好后就开始拌料（这专门有秘方的）。拌的料有：白糖、盐、鱼露、白胡椒粉、鸡蛋等。拌好后泡15分钟，再放在竹筛上摊平。摊筛要顺着肉丝。摊好后，有太阳时拿出去晒（从早晒到晚），中途要调个面，烘一夜。然后是剥筛，要角对角，之后切成8×12厘米的方块，这样就成型了。

如今，靖江猪肉脯生产工艺依然复杂考究，采用传统工艺和现代科学技术相结合的方法，前后经过猪后腿分割、片肉、腌制、拌

靖江老味道

料、摊筛、脱水、静置、一烤、二烤、压平、切片、修检、冷却、包装等十多道工序，每一道工序均经过严格把关，以确保产品形、色、香、味俱佳。

说到"味道"，"双鱼"肉脯竟有80多种的风味物质，那特有的味道缕缕缠绕心尖。"双鱼"肉脯在不同加工阶段的主要风味成分为醛类、烃类、酮类、醇类、羧酸类、酚类和杂环化合物。这些风味成分赋予了"双鱼"肉脯兼鱼和肉两者之香味、花香味、焦香味、坚果香和水果香味等。

吃食是一种幸福，品味更是一种情趣，靖江猪肉脯已经陪伴了几代靖江人，这早已不仅仅是对美味的追求，更注入了城市的记忆，融和了家乡的味道。

金波酒

小时候不会喝酒，但大人允许我们喝一点金波酒，因为金波酒虽然叫酒，却是甜的，并不像其他白酒那样辣口。很多老人喜欢喝金波酒，靖江人走亲访友也喜欢拿两瓶金波酒。

靖江金波酒是有故事的酒。传说，清同治年间，有一孤儿被靖江人抱养。后来孤儿被送到清皇宫做了太监，专管御厨，负责皇帝的御膳。皇帝的养生御酒要求很特别，这个太监经日久调配，终于酿制成功。后来，太监告老还乡了，将此酿酒秘方传入靖江。此酒因香气纯正，色泽金黄透亮，又有养生功效，故叫金波酒。靖江特产金波酒由此开始。

新中国成立以前，靖江有"王鉴和同记""豫恒公""大和恒""大和金"等私营酿酒作坊争先生产金波酒。新中国成立后，这些作坊公私合营成立国营靖江酿造厂，继续生产金波酒。该企业倒闭后金波酒酿制技艺传入季市。

金波酒以优质粮食白酒为酒基，选用党参、当归、黄芪、肉桂、川芎等三十四种名贵药材经长期浸酿自然发酵，微孔过滤精制而成，配料有冰糖、白砂糖、甜蜜酒等，是一种滋补养生的高级饮用酒，尤其适合中老年人饮用。

酒色金黄透亮，药香与酒香融为一体。酒性不寒不燥，饮时口感醇厚，甘甜柔和，耐人回味。金波酒的中药配方，曾经名医三次验证，进行全面的药理分析，普遍认为全方有四大功效：第一是补气益血。方中的四君子汤(党参、白术、茯苓、甘草)补气；四物汤(当归、白芍、川芎、熟地)益血；黄芪补中健肺、益气生血。第二是理气开胃。方中用佛手、藿香、丁香砂仁、木香等以理气，用麦芽、槟榔等以消积开胃。第三是培补肝肾(即壮腰强肾)。方中之赤桂、沉香，可使肝温肾润，杜仲、熟地可以健腰利膝。第四是舒筋活络。方中之四物汤及宣木瓜、千年健等均可养血、柔筋、活络。在配方制药方面，更有四点制约作用：一是酒性升浮，方中桑皮及枇杷叶，能清肃肺胃之气，使之下降。二是理气开胃，凡芳香性药物，大多偏燥，为肝所喜，为胃所忌，方中以白芍、玉竹以养心胃之阴，压抑芳香之燥，故仍为胃所喜纳。三是因湿易生痰，方中之二陈汤(清光皮、法茯苓)化湿消痰，并起降低胆固醇之作用。四是酒易伤肝，方中配有白芍、麦芽，以护肝益肺。

作为传统名酒，金波酒素负盛名。近人有"细品金波比玉液，漫评肉脯胜琼脂"的诗句，以誉本邑金波酒和猪肉脯两大名产之特色。

番芋

番芋是靖江人的主要杂粮之一，也是制酒和酒精，以及制作粉皮的原料。深加工后有的人家做成粉坨，有的人家用铜盆做模子片粉皮，春节前农家埭上因此而热闹非常。而番芋在靖江农家，尤其是老岸地区因为地势较高，更适于种植，番芋被用不同的做法做成了靖江人记忆中的美食。

普通的做法是烧成番芋粥，清代黄云鹄在《粥谱》中记载："红蓣粥：益气，厚肠胃，耐饥，即甘薯。"将番芋去皮切成小块，放入锅内，加入米与水煮熟；也可以加入籼子，烧成番芋籼子粥。往往经过霜冻后的番芋甜味更足，冬日里吸溜上一碗，甜得像是嘴巴上抹了蜜。

也有将番芋做成番芋干，便于长期存放，可以单吃，也可以煮粥。将番芋洗净切成条状，放在芦席上晒干，到过年时，拿出来炒熟，用来招待亲戚朋友。也有的直接将番芋煮熟后再切成条状晒

干，农村多将这种番芋干当成点心，更多的是春天放在粞子粥里充当米粒。

还有直接烧番芋茶的，番芋去皮洗净切块，多加水煮开，即名为番芋茶，农村普遍有此吃法。《靖江风俗大观》载有另一说：将番芋切成块或段放入锅内，加入清水煮熟，出锅后直接剥皮食用。

最为难忘的，应该是干番芋（干烧毛芋头、毛番芋）。将番芋放入锅内，放入少量水，靠蒸气将番芋蒸熟，贴在铁锅锅边的，最为干香怡人。也可与芋头一起干烧，芋头无味，需要调制一点酱料，一般以酱油、葱花、热油制成。有时锅里放一只碗，里边有少许米和水，番芋、芋头煮熟后，米粥也蒸好了。吃完番芋、芋头后，一家人可分一小碗米粥润喉。

还有一种做法，充满了乐趣，也最能将番芋的香味完美呈现——烤番芋。冬天，农家在用土灶烧饭做菜时，将番芋整个扔进灶膛内，饭菜做熟后，待灰烬凉透，将番芋挖出，去除烤焦外皮，香味四溢。旧时粮食缺乏，烤番芋也常作为孩子的零嘴，因而成为许多人童年最为难忘的回忆。

季市斩肉

季市的美食很多，斩肉是它的另一个标志。

斩肉就是肉圆，不过，季市人喜欢称它为"斩肉"。根据季市文史资料记载，清朝末年南街解树芝家就以祖传斩肉、老汁鸡等烹调技艺闻名季市。从社会名人雅士、富豪贾商，至普通百姓人家，遇有喜庆吉祥之日，无不请解某到府亲自掌勺，烹制菜肴。

当然，季市斩肉大一点、油一点、嫩一点，这些"一点"就是特色，有特色了，就有了名气。如今，季市斩肉早已成为一个地方品牌，销往各地。季市斩肉的叫法既反映了季市人的自信，也凸显出季市人"一瓢饮"的胸怀。

季市肉圆被叫"斩肉"，强调了一个剁的动作。将肉剁碎有三种境界：第一种叫作细切慢剁，以切功见著，切到细无可细处，再简单剁上几下。这样的好处，是肉的肌理还在，组织尚存，可以保持鲜与嫩。第二种是粗切细铲，但还有些技巧，挥刀如雨点密而不疏，点到而不用死力。免得细切让人不耐烦，而得一通乱剁的快意。第三种直接用绞肉机绞出，除了省些力，颇为季市主妇所不屑，更不要说讲究的食家。季市肉圆味道鲜美，嫩而不散，肥而不腻，集中体现了季市菜肴的精美，故在民间有"到季市不吃斩肉等于没到季市""办筵席不上季市斩肉不算上等筵席"之说。

关于斩肉的做法，首先选用新鲜上好的猪肋条肉，最好是前夹心，季市人称短肋的部分，用菜刀将瘦肉剁成肉末，肥肉则剁成米粒状。值得注意的是现在讲究健康饮食，肥瘦比例大致相当，否则会影响斩肉的口感，有些技巧高超的厨师甚至能将肥肉控制在三成以内而保证最后出来的斩肉仍然鲜嫩无比。

做斩肉，是个需要耐心的体力活，尤其是剁肉和搅拌一节。斩肉时需要细切慢剁，细细把猪肉剁成肉泥，然后进行搅拌，要顺着一个方向，匀速去搅，搅得越久越好，最后肉泥成胶着状，几如面团一样暄和才算成功。这样做出来的斩肉，吃在嘴里很有韧劲。最后一个环节是油炸，需要现吃的，则油炸至金黄，吃起来外焦里嫩，满口留香；而多到一时吃不完的，则油炸七八分熟，可以储存，下次吃时再入锅炸透。油炸好的斩肉，还可放作料烩烧，先急火煮沸，后用文火慢焐，最后放糖收汤。这样烹制出来的斩肉表面光亮，内里滑嫩，夹在筷子上晃而不散，油而不腻，入口即化。

过去经济条件不好，纯用肉来做斩肉是很少的，很多人家会用芋头或糯米蒸熟，掺入肉中。如今条件好了，不光要用纯肉，有的还

要加入蟹黄。

　　斩肉一向是席上的大菜,办喜宴一定要有的,不上斩肉似乎就不完美。季市人的宴请桌上,定然少不了斩肉,斩肉上桌,预示着生活圆圆满满。

老母鸡汤

　　鸡汤很有用。首先是它的解馋功效。所谓解馋无非就是满足口腹之欲。鸡汤鲜而美,单用鲜美二字都不能反映它好吃好喝的全

貌。鲜而美才能和老母鸡汤完全合体。中式菜菜系发达，什么系里都能出"高材生"，有人独辟蹊径，专门开个鸡汤店。新建南路就曾有家饭店，主打鸡汤，一时盛况空前。

　　鸡汤的那种鲜，是所有鲜的"鲜基"。绘画有正色、音乐有正音、行事有正道，滋味有鸡汤。鸡汤的鲜是一种"正鲜"。猪狗羊鱼哪怕就是与鸡同为禽类的鸭子、鹅的鲜味都是在鲜的基调上附加了个性化的氨基酸。也是这个原因，它们的鲜很特别却不正。因此，人们的厨房里，提鲜的调味料是鸡精，即便是鱼中贵族如刀鱼、鲥鱼等都做不出提鲜的"鱼精"。正鲜可调百味，老母鸡汤好啊。

其次，鸡汤有滋补作用。靖江这里弄璋弄瓦之喜，都要觅老母鸡炖汤给产妇吃。母鸡汤是非常滋补的一种汤类食物，因为它里面富含的营养元素很多，对于生产后的虚弱、食欲不振等有很好的改善作用。长时间炖煮，小分子蛋白质溶解后，可以快速被利用，起到改善食欲、提高消化能力的作用，产妇能够快速吸收，恢复体力。

老母鸡汤中含有的特殊养分，据说可加快咽喉部及支气管膜的血液循环，增强黏液分泌，及时清除呼吸道病毒，缓解咳嗽、咽干、喉痛等症状。以前有个很著名的药是葛兰氏药业生产的，好像也叫鸡精，但它不是调味品，它就是浓缩的鸡汤，一小罐，加温开水化开就能喝。"老母鸡汤"进了药房，好，哪里不舒服，喝上一碗老母鸡汤，浑身得劲，好了。

单就鸡汤估计上面的几点也能做到，这里为什么突出个"老"字？"百年龟壳、千年古参。"东西越老越有价值，这几乎成了民间共识。有人觉得母鸡越老越有营养，感觉就像是生姜还是老的辣一样，老母鸡的蛋白质、脂肪也随着时间的老去而增加。至于老母鸡的肉比较柴、口感差，在鲜汤面前那都不是事。那用青花瓷端上桌的，飘着淡黄色油花的冬至要吃、平时爱喝的老味道就是"老母鸡汤"。

肚肺汤

这是一汪情调与情怀之汤。

改革开放以来,肚肺汤在靖江饭桌上走红起来。这是否受到上海风靡一时的吃猪内脏风气影响?靖江人不会正面回答,十有八九会会心一笑。靖江车站路、纺工公司附近一下子开起好几家肚肺汤店,家家顾客盈门,甚至通宵达旦仍应接不暇。

历史上靖江养的猪多为优质的太湖系猪种,猪内脏消费源远流长,习性深厚,面广量大。《靖江风俗大观》中载述:百姓人家送"月子礼",多为红糖、肚肺、鸡蛋等土特营养品。为了亲朋好友生病康复,送一副肚肺也绝对是份大礼。靖江美食界一帮人辛勤耕耘,百年名厨衣钵相传,也出了多道诸如红烧"呼啦圈"、酱爆腰花等内脏名菜。

肚肺汤实际上不光有肚、肺,还有心脏。靖江周边地区则喜欢加入肉皮、蹄筋、猪鞭、膀胱等下脚料,有点杂乱。比较而言,靖江的肚肺汤层次清爽,主题凸显,肚肺心三大件就是主角,至多加点笋丝、萝卜、慈姑、山药、菇类等点缀,以利荤素互吸味道与养分,也增添视觉美感。曾经在靖江沙上一带流行的鳝段炖肚肺、萝卜肚肺汤算是例外:一个加上高蛋白质的鳝段,一山两虎、鲜腻过头;一个再以白萝卜增白增稠汤汁,掌厨人虽费尽心事,但终究难成大气候。

所有食材的处理都需要超常的辛苦与耐心,这个生活法则特别适用于肚、肺的清理清洗上,必须全手工顽强地完成。肚子实际上就是猪胃球体,皱纹密布,内外都嵌满黏液、脏物、血污,要用小刀一遍遍地轻刮,辅以面粉和细盐反复揉搓。这还不算,顽固处需反抓住在石壁上一点一点地磨蹭。猪肺的灌洗则充满了坚韧性、互动性,甚至娱乐性,肚在上、肺壳在下,挂于屋檐窗棂下,用针线巧妙将肠头与食管连接成过水通道。那时自来水尚未普及,只能用河水或井水一瓢一瓢灌滴其中,一遍又一遍过水、拍打,直到血水流尽,肺泡内的毛细血管变得雪白。猪心得一遍遍剖洗,同样需要细致入微。二十世纪七八十年代,谁家灌肚肺确实值得炫耀,常引得街巷、埭上孩童看游戏似的,叽叽喳喳扎堆嬉闹。高质量完成以上三大程序,定会累得腰酸背痛眼发花。

这样洗尽净臊后,还需自来水细流冲漂一小时。

一切收拾干净,将其匀称地切丝切片切块,开水焯之,将姜葱料酒醋等入锅翻炒,闻香放水,大火烧开,文火慢慢地炖两小时以上,直至汤白似乳汁。这时最大的忌讳就是放盐,一放盐,汤立马变得清寡。所以,靖江大厨适当加些银杏、山药、慈姑等高淀粉素物,汤的黏稠档次顷刻连升三级。

健康新理念处处引领新生活的当下,许多吃货受制于医生的警示,担忧肚肺汤吃多了会发胖和导致"三高",传统肚肺汤行情每况愈下。但餐桌上"明知山有虎,偏向虎山行"者众,就像一些大厨所说,"欧洲三大顶级食材,鹅肝、松露、鱼子酱,其中两样都是动物内脏,关键是吃得有度、吃得有格局"。

所以说，谁还愿意在家宴上自制肚肺汤款待客人，原原本本保持肚肺汤传统做法，不仅仅是克服苦脏累的问题，没有一点情调和情怀看来还真的不行。

青鱼

弄到大鱼了，靖江人喜欢搭伙。

穷奔沙滩富奔城。靖江先民闯荡江湖，河流为釜天为冠，取鱼吃鱼家常便饭。大鱼到手，自然呼朋唤友。既是本事的炫耀，也是分享的智慧。

青鱼体型大，最长可近1.5米，体重150斤左右。深得钓鱼人的青睐。只有和这样的庞然大物过招，大概才能说钓鱼是一项体育运动。青鱼不难上钩，但要让它成功上岸，就要看你的装备和经验了。

青鱼家常的做法是红烧，将鱼大卸八块，大锅炖煮。咸一点，辣一点都可。再配上烈酒，一口鱼肉一口酒，那就是笑傲江湖、天子呼来不上船的感觉了。

这是男版的做法，女同志难以参与。体贴的靖江好男人不怕麻烦，他们取出青鱼纯肉，细剁成泥，包入馄饨。论鲜，青鱼自然不如刀鱼，但胜在量大，比起常见的猪肉，自然又是一番清新的滋味。馄饨包好，不仅惠及家人，还可分亲送友，馈赠左右邻居。一条青鱼，可谓雨露遍洒了。

青鱼还可以用来做熏鱼。青鱼块油炸两次，浸入特制卤汁，几分钟即可。咸香风味，耐咬耐嚼，下酒最好。青鱼还可以做鱼片。1999年出版的《靖江菜谱》，收录了一道"花好月圆"。其中的圆指鸽蛋，其中的花，便是带皮的青鱼鱼片，油炸而成菊花形状。以青鱼为食材的，这是其中唯一的一道。

红烧划水

青草鲢鳙，青鱼是四大家鱼之首。

靖江人吃青鱼，最常见的吃法是取身段肉做鱼肉馄饨或者做鱼丸，鱼尾巴做红烧划水。

青鱼相对于其他淡水鱼，肉多刺少，但身段还有许多细鱼刺，取鱼肉斩茸很考验厨师刀工。取青鱼一条，留两寸鱼尾备用烧红烧划水，斩下鱼中段，平刀自鱼尾沿鱼脊椎向鱼头方向平推，翻身同样操作，取尽鱼中段肉，然后刮取鱼骨余肉。取刮净的猪皮一整块，把刚刚取得的鱼肉铺在肉皮上，用刀背轻敲，待鱼肉敲成茸状，细小的鱼刺敲入肉皮中，刮下可得纯粹的鱼茸，做鱼丸做馄饨馅均可。

红烧划水本是徽菜，随徽商传到江淮一带，成为淮扬菜的经典，也是靖江民间饭馆的招牌菜。据说当年尼克松访华，这道菜是国宴招待菜之一。

划水代指鱼尾巴，因为鱼尾活动有力，鱼肉嫩而有韧劲，为食客所爱。传统做红烧划水有用鲤鱼和鲢鱼尾巴的，都因为鱼刺太多而被逐渐弃用。青鱼粗壮，尾巴肥大是做红烧划水的最佳食材。

做红烧划水首先考验的是厨师的刀工，要把青鱼尾巴劈开呈半开的折扇形状。先在鱼正面三分之一处竖着一刀，但不能切断，然后翻身同样竖切，交叉竖刀，使得鱼尾扇形展开。然后用盐、姜葱汁和黄酒等腌制半小时。热锅宽油，将鱼尾煎至两面发黄，加调料和漫过鱼身的冷水大火烧开，再转中小火慢炖20分钟，直至鱼尾充分吸收汤汁和味道，装盘浇上浓汁即可。这道菜的特点是色泽红亮、汤汁浓稠、肉滑鲜嫩、肥而不腻。通常烧制划水还要考验厨师的是颠勺功夫，鱼尾翻炸几次不能颠断。聪明的靖江厨师现在都用芡粉将鱼尾定型后下油锅翻煎，较好地解决了这个问题。

通常靖江人请客都喜欢以主菜的名字邀请客人。如果主人说"今天请你吃划水"，就意味着红烧划水是今天宴席当仁不让的压轴大菜。

慈姑肉片

每年到了秋冬季，靖江小港边、河边、水田里的慈姑就进入了采摘期。

慈姑是一种水生植物，叶子像箭头，开白花。地下有球茎，大多是黄白色，这个球茎就是我们所说的"慈姑"，可作为蔬菜食用。可能很多人都不熟悉，但是它的确是一种很有营养的食物。慈姑里面含有丰富的蛋白质、淀粉质和多种维生素等营养物质，这些营养物质很容易被人体吸收利用。慈姑肉有淡淡的黄白色，细腻甘甜酥软味微苦，可炒可烩可煮。

慈姑是个土菜，往往不能单独成菜上席，猪肉却是不同，尤其在过去，属于高档大菜。家中来了客人，单独做了肉算来成本太高，很多人家有些不舍，就会把慈姑切开跟肉片一块红烧，盛放的时候，用慈姑垫在碗底，肉片放在上面，装碗的样子就会好看起来，

又降了成本。后来这成了故乡一种美食的记忆符号。

如今，当年的配角成了主角，肉倒没有人喜食，而慈姑成了被抢食的对象，美其名曰："慈姑肉片里的慈姑比肉好吃多了！"你说怪否？

韭黄肉丝

在靖江，种韭菜的很多，种韭黄的却不多。

韭黄是由韭菜根在隔绝光线的环境中生长形成的，由于没有阳光供给，韭菜就不能产生光合作用合成叶绿素，因此生长出来的韭菜就变成了黄色，被称为"韭黄"，口感柔嫩鲜美，营养丰富，是一种高档的保健蔬菜。

韭黄最为传统的吃法就是：韭黄炒肉丝。用那种细细的肉丝，在油锅里煸熟，一个一个硬挺挺，炒出干香。把切好的韭黄放入继续翻炒，炒到韭黄断生就可以。韭黄与肉丝各自为政，并不稀奇，组合在一起，别有滋味！韭黄炒出来的黄汤，是原有的汁水，有韭菜香，但又不似韭菜的味道，有种说不出来的鲜甜，调料倒没什么稀奇，就是盐呗！但黄黄的咸咸的汤没过肉丝，干煸过的肉丝立马滑嫩起来，浸在汤里，赖着不走。

吃韭黄炒肉丝，最奇妙的是夹上一筷子，韭黄摸索你的齿间，你会有明显的咀嚼感，十分饱满，滑过舌尖的那一刻，又有香嫩的肉丝，冷不丁蹦出来，韭黄一咬，韭黄的芯向外涌出，绝妙，绝妙！

此时，口腔里只有鲜甜、牙齿与食物摩擦的快感！

肉汁萝卜

靖江人爱吃萝卜，更会吃萝卜。外表白净、俊俏，内里透亮、明净，咬一口甜丝丝脆生生。

不过，靖江人不太喜欢生冷的东西，热乎乎香滋滋才算味美。肉汁萝卜就属于这类。按常理说，把肉煨烂了，用萝卜一同烧，大概率是这样的做法。其实不然，靖江人还真别有方法！一般只将萝卜切成长条，再切成手指头大的块。用猪油炒萝卜，萝卜在油锅里起舞，这是在干吗？这方法就是为让萝卜断茎，好入味。而且这个时候炒酱油色，挂在手指大小的萝卜上，鲜红透亮，一块一块饱莹莹，用油煎过的萝卜与肉一同炖煮时不会软烂在锅里！这就是肉汁萝卜不软塌塌的秘诀！

把肉煨的烂活，再把萝卜放进去，真叫一个萝卜与肉齐飞，口水与肉汤共长天一色。炖肉的汤能不鲜甜吗？更何况还叫萝卜下去洗一个没完没了的澡，能不好吃吗？

但还不能急，最妙的肉汁萝卜，得有三个条件，肉要硬而不柴，这叫干香；萝卜要绵而不塌，这叫酥软；最后一点至关重要，汤汁要浓郁而不粘嘴，这叫鲜咸，很多人最后一点做不到位，汤寡淡而无味，没有肉味，还叫什么肉汁萝卜？一个妙就妙在"汁"上。

出锅前，爱葱叶的可以放葱叶，爱放蒜叶的可以放蒜叶，反正香到头的东西，谁拒绝它锦上添花呢？

香橼果蜜饯

靖江人的家中，有三种树不可少，香樟、桂花、香橼。香橼树也是如今靖江的市树，与市花兰花一同代表着城市的品格与气质。香橼树上每到秋天便结满了金黄色的香橼，芳香四溢，飘扬在马洲大地上。旧时扬州的香橼果蜜饯，便是源自靖江。

香橼经过加工后，可以制成蜜饯、香橼露、香橼糖，甚至香橼酒，只是工序工艺较为复杂。蜜饯的制法相对简单，与柠檬、金橘一样切条用盐渍冷藏2~3天，取出放糖、梅粉再次冷藏后取出晒干，最后加水用糖煮制，晒干即可成为香橼果蜜饯。

靖江给扬州的精致增添了一抹金黄的色彩，而在靖江本土，香橼实在是太多，秋天一到，吃不完、用不完的香橼洒落在马洲大地，一个个圆圆的、金黄色的、芳香四溢的香橼，仿佛将靖江镀上了一层金色，满城尽落黄金果，将靖江点缀变得富丽堂皇起来。而吃不完、用不完的香橼，靖江人还有一种办法，保证不浪费这样璀璨的金黄硕果——将香橼切片晒干后卖给中药房。

制成的香橼果蜜饯供应扬州，这是把精致留给他人；切片卖给中药房，则是把生活留给自己。这或许便是靖江将香橼树作为市树的由来吧?

雪里蕻

雪里蕻是芥菜的一种,变异的一种,也可以说是最好的那种。

雪里蕻需要腌制。新鲜的雪里蕻口感偏硬,还有一股青哈气,并不好吃。当它长得最为茂盛、即将开花之时,人们及时采收,连茎带叶,进行腌制。

腌制的成品,一种叫水腌菜。准备一口大缸,一层雪里蕻一层盐,让小孩子穿上干净胶鞋,踩紧踩实,将近缸口之时,压上重物,让其自然发酵。发酵成功,就像人突然成熟了一样,软和了,温润了,成了随遇而安、相得益彰的谦廉君子。可作羹汤,可作炒头,可包馒头,都善解人意,别开生面。

一种叫梅干菜。外地有外地的做法。靖江的做法,没有水腌菜那么复杂,简单腌制出水、蒸熟,晒干即可。梅干菜可以直接吃,也可以包成包子,有一种独特的干香。最妙的做法是与肉红烧,或者扣肉。梅干菜充分吸收了油腻,格外地绵软、鲜香。肉仿佛沐浴过了,扑过粉了,清爽,干松,不是平常那种糊里糊涂的滋味。

无论水腌、梅干,都在保存食物的同时,改善了结构,增进了风味。雪里蕻是使用这两种方法,效果最佳者。其实在民间,好多菜都可以水腌、梅干:其他芥菜、油菜、白菜、青菜……什么菜并不重要。重要的是，人们想方设法，搅和了寒暑炎凉，解决了多寡不均，获得了岁月静好，现世安稳。

臭豆腐烧大肠

靖江人对于豆腐情有独钟，农家办事一道大烧豆腐必不可少，鲜美的鲫鱼、狮子鱼、昂公、黏滑子也可以炖豆腐，蚬子豆腐锅拓汤是夏日里令人百吃不腻的美味，东兴的老豆腐、太和拌豆腐在靖江更是闻名遐迩。而过去在靖江的农家小院里，冬日里常常有股臭味——懂的人才知道，那是臭豆腐特有的味道，年终岁末杀猪过年时，来上一副大肠和臭豆腐一起红烧，那闻起来臭、吃起来鲜美异常的美味，到了来年春天也忘不了。

臭豆腐从秋天起就要开始准备，将豆腐切成小方块整齐堆放，均匀撒上盐、味精，用一层塑料布盖好，四周以灶下的草木灰覆盖，再加上一层石灰。经过自然发酵、霉变，随着时间的沉淀，静等一个月左右的时间，一块块臭不可闻的臭豆腐便做好了。现在的臭豆腐有黑、白两种颜色，在过去基本很少有黑色的，大多是白色的臭豆腐。大肠则要等到腊月里杀年猪，一整副大肠回来反复用清水加盐冲洗，再用些面粉或者靪子抹在翻开的大肠内部，将腥臭味清洗干净。大肠要先焯水，在姜、葱、蒜、料酒的作用下，进一步去除大肠的腥味。收拾好的大肠切块在锅中翻炒，加入茴香、八角、香叶、酱油、盐、糖调味，小火慢炖，在大肠软烂后加入臭豆腐，继续焖煮。这时候，臭豆腐开始和大肠交融，用自身的臭味把大肠的鲜味全部激发出来，形成了一道鲜美异常的美味。

吴地有将苋菜秆沤臭后，和臭豆腐一起蒸熟的吃法，那是一种很奇特的味道，初尝者常常为此可以放弃一整桌美食，难以下箸。待到鼓起勇气尝试一番这道"蒸双臭"，从此再也忘不了这道菜的鲜美。靖江的臭豆腐烧大肠，大概也有"双臭"的意思，或者是以毒攻毒、负负得正，当两种臭不可闻的食材相遇，反倒成了最为鲜美的味道。

草鱼

过去公社化，靖江人过年杀年猪，还要分年鱼。河流是公共的，年初下些鱼苗，鲢鳙居多，青草较少。年底清沟，大鱼小鱼统统见底。弄上岸来，挨家挨户分配。一家少则五六条，多则十几条，拢成一堆一堆，人人心中欢喜。鱼儿大都是鲢、鳙，如果分到一条草鱼，或者青鱼，或者鳊鱼，那又相应地增加了一点小小的幸福。

草鱼品质稍逊青鱼，好于鲢鳙。靖江人居家过日子，以鲢鳙为主：头大作汤，尾活红烧，中段搭配粉皮。草鱼没有这么细致的部位划分，不过切成大块炖炖罢了。肉质要比鲢鳙细腻一点，但面目模糊，乱作一团，卖相既不如紧实的熏青鱼块，也不如铺张的鲢鳙鱼头。看来，草鱼还就是一条草率的鱼，不值得人们过于考究地去制作。不过草鱼不必自暴自弃，当它邂逅酸菜、泡椒，生成了酸菜鱼的概念之后，很快便提升了江湖地位，在中国人的餐桌上站稳了脚跟。

靖江人说，咸鱼淡肉。当他们吃到酸菜鱼的时候，忽然被打开了思路：无味使之入，这后天加入的，可以是咸，也可以是酸，也可以是辣啊。如果酸也来，辣也来，两路夹击，舌头发麻，灵魂打颤，那感觉也很不错啊！草鱼，因此得到了重视，庖丁解"鱼"，去头去骨，成了整齐划一的鱼片，也成了酸、辣攻城略地的崭新战场。

靖江是移民城市，食兼南北，口味中和。这种中和，并非折中和稀泥，而是一种中立，以和为贵，互相尊重的态度。主食来讲，米饭也可，面条也可，随你的意。粯子粥里有米有面，也可以说体现了这样的智慧。人们说，靖江菜不像南方菜那么甜，又不像北方菜那么咸，所以兼收并蓄，众口皆调。食物是故乡的记忆，味道是基因的入口。鱼的记忆很短，有人说只有七秒，有人说最长不超过三个月。反正草鱼是只大草包，啥草都吃，吃完拉倒。人不仅要吃新鲜，还要吃酸吃辣，追求风味。靖江人中有来自湖南湖北的，上海崇明的，江南的，里下河的，他们对于五味的调和与致敬，焉知不是他们在试图寻找遥远的故乡，破解基因的密码？

腌胡萝卜干

过去，在靖江西片红光那一带，很多人家都喜欢腌胡萝卜干。咸中透着点甜，脆生生的，是再好不过的搭粥菜了。

胡萝卜从田里收回来洗净，切成指甲盖大小，倒进锅里焯水，焯水的时候加点醋和盐。加醋让它变脆，加盐把水气杀出来。然后放到院子里晾晒。晒了三五天，变干了硬了，再腌。用盐腌制时，配上辣椒、生姜、大蒜等作料，再加点糖，放在缸中，用圆圆的大石头压严实，半个多月后即可开坛。糖的用量才是重中之重！胡萝卜本甜，多则冲突，少则无味，这也是个学问。

腌上后，还得天天检查发酵情况，三天换一次封口的水。时间到了，把胡萝卜干捞起来沥干，严严地压在小罐子里，这一封又是小半个月。

胡萝卜是甜的，一腌过后，脆生生，别看指甲盖大，入味，最好玩的是吃的胡萝卜干，还带姜丝，鲜甜。还可根据个人口味用什么辣的或酸的一拌，口水止不住流！

雪菜肉丝

靖江人管雪里蕻叫作雪菜，似乎这种称呼更亲切。

雪菜的吃法很随意，从来都是不拘一格的。不论过去还是现在，就没变过。可以是早饭搭粥的小咸菜，也可以是中午炒肉丝的家常菜，还可以是晚上包进馒头里的馅心。

不管是哪种吃法，雪菜都是要腌制后才好吃。腌制后可以捞出来晾晒干了吃，也可以直接切碎吃，尤其跟肉组合更入味更鲜香。如果红烧，用晒干的好；若是炒，就用含水的合适。

就拿雪菜肉丝来说吧，它是靖江好几代人都不能忘却的味道。很多人已经不把它当成家常菜了，估计它已经太火了，变成了盖浇饭或者雪菜面的中心人物了。肉丝入油锅加葱姜煸炒，放一点点小米椒爆香，再把切好淘洗过的腌制雪菜倒入一块翻炒，此乃飘香之时。别说雪菜肉丝没啥技术，火候很重要，味道清爽可口，必须大火伺候。简简单单的雪菜肉丝，大道至简，大音希声！

此时，最妙的莫过于煮碗面，盛一勺雪菜肉丝放到面上，轻轻搅拌，吸溜一口，心里顿时美滋滋，细面柔和轻盈的同时，又有雪菜款款相随、肉丝相伴，倘若喝上一口面汤，就醉了！这就是雪菜肉丝面的魔力！

胡萝卜饭

在靖江胡萝卜饭也是一道知名的菜饭。

靖江种植萝卜的历史悠久，主要有水萝卜、红萝卜（即胡萝卜）等几种颜色不同的萝卜。萝卜在夏末立秋后开始播种，到秋天结束

冬天来临时，就已经成熟。白萝卜在天寒前要全部收获，因为暴露在地表的萝卜会被冻坏。而全部生长在地下的胡萝卜不用担心，想吃就可以去挖些回来，一直可以吃到开春。"立秋豆好收，萝卜梳端周，青菜少间种，粪壮萝卜头。"这首民歌道出了"工管、肥促、合理种植萝卜"的方法。

在过去，胡萝卜是农村专门种来养猪的，让猪能吃饱长肉。生产队时期，都会种上好几亩地的胡萝卜喂猪。在粮荒人也缺吃时，胡萝卜就成了重要的食物。家里烧上一大锅的萝卜饭，萝卜很多，米饭只有很少一点。小孩子还很不情愿吃，都吃怕了萝卜。

现在的胡萝卜因为富含胡萝卜素，又成了人们的宠爱。再做胡萝卜饭，味道已不可同日而语了。先将五花肉丝用油煸下，再将切成丁的胡萝卜与葱、姜一起用油煸。最后把肉丝、胡萝卜、洋葱放入锅里，加入生米、盐和水，可以开始烧了。等到饭熟，一锅胡萝卜饭就做好了。这样的胡萝卜饭有肉还有洋葱盖住萝卜的涩味，盛上一碗，白中带红，很有食欲，深得人们喜爱。家长会经常做萝卜饭给小孩子吃，补充营养。近年来，大饭店也把胡萝卜饭作为主食在宴席上推出，除了传统的胡萝卜，还增加了香菇、虾仁、火腿等，内容更丰富了。

手擀面

靖江除了种植水稻外，小麦产量也很高，所以面食还是挺多的。在没有搅面机之前，人们想吃面条，只有手工擀制。

擀面的第一步是和面。用瓢子从面袋子里盛出面粉，按照"一斤干面三两多水"的比例调制成面团，并来回揉均匀。这时可以拿出擀面杖，在桌板上用力反复按压一阵。然后用擀面杖向四周用力擀开成片状。待面片擀到一定程度时，将擀面杖卷入其中，再向外推卷并调整几次，这样面团就擀成了很薄的面片。将擀好的一大张面片，来回地堆叠起来，小于刀宽。用刀从右往左切面片，切时可以控制间隔，想吃宽面就切宽些，喜欢吃细面条就切窄小些。最后撒上些干面粉，让面条不黏结。

下面时，要比机器做的面多煮一会儿。锅里的水开后下入面条，等面快熟时，加入莴笋叶子或者青菜叶子，加入盐等调味品，转小火焐一会儿。打开锅盖后，一股清香扑鼻。赶紧捞上一碗面，按个人喜好倒入点醋或者辣椒油，当然可以不加。吸溜一筷子面条，口感独特，劲道韧性有嚼头，比面店里买的水面、卷子面可强多了。不一会儿工夫，一碗面下肚，满头大汗，再去锅里盛上一碗。此时锅里的面还是一根一根的，不糊不烂，手擀面真是好面。

季市脆饼

季市脆饼货真价实，他们选用的超级面粉、白糖、豆油，均要厂家的质量保证书随货提供。原料正宗，才不会影响到口感。在制作技术上，最难掌握的是发酵的温度，酵发好了，脆饼才会酥脆。季市脆饼所以名声在外，除选料纯正外，也是和工人师傅精心操作分不开的。从和面到出炉，一共有20多道工序，而且基本上都是手工操作，饼坯贴上黄泥炉壁后，经优质无烟煤炭微火烘烤一个半小时以上才可以出炉，这样制作成的脆饼才能确保里外熟度相宜，避免了外焦内夹生的现象；而且只只成型饱满、色泽金黄，香味诱人。为了确保香味纯正，现在季市人做脆饼时仍使用无烟煤炉，而坚持不用电烘箱。季市脆饼每只不足两厘米厚，竟有27层。最神奇的是，季市脆饼泡在水中，27层薄皮每一层都能挑上筷子。季市脆饼

干吃，有酥、脆、香、甜的感觉；泡食，层次不乱、汤水不浑、香味扑鼻，且纯正可口、营养丰富、健脾开胃，颇受人们喜爱。

馓子、油绞绞

面，经过油的煎熬，结局不是酥，就是脆，就像馓子和油绞绞。

但，馓子不是油绞绞。

靖江过去分为东沙、西沙，东沙的馓子，到了西沙则唤作油面。过去，馓子加鸡蛋，是看望产妇的标配。刚生完孩子的产妇，吃上一碗泡馓子，馓子底下卧两只鸡蛋，那会对婆婆心生感激的。如果能加一勺红糖，那简直就是奢侈了。所以看产妇在靖江又被称为"看馓婆"。馓子营养丰富，补血补虚，对于产后妇女有恢复机能的作用，以至于民间流传着一句歇后语："坐月子不吃馓子——亏了。"

西小桥西北角，王家炸馓子的油锅就支在大门口，终年冒着热气，香飘半条胜利街，是靖江城里的一道独特的风景。

和面的水里加入食盐，条件好的则加红糖甚至蜂蜜。和好的面团要充分捣制，使它具有良好的韧性。把面团平摊在操作台上，用刀划成一根根粗条，然后双手合作，把粗条在操作台上揉搓成5毫米直径的细长圆条，逐层盘入放有花生油的搪瓷盆内，层层涂油，防止粘连，静置两个小时。等盘条回饧后，以右手执条边拉边绕排列左手四指上，绕时左手四指伸直，用大拇指按住条头，绕7~8圈，再以右手伸入条圈中，两手四指并拢捯拉面条，使绕条延伸至原长两倍，再腾出右手用2支筷子叉住左手上的绕条绷紧，然后双手各执1支筷子放入油锅炸制。油温一般在220℃左右。入锅片刻，用筷子将绕条叠制成扇形、梳形、花朵形、帚形等不同形状。馓子成型后，要在油锅内翻动，使色泽均匀一致，直到炸至金黄色，即可出锅沥油。

馓子既是产妇的补品，也是孩子们的零食。用开水冲泡，香中带甜。一根一根掰下来干嚼，酥脆爽口，回味无穷。

靖江人嘴里的油绞绞，就是北方人所说的麻花。麻花是中国的一种特色食品，用两三股条状的面拧在一起，油炸而成。麻花的制作工艺比馓子要简单一点，所以自己在家里就可以做。

把面粉、适量的白糖、食盐、小苏打、烧熟的食用油搅拌均匀。把面粉全部搅拌成面絮后,再加入清水,揉成面团,包上保鲜膜,放置在温暖处醒面30分钟。炸麻花和面的时候,加入少许食用油,可以使炸出来的麻花表皮更酥脆。加少许小苏打,可以起到蓬松的效果,而且在炸制过程中麻花内部不会产生大气泡,保证口感的同时还能使麻花的卖相更好看。

面团醒发好以后取出放在案板上,用擀面杖擀开,擀成0.5厘米左右厚的片。把擀开的面片切成1厘米左右宽的长条。把切开的面条依次搓成长条,一只手的手指勾住面条的正中间,另外一只手将面条拧在一起。拧好以后将首尾两端提起,面条会自动拧成麻花状,把尾端塞到刚刚手指勾的地方,这样一根麻花就做好了。

麻花的大小,可以根据自己的喜好而定,小的几厘米,大的像小手臂,不一而足。

锅里坐油,油温升到四成热左右,把火力转为小火,把做好的麻花依次下入锅中,全程小火慢炸,麻花定型后用筷子勤翻面,使麻花均匀受热,上色。把麻花炸至表皮金黄后捞出控油即可。金黄醒目,甘甜爽脆,好吃不油腻,多吃亦不上火,是人人喜爱的小吃。

老虎糖

曾经的时光里,你有没有干过挤掉牙膏,用牙膏皮换糖的事?那种叫作老虎糖的糖。很多人以此问题,寻找同龄、同乡、同好,寻找一模一样的怀念。

老虎糖，也叫斫糖。实际上，挑着老虎糖担子走村串埭的货郎不愿意喊出全称，那时没有喇叭和复读机，全靠嗓子，他就简化地喊："换糖，换糖喽。"敲一下铜锣，再喊。

货郎的担子，一头一个竹筐，筐上有匾，匾里是老虎糖，淡黄色，圆圆的一大块，足足有大人一怀的长度，中间大约一寸厚，边缘薄，有流动的纹理，裹着一层雪花样的粉，香气飘散，诱人极了。别看货郎挑的竹筐不小，其实担子不重。老虎糖极轻、极脆。

竹匾下的筐里，是牙膏皮、铁皮、铁块、旧鞋底、旧布头……圩上埭上的小孩子全围过来了，大一点的孩子自己攥着牙膏皮，小一点的妈妈牵着，也是担心货郎欺负小孩儿，少敲了老虎糖。

掀开塑料布，老虎糖旁有块梯形的小铁皮，还有个小锤子。货郎掂量着孩子们递过来的旧物，脑子里简单一盘算，手下立即有了分寸，他左手拿铁片，锋利的一边放在老虎糖边缘，右手的小锤子一敲铁片的上端，一块糖脆生生敲落下来。小孩子忙不迭地接过来，找到下嘴的地方，立即塞进嘴里……那个香啊，那个甜！用现在的话说："点一万个赞。"

妇人们就没么么好说话了，往往要求货郎再"饶"点。双方讨价还价，货郎只能到匾里边上，撸些碎屑，塞到她们手里，然后赶紧挑上担子，赶往下一个圩埭。

只有错买，没有错卖。妇人们知道，这场交易，货郎肯定赢。可哪家孩子能抵挡老虎糖的魅力呢？

老虎糖，就是麦芽糖。麦芽磨成浆，与大米相和，倒入大锅蒸煮。经过数小时升温发酵，形成糖汁。捞出沉淀物，继续蒸煮。其间用木棍不停地翻搅，使水分越来越少，慢慢成膏状。这就是人们常说的"糖稀"。糖稀可以制作酱油，红烧菜必用之上色、提味。糖稀倒出冷却，拉长，一头固定在一根木桩上，不断地来回拉扯。原本暗红色的糖稀，越来越白，越来越脆，变成了淡淡黄色的软糖。将软糖切割成段，用手摁成圆饼，或者让其如岩浆一般摊开，再用手摁压，最后均匀地撒上米粉，保持其清脆。一块老虎糖就做成了。

做老虎糖是力气活儿。渐渐的，人们不愿意花力气制作这些小玩意儿了。

"三月三，上孤山。"每逢农历三月，孤山脚下有集市，还可遇到老虎糖担子。年轻的父母不允许孩子吃这些没有食品安全认证的食物，还担心老虎糖会毁了孩子常吃巧克力后愈发变形的牙齿。购买老虎糖的成年人多数为了怀念，只敢扳一小块放嘴里，找寻一下童年的味道。渐老的、不堪一击的牙齿，瞬间塞满了老虎糖，怎么舔都不掉……小时候也这样啊，乳牙换牙，都曾在口水浸润的老虎糖的绵软里左冲右突。只是孩子们可以不管不顾，可以很快吃完一块块老虎糖。人到中年，望着用微信扫码买来的老虎糖，不能再吃了，控油控糖，身体要紧。可是，在那叮叮当当的敲击声中，又怎能经受住老虎糖的诱惑呢？

咸肉蒸冬笋

"若要人不俗,冬笋蒸咸肉。"吃货都是天才,怎么吃都有道理。

旧时没有保鲜技术,吃肉不同于吃萝卜、青菜,菜园子里随时可择。想吃猪肉,又不能临时到猪屁股上割一块。祭祀下来的猪羊肉,要么风干,要么烟熏,要么腌制。束脩来了。

肉码上了盐,渗透压提高,肌肉里的水分被逼了出来,蛋白质的浓度提升。以风干之,进一步增加了蛋白质的韧性,阳光,能加速脂肪的老熟。时间又将肉条轻微发酵,蛋白质演化为低分子链的氨基酸,鲜味得到释放,风味即成。

享受咸肉,简便模式是切片在饭锅上蒸,饭熟了,肉片也熟了。热力逼出了咸肉里的油脂,点点滴滴,直接淋在饭上,饭香肉香,之间有种微妙的平衡。这样的做法,有点类似广式的煲仔饭。

咸肉最好的打开方式是蒸,假如配搭其他食材,下锅颠匀,对于见识过时间、太阳、盐巴的咸肉来说总嫌太过直白。只有蒸才能充分达到气息交融。饭锅蒸有点草率,上笼屉蒸,盛的盘子里一汪油水,于是大搞拉郎配,有人想到垫芋头片、垫百叶、垫菌菇等等。直到冬笋上市,人们找到了咸肉的最佳伴侣。

外面滴水成冰,竹园的砻糠下护着满是公主梦的冬笋。内行的人一看就看到冬笋的窝居。躲得深的用锹挖,勇敢的就露头露脑,用脚就能踢到。剥去笋衣，冬笋浑身雪白，像在牛乳中浸过一般，白白胖胖形似盛开的玉兰。

将冬笋切片，铺在盆底，上面放上咸肉，几十分钟后，咸肉蒸冬笋就成了。这种垫法和垫芋头、百叶、菌菇不一样吗？还真不一样。只一句话就能让你高下立判，肉还是那个肉，冬笋却是入口化渣。这是靖江特有的老味道。

河蚌青菜

河蚌在靖江方言里叫"歪子"，是老百姓最熟悉的水产之一。

它常年栖息在河港里的烂泥中，有大有小，大的有二十多厘米，小的也有拳头这么大。河蚌性寒，有清热解毒、滋阴明目之功效。每年冬天是吃河蚌的最佳时节，冬天的河蚌干净肥壮，夏天的河蚌里可能有寄生虫等脏东西。

河蚌的捕捞方式主要是耙和摸。耙河蚌是用一个很长的竹竿，头上装上一个特制的小钉耙。人站在河岸上，手握竹竿，用钉耙在河泥里来回地耥。当钉耙碰到硬物时，那相碰时的感觉便通过竹竿传到手上，然后再用钉耙慢慢拉，将河蚌从泥中扒出，捞到岸上来。这一切都是在看不见的水下进行的，全凭手上的感觉。河底下有很多的杂物，要判断钉耙所碰到的东西是不是河蚌全靠经验。

摸河蚌是人下到河里用手把河蚌从泥里抓出来。冬季水位低

时穿上防水衣俯身探摸,或者是在抽水清淤时,穿上雨靴套鞋,在露出的河滩烂泥里仔细找寻。每到这样的时机,常常会有满篮子的收获。当然摸歪子在过去的时候,是农村男孩子夏天最高兴的娱乐活动。那时的河港水质清澈,一群孩子在埭头桥下游水、扎猛子、捞虾摸蚌。

在困难年代里,歪子肉是餐桌上不时出现的荤菜,是穷人家孩子最喜欢的美味佳肴。摸歪子也是补贴家用的重要方式。

烧河蚌最好要选一年头的,河道在去年打水清淤,今年刚生长的,还要最好是生长在河道向阳的那一侧。选圆些的蚌,壳薄呈鹅黄色,这样的蚌肉才紧致细嫩。河蚌在靖江有多种做法菜式,河蚌烧青菜、河蚌炖豆腐、河蚌肉圆、河蚌烧秧草、羊肉炖河蚌等。偶尔有人吃河蚌后会肠胃疼痛，因为河蚌性寒，过敏体质和胃寒的人应忌食。

黄芽菜

靖江人把白菜中有一种菜心浅黄色、犹如嫩菜的，叫作黄芽菜，它是冬日餐桌上的伴侣。

在过去的年代，整天跟番芋、芋头、胡萝卜打交道的人，吃上一顿黄芽菜炒脂油渣，简直是奢侈的美味。贪婪地嗅嗅，肚子里的馋虫就被疯狂地引出了。用筷子把黄芽菜和饭拌一拌，"呼嗒呼嗒"吃几口，真香啊，脂油渣焦黄脆香，黄芽菜肥壮细烂，吃得满嘴冒油。嘴里甜津津，胃里暖堂堂。

生活在城里的人家也常常以黄芽菜打桩，厨房的墙角滚着好多黄芽菜，外面一层菜叶已经干瘪了，但剥开后里面的菜叶仍然清白水绿。见得多了，识得广了，也会变着花样烧黄芽菜，黄芽菜炖豆腐，黄芽菜炒粉丝，黄芽菜炒百叶，黄芽菜炒油面筋，清炒黄芽菜，黄芽菜煨大骨头……黄芽菜又便宜，又好吃，又健康，"鱼生火，肉生痰，白菜豆腐保平安。"

现在，生活条件好了，冬天再不用黄芽菜做当家菜了，可人们还是爱买上两棵敦厚的黄芽菜囤在家里。家常餐桌、饕餮盛宴、烟火气十足的火锅店都少不了它们的身影。它们跟鱼翅在一起都不怯场，跟鸭架一锅炖也很乐意，包成饺子放火锅里涮一涮热乎乎，吃腻了鸡鸭鱼肉，凉拌个黄芽菜心，清新爽口。

高脚黄芽菜，冬天收上来晒干，踩在缸里腌成酸腌菜，拿黄豆炒熟了和腌菜一炒，能吃三大碗粥，做成腌菜馒头更是好多人的最爱。吃不了来年春天拉出来晒干做成旱腌菜烧红烧肉最好。

炒黑塌菜

每到冬天，就有一种菜，让人舍不得丢口。

它叫黑塌菜，是青菜的一种。外形凸圆，颜色墨绿，叶片大而茎秆短。它大部分茎叶像是趴于地面，匍匐着向四周生长，故有塌的含义。黑塌菜主要种植在长江下游两岸，天性耐寒，每年秋天时撒种子种下，移栽后至冬天正好长成。再经霜冻，食用最佳，吃起来有着非同一般的肥甜，柔软多汁，清爽可口。黑塌菜有塌菜、塌棵菜、乌松菜、踏地菘等名称，明万历《靖江县志·食货物产》中记载"乌松菜叶黑茎大"，可见靖江种植食用黑塌菜的历史悠久。宋代范成大亦有诗赞塌棵菜："拨雪挑来踏地菘，味如蜜藕更肥醲。"

要是让靖江人评价黑塌菜，一个字：肥！

随便怎么炒，油多油少无所谓，吃到嘴里，叶片总归厚实没有纤维感，像吃肉片一样，肥嫩嫩的。天冷了，总要下场霜的，被霜打过的黑塌菜，味道更鲜美！样子也变得出奇的亮，油亮亮的，别的菜已经蔫烂了，黑塌菜尽管头一低，但还不服输，它的底盘稳，叶子四散开，层层螺旋向上。也有那种紫红色的，霜打的颜色，直勾勾地盯着你要你把它带回去，美美吃上一顿。

到田里拔上三五棵霜打过的黑塌菜，沉甸甸的。一片片掰开，洗净，炒一些，再留一些煮面条。这玩意儿煮面是绝配，香油一放，咸滋滋飘麻油香，黑塌菜随你怎么煮，软哆哆够味！哪怕喝一口面汤嚼到里面的黑塌菜，也是一种惊喜，更算一种幸福吧！

邢长兴羊肉

秋风起，羊肉季。天气一凉，靖江街头巷尾就多了许多羊肉馆子，店门口的大锅里不间断地咕嘟着，上面飘着亮锃锃的羊油，香味四溢，吸引着食客们陆续前来。莫要说羊肉，只要一碗羊汤下肚，整个人就暖和起来。

在靖江，羊肉是有故事的，靖城有邢长兴，东有敦义缪家埭，西有四墩子、东兴，北有孤山桑木桥，各地烹制的羊肉风味各异，各有特色。不过，极负盛名的还属百年老店邢长兴，它创建于清咸丰年间，历史长达一百多年，在靖江家喻户晓。靖江县志里记载了一则往事，说民国时"近代南通之父"张謇曾在邢长兴的店里吃过

羊肉,并极为推崇。据说,邢长兴羊肉店最初卖的是羊肉血肚汤,由于待客心诚,口味上佳,生意越做越旺,几年后便开始兼营羊肉肴馔。20世纪50年代,恰逢小店生意兴旺,遂挂牌邢长兴,取意"长久兴旺"。

邢氏后人中,真正把羊肉做到誉满靖江的,是邢长兴创始人邢三祥的孙子邢天锡。邢长兴羊肉选取的都是生长一年左右的本地生态羊,再加上烹饪讲究,因此受到食客喜爱。邢长兴羊肉店有三绝:一是店内只闻羊肉香,不见腥膻味,这是一般羊肉店难以办到的;二是邢长兴店虽不大却非常干净。邢天锡一直爱干净,不管什么时候总是衣冠整洁、举止文雅,无论是上灶还是操刀从不穿工作服或套围裙，一天下来身上却无一点油斑污渍。在一些庄重的场合做菜，他总是穿一身毛料制服上灶；三是一只羊在邢天锡手里能烧出数十种羊肉菜肴，那些菜吃在嘴里无膻无渣，只知其香、肥、鲜、嫩，不经介绍实不知是何种菜肴。其实，邢天锡烹调羊肉是有独特秘诀的，这秘诀全部传授给了他唯一的徒弟陈士荣。陈士荣不负众望，用实践让邢长兴羊肉发扬光大。

靖江"全羊席""邢氏羊肉宴"为邢天锡首创，每个品种的色、香、味、形均不雷同。邢天锡烹制的生炒羊肉丝鲜嫩润滑，红烧羊肉酥烂醇香，提汤羊肉汤如白乳，鳜鱼羊肉、鲫鱼尒鲜、龙眼滚球等羊肉精品，令食客不忍下箸。

水晶羊蹄，是根据食客要求独创的食品，克服了红焖羊蹄糖多、油多等不健康的缺点。水晶羊蹄色泽呈晶，质地软烂，味香爽口。它的制作工艺更是令人咂舌，将羊腿表皮用尖刀刮至白净，漂水六个时辰，再换清水继续漂六个时辰捞起入锅，放入姜、葱、白萝卜加水淹没羊腿，焯透后捞出洗净。将羊腿放在大口锅内，加姜片、葱段、蒜头、上笼蒸两个时辰，至皮烂、肉稣加入盐、味精，撒上胡椒粉。前六个时辰加上后六个时辰，单说这耗时，已叫人折服。

"鱼""羊"组合为"鲜"，羊肉和鱼肉都是味道鲜美的食物，那么二者真正同烹，又岂是一个"鲜"字所能囊括？也许品过鳜鱼烧羊肉后，方能体会其中的妙处。不知邢天锡当初是否因"鲜"字，才有了这样的奇思妙想，将鳜鱼与羊肉同烹。挑一条一斤左右的鲜鳜鱼，宰杀去鳞、鳃、内脏，洗净，两面剞花刀。熟羊肉切成小块，菜心洗净

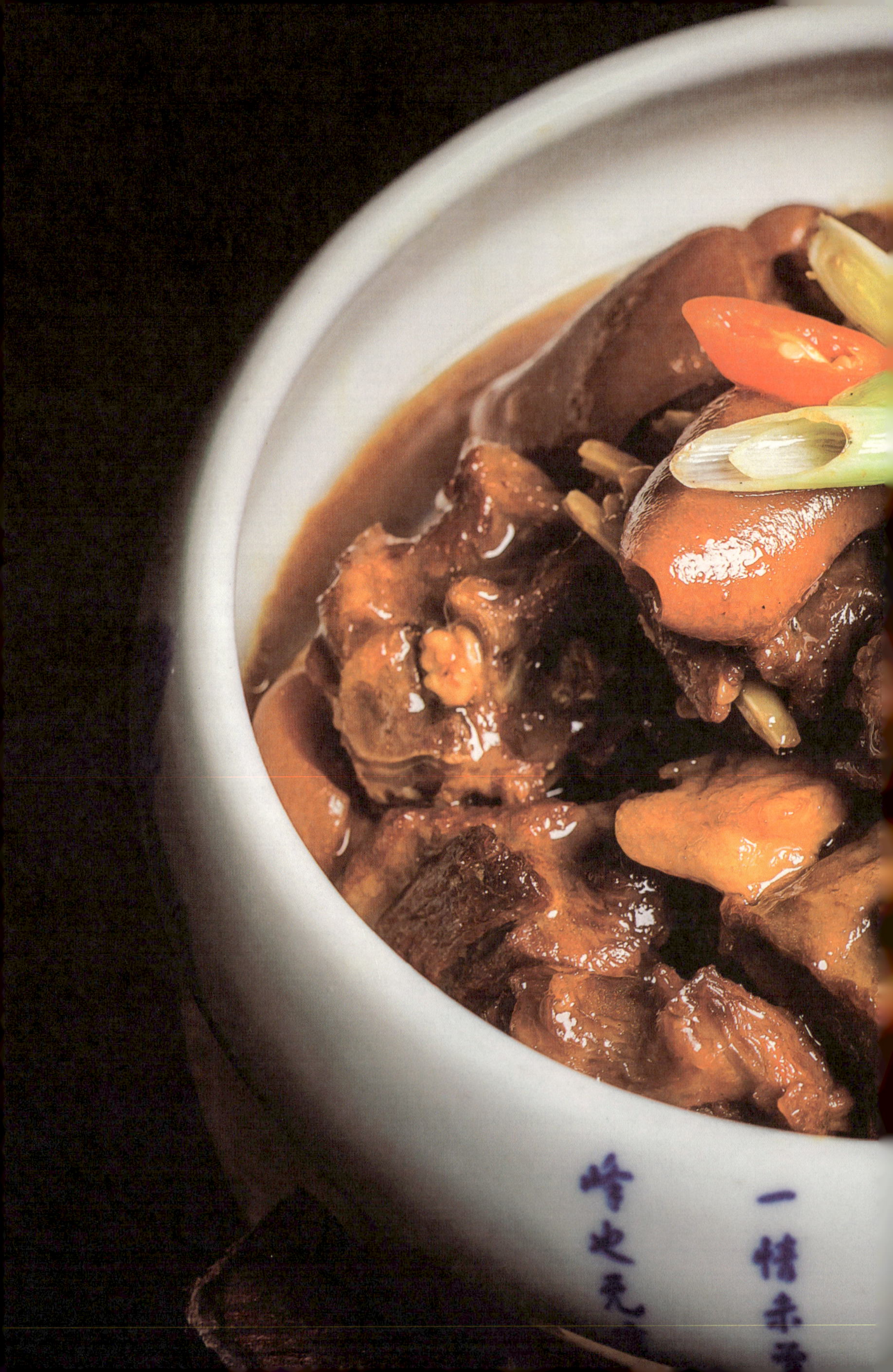

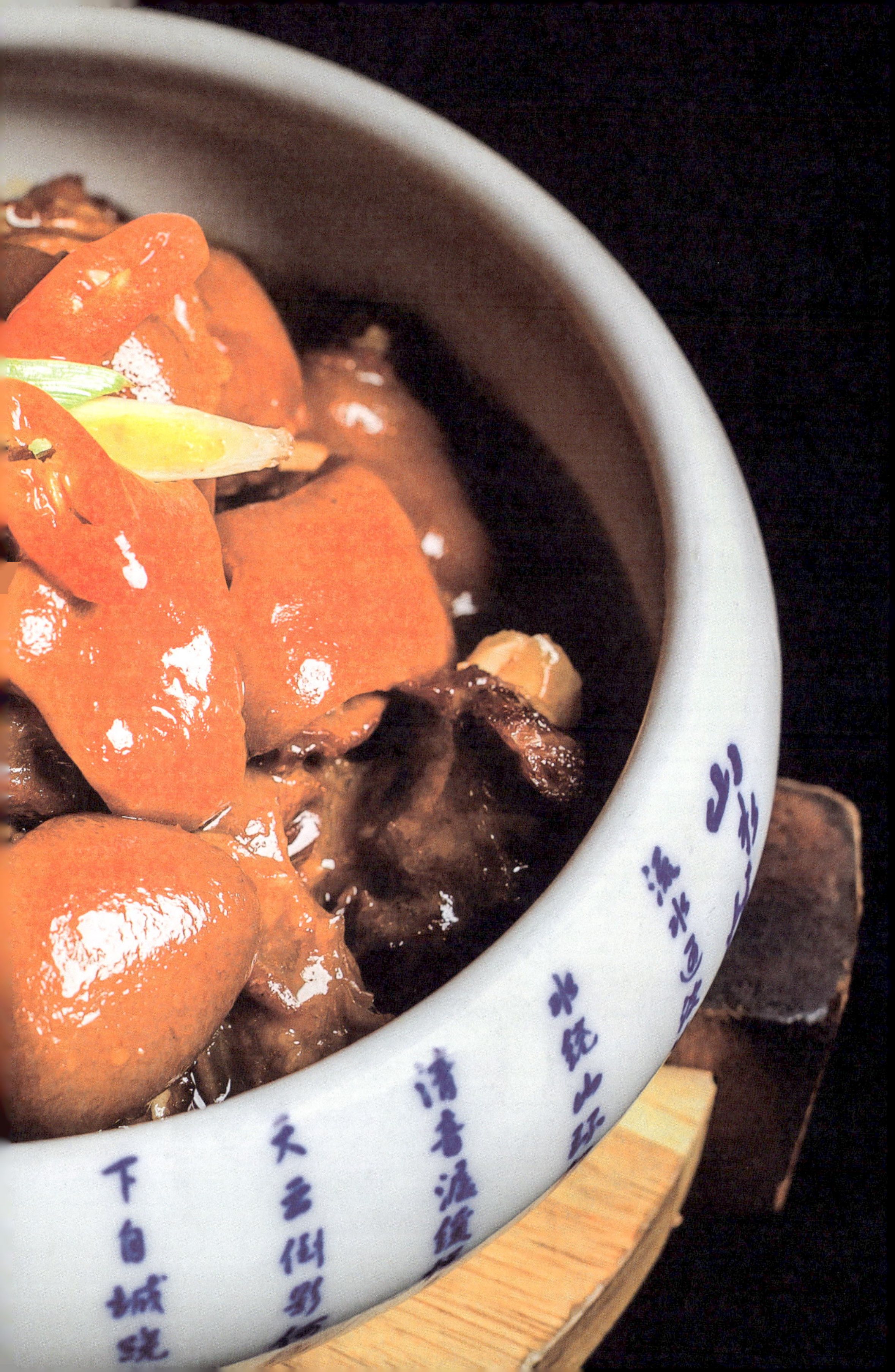

焯水沥干。炒锅上旺火,用素油将葱、姜爆香后入鳜鱼两面略煎,加料酒、酱油、盐、清水,烧开后改小火焐,待鱼将熟时放入羊肉块,加酱油、糖烧沸后改小火焖片刻再移至中火,加味精,晃动炒锅收汤,淋上熟猪油,撒上青蒜末,起锅装盘。将菜心煸炒加盐、味精,炒熟后围于盘边。这样的一盘美味,真真叫人醉了。除了红烧,还有做汤的,鲫鱼也可,鳜鱼也可,和以熟羊肉小块,添羊肉原汤焖煮。汤汁乳白,又鲜又香。

都说羊浑身是宝。你瞧,邢长兴羊肉店独创的"龙眼滚球",就是以羊眼为主料,虾仁、蛋清为辅料制作而成。去除羊眼之珠,塞入糊状虾仁,镶以樱桃果肉,四边放置虾球,笼蒸10分钟取出,浇以汤料,撒以胡椒。状如珠滚玉盘,食之鲜、嫩、韧、烂,有生津补胃、明目

健脾之功效。每年天一凉，就有好多外乡人驱车百十里来靖江，就为吃一口"龙眼滚球"，满足一下味蕾。

对靖江人来说，奶白的羊肉汤锅咕嘟咕嘟地沸腾，就是冬天里最动听的声音。挑一只去皮的羊前腿，表面洗干净，常规焯水。大火滚开后，加入些许白酒，撇去浮沫即可。焯水后洗净，放入清水中，生姜、葱、少许白酒，煨制两个小时左右即可出锅。羊肉先从锅里捞出，放到盘子里拆肉。一丝丝，一条条鲜嫩的羊肉，香味扑鼻直钻入肺腑，没点定力的话，也许一边拆肉一边就吃光了。取来汤锅，放入一些刚拆下的羊肉，浇上原汤，撒一把蒜叶末，汤色似奶，蒜花似碧玉，一大锅提汤羊肉上桌，透着浓郁的清香。呷一口，唇齿回味，热气腾腾的羊肉就是冬日的恋歌。提汤羊肉在烹饪过程中，除了生姜、葱、白酒，不放其他调料，只用清水炖煮，无论羊肉，还是羊汤，都保持了原汁原味。

羊羔饼

当马洲岛的羊过江时，靖江的冬天就来了。

四面环水的马洲岛地处靖江的最东端，是长江之中的一块绿洲，南与张家港隔江相望，北与如皋相邻，土质肥沃，空气清甜，草类恣意生长，这里散养的羊自然与别处不同。

羊上了船，航行七八里就靠岸了。早有一批小贩在此守候，稍迟一点的，只能望"羊"兴叹了。

既然羊上了岸，这个冬天的美味，必然要从羊肉开始喽！靖江人对美食的挑剔程度可以说到了锱铢必较的地步。其实，这不光是食客的要求，更多是来自美食制作者自身的要求。就拿羊肉来说，养殖场里圈养的羊难道就不能吃了吗？吃，当然可以，只是肉质、味道却逊色了些。自称是"羊痴"的著名的美食家蔡澜先生在靖江尝了马洲岛的羊肉，他用任性的吃法告诉了众人，这羊肉真是"好吃"！

都说，一方水土养一方人，一点也不错。祖祖辈辈靠长江水哺育的靖江人，骨子里的细腻是被江水滋养起来的。这里的"羊羔饼"，会让你在初冬的季节里沉醉。

用马洲岛的羊羔，取其前腿肉在流水里冲泡。冲泡久了，羊香味淡了；时间短了，羊膻味太浓。到底要冲泡多久才合适？这很难说得清，或许只有制作者才晓得其中的分寸。冲泡好了，放到木制架子上淋干水分，再搁到木头砧板上，取下桑木棒槌开始对这块羊肉进行捶打。那动作似浣纱女在江边捶打衣物，那力度却要轻柔些。可别小瞧了这区区一块羊羔腿肉，须得从日出捶打到日落方可。整个过程都是木头与羊肉接触，不能有任何金属触碰。据说这样，木头本身的气味会与羊肉的香味适度融合，生出一种全新的妙不可言的味道。捶打好的羊羔腿肉，肉质松软，细腻，轻轻挑起，藕断丝连。取来上好的面粉，均匀撒入，加入适量的盐，抓取搅拌，摊成海碗口径大小的圆饼，放入热油锅里煎，两面金黄，盛出，划成六等份，装盘。

蔡澜先生的目光早就随了它,直接用手捏起一片,品了起来。这一品还了得,接连就是三片,吃得意犹未尽。

羊羔饼好吃,不仅在味道,还深在功夫上。单说从早到晚地捶打,怎能不叫人折服。面香里裹挟着羊香味,羊香里又透着自然的木香,既彼此包容,又相互和谐,这是一种怎样的香,竟找不出一个合适的词来形容。

看来,羊羔饼里透着的是靖江人的大智慧。

羊肉粉丝汤

每到农历九月下旬,靖江的街头就开始飘散起羊肉的香味。

不过真正入味,还得是入冬时。做羊肉菜忙人,有杀、漂、摘、嚯、分档、深加工、烧、煮等多道工序。靖江人对羊肉最钟爱的做法,非羊肉粉丝汤莫属。

选羊很讲究,大多是一墩羊(骟过的公羊),体壮肉健,加工起来出肉率也高。羊肉粉丝汤经济实惠,一碗汤下肚,浑身发热,有劲,气色都有彩。靖江人钟爱羊肉粉丝汤,有何特殊的原因呢?一方面是靖江人喜欢"烫烫",冬天冷,有汤、有水、有肉、有粉丝、有菜,荤素搭配,满足人体要求,羊肉又有大热大补的功效;另一方面用的都是原汤,汤雪白浓稠,又鲜又香。

羊肉粉丝汤有内容、有质量、有味道,羊肉要用手撕羊肉,一块一块的，羊肉纹理特别清晰，没有乱七八糟的筋络与下脚料，比较清爽。粉丝要用优质的红薯粉丝，添加的淀粉和杂物少，没有杂质，正宗的红薯粉在羊汤中晶亮透明，比藕粉还透亮，不糙不沙不塞牙不碜，滑爽滑爽的，特别软糯而且有韧性。菠菜都是选的优质的农户自种的赤根菠菜，霜一打菠菜有点甜甜的，不涩而且嫩，根红叶绿，碧绿碧绿的，最后一把大蒜叶撒漂在上面，白汤里透着绿，绿中泛着赤粉丝及羊肉，撒点手工磨的胡椒粉，筷子一捞，热腾腾的，特别是汤鲜，微麻辣，爽口爽滑，喝上一口汤，一直舒服到胃里，真带劲！

水晶蹄髈

靖江人吃蹄髈有两种吃法，一是红焖，二是清制。红焖热炒、肥腻、霸道，色香味面面俱到。清制即便是吃肉，也有点雅意，感觉清爽。

首先，选带皮的猪前蹄。据说，猪在运动时，前蹄比后蹄吃劲，经过成年累月，练就出发达的肌群。此外，肉质带皮很重要，皮是产生"水晶"冻的主要材料。再就是腌制，普通的去腥增香不说，秘诀是在前蹄的骨头上点硝水。这样制出的蹄髈肉色玫红，香味浓郁，口感筋道。后来，人们在饮食上讲究健康了，说使用硝水容易产生亚硝酸盐，就放弃使用硝水，风味大减。

烧制水晶蹄髈水量火功也需技术，水多了，就是一罐汤，形成不了冻。水少了，冻量不够，填不满蹄髈的沟沟壑壑。火大了是煨，火小了是焖，水多大，火多猛，制作耗时都是个模糊概念，全靠摸索。好在摸索的过程也有乐趣。几次下来，外形完整、皮面光滑、皮、脂、肉层次分明、卤冻均匀、冻若玛瑙的水晶蹄髈就出来了。

将水晶蹄髈改刀上桌，精细的切片，豪放的手撕各得其美。入口微酥香溢，嫣红嫩冻，佐以香醋，很美味。

羊血猪血鸭血铁板烧

在靖江，很多人都爱吃羊血、猪血、鸭血制作成的美味菜肴。熟知的有：京葱烧羊血、猪血烧豆腐、鸭血粉丝汤等。

羊血、猪血、鸭血三种一起烧又是什么味道呢？把三种血液产品经过改刀、焯水、浸泡后进行深加工调配，因为血制品腥味比较大、易碎，难以成型，在加工时就要要求区别对待，格外细心、细致、细密，秩序不能有错，顺序依次为羊血、猪血、鸭血。垫以韭黄或洋葱丝以及青椒加以蒜片（瓣或泥）与小米辣为辅干煸，增加香油或牛油辅调极其香溢。

三种血制品以羊血为最腥烈，血性脆、嫩偏绵；猪血偏红偏中性，血块口感粗些；鸭血嫩，绵而韧滑可成片，色浅白，可多煮。掌握了三种血制品的特性后，在初步加工时就要在焯水的时候掌握

好时间，羊血一分钟，猪血二分钟，鸭血半分钟。下锅轻煎，同样也是这个顺序，先羊血、再猪血、后鸭血，再加入高汤烧制调味，要多增加胡椒粉，以盖一盖，压一压血的腥味，起锅浇入滚烫的经过预加热的铁板中，这时两种温差产生"滋滋"的爆炸声，并把生的辅料（韭黄、洋葱等）在几秒钟内烤成熟，散发出奇异的香味，一种扑鼻的韭菜的清香，血的混合香味，令人食欲大增，口水下咽，这就是美食的诱惑，给人沉甸甸的幸福感。三种血制品为了区别，可分别切成三种不同形状，羊血为块，猪血为条，鸭血为片。羊血、猪血、鸭血铁板烧，美味飘香，妙不可言。

肉菜饭

肉菜饭是靖江特有的一道主食，家家户户每年冬天都会做上几回吃吃。

在过去的岁月里，物质不丰富，缺衣少吃时，人们做青菜饭吃。和萝卜饭一样是菜很多，米粒就一点点儿，肉是别想有的，并且油很少。在填饱肚子都很难的年代，更别谈什么美味做法了。

当然，特别的日子里，会在菜饭里加入一点肉片或肉丝，成为一年中最难忘的美味。做法上先把肉片或肉丝在油锅里煸香，再把青菜也烧个半熟，都放入锅里，与生米和适量水混合，加好盐，开始煮。等到米饭熟时，肉菜饭就完成了，打开锅盖，诱人的香味扑散到整个埭上。

如今，肉菜饭早已成为普通而平常的食物了。想吃，随时都可以，不论大饭店还是小餐馆都有。

盛上一碗肉菜饭，用筷子挑上一些白色的猪油混入，那叫一个香。端着翠绿的肉菜饭，尝着喷香的米粒，只见筷子拨动，一会儿工夫一碗饭就被消灭光了。再配上一碗素汤或者炖蛋羹，舌尖上的记忆又被唤醒了。

小豆饭

腊月廿四这天，是靖江的小年，这天最重要的风俗就是送灶了，也叫祭灶。这里的灶就是灶王爷，在靖江还有灶星、灶镬菩萨、东居菩萨等别称。光绪《靖江县志》里有习俗记载："（腊月）廿四日……杂赤豆炊米为饭食，家人曰辟瘟。相传灶君朝天，用糖饼以祀……暮在大门外插细竹四竿为棚，覆以柏枝，于棚内焚神像。"

这天送灶王爷上天，人们希望他"上天言好事，下界保平安"。很多人家的祭祀从中午就开始了，在团花码子的灶王菩萨前点烛插香，端上出锅的第一碗小豆饭来给灶王爷食用。

小豆饭是用小豆（也叫赤豆）和米一起烧熟的饭，颜色偏红，有些豆沙香味。挑选饱满的小豆，提前一天淘洗浸泡。廿四日上午

就把小豆放入锅里用水煮，焐上个把小时，到快熟时捞出。加入放好生米清水的锅里，与米一同煮熟。因为小豆难烧熟，所以要提前煮透。靖江祭灶只用小豆饭而不像外地用甜食，好像还是特有的风俗。

　　送灶的仪式于傍晚时分开始进行。在大门外插上四根竹枝，上部向中间弯曲缠绕，形成一个立体的四方形的座子（也有寓意为轿子），再插上冬青、柏树的枝叶，里面放些芝麻秸，称之为"刺秸棚"。把旧的团花码子放在芝麻秸上点火烧了，送灶王爷走，一边烧一边要念叨着请灶王爷上天"好话多说点，丑话瞒住点，五谷多带点，三十夜接你回来过新年"。也有人家在这时会放鞭炮，送灶王爷平安上路。祭拜完后，这个竹棚还放这儿不动，等到三十夜时再从这里点香烛接灶王爷回来。

送完灶王爷,过年的忙碌事也拉开了序幕。

烂糊面

靖江上了年纪的人喜欢一道主食——烂糊面。原先长长的面烧得只有寸把长,面条外面的面水解糊化了,于是,面汤腻腻的,当然里面还有青菜。青菜也是烂熟的,滋味都进了面里,非常入味。吱溜一口,人间至味。

专业的面店是万万不敢挂烂糊这个招牌的。他们声明的是汤清、味美，有劲道。烂糊？谁喜欢这个？能赚到钱吗？因此，要是到靖江吃烂糊面，一是到星级的酒店定制，还有就是到本地朋友的家里享用。

烂糊面的高大上与烂糊面的草根出身似乎不可调和，其实是殊途同归。星级酒店的烂糊面就出自草根阶层。青菜面烧多了，留到下一顿。下一顿吃的时候热一下。热，等于将面又烧了一次，面和青菜是不经烧的，于是，面条断了，青菜黄了、面汤黏糊了，烂糊面成了。也别说，吃出的滋味就是不一样。

曾有人怕烧黄了的青菜对人体不健康，于是将面里的青菜挑出来，再热面的时候将新焙的青菜加进去。只能说造就的是另一种面食，滋味和烂糊面相去甚远。想起靖江有道"青菜熥斩肉"的土菜，老饕们认为青菜不焐黄了还就是不好吃。道理大概是一样的。

烂糊面是必须要经过二次烧煮的，它是道功夫美食，也是需要时间沉淀的。

当然，家里的做法也有改良，锅烧热，把猪板油熬到香气四溢。这时候，将煮好的青菜面放进油锅炒，等炒到面汤发糊了，猪油也渗到面里了，焖一会。加白胡椒粉或是搭几个蒜瓣。数九的天，你捧一个大瓷碗在外面，保管你吃得满头大汗。

这种烂糊面烧法的优点，一来吃的时候美得不行；二来避免了食材用隔夜发馊。也许大饭店都是这么做的，也可能大家都有各自的秘诀。烂糊面既是草根的食品，适口才是最重要的。

腊八粥

农历腊月初八这天,在靖江要吃腊八粥。清光绪《靖江县志》载:"腊月八日,杂果蔬辛物煮粥,曰腊八粥。腊八粥很受人们喜爱,黏稠可口,容易消化,营养丰富。"

腊八粥的用料一般没有定数,家里有什么就放什么,只要凑足至少八样。可以有米、黄豆、红小豆、蚕豆、花生、番芋、芋头、北瓜、青菜、红萝卜、黑豇豆等等,殷实人家还会加入红枣、莲子、栗子等。各种干货果蔬提前准备处理好,腊八这天一大早,就煮上一大锅飘香的腊八粥,滑溜溜的粥里充满了年的味道,喝上几口浑身上下暖意融融,早把腊七腊八冻掉下巴给忘到脑后了。喜欢喝粥的人,一顿可以吃上好几碗。

近些年来,每到腊八,社区居委、爱心公益组织以及寺庙都会煮上很多腊八粥,为户外劳动者、孤寡老人、困难群众免费送上。给传统节日加入了行善之风,让人们在寒冷的冬天感受一份暖意。

在寒冷的冬天,吃完一碗热气腾腾的腊八粥,在这质朴的香气中,身体充满暖意。过去的小孩子盼望着过年,第一站就是盼着喝上腊八粥。过了腊八,年味也就慢慢开始了。

酒酵馒头

"酵"是一种古老的酿造方法,因靖江本地大多读音如"告"。

靖江采用发酵工艺来制作食品做得最好的莫过于季市人。

季市的酒酵馒头,以独特的酒曲发酵,蒸出来的馒头看起来漂亮,闻起来有一股诱人的酒曲清香,吃起来松软可口。可长期存放于缸里或冰箱里,面皮不开裂,不变质,食用时用烀笠子隔水蒸,可以保持原汁原味。

季市人过年把蒸馒头看作是一项重头节目。季市民间有这样的俗语:"廿四送灶,廿五调酵,廿六做馒头,廿七炒蚕豆……"馒头是季市人家必备的年货,少了馒头似乎就不像过年似的。

季市人为做馒头从当年秋天就着手准备了。霜降过后家家户户便忙着腌制雪里蕻咸菜。到了腊月二十后又忙着刨萝卜丝,熬制赤豆沙。雪里蕻、萝卜丝、赤豆沙是季市酒酵馒头最常用的三种馅心,其他还有马齿苋、三丁、纯肉馅的。一般情况下,萝卜丝的馒头做成圆形的,咸菜的做成长椭圆形的,豆沙的、纯肉馅的则在最后做成一道道褶子收口,并稍微漏一点豆沙或者肉,以示区别。纯肉馅的馒头通常叫作肉包子。

过去过年的馒头都是各家各户做。如今,馒头都由点心店专门加工制作。每到腊月,全镇的烧饼店都改做酒酵馒头,店里忙着整理笼屉,编织新笼垫,清洗凉匾、芦帘以及用酒曲和面发酵,同时张贴广告,接受客户馒头加工和订购的预约登记。进入腊月就开始馒头制作，一般持续到廿六廿七。像这样临时的馒头加工店全镇有十多家。各店均夜以继日地忙碌着，镇区的空气中到处飘散着浓郁的馒头香味和馒头出笼时腾腾的热气。

季市人蒸馒头很有讲究，馒头发得好就预示来年吉祥好运，日子像饱满的馒头一样富足。于是，每当胖乎乎的馒头出笼时，人们都喜笑颜开，互相称赞说："你家馒头发得好，明年定会发大财。"因为家家忙做馒头，岁末的季市街头到处喜气洋洋，充满欢声笑语。这也成了季市过年的一道独特的风景。季市也成了靖江年味最浓的地区之一。

临近过年，季市的大街小巷到处可以看到土灶上堆叠得高高的笼屉，长长的芦帘上翻滚着雪白的馒头。大人忙碌着，小孩子们则负责用蓖麻头蘸上红颜料，给每一年馒头上点上一个花朵一样的印记，谓之"点红"。也有的人家用筷子点上圆点，或者把筷子劈成四瓣，点出来是四个小方块。这个时候如果您到季市来，不时会看到三轮车运的，手里拎的，肩上挑的，都是雪白喷香的酒酵馒头。小小的季市成了馒头的世界。

如果冬天再下点雪，那就再美不过了，屋顶上白了，田野里白了，整个世界都白了。冬天麦盖三层被，来年枕着馒头睡。对于季市人来说，把馒头做好，新的一年就又将会是一个丰收年。

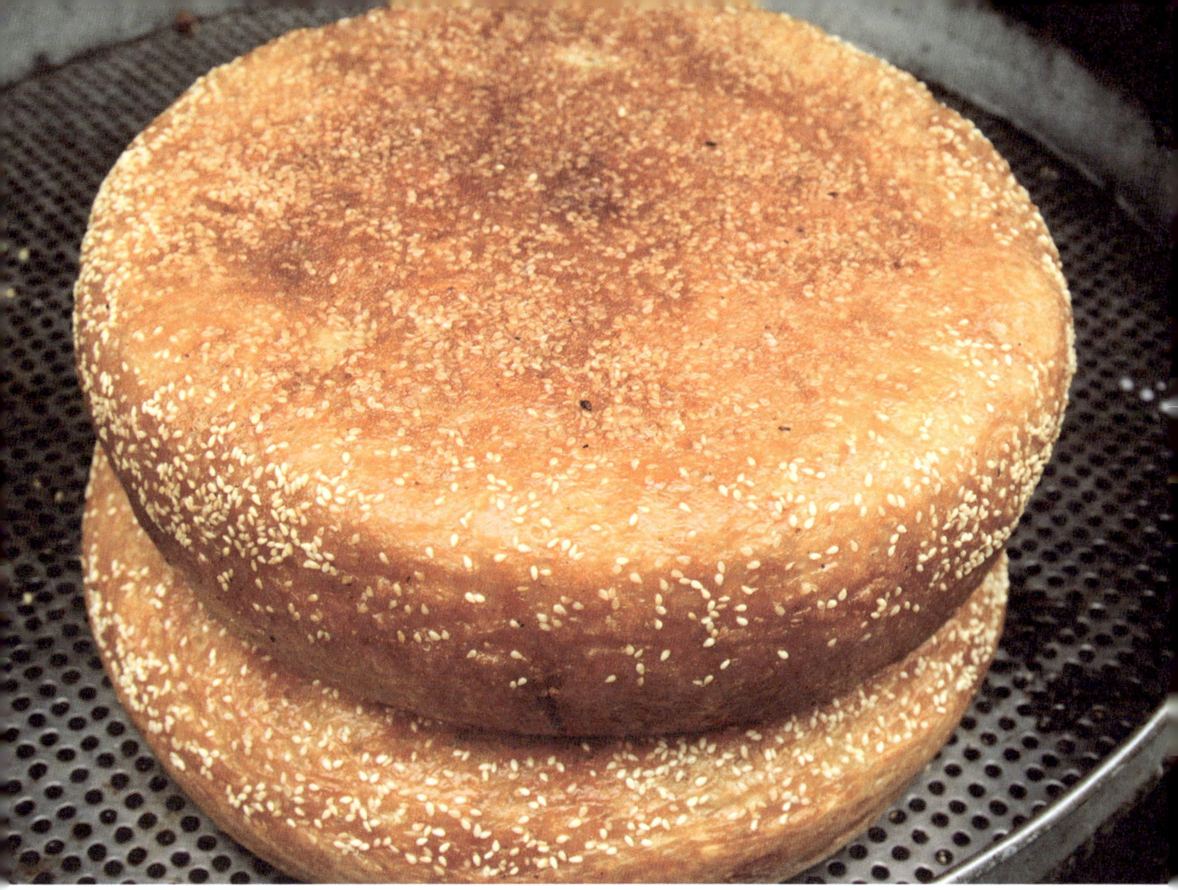
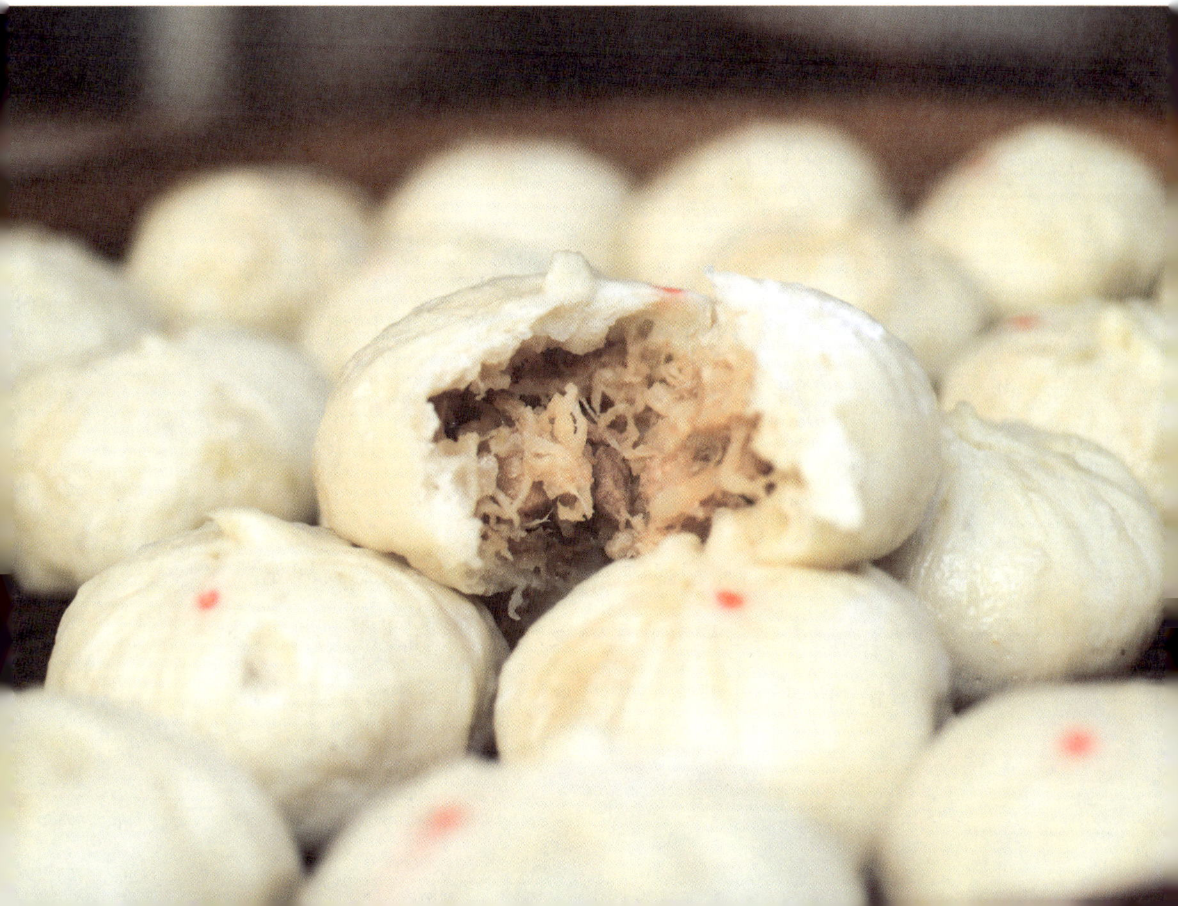

萝卜丝馒头

季市的美食不光在靖江有影响，在全国也是声名远播。就拿这里的面食来说吧，有涨烧饼、大炉饼、脆饼，当然还有酒酵馒头。每到深秋，走进季市老街的巷子，三五步就会看到高高的蒸笼，碰巧一锅馒头出炉，摊开在大竹席上白白胖胖、热气腾腾。香喷喷的酒香、面香刹那间弥散了满街。轻轻咬一口，嚼上两下，松软糯滑，浑身暖和到了骨子里。

农谚有"霜降萝卜"一说，是指霜降以后早晚温差大，菜园子的萝卜、白菜都该采收了。这时的萝卜清脆甘甜，是秋季里最受欢迎的蔬菜之一。白萝卜是一种营养价值较高、价格便宜的食物，民间自古就流传着"冬吃萝卜夏吃姜，不劳医生开处方"之谚语。所以，靖江人霜降喜食萝卜，萝卜排骨汤、凉拌萝卜条、老豆腐烧萝卜，或者蒸萝卜丝馒头，各种吃法都有。

菜地里刚起出的新鲜白萝卜，洗净刨丝，丝中的水挤出九成，不要太干。猪肉、香菇切成小丁，虾米去须备用。油锅烧热，放入猪油、生姜、香菇、虾米放进去爆香。放入猪肉丁，慢慢熬制，待肉质紧实，放入生抽、盐、糖熬半个小时。将萝卜丝放入其中，大火翻炒，熟时加盐、芝麻油调味。萝卜丝馅心即制作完成。

当酒酵的历久弥香与清脆的萝卜丝相逢，自然胜却人间无数。季市的萝卜丝馒头，在各种馅心里最受欢迎，很多外地人来，一买就是一蛇皮袋，留着过年时慢慢吃。

蟹黄馒头

靖江人馒头包子不分，馒头就是包子，包子就是馒头。

北方馒头实心，包子有馅。靖江人天生追求口味，对口味单一的馒头下意识地排斥。涨烧饼约等于馒头，但是油煎过了，香；"面糕"约等于馒头，但是加上了红绿丝，颜色跳了，口味变了；"蜂糖糕"约等于馒头，但是掺了糖分，蓬松有孔。

对于有馅的包子，靖江人就更重视了。

过年的前戏之一，就是蒸包子，也就是靖江人习惯说的"蒸馒头"。

街上、镇上饭店里有专业加工。村里人则自己动手，一般也集中到某户人家，齐心协力。大灶大锅，热气腾腾，馅料飘香，似乎把冷空气都变得温暖了起来。

馒头里有一种十分讲究的老味道，就是蟹黄馒头。

蟹黄就像一枚高能手电，靖江人按到哪里，哪里一片雪亮。蟹黄可以现做，也可以提前制作。鲜肥的螃蟹蒸好，拆下蟹肉、蟹黄，熬成蟹油，密封收藏，随用随取。猪肉以前夹心为佳，仔细剁好，加入蟹油，慢慢搅打上劲。包子皮呢，简单一点的用买的酵母，认真的则要搜寻老面，和以新面，根据气温高低，掌握好发酵时间。发酵好了，醒一醒，还要反复摔打、揉搓，弹棉花一样不厌其烦，确保蒸熟以后松软柔韧。

面对蟹黄汤包，也许有人无从下口。但若手执一只蟹黄馒头，你就放心咬吧，一口见肉，又鲜又香。

红枣发糕

发糕，这是春节里必需的一种食品，用以寄托靖江人最真切的新年愿望。"糕"谐音"高"，寓意步步高。靖江沙上人家过年图个吉利，都要做这种糕。

做发糕少不了酒酿。米酒酿好了，淡甜的酒香氤氲在灶间。打面坯非常讲究，手上的力度和人的心情都会影响发糕质量，上笼前在面坯上嵌入蜜枣、葡萄干、芝麻、红枣等。发糕的厚度，决定了它在笼上蒸制的时间。一般来说，一小时十分钟才可以出一次笼。发糕做成了，预示着来年的好运。弥漫着甜酒香味的发糕，曾经是敬奉祖先的供品，如今神圣的食物融入千户万家，成为春节餐桌上温暖的美食。发糕，步步高、年年高的美好寓意也让它成为腊月里最香甜的美食。

年糕

打年糕看似简单，其实过程比较复杂，而且劳动强度大。打年糕是一种农业文化，不仅需要掌握一定的制作技艺，还得多人合作，才能打制出高质量的年糕来。打年糕是门学问，也是一门技术，不到火候难成年糕，打得不好不仅吃起来不细腻，而且存放时间也不长，容易裂开。

年糕寓意着"年年高升"之意，每当新年来临前，人们就开始准备做年糕了。靖江人做年糕十分讲究，凌晨两三点钟要"请菩萨"，放鞭炮，在院子里摆开了架势，人进人出，磨粉的、刷粉的、舂粉的、做年糕的，忙忙碌碌好不热闹。

过去，在西沿河老街有两家专门制作年糕的作坊。用长长的竹签串着年糕油炸一下叫卖，口感外脆里嫩，蘸裹上绵白糖，越吃越香，蘸糖的一角钱一块，不蘸糖的五分钱一块。

传统手打年糕的制作过程十分复杂。泡米，把糯米加粳米按3:1的比例放到缸中加水浸泡一天一夜，中间需换水一次，待米粒含水分均匀饱和；磨粉，将泡好的米在石磨上磨粉，一人把磨负责不断添米加水，一人或二人推磨，把米磨成米粉；榨水，将磨的粉装进布袋里，扎紧袋口，用纯天然的草灰将袋中的水分吸干；刷粉，将榨干了水分的米粉倒在竹筛里筛均匀筛滤；蒸粉，把筛过的粉倒进杉木板箍成的圆蒸桶开蒸；舂粉，将蒸熟后的粉倒在石捣臼里，一人抱起舂头进行舂捣，旁边一人默契配合，将石臼里的粉快速翻动；做年糕，将舂透的粉团捧到面板上揉压搓，再用各式印糕板制成印有吉祥花纹的年糕。有些年糕里会包进馅，像笋丝、豆酥糖、芝麻粉等，又香，又有嚼劲。

年糕吃不掉不要丢掉，浸泡在水里，经常换换水可以保存很久。年糕在靖江的吃法是多样化的,有脆炸手指年糕、年糕炒蟹、辣炒花生年糕、蛋黄焗年糕、孜然烤年糕等。不过,青菜梗肉丝炒年糕,备受靖江老百姓的青睐,成为一道传统的年菜。其做法简单,把肉丝里加点料酒、盐、生粉腌制上浆,青菜梗切段,年糕切薄片。先炒肉丝,再炒青菜梗,最后放入炒好的肉丝和年糕片翻炒,这道菜色香味俱佳,吃过后令人回味。

面糕

靖江人所说的面糕,是特指长条形、类似白面馒头一般的糕点,也是过年时必备的食物,年节待客时切片加热,一般搭配枣子茶。

靖江人做面糕十分讲究,一般都是晚上制发酵母基,上午醒发面团,中午制作,下午3点出锅。一定得用米酒发酵,也就是米酒加酒基发酵成面团,再蒸制成面糕。

面团发酵是一种化学反应,是在一定的母基的基础上掺入温水,控制好温度,在一定的时间内产生糖化膨松涨发反应,香浓微酸。在《齐民要术》中记有:"粥中加酒的发酵法,面一石,白米七八升,作粥,以白酒六七斤酵中。著火上,酒鱼眼沸,绞去滓,以和面,面起可作。"以上描述的是做酵醒面之法。靖江百姓称其为"酒酵法",这也是靖江面糕为何奇香,呈蜂窝密状的真实原因。

做面糕用的小麦粉多为富强粉，也称特制粉，还有次之的标准粉和普通粉，区别主要在于含麸量的多少和面筋质的含量。普通粉色泽较黄，粉质粗糙，劲力不足，只能作一般小吃之用。二十世纪六七十年代，因为贫困，靖江有白面待客，黄面自吃的说法。现在的荞麦面糕，虽也略带黄色，但口感佳，口味独特，营养更丰富。

做面糕一般用半斤酵面揉搓成约尺余长的条，放在蒸笼上再醒发，控制好温度在35℃左右，涨十五分钟"醒怀了"再上笼蒸制。所谓"醒怀了"就是用手指按上去立马又恢复原样就说明面发好了，发开了，而且形体是原来的一倍左右，膨胀开，酶与淀粉糖化产生气涨，生成多孔状，这时候面糕发酵刚好，这个经验很重要，如果醒过了就"摊了"，靖江人称"晴了"。蒸出来一定有酸味，就不正常了，刚发酵好的面团在100℃以上的蒸笼中蒸半小时，这时候的面糕又涨了一倍，雪白无瑕，清香扑鼻。趁热掰开，膨松绵软，里面蜂窝细密，每个孔里都散发着清香，一种甜甜的清香。作为主食、辅食、茶食皆可。

面糕亦可储藏，冷藏、冷冻、晒干均可收储，切片泡在靖江糁子粥里更是种美食。胖乎乎、软嘟嘟，老人小孩吃特养生。可以反复蒸，不浪费，是方便之粮，营养之粮。蒸熟的面糕裹着、蘸着肉汤菜汁吃更是一种美味，吸汤浓郁，美不胜哉。靖江百姓对于面糕有独特的喜爱，春节必备，上梁上宅必备，满月升学、生意开张必备，取其长、取其发之意，敬天、敬地、敬人，都是上品。

老街臭干

嗅觉是有记忆的，气味最容易唤醒记忆。

每到傍晚，靖江老街的街坊们就竖起耳朵，听到卖臭干的吆喝声，便叫唤孩子拿几分钱去买油炸臭干。只见街头空地歇着一副挑子，一头是煤炉锅具，一头是臭干和调料。卖臭干的老人用筷子夹起乳白色的臭干，放入温热的菜籽油锅里。油锅慢慢地冒出小气泡，臭干的臭苋菜味混合着菜籽油香弥漫开来，臭干本身也随之起泡膨胀，待臭干颜色逐渐转为金黄时，卖臭干的及时捞出，用剪刀把臭干剪成两厘米左右的方块，快速拌上自制的辣椒酱。孩子们一

拿到手，便一溜烟地跑回家。

早先，喜欢吃臭干的都是爱喝酒的街坊。大人们通常喜欢温上一壶花雕，咪一口黄酒，就一口臭干。孩子们刚开始时并不喜欢臭干的味道，他们只是好奇地在一旁观看大人消闲。大人有时候要逗一下孩子，把剩下的臭干塞到孩子嘴里，孩子由抗拒到喜欢，慢慢也成为臭干的爱好者。

随着孩子一天天长大，他们成为最大的臭干消费群体。过去沿街串巷叫卖的臭干挑子，后来主要集中在十字街口等孩子放学的必经地。近年来，中小学随新城的扩展一而再南迁。卖臭干的挑子没法挑那么远，孩子们却念念不忘那个味，新校区附近的煎饼店接过这个生意。这些店卖煎饼的同时兼油煎臭干，臭干坯子都是每天通过微信向老城区的臭干挑子批发运送的。

臭干在靖江老街叫卖了百年历史，许多老城区的老居民家里也会自制臭干。每个做臭干的家里都有自己独特的配方，有祖传的老卤，一般秘不示人。野生的苋菜梗是做臭干的关键材料，每到夏天，野苋菜长得又肥又壮，收集好苋菜梗洗净，用凉开水浸泡两天发味。洗净晾干的豆腐块放入沤好的野苋菜水、加入老卤水，一两天后待豆腐变成嫩黄发白即可捞出油炸。现在家庭制作臭干，最简便的办法就是用腐乳的汤汁浸泡老豆腐块，一样可以成功，更加快捷卫生。

油炸臭干富含氨基酸、酯类物质，外脆里嫩，闻起来臭，吃起来香，可以增加食欲、帮助消化，是老少皆宜的消闲食品。

炒货

在腊月里做炒货干果，是过年前的一项重要准备工作。炒货主要是亲戚朋友上门拜年聚会，在非饭点的喝茶聊天时吃的干果。炒货种类很多，有炒花生、瓜子、蚕豆、西瓜子、番芋干、毛栗子、核桃等等。

在过去，很多人家都是自己在家里炒制瓜子、花生、蚕豆、番芋干。有在腊月廿七日炒制的，也有在三十夜吃饱了年夜饭，一家人围着守岁时炒的。那时也没电视机收看晚会，一家人聚在一块，做着活计聊天也不困。瓜子是在零碎的地上种三两棵向日葵，夏天黄色的花好看，秋天也能收获上几个大圆盘。扒下的葵花子晒干炒制后就能吃，当然不似现在售卖的有着多种口味。小孩子最是欢喜瓜子，抓上一把炒熟的塞进口袋，边玩边嗑着吃了。在大年初一走家串户拜年时，小孩们的口袋衣角全是各家给的满满的瓜子、花生、糖果。这是孩童们最开心快乐的时刻。

如今，一入冬，街上的炒货店、水果店都会售卖种类繁多的炒货。再也不用在家炒制了，店里有专门的旋转炒炉，量大管够，任你挑选。随着经济发展，生活水平的提高，天南海北甚至国外的很多干果也进入了各家的果盘。有杏仁、桂圆干、葡萄干、碧根果、松子、腰果、开心果等等。

西来八大碗

古有宫廷"八珍"，西来有"八大碗"。

老焦港红烧杂鱼、缪家埭红烧羊肉、敦义港红烧老鹅、长九圩芋头蹄髈、郁家埭鳝丝焖蛋、烂泥桥河蚌青菜、新宏明豆腐炖蛋、西来桥香菜粉皮被称为西来"八大碗"。当年，西来"八大碗"参加

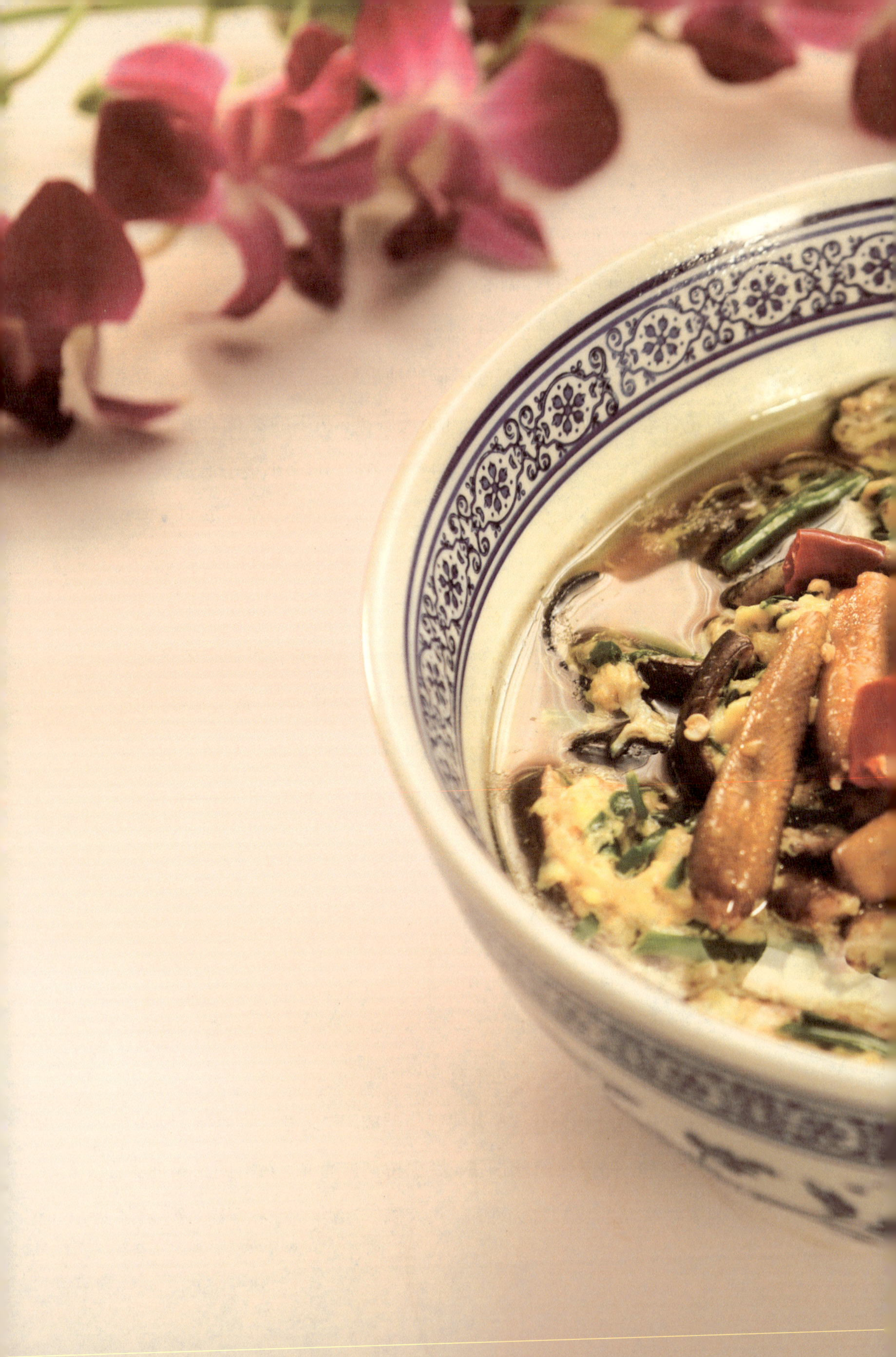

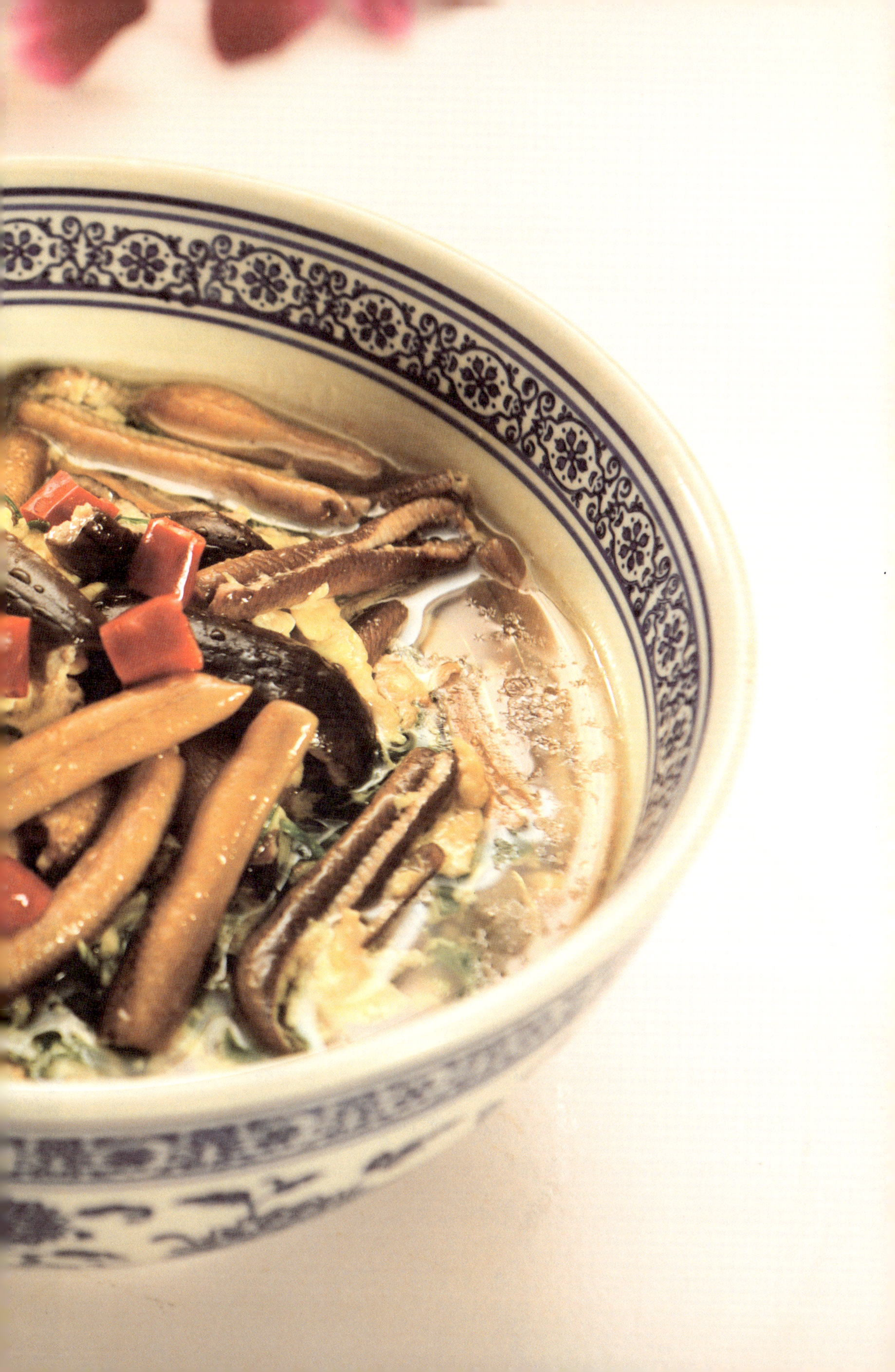

中国江阴顾山蒸菜（八大碗）美食节，与来自全国9省31支代表队的地方特色菜同台"打擂"，荣获金奖。

焦港红烧杂鱼。焦港位于西来东南端，港水汤汤，汇聚了丰裕的江鲜、河鲜活物。焦港杂鱼就是西来一张鲜香四溢的美食名片。焦港红烧杂鱼，特色是"杂"。"杂"代表了江鲜、河鲜的丰饶。这是由众多"草根"鱼类组成的"家"肴，有小白条、桥钉、昂公、鳑鲏、虎头鲨，品种虽杂，味道特鲜。真可谓一碗菜"百花齐放、百家争鸣"。"杂"也流露出随意精巧的美食态度，对于慕名而来的客人而言，能吃到这种鱼是可遇不可求的口福了。一碗杂鱼，数种江鲜、河鲜，暗香萦萦，惹胃牵肠。但大多数食客不敢敞怀大吃，往往怀着一份小心和耐心，细细品味。一筷一口之间，鲜、嫩、滑、爽，无限的幸福与满足涌上心头。慕名而来的客人能吃到这道菜，算是有可遇不可求的口福了。

土桥缪家埭羊肉。走进冬日的西来，一定会被风飘雾漫的羊肉香气所感染。这里的羊肉百分之九十出自土桥缪家埭。缪家埭杀羊好手活跃在靖江本土市场，游走在如皋、泰兴周边地区，他们光耀了传承百年的缪家埭羊文化，从宰杀到烹饪，得心应手，奇招百出。羊肉的烧、炒、煎、烩、焖、溜、炸、烤样样拿手，一桌全羊席，满台芳香。红烧羊肉，颇具特色，肉质鲜嫩、味道鲜美、色泽鲜亮，具有滋脾养胃的保健养生价值，深得人们的青睐。有乡间民谣为证："北风呼呼响，走进羊肉房，喝碗羊蹄汤，浑身暖洋洋。"缪家埭羊肉已经成为靖江羊肉美食文化的重要组成部分，成为大众餐桌上的一

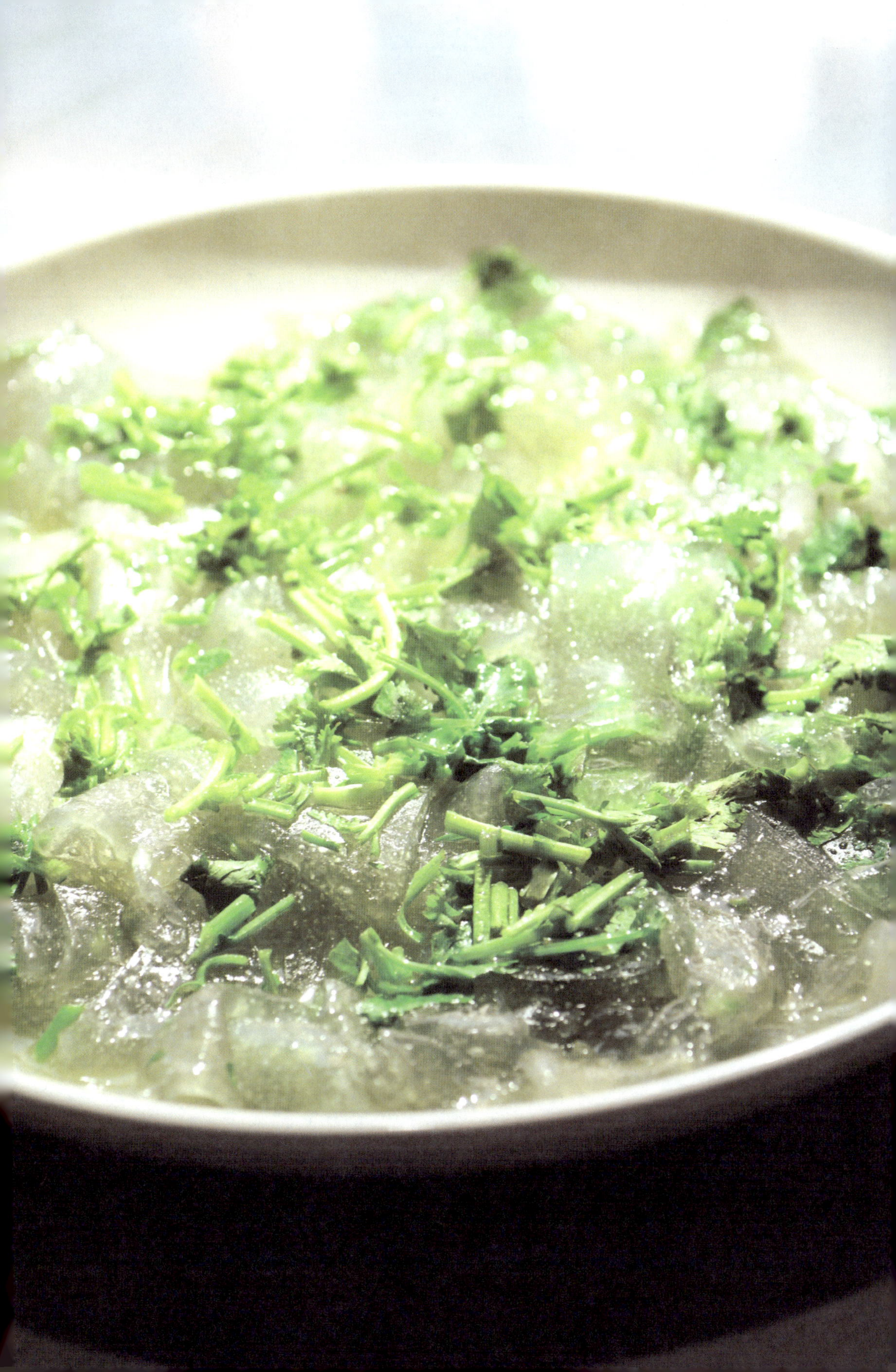

道名菜，其烹饪技艺被列入靖江市第二批非物质文化遗产名录。

"鹅鹅鹅，曲项向天歌。白毛浮绿水，红掌拨清波。"敦义港红烧老鹅。西来南部有个敦义港，敦义港紧依长江，勤劳的人们借助这天然的地理优势，在圩堤下养鱼养虾，放鸭养鹅，把富有诗意的老鹅搬上了餐桌。敦义港红烧老鹅，特色在一个"老"字上：其一，选材都是散养一年以上的老鹅；其二烹饪设备都是土灶铁锅的老灶；其三，作料配菜都是乡间土产，标标准准的老烧法。一碗红烧老鹅上桌，只见得鹅肉油光雪亮，汤汁浓郁透鲜，进口舌头打舔，吃后回味三天。

白汁芋头蹄髈。在吃的法则里，西来人认为"味"和"新"字有无限的可能性，白汁芋头蹄髈就是成功的范例之一。以往，无论是过年过节，还是家里来了客人，或者办喜事，餐桌上总设有一道菜，红烧蹄髈。它不仅是一道主菜，更是对客人的一种礼遇。香沙芋，靖江的骄傲。西来是靖江香沙芋主要产区之一。二十世纪八十年代初，焦港桥头上一家小饭店的老板潜心研究菜谱，别出心裁地将香沙芋与猪蹄髈"联姻"，推出了白汁芋头蹄髈这道美食新菜。文火慢炖数小时后，芋头与蹄髈恰到好处地相互浸淫，又以各自的风情呈现：芋头吸足了蹄髈的油脂，丰腴滑溜；蹄髈减了点肥，肥而不腻，入口即化。看来，好的伴侣确实可以成就另一半。白汁芋头蹄髈，并蒂花开，一枝独秀。

郁家埭鳝丝焖蛋。黄鳝一般的烹制法无非是红烧鳝段、洋葱炒鳝丝、鳝段煨猪肚，郁家埭鳝丝焖蛋独树一帜。在西来民间，鳝丝焖蛋这道菜还有一个喜气的名字"虎背熊腰欢喜菜"。鳝丝焖蛋,可为菜,可为汤,逐渐成了靖江人喜爱的家常菜。乡间民谣云:"鳝丝焖蛋,现烧现上,既当菜吃,也可拌饭。"

新宏明豆腐炖蛋。将豆腐压成泥蓉,磕入鸡蛋搅散,加入清水、姜汁、精盐等,放入蒸锅,一盏茶的时间,豆腐炖蛋可以出锅,再撒上蒜末,浇上香油,色香味皆有之。新宏明豆腐炖蛋,让两个至嫩之物彼此融合,嫩滑爽口,鲜香怡人。

烂泥桥河蚌青菜。烂泥桥河蚌青菜之所以出名,关键在于它的两大食材:河蚌与青菜。在向阳侧河岸下的河蚌"红口白肉"品质最佳。红口就是河蚌壳口的红色,白肉是口旁的河蚌肉是白色。河蚌必须现劈现烧,劈开时不能弄破胆,否则会影响口味。烧制时火候要控制好,起锅及时,调料得当,做出来的河蚌肉质细嫩,味道纯正鲜美,口感极佳。河蚌剖开,去鳃等赃物,用清水反复冲洗干净。用刀背将蚌肉裙边拍打松软,改刀成小块。起锅烧油,烧至七成热,放入河蚌略炒,再加入适量清水和葱结、姜片、料酒焖烧几分钟,放入青菜、盐、味精,炖入味即可。蚌肉的"鲜"与青菜的"嫩","荤"与"素""黄"与"绿"的完美组合,成就了这道尝不够的家常菜。民谣俗语云:"歪子肉烧青菜,人人见了人人爱,三盆两碗算底高?上勒快来吃得快。""歪子烧青菜,一口一大块。"更是道出了人们对这道菜的追捧。

西来桥香菜粉皮。微微发白是西来桥粉皮外观的标签。要有如此的色泽和柔韧的口感,必须将打成浆的红薯粉坨反复浸泡、沉淀，去除杂质。西来桥粉皮，皮薄半透明，柔韧不易碎，久炒久炖依旧成形。西来桥香菜粉皮清香爽口，才到舌尖，已上心头。

西来"八大碗"，蕴含西来人对精致美食的不懈追求，更是代代西来农家诚恳待人、谦和有礼的文化传承。西来人对一顿普通家常菜肴的态度，也是他们对幸福生活的拥抱姿态。

摆年酒

靖江人在吃的方面向来很讲究，不仅体现在追求食材的鲜美、荤素的搭配，还融入靖江人过年时必不可少的摆年酒宴中。过去靖江处在农业、渔业为主的时期，一年到头，尤其是在腊月底、正月初，家家户户都要摆上年酒宴，邀请亲朋好友大快朵颐。

靖江城里，档次高一些的常用"六大六"，即六道冷菜、六道炒菜，六道大菜，外加四道水果、两道点心；还有"八大八"，即八道冷菜、八道炒菜，八道大菜，外加四道水果、四道点心。中等档次的有"四六四"（四冷四炒六大菜）、"四大四"（四冷四炒四大菜）。菜品则根据季节随时调整，选取当季时令菜肴，唯在年酒时较为统一。

老岸地区大致与城区相仿，有区别的是，农村在荤菜的精致程度上虽比不得城区，但在丰富程度上则毫不逊色。杀猪宰羊后的猪羊肉自不必说，"下脚"的内脏更是被创新出许多花样，很多下脚料甚至城区遍寻不得，反倒在农村更为多见。

沙上地区相比老岸，也有明显的特色——毕竟离着江河更近，渔业资源更为丰富。也因此，沙上的年酒宴中，除了猪羊肉外，鱼的种类更为繁多，比如八圩地区的船菜、渔家菜，东兴、新桥一带的鱼虾满桌等等。

东片地区斜桥、西来等地，传统的"八大碗"堪称代表，前文已详表，在此不赘述。而远在靖江地域最北侧的季市，美食古镇的名头也并非虚名。老汁鸡、夏水汤、斩肉、蚬子豆腐汤、头菜、蟹黄肉圆、皮卷、肝大肠，也有人将之说成是"季市老八样"，年酒宴里自然是少不了的待客佳肴。

靖江是一座移民汇聚而成的城市，五湖四海的移民组成了靖江人，也因之带来了兼容并蓄、博采众长的靖江菜。靖江菜带给靖江人的，不仅是舌尖味蕾上的享受，更是浓浓的乡愁、故乡的情结。或许有一天，靖江菜和靖江的美食将更广为人知、不断传承创新。

年夜饭

除夕下午，家家户户在打扫干净后，会贴春联、挂灯笼等。用面糊糊贴上红纸写好的对联，过去对联（俗称对子）都是请埭上有文化会写大字的老先生写，现在都是在店里、摊位上买现成的。门头上、粮囤上、各式车上都会贴随风飞舞的红喜钱，大门口挂上两盏大红灯笼，红红火火的颜色装衬着节日的喜庆。但是近年来住在城里小区套间的家庭，已经慢慢地省去了贴春联，只在门上贴个倒福字。

这天最重要的是吃年夜饭。家庭主妇从吃过午饭后就开始了忙碌，一个大家庭一起团圆聚餐，需要准备不少的饭菜食材。拿出之前做好的腊肉、香肠等食物洗净处理，拣鱼洗肉，有的大骨头等汤类已经下锅煮起来了。到了下午三四点钟，就开始了各道菜肴的烹饪烧制，年夜饭一般会吃上很久，所以比平日的晚饭时间提前。一家人到齐团圆后就开席，每人都会喝酒或饮料，祝福美好的新年。一道道冷菜、大菜、热炒、炖汤端上桌，让家人吃饱更吃好。红烧鱼是不会少的菜，一般不会吃完，会留到明天，寓意"年年有余"。在饭桌上也算是一次家庭年度总结会，一家人盘点诉说过去一年的收获成绩得失，展望规划新一年的大事，热情舒畅，其乐融融，祝福美好。欢聚一堂的年夜饭，承载了永远割舍不断的家庭亲情。

在过去困难的岁月里，一年到头难得买鱼买肉。年夜饭能有一碗红烧肉，一碗红烧鱼，一碗青菜，一碗豆腐，已是十分丰盛了。而现在条件好了，好多人家都已经不在家里忙碌做年夜饭了，选择提前两三个月向饭店酒楼订好桌数，一大家子的亲戚朋友约好直接去吃，这也算吃个时尚。

吃完饭，男的打牌娱乐，女人聊天搓大小圆子，准备初一早上吃。小孩子早已拿上各种烟花鞭炮到处兴起来了。近二十来年，每家每户吃完年夜饭都是聚在电视机前收看春节联欢晚会,同时与亲戚朋友电话手机上拜年送祝福,成了新时期的过年习俗。快到午夜零点,外面鞭炮声已经响彻天地,看着电视里的倒计时和钟声敲响,新年到了。

后记

一方水土养一方人。靖江老味道，是属于每个靖江人的味道，也是靖江人铭记在心的乡愁。

启动编纂"靖江老底子"系列丛书，是政协靖江市第十四届委员会重要的文史工程。作为此项工程的第一部，《靖江老味道》从节气、时令、地域、民俗等不同角度，系统整理了流传至今的靖江美食文化谱系。

在编纂过程中，市政协先后召开多个工作会议，聘请了陈永光、王青、崔益稳、马鉴、徐松、闻晓明、陈履锡、陈卫国、褚洁明、朱苏钢、仲一晴、鞠东平、徐学波、盛帮建、刘文剑、张鸿等文史工作者，和政协学习文史委黄益涛、秦亚平两位同志一起组成了《靖江老味道》编纂组，他们不辞辛劳，深入大街小巷、村头埭尾，探寻靖江传统美食文化中蕴含的风土人情、轶闻趣事，并撰写成文。其中朱苏钢、徐学波承担了繁重的统稿工作，刘文剑完成了本书的摄影工作。

本书能在较短时间内完成编撰，达到出版要求，得益于靖江市委、市政府的高度重视，得到了江苏凤凰文艺出版社的全力支持，得到了市政协机关全体人员的支持，得到了靖江市委宣传部、文体广电和旅游局、融媒体中心、市烹饪协会、江苏百盛酒店管理有限公司、靖江市南园宾馆、靖江市喜洋洋大酒店等单位的支持，尤其是美食专家夏炳初、陈士荣两位老先生的精心指导。在此一并表示感谢。

编纂《靖江老味道》，是想用这本书向大放光彩的靖江美食文化致敬，向为靖江美食文化作出贡献的人们表示感谢和敬意。由于时间紧，任务重，肯定会有遗珠之憾，敬请各位专家提出批评和建议，以便再版时予以补充和纠正。

编纂组

2022年12月